불멸의 서

BOOKS THAT CHANGED HISTORY

77

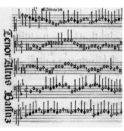

불멸의 서 77

BOOKS THAT CHANGED HISTORY

제임스 노티
마이클 콜린스 알렉산드라 블랙
토머스 커산즈 존 판던 필립 파커 지음
서미석 옮김

그림씨

Penguin
Random
House

불멸의 서 77
BOOKS THAT CHANGED HISTORY

초판   1쇄 발행 2019년 1월 20일
        2쇄 발행 2019년 4월 20일

지은이   마이클 콜린스·알렉산드라 블랙·
        토머스 커산즈·존 판던·필립 파커
        제임스 노티
옮긴이   서미석

펴낸이   김연희
주간   박세경
디자인   김회량
마케팅   김연수

펴낸곳   그림씨
출판등록   2016년 10월 25일
        (제2016-000336호)
주소   서울시 마포구 월드컵북로 400
        문화콘텐츠센터 5층 23호
전화   (02) 3153-1344
팩스   (02) 3153-2903

이메일   grimmsi@hanmail.net

ISBN   979-11-89231-02-6 03800
값   28,000원

이 도서의 국립중앙도서관
출판예정도서목록(CIP)은
서지정보유통지원시스템
홈페이지(http://seoji.nl.go.kr)와
국가자료공동목록시스템
(http://www.nl.go.kr/kolisnet)에서
이용하실 수 있습니다.
(CIP제어번호: CIP2018029675)

Original title: Books that Changed History
Copyright © Dorling Kindersley Limited, 2017
A Penguin Random House Company

A WORLD OF IDEAS:
SEE ALL THERE IS TO KNOW

www.dk.com

차례

기원전 3000~기원후 999 | 1000~1449

저자

대표저자 마이클 콜린스Michael Collins
1985년 사제로 서품 받은 뒤 로마 교황청 그리스도교고고학연구소에서 공부했으며 미국의 여러 대학교에서 강의했다. 현재 더블린에서 사목 활동을 하고 있다. 《아이리시 타임스Irish Times》와 《가톨릭 타임스Catholic Times》에 정기적으로 글을 쓰고, 문학 축제의 인기 있는 강연자로 활동하며 라디오와 텔레비전에도 자주 출연하고 있다. 《바티칸The Vatican》, 《그리스도교 이야기The Story of Christianity》를 비롯하여 DK에서 출간한 여러 작품을 저술했다.

알렉산드라 블랙Alexandra Black
프리랜서 작가이며, 오스트레일리아에서 홍보 일을 하다가 일본으로 가서 일본 기업에서 근무했다. 오스트레일리아의 출판사에서 일하다, 영국 케임브리지로 옮겨 활동하고 있다. 역사에서 경영과 패션까지 아우르며 다양한 주제로 글을 쓰고 있다.

토머스 커산즈Thomas Cussans
프랑스를 중심으로 활동하는 프리랜서 저술가이자 역사가다. 수년 동안 많은 역사 도해서 시리즈를 펴냈다. 《역사-비주얼 가이드 결정판History: The Definite Visual Guide》 시리즈를 비롯한 DK의 여러 작품을 집필했다.

존 판던John Farndon
케임브리지 앵글리아 러스킨대학의 왕립문학원 회원이자 작가, 극작가, 작곡가, 시인이다. 세계적으로 명성을 떨친 베스트셀러를 여러 권 썼으며, 로페 데 베가의 희곡과 알렉산드르 푸시킨의 시를 영어로 번역했다.

필립 파커Phillip Parker
케임브리지의 트리니티 칼리지에서 역사를, 존스홉킨스 고등국제학대학에서 국제 관계를 공부했고, 외교관으로도 일했다. 역사가이자 출판인이기도 하며 비평가들로부터 호평을 받은 작가이며 편집자로서 수상 경력이 있다.

제임스 노티James Naughtie
기자로 출발하여 1986년 라디오 출연자로 변신했다. 20년 넘게 영국 BBC 라디오 4 채널에서 〈투데이Today〉 프로그램을 공동 진행했고, 1997년에 시작된 월간 '북클럽'을 진행해 왔다. 맨부커상과 새 뮤얼존슨상 심사위원장을 역임했으며 《라이벌: 정략결혼의 은밀한 이야기The Rivals: The Intimate Story Of A Political Marriage》, 《엑시덴털 아메리칸: 토니 블레어와 미국 대통령The Accidental American: Tony Blair And The Presidency》, 《음악 만들기The Making Of Music》, 《신 엘리자베스인들The New Elizabethans》, 《6월의 광기The Madness Of July》를 비롯해 많은 책을 썼다.

역자 | 서미석
서울대학교 서어서문학과를 졸업하고, 20년 이상 전문번역가로 활동하고 있다. 옮긴 책으로는 《북유럽 신화》, 《칼레발라》, 《아이반호》, 《성전기사단과 아사신단》, 《패션의 문화와 사회사》, 《인간과 환경의 문명사》, 《호모 쿠아에렌스》 등이 있다.

1450~1649

1650~1899

1900~현재

책을 펴내며

오후 햇살이 흘러드는 고요한 필사실 안에서 수도사 하나가 기다란 탁자 앞에 앉아 끈질기게 작업하고 있다. 탁자에는 군청과 남청, 백연과 녹청, 선홍, 심홍, 진홍 등의 갖가지 물감 통, 그리고 귀한 금박·은박용 안료 상자들이 놓여 있다. 그가 작업하고 있던 페이지의 글자는 반짝이는 금색으로 채식되어 모양을 뽐내고 있다. 물감을 머금은 이 종이는 몇 시간만 지나면 수백 년 동안 찬란히 빛날 그림이 될 것이다.

흐릿한 기억의 렌즈를 닦아 다음 장면을 떠올려 보라. 15세기 중반 유럽의 중심지 부근 수도원이라기보다는 작업장이라고 할 수 있는 곳에서 사람들이 간단한 나무 기계 주위에 몰려 있다. 한 사람이 촉촉한 종이 위로 평평한 판이 내려와 누르도록 두툼한 나사를 돌리는 긴 손잡이를 당기고 있다. 잠시 뒤 나사를 반대로 돌려 종이를 고정시킨 틀을 들어내면 활자로 정돈되어 완벽하게 인쇄된 《구텐베르크 성경》의 한 페이지가 눈앞에 펼쳐진다.

앞에 묘사한 장면은 18세기 부잣집 대저택 서재 속 책에 등장하는 이야기다. 천장까지 들어선 책꽂이 선반에는 가죽으로 장정한 책들이 빼곡히 꽂혀 있다. 그 목록을 보면, 지난 세기에 출간된 듯한 최초의 영어소설들, 여행기, 동식물을 아름다운 삽화로 묘사한 작품들, 로버트 훅의 귀한 《마이크로그라피아》부터 새뮤얼 존슨 박사의 《영어 사전》에 이르기까지 갖가지 책들이 다 들어 있다. 호메로스와 헤로도토스에서 오비디우스, 베르길리우스에 이르기까지 고전도 망라되어 있을 것이다.

그 뒤 1백 년이 지나자, 책은 일반 가정에까지 보급되는 길이 열렸다. 아마도 사람들은 찰스 디킨스나 윌키 콜린스의 새로 나온 소설이나 다윈의 《종의 기원》을 구할 수 있는 무디 도서대여점에서 빌렸을 것이다. 다윈도 고객 가운데 한 사람이었는데, 무디 도서대여점에서는 《종의 기원》이 출간되기도 전에 사전 예약으로 5백 부나 주문했다. 빅토리아 시대의 응접실 피아노 옆에는 책들이 구비되어 있었다. 누군가의 머릿속에서는 향후 대량 판매 시장이 될 아이디어가 불현듯 떠오르기도 했다.

문학은 물론이고 정치학, 역사, 여행기, 자연과학에 대한 책들도 모든 사람들이 읽을 수 있게 되었다. 1930년대에 교양서의 상징이 된 오렌지색 표지의 펭귄북스를 처음으로 출판한 앨런 레인은 창의력으로 승부하는 시대를 열었다. 페이퍼백 시대가 열리자 누구나 19세기 소설부터 제임스 조이스의 작품, 엘리엇의 시, 온갖 종류의 이야기와 스릴러 작품까지 두루 섭렵하며 배우고 과거를 탐구하고 끝없는 상상의 세계를 마음껏 즐길 수 있었다. 20세기 말이 되자 첨단시대에 어울리지 않게, 어린이뿐 아니라 어른까지 사로잡은 마법 이야기 시리즈가 전 세계를 강타했다.

사실 이는 유럽에 국한한 이야기이다. 르네상스 시대에는 고대 그리스·로마 예술과 르네상스 문학에 대한 숭배, 강력한 그리스도교 전통 때문에 다른 문명의 기록 유산들에 대해서는 깜깜했다. 가장 오래된 서사시로 꼽히는 인도의 《마하바라타》와 중국의 철학서부터 수작업으로 제작한 아랍의 의학서, 천문학서, 수학서에 이르기까지 알려지지 않은 책들이 수두룩했다. 탁월한 중세 유럽의 시도서時禱書와 마찬가지로, 이러한 문헌에 드러난

예술성은 끝없는 상상력을 시각적 이미지로 영원히 남기려 했던 인간의
소망을 보여 준다. 그것은 끝없는 탐구심이다. 이러한 초기 책들에 담긴
서체와 삽화의 아름다움, 페이지를 넘길 때마다 배어 나오는 순수한 자신감과
힘을 알아보는 사람은 소설이든, 역사서든, 과학이론서든, 종교 문헌이든,
논쟁거리든 모든 책은 그 자체로 창조 행위라고 여긴다.
이 책에는 옛 책이든 최신 책이든 사람들의 삶을 바꾸고 인류의 정체성을
일깨운 작품들을 선정해 실었다. 이 작품들은 거울인 동시에 등불이기도 하다.
책을 통해 우리는 자신을 솔직하게 되돌아볼 수도 있고, 어두운 무지에서
깨어나 새로운 것을 볼 수도 있기 때문이다. 우리는 책에서 위안과 현실도피를
찾는 만큼 지식에 대한 두려움을 깨닫기도 한다.
책을 사랑한다는 것은 무슨 일이 있어도 헤어지지 않을 친구를 사귀는 것과
같다. 누구나 어릴 때 바닥에 떨어진 책의 우연히 펼쳐진 페이지가 하필 제일
좋아하는 부분이었다거나, 어떤 소설은 하도 읽어서 책장이 너덜너덜해진
경험이 있을 것이다. 유구한 책의 역사에서 이제 전자책이라는 또 다른 장이
열렸지만, 많은 독자들은 책의 외형적 아름다움을 다시 발견하기도 한다.
그것은 책에서 얻는 여러 즐거움 중에서도 결코 사라지지 않을 즐거움이다.
현대에도 외형적으로 아름다운 책들을 펴내려는 현명한 출판인들이
등장했는데, 그 일에 열심히 매진하기를 바란다.
이 책에는 오늘날의 세계를 이룩한 많은 책들이 소개되어 있다. 이 책들은
현명하고 계시적이며 급진적이기도 하고 심지어 파격적이기까지 한데,

그중에는 놀랄 정도로 세상에 영향을 미친 책도 있고, 여전히 귀감이 되는
책도 많다. 우리 인간을 적절히 대변한다는 점에서 보면, 물론 책마다 편차가
있기는 하지만, 전체적으로 책이야말로 절대로 떠나보낼 수 없는 친구라는
사실을 일깨워 준다.

그것이 바로 우리가 책을 그토록 소중히 생각하는 이유다.

제임스 노티

두루마리scroll와 코덱스codex

책은 저술 활동만큼 오래되었고, 인류의 이야기가 구전으로 전승되던 선사시대와 미래 세대를 위해 기록으로 남긴 역사시대를 가르는 분수령이다. 초기 책의 필사 재료는 점토판, 비단, 파피루스(갈대 잎으로 만듦), 양피지(동물의 가죽) 등 매우 다양하다.

때로는 제본하지 않은 상태이기도 했지만 갖가지 방법으로 엮기도 했다. 가장 오래된 책으로 꼽는 것은 대략 4천 년 전 점토판에 쓰인 고대 수메르의 서사시 《길가메시 *The Gilgamesh*》이다.

15세기에 인쇄술이 발전하기 전까지 책은 대부분 두루마리나 코덱스 형태로 만들었다. 두루마리는 파피루스나 양피지 또는 종이를 서로 이어 붙인 다음 돌돌 말 수 있는 낱장이다.

고대 이집트인들은 적어도 4,600년 전에 파피루스 두루마리에 기록을 남겼다. 코덱스는 파피루스나 양피지, 종이를 뻣뻣한 표지 사이에 켜켜이 쌓은 뒤 펼쳐볼 수 있도록 한쪽을 이어 붙인 낱장묶음을 말한다. 손으로 필사했다는 점을 빼면 오늘날의 책과 비슷하다.

코덱스는 그 기원이 3천 년 전으로 거슬러 올라가지만 대개는 유럽에 그리스도교가 전파되면서 본격적으로 발전했다. 두루마리나 코덱스는 모두 손으로 쓴 것을 엮은 필사본이다. 그 결과 매우 희귀하고 값진 물건이 되었는데,

제작하는 데 막대한 시간과 노력이 투입된 까닭에 부유하고 힘 있는 사람들만이 소유할 수 있었다.

후대에 정확한 기록을 전한다는 점과 희귀하다는 점 때문에 초창기의 책은 신성불가침의 권위를 갖게 되었다. 예를 들면, 부장품의 하나였던 고대 이집트인의 《사자의 서》는 망자가 사후세계에 안착할 수 있게 안내하는 주문이 들어 있는 두루마리였다(18~23페이지 참조).

책은 세계의 위대한 종교가 확립되는 토대이기도 했다.

책에는 고대의 이야기나 신앙이 기록되곤 했다. 어떤 작품들은 위대한 현인이나 예언자의 결정적인 말들을 널리, 그리고 세대를 넘어 전파함으로써 특정 지역의 신앙이 거대 종교로 성장하는 데 도움을 주기도 했다.

그리스도인들은 그리스도의 말씀을 성경을 통해 전파했고, 유대인들은 《토라 *Torah*(모세 오경)》(50페이지 참조)를 공부했으며, 무슬림은 《코란》을, 힌두인들은 《마하바라타》(28~29페이지 참조)를, 도교를 믿는 이들은 《주역》 (24~25페이지 참조)을 따랐다.

이 모든 책은 수천 년이 지난 오늘날에도 여전히 인간의 삶에 깊은 영향을 미치고 있다. 사실, 책 한 권을 필사하는 지난한 과정은 그 자체가 헌신적인 종교 행위였다. 수많은 수도사들은 오랫동안 공들여 작업한 끝에《하인리히

▲ **이집트인들의 《사자의 서》** 《사자의 서》는 죽은 이의 사후 필요에 맞춰 제작했으므로 똑같은 것이 없다. 주문과 그림을 파피루스에 적어 넣었으며 기원전 1991~기원전 50년의 것으로 추정된다.

▲ **《마하바라타》** 산스크리트어로 쓰인 이 서사시는 고대 인도의 설화들을 묘사하고 있다. 원문이 최종적으로 완성된 때는 기원전 400년 무렵이다. 이 필사본은 가토카차Ghatotkacha와 카르나Karna 사이의 싸움을 묘사하고 있으며 1670년경의 것이다.

서양과
아시아의
놀라운 업적을
기록함으로써
과거의
기억을
보존한다.

헤로도토스Herodotus. 그리스의 역사가로 기원전 450년 무렵
《역사The Histories》를 쓰겠다는 목표를 세웠다.

▲ **사해문서**   기원전 250년경에서 기원후 68년 사이에 만든 사해문서는 사해 연안의 쿰란 동굴에서 발견된 981개의 필사본 두루마리다. 대부분 히브리어 경전이 담겨 있는데, 외경外經도 일부 있고 더러는 상태가 너무 열악해 알아볼 수 없는 것도 있다.

사자공 복음서》(60~63페이지 참조)나 《켈스의 서》(38~43페이지 참조)처럼 눈부시게 아름다운 '채식彩飾 필사본'을 만들어냈다.
그러나 책에 힘을 부여한 것은 종교적 열정만이 아니었다. 책은 오랜 기간에 걸쳐 축적된 사상과 정보를 담고 있으므로 각 세대는 이전 세대가 학습한 것을 바탕으로 인류의 방대한 지식을 차츰 확장해 왔다. 예를 들면, 이븐 시나(56페이지 참조) 같은 저술가들은 이전 세대의 의학 지식에 자신의 지식을 추가하여 의사들을 위한 완벽한 교본이라 할 《의학 정전》(56~57페이지 참조)을

썼다. 그 무렵에는 책들이 거의 없었기에 현대 이집트에 있던 고대 그리스의 알렉산드리아 도서관이나 이슬람 도서관들은 지식의 거대한 원천이 되었다. 중세 시대 학자들은 희귀한 주요 서적의 사본을 읽기 위해서라면 수천 킬로미터를 가는 수고도 마다하지 않았다.

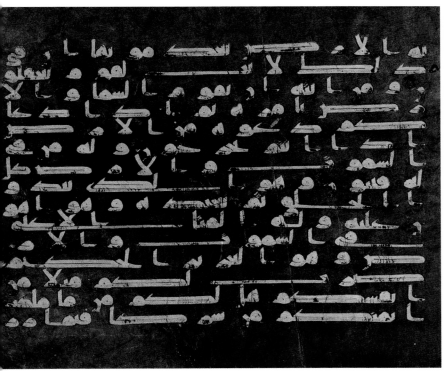

▲ **《블루 코란》**   850~950년 무렵 북아프리카에서 제작했을 가능성이 매우 높은 《블루 코란》(44~45페이지 참조)은 튀니지 카이로우안의 대 모스크에서 사용할 목적으로 편찬한 것으로 추정한다. 금박 글씨는 쿠픽Kufic 문자로 쓰였다.

▲ **《켈스의 서》**   다채로운 색과 금박으로 화려하게 채식한 《켈스의 서》는 800년 무렵 아일랜드에서 제작되었다. 이 필사본에는 복음서와 에우세비오 성서 목록이 수록되어 있다.

인쇄본

인쇄술은 1,800년을 거슬러 올라가는데, 동아시아에서는 종이나 비단, 벽에 종교적 형상들을 찍는 데 목판을 활용했다. 중국인들이 868년에 인쇄한 《금강경》(46~47페이지 참조)은 제작연도가 기록된 가장 오래된 사본이다. 중국인들은 활자를 발명하기도 했는데, 미리 만들어 둔 글자를 조합하여 인쇄 면을 구성하는 방식이었다. 그러나 진정한 의미의 상업적 인쇄본이 탄생한 시기는 독일의 마인츠에서 구텐베르크가 활자를 사용하여 성경을 인쇄한 1455년부터라고 할 수 있다.

《구텐베르크 성경》(74~75페이지 참조)은 오로지 부자들만 소유할 수 있는 엄청난 사치품이었다. 그러나 인쇄업자들은 곧 더 작고 저렴한 책들을 만들기 시작했는데, 대량 인쇄를 개척한 선구자는 알두스 마누티우스(86~87페이지 참조)였다. 베네치아의 학자이기도 했던 그는 1490년대에 세계 최초로 대규모 인쇄소 알디네 프레스Aldine Press를 설립했다. 마누티우스는 우아하고 가독성이 좋은 이탤릭체(이탈리아 서체)를 선보였고, 현재의 양장본과 유사한 손에 잡기 편한 8절판 책을 도입했다. 그렇게 해서 책은 도서관에서만 볼 수 있는 게 아니라 어느 곳에서나 읽을 수 있게 되었다. 《구텐베르크 성경》이 처음 인쇄된 지 50년이 지나지 않아 1천만 권의 책이 나왔고, 알디네 프레스는 초판 부수가 1천 부 이상 되는 책들을 펴내 사람들에게 공적·사적으로 영향을

미쳤다. 책 덕분에 많은 독자들이 여러 사상을 재빨리 공유하였고, 집에 앉아서 상상의 나래를 펼칠 수도 있었다. 흥미롭게도 인쇄술을 통해 처음으로 공유한 사상들 가운데 다수는 고대의 것들이었다. 알디네 프레스는 고전 발간에 주력했는데, 그 결과 베르길리우스, 호메로스, 아리스토텔레스, 유클리드에 대한 관심이 되살아났다. 마찬가지로, 단테의 《신곡》(84~85페이지 참조)과 《폴리필로의 꿈》(86~87페이지 참조)도 금세 고전의 반열에 올랐고, 작가의 스타일이 확실한 이러한 작품들은 영국의 윌리엄 셰익스피어를 비롯해 유럽 전역의 작가들에게 영향을 미쳤다.

안드레아스 베살리우스의 혁명적인 해부학 책 《에피톰》(98~101페이지 참조)과 우주 속 지구의 위치를 다룬 갈릴레오의 획기적 대작 《두 우주 체계에 대한 대화》(130~131페이지 참조) 같은 책들은 새로운 과학적 견해를 빠르게 전파하는 데 도움이 되었을 뿐 아니라 많은 사람들이 정확히 동일한 원전을 참조할 수 있게 만들어 지식을 강화하는 역할을 했다. 그 덕분에 세계를 더 잘 이해하고 있다는 인식이 생겨났다.

또한 인쇄본 덕분에 개인의 사상을 표현할 수 있었다. 인쇄본이 나오기 전 저자는 새로운 작품을 창작하기보다는 단순히 단어들을 베끼는 익명의 필경사가 대부분이었다. 그러나 인쇄본 덕분에 개인의 저작 활동이

▲ 《금강경》 실제 제작일자가 적혀 있는 가장 오래된 책은 868년에 제작된 중국의 《금강경》이다. 목판을 사용하여 인쇄했으며 《구텐베르크 성경》보다 거의 6세기나 앞선다.

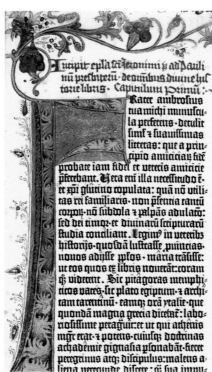

▲ 《구텐베르크 성경》 1455년 활자를 사용해 인쇄한 《구텐베르크 성경》은 유럽에도 인쇄술이 도래했음을 보여 준다. 그러나 화려하게 채식된 책은 비쌌기 때문에 최상류층 사람들만 소유할 수 있었다.

> 활판 인쇄기는
> 필경사들의 노고를 덜어
> 주었고 …
> 완전히 새로운
> 민주 세상이
> 열렸다. ❞

토머스 칼라일Thomas Carlyle(1795~1881).
스코틀랜드 역사가.

▶ 《신곡》 단테는 1320년 설화체의 시를 완성했지만 최초의 인쇄본은 1472년이
되어서야 출간되었다. 《신곡》의 출간으로 이탈리아어가 표준화되었고, 이 작품은 몇
세기 동안 많은 화가와 작가에게 영향을 미쳤다.

활발해졌고, 걸작 《돈키호테》(116~117페이지 참조)를 쓴 미겔 데
세르반테스처럼 살아 있는 동안 이름을 날리는 작가들도 생겨났다. 이러한
개인적 표현의 향상이 종교개혁, 르네상스, 계몽주의 등 유럽 사상계에 커다란
변혁을 일으키는 요인이 되었다고 말할 수 있다.
그러나 인쇄술이 끼친 놀라운 영향 중 하나는 영어, 프랑스어, 독일어 같은
민족어의 발전을 촉진했다는 점이다. 중세에 서유럽 사람들은 다양한 지방어가
뒤섞인 말을 썼으므로 파리 사람들은 마르세유 사람들의 말을 이해할 수
없었다. 게다가 학자들은 라틴어로 소통했다. 그러나 인쇄본 덕분에 민족어가
표준화되었다. 영어로 된 최초의 공인 성경인 《킹 제임스 성경》은 전국
교회에서 주말마다 읽혔으므로 영어가 지금과 같은 형태로 확립되는 데
큰 역할을 했다.

▲ 《뉘른베르크 연대기》 1493년에 인쇄된 《뉘른베르크 연대기》(78~83페이지 참조)는 화려한 삽화를
곁들여 성경 속 역사와 인간의 역사를 기술한 책이다. 그림과 텍스트가 완벽히 어우러진 최초의 책들
가운데 하나다.

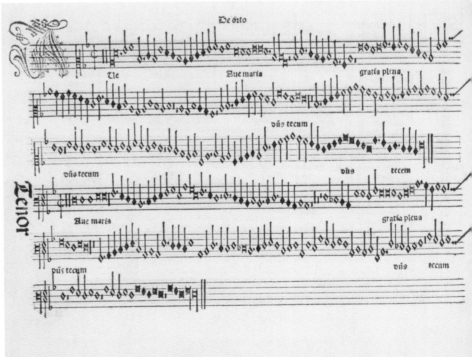

▲ 《오데카톤(다성음악 100곡)》 1501년에 출판된 오타비아노 페트루치의 《오데카톤》(88~89페이지
참조) 덕분에 낱장 악보가 널리 보급되었다. 각 곡마다 여러 악기들을 위한 선율이 표기되어 연주자들이
같은 페이지를 볼 수 있었다.

모든 사람을 위한 책

18세기는 유럽에서 책이 폭발적으로 발표되고 인쇄된 시대이다. 이 시기는 계몽주의 시대라고 불렀고, 책 덕분에 지식은 광범위하게 확산되었다. 중세에는 전 유럽을 통틀어 1천 부도 안 되는 필사본이 만들어졌다. 반면에 18세기에는 해마다 무려 1천만 권의 책들이 인쇄되었다. 생산 규모로만 보면 1만 배에 달하는 경이적인 증가세다.

책이 비교적 저렴한 값에 어디서나 구할 수 있는 물건이 되자 많은 사람들이 글을 배웠다. 17세기 서유럽에서 글을 읽을 수 있는 사람은 4명 중 1명꼴이었으나 18세기 중반에는 남성 3명 중 2명, 여성 2명 중 1명으로 늘어났다.

거대한 독자층이 생겨나자 책에 대한 수요도 급격히 늘었다. 대중 실용서를 비롯해 새로운 종류의 책들도 등장했다. 전에는 실용서도 대부분 전문가용으로 만들었다. 그러나 18세기에 들어오자 교육은 일반화되었고, 책 덕분에 지식이 상류층의 전유물이 아니라는 인식이 굳어졌다.

눈치 빠른 출판업자들은 세상을 이해하는 데 도움이 될 책들을 요구하는 거대한 시장이 있음을 간파했다. 작가들 또한 지식과 계몽사상을 가능한 한 널리 퍼뜨리기를 원했다.

어느 면에서는 책을 쓰는 일이 혁명적 행위가 되었다. 드니 디드로(146~149페이지 참조)가 18세기 중반 위대한 《백과전서》를 편찬했을 때, 단지 사람들에게 정보를 제공할 목적만을 염두에 두었던 것은 아니다. 지식의 세계란 왕과 귀족의 천부적 인권이 아니라 모든 사람의 권리라는 사실을 보임으로써 민주주의를 위해 싸웠던 것이다.

토머스 페인은 자신의 저작 《인간의 권리》(164~165페이지 참조)를 통해 모든 사람의 인권을 요구하기 시작했는데, 이 작품은 널리 읽혀 프랑스혁명과 미국독립혁명의 토대가 되었다.

책은 또한 과학자와 철학자가 자신의 사상을 세상에 발표하는 수단이었다. 운동의 법칙을 소개한 아이작 뉴턴의 획기적 작품 《자연철학의 수학적 원리》(142~143페이지 참조)는 계몽주의를 촉진한 측면이 있다. 이 책은 우주가 알 수 없는 신의 신비가 아니라 과학자들이 연구하고 이해할 수 있는 정확한 물리적 법칙에 따라 운행한다는 사실을 보여 주었다.

반면에 로버트 훅의 《마이크로그라피아》(138~141페이지 참조)는 이전에는 상상할 수조차 없었던 미시微視 세계를 소개했다.

카롤루스 린나이우스는 《자연의 체계》(144~145페이지 참조)에서 어떻게 자연을 세분할 수 있는지 알려 주었고, 찰스 다윈은 《종의 기원》(194~195페이지

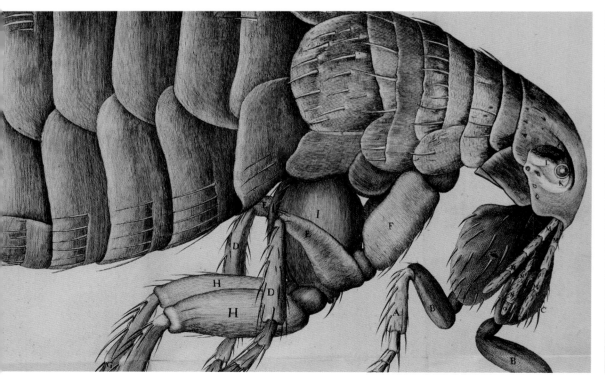

▲ **훅의 《마이크로그라피아》**　1665년에 출간된 로버트 훅의 획기적 작품 《마이크로그라피아》는 독자들이 전혀 경험해 보지 못한 미시 세계를 보여 주었다. 너무 커서 접어 넣은 이 벼룩 스케치에서 보듯이 정교한 일러스트는 무시무시하면서도 아름다울 만큼 상세하게 묘사했다.

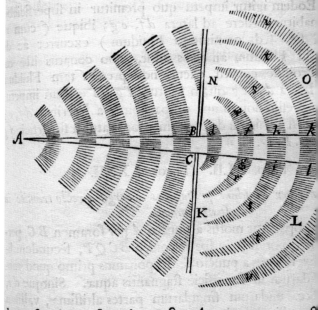

▲ **《자연철학의 수학적 원리》**　1687년에 발표된 뉴턴의 이 작품은 행성의 궤도를 설명하는 토대가 되었다. 일반인은 이해하기 어려운 내용임에도 뉴턴은 단숨에 명성을 얻었다.

인류의
최대 관심사에 대한
열망, 그리고
인류 선의의 감정을
한데 엮어서 …
"

드니 디드로Denis Diderot.
《백과전서》의 저자들에 대한 언급 중. 1751년.

참조)에서 생명 진화의 과정을 보여 주었다.

18세기 말에는 인간 사회마저 어떻게 분석하고 이해 가능한지
설명하는 책이 출간되었다.

애덤 스미스의 《국부론》(162~163페이지 참조)은 자본주의 경제
체제의 이론적 근거를 제시한 반면, 카를 마르크스의 《자본론》
(200~201페이지 참조)은 오늘날까지도 진행되고 있는 혁명을
태동시킨 강력한 반론을 만들어냈다.

위대한 이론서들 외에도 소설이 문학의 한 장르로 자리를 잡았고,
《트리스트럼 섄디》(156~159페이지 참조) 같은 소설은 개인의 의식과
상상력 넘치는 사생활이 점점 확장되고 있음을 보여 준다. 원래 소설 읽기는
부유층 여인들의 여가 활동에 속했다.

그러나 저렴한 주간지에 연재되던 디킨스의 《픽윅 페이퍼스》

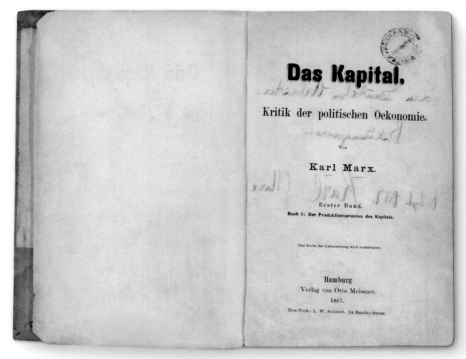

▲ 《자본론》 사회적으로 산업적으로 커다란 변화를 겪고 있던 1867년에 출간되어 논쟁을 불러일으킨 이 책은
자본주의 체제에서 많은 사람들이 저지르는 부당함에 대해 설명한 작품이다. 당대에 이 책을 읽은 독자는 많지 않았지만
마르크스의 영향력은 오늘날까지도 지속되고 있다.

(178~179페이지 참조)는 매번 아슬아슬한 결말로 끝맺으며 독자들을 애태웠다.
덕분에 《픽윅 페이퍼스》는 수많은 일반 독자에게 다가갈 수 있었고, 책이
오락물이 된 최초의 사례였다.

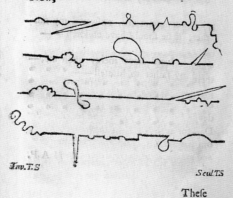

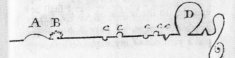

▲ 《트리스트럼 섄디》 로렌스 스턴의 이 코믹 소설은 1759년에 출간되었다. 주인공 트리스트럼 섄디의 일대기를 표방하고 있으며,
17세기의 시인과 풍자가들을 주로 인용하며 플롯을 자주 변경하고 익살스러운 말투를 사용한 것이 특징이다.

▲ 《픽윅 페이퍼스》 책으로 출간되기 1년 전에 잡지에 연재되어 인기를
끌었다.

근대의 책

20세기와 21세기에 이르러 출판계는 규모 면에서 최초의 소설이 등장했던 빅토리아 시대에는 상상조차 할 수 없을 만큼 성장했다. 그 성장의 수치는 놀라운데, 미국에서만 해마다 1백만 종 이상의 신간이 쏟아지고 있으며, 전 세계적으로도 무수한 책이 간행되고 있다. 일반 독자들의 선택을 받는 책도 엄청나다. 신간은 물론 기존에 출간된 책만도 대략 1천3백만 종이 판매된다. 책은 매우 저렴하므로 더 이상 사치품도 아니다.

펭귄출판사는 값싼 '페이퍼백'(230~231페이지 참조) 책을 도입함으로써 1930년대 출판계에 대변혁을 일으켰고, 아마존 같은 거대 유통업체들의 대량 판매는 값을 더욱 끌어내렸다. 오늘날에는 커피 한 잔 값에 불과한 신간도 흔하다. 전자책의 출현으로 언제 어디서나 책에 접근할 수 있게도 되었다.

그런데도 고정 독자층은 얼마 되지 않고, 실제 읽히는 책도 수백만 종으로 많지 않은 편이다. 미국인 4명 중 3명이 1년에 한 권 이상 읽지만 대부분 여섯 권이 채 넘지 않는다. 많은 사람들에게 읽히는 책은 극소수에 불과하다. 그럼에도 20세기에 나온 책 중에는 뚜렷한 족적을 남긴 책들이 있다. 그 이유는 많은 사람들이 읽어서가 아니라 사람들의 사고방식을 바꾸어 놓았기 때문이다. 이러한 책으로 꼽히는 게 바로 아인슈타인의 《일반상대성이론》(226~227페이지 참조)이다. 이 책에서 아인슈타인은 뉴턴 시대에 발전한 우주관을 뒤엎는 이론을 제시했고, 시간에 대한 우리의 인식을 완전히 바꾸어 놓았다. 이 작품을 실제로 읽은 사람은 별로 없고, 읽은 사람 중에도 제대로 이해한 사람은 극소수다. 그렇지만 이 책이 준 충격파는 과학계를 넘어 모든 곳에 미쳤다.

역사적으로 보면, 정치적 이유에서든 도덕적·종교적 이유에서든 논란에 불을 붙인 책들이 있다. 제2차 세계대전 후 히틀러의 《나의 투쟁》(242페이지 참조)은 많은 유럽 국가에서 극단적이라는 이유로 금지되었다가 폴란드에서는 1992년, 독일에서는 2016년에야 금서에서 해제되었다.

1928년 로렌스는 《채털리 부인의 연인》(242페이지 참조)을 발표했지만 외설법에 저촉된다는 이유로 미국과 영국에서 발매가 금지되었다. 이 금서 조치는 각기 1959년과 1960년이 되어서야 풀렸다.

20세기가 되자 특정 사안에 대해 대중의 관심을 끌고자 기획된 새로운 종류의 책이 나타났다. 책이 항의의 목소리를 내는 효과적인 수단이 된 것이다. 레이첼 카슨의 《침묵의 봄》(238~239페이지 참조)은 살충제가 야생 생물에 미치는 끔찍한 피해를 경고함으로써 사람들이 환경을 바라보는 방식을 크게 바꾸어 놓았다.

어린이책은 《이솝 우화》(160~161페이지 참조)라는 제목을 달고 18세기에 처음

die „Energiekomponenten" des Gravitationsfeldes.

Ich will nun die Gleichungen (47) noch in einer dritten Form angeben, die einer lebendigen Erfassung unseres Gegenstandes besonders dienlich ist. Durch Multiplikation der Feldgleichungen (47) mit $g^{\nu\sigma}$ ergeben sich diese in der „gemischten" Form. Beachtet man, daß

$$g^{\nu\sigma}\frac{\partial \Gamma_{\mu\nu}^{\alpha}}{\partial x_{\alpha}} = \frac{\partial}{\partial x_{\alpha}}\left(g^{\nu\sigma}\,\Gamma_{\mu\nu}^{\alpha}\right) - \frac{\partial g^{\nu\sigma}}{\partial x_{\alpha}}\,\Gamma_{\mu\nu}^{\alpha},$$

welche Größe wegen (34) gleich

$$\frac{\partial}{\partial x_{\alpha}}\left(g^{\nu\sigma}\,\Gamma_{\mu\nu}^{\alpha}\right) - g^{\nu\beta}\,\Gamma_{\alpha\beta}^{\sigma}\,\Gamma_{\mu\nu}^{\alpha} - g^{\sigma\beta}\,\Gamma_{\beta\alpha}^{\nu}\,\Gamma_{\mu\nu}^{\alpha},$$

oder (nach geänderter Benennung der Summationsindizes) gleich

$$\frac{\partial}{\partial x_{\alpha}}\left(g^{\sigma\beta}\,\Gamma_{\mu\beta}^{\alpha}\right) - g^{mn}\,\Gamma_{m\mu}^{\sigma}\,\Gamma_{n\mu}^{\beta} - g^{\nu\sigma}\,\Gamma_{\mu\beta}^{\alpha}\,\Gamma_{\nu\alpha}^{\beta}.$$

Das dritte Glied dieses Ausdrucks hebt sich weg gegen das aus dem zweiten Glied der Feldgleichungen (47) entstehende; an Stelle des zweiten Gliedes dieses Ausdruckes läßt sich nach Beziehung (50)

$$\varkappa\left(t_{\mu}^{\sigma} - \tfrac{1}{2}\,\delta_{\mu}^{\sigma}\,t\right)$$

setzen $(t = t_{\alpha}^{\alpha})$. Man erhält also an Stelle der Gleichungen (47)

▲ 《어린 왕자》 생텍쥐페리는 1943년 어린이들을 위한 소설을 발표했다. 저자 자신이 직접 그린 뛰어난 수채화 삽화를 곁들인 이 작품은 어린이 문학의 고전이 되었고, 250개가 넘는 언어로 번역되었다.

▲ 《일반상대성이론》 1916년 아인슈타인은 이론물리학에 아무런 배경 지식이 없는 일반 독자들을 상대로 자신의 이론을 널리 소개하겠다는 특별한 목표를 가지고 《일반상대성이론》을 발표했다.

… 천 표지든
유광 표지든
가벼운 페이퍼백이든,
책은 착 감기는 맛과 부드러운
촉감 덕분에
손에 들기 좋다.

존 업다이크John Updike. 《깊은 생각Due Consideration》. 2008년.

▲ **펭귄 페이퍼백** 이제는 하나의 상징이 된 간결한 책 표지를 갖춘 펭귄 페이퍼백은 20세기의 독서 습관을 바꾸어 놓았다. 대량 생산 덕분에 책값은 싸지고 다양한 독자층이 문학이라는 세계를 접할 수 있는 길이 열렸다.

등장했지만, 선진국의 어린이들이 삶의 가치관을 형성하는 발달기에 꼭 읽어야 할 정도로 중요한 부분이 된 것은 20세기에 이르러서였다.

오늘날 어린이 문학은 이 분야의 최고봉이라고 할 수 있는 생텍쥐페리의 《어린 왕자》(234~235페이지 참조)에서 보듯이 수준 높은 장르가 되었다.

요즘에는 매일 45조나 되는 페이지들이 인쇄되고, 10억 명의 사람들이 책을 읽는다.

책은 거대한 인구가 살고 있는 세상에서 각자의 경험과 이야기, 사상을 공유할 수 있는 유일한 수단이다.

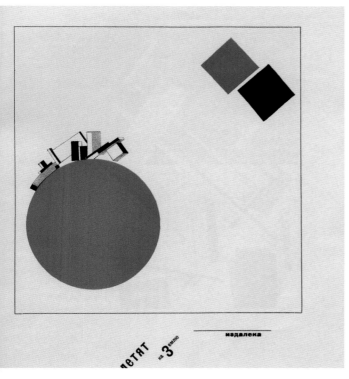

▲ 《두 정사각형의 절대주의적 이야기》 엘 리시츠키의 이 작품(228~229 페이지 참조)은 1922년에 출간되었는데, 어린이 이야기지만 새로운 소비에트 체제의 우월성을 상징하는 우화로도 읽힌다.

▲ 《침묵의 봄》 환경운동을 촉발시킨 《침묵의 봄》(238~239페이지 참조)은 1962년 레이첼 카슨이 발표한 책이다. 아름다운 삽화와 더불어 경각심을 불러일으키는 카슨의 표현 덕분에 대중들은 살충제 사용의 위험성에 관심을 가지게 되었다.

기원전 3000~ 기원후 999

CHAPTER 1

고대 이집트 사자의 서
Ancient Egyptian Books of the Dead

기원전 1991년경~기원전 50년경 ■ 파피루스 두루마리 ■ 1~40m x 15~45cm ■ 이집트

다수의 저자

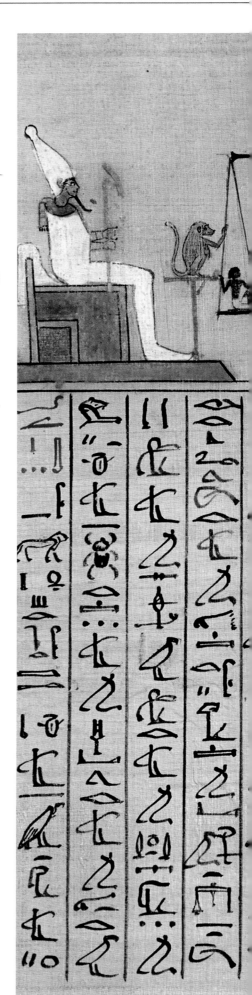

고대 이집트 《사자의 서》는 1,500여 년 동안 사용한 장례 문서이다. 이는 (주술적·종교적) 문구와 그림을 그려 넣은 파피루스 두루마리로, 망자와 함께 무덤에 매장하였다. 사람들은 여기에 쓰인 문구들이 위험 가득한 저승 세계를 무사히 통과해 완전한 내세에 도달하는 데 필요한 지식과 힘을 망자에게 준다고 믿었다.

《사자의 서》는 고도로 숙련된 필경사와 채식사가 제작하였다. 한 문서를 한 명 이상의 필경사가 담당했는데, 주로 파피루스 두루마리에 검정과 붉은색으로 필기체 신성문자hieroglyph*나 신관문자hieratic**로 작성했다. 문구에 곁들인 작은 삽화와 더불어 큰 그림들은 저승을 지나는 여정을 묘사한다. 초기 《사자의 서》들은 지배 계층의 인물들을 위해 만들었지만, 신왕국시대(기원전 1570년경~기원전 1069년경) 무렵에는 여러 계층으로 널리 퍼졌다. 가장 정교한 작품들은 이 시대에 만든 것이다.

《사자의 서》는 여러 장으로 구성되어 있는데, 필경사들은 의뢰인의 요구에 따라 내용을 작성했다. 통용되는 192개의 문구 가운데 의뢰인이 살아온 과정을 가장 잘 드러내는 것들을 골라 넣었다. 이렇다 보니 사실상 같은 문서는 하나도 없었지만, 125번 주문 "심장의 무게 달기Weighing of the Heart"는 거의 포함되었다. 이 주문은 내세의 신 오시리스Osiris가 이승의 삶을 평가하는 재판정에서, 망자의 영혼이 잘 변론하여 성공적 판결을 얻어 낼 수 있게 해 준다.

'사자의 서'라는 용어는 프러시아의 이집트학 학자 카를 리하르트 렙시우스Karl Richard Lepsius(1810~1884)가 만들었는데, 본래 명칭에 가까운 번역은 '빛으로 나아감에 대한 책Book of Coming Forth into Day'이다. 망자를 위한 이 생생한 안내서는 고대 이집트인들의 내세 신앙관을 제대로 이해하고 사라진 문명을 살짝이나마 엿볼 수 있게 해 준다.

* 고대 이집트의 상형문자로 표의문자와 표음문자의 성격이 모두 있다. 로제타석에 있는 것을 1822년에 프랑스의 샹폴리옹이 처음으로 해독하였다.
** 기원전 2500년경에 신성문자에서 파생한 고대 이집트 문자의 하나로 일반 사회에서는 기원전 7세기 중반까지, 종교적으로는 기원후 3세기까지 사용하였다. 신성문자와 마찬가지로 표의문자와 표음문자가 섞인 것이었으며, 주로 종교적 문서에 사용하였다.

배경 지식

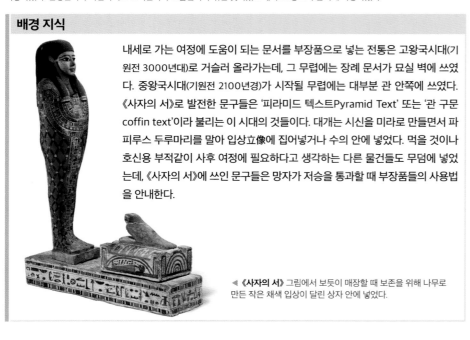

내세로 가는 여정에 도움이 되는 문서를 부장품으로 넣는 전통은 고왕국시대(기원전 3000년대)로 거슬러 올라가는데, 그 무렵에는 장례 문서가 묘실 벽에 쓰였다. 중왕국시대(기원전 2100년경)가 시작될 무렵에는 대부분 관 안쪽에 쓰였다. 《사자의 서》로 발전한 문구들은 '피라미드 텍스트Pyramid Text' 또는 '관 구문 coffin text'이라 불리는 이 시대의 것들이다. 대개는 시신을 미라로 만들면서 파피루스 두루마리를 말아 입상立像에 집어넣거나 수의 안에 넣었다. 먹을 것이나 호신용 부적같이 사후 여정에 필요하다고 생각하는 다른 물건들도 무덤에 넣었는데, 《사자의 서》에 쓰인 문구들은 망자가 저승을 통과할 때 부장품들의 사용법을 안내한다.

◀《사자의 서》 그림에서 보듯이 매장할 때 보존을 위해 나무로 만든 작은 채색 입상이 달린 상자 안에 넣었다.

▶ **마지막 심판** 18왕조 때 살았던 마이헤르프리Maiherpri의 《사자의 서》에 나오는 부분이다. 새의 모습으로 표현한 마이헤르프리의 영혼(ba)이 지켜보는 가운데 저승의 마지막 관문인 심장의 무게를 재는 과정을 묘사하고 있다. 고대 이집트인들은 심장에 인간의 지성과 감정이 깃들어 있다고 믿어 미라를 만드는 동안에도 몸에서 떼어 내지 않았다.

그린필드 파피루스Greenfield Papyrus – 세부 내용

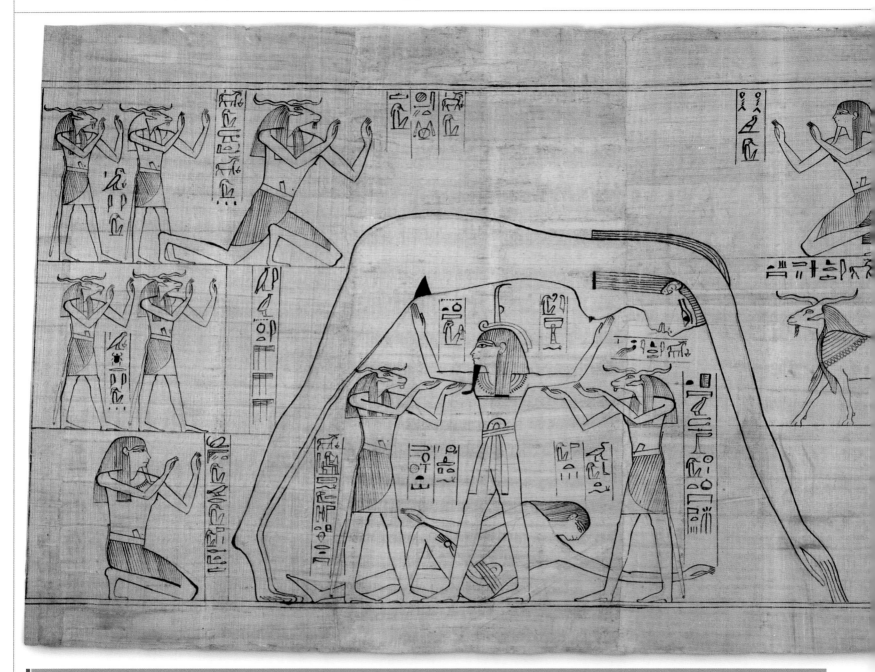

파피루스 만드는 방법

《사자의 서》에 사용한 두루마리들은 고대 이집트, 특히 나일강 기슭에서 자라던 갈대의 일종인 파피루스로 만들었다. 먼저 초록색 줄기의 껍질을 벗기면 하얀 심이 드러나는데, 이것을 가늘고 길게 찢는다. 그런 다음 이틀이나 사흘 동안 물에 담가 두면 풀같이 끈적이는 화합물이 나온다. 이 긴 조각들을 가로 방향으로 가지런히 늘어놓은 뒤 그 위에 세로 방향으로 한 겹을 더 놓아 종이의 면처럼 만든다. 이것을 널빤지 사이에 넣어 물을 뺀 다음 울퉁불퉁하거나 거친 면을 돌로 매끄럽게 마무리한다. 각 낱장을 크기에 맞게 재단하거나 두루마리의 길이에 맞춰 이어 붙여 사용했다.

▶ **세계에서 가장 오래된 종이** 파피루스를 최초로 사용한 시기는 고대 이집트 1왕조(기원전 3150년경~기원전 2890년경)로 거슬러 올라간다. 이토록 오래된 많은 문서들이 보존될 수 있었던 까닭은 이집트의 건조한 기후 덕분이었다.

◀ **낱장** 길이가 37미터에 이르는 네스타네베티세루의 《사자의 서》 파피루스는 현존하는 파피루스 가운데 가장 긴 것으로 알려져 있다. 1900년대 초 이 두루마리는 연구, 전시, 보관이 용이하도록 96개의 낱장으로 절단했다. 현재는 보호 유리에 넣어 보관하고 있다.

▲ **세계의 창조** 네스타네베티세루Nestanebetisheru는 지배 계층인 고위 사제의 딸이었다. 기원전 950년경~기원전 930년경의 것으로 추정되는 이 《사자의 서》는 현존하는 가장 아름답고 온전한 필사본 가운데 하나다. 1910년 이디스 메리 그린필드Edith Mary Greenfield가 대영박물관에 기증했으므로 흔히 그린필드 파피루스로 알려져 있다. 가운데 검정 선으로 그린 그림은 땅의 신 게브Geb와 그 위로 몸을 구부리고 있는 하늘의 여신 누트Nut, 그리고 세계의 창조를 묘사하고 있다.

◀ **주문** 옆 그림에서 망자 네스타네베티세루는 검정 선으로 그린 작은 삽화에 두 번 등장한다. 한 번은 세 명의 문지기 앞에, 또 한 번은 황소·참새·매 앞에 무릎 꿇고 앉아 있다. 그림에 곁들여 검정과 붉은색 신관문자로 쓰여 있는 부분이 바로 주문이다. 이 《사자의 서》에는 방대한 양의 주술적·종교적 텍스트가 포함되어 있는데, 그중 일부는 다른 필사본에서는 전혀 발견되지 않는 것으로 보아 네스타네베티세루의 요구로 추가된 것으로 추정한다.

후네퍼의 사자의 서Book of the Dead of Hunefer - 그림 속으로

의미를 풀어 줄 열쇠

▶ **그림으로 표현한 찬가** 이집트 왕족의 필경사인 후네퍼의 《사자의 서》(기원전 1280년경) 주문15 부분의 세부도는 떠오르는 태양에 대한 찬가로 시작한다. 고대 이집트의 주요 신인 하늘의 신 호루스Horus는 그림에서 보듯이 흔히 매 또는 매의 머리를 한 남자로 표현한다. 머리 위에 있는 태양 원반은 그가 태양과 관련이 있음을 뜻하는 반면, 푸른색 곡선은 하늘을 나타내는 것으로 생각된다.

▶ **후네퍼의 심판** 자칼의 머리를 한 아누비스 Anubis의 인도로 심장의 무게를 잴 심판의 저울로 향하는 필경사 후네퍼가 보인다. 심판을 통과한 뒤에는 호루스의 인도를 받아 옥좌에 앉아 있는 내세의 신 오시리스 앞으로 간다.

▲ **신성문자** 이제까지 발견된 작품 중 가장 뛰어난 후네퍼의 《사자의 서》는 숙련된 필경사였던 후네퍼 자신의 작품으로 추정된다. 검정 구분선과 함께 검정과 붉은색 신성문자를 써 넣었다. 검정 잉크는 주로 석탄에서, 붉은색 잉크는 황토에서 얻었다.

▶ **보드게임** 보드게임을 하고 있는 후네퍼가 보인다. 보드게임은 그가 생전에 즐긴 취미일 수도 있지만 좀 더 깊은 뜻을 품고 있을 수도 있다. 보드게임의 승리는 후네퍼가 저승에서 온갖 난관을 극복하고 내세로 들어가는 데 성공함을 상징하기도 한다.

▲ **장례 의식** 이 작은 삽화는 미라가 된 후네퍼의 육신이 '입 열기Opening of the Mouth' 의식을 통해 영혼이 몸과 합치되면서 다시 살아날 것임을 상징적으로 보여 준다. 방부 처리의 신 아누비스를 형상화한 자칼 마스크를 쓴 사제가 미라를 받치고 있는 동안 곡을 하고 있는 미망인이 보인다. 그림 위에 있는 반흘림체 신성문자로 쓴 문구는 의식에서 읊는 말을 포함하고 있다.

▲ **뱀의 목 치기** 후네퍼의 《사자의 서》 주문17에는 뱀을 죽이는 고양이 그림이 있다. 이 그림은 맨 위에 길게 그려진 그림 끝부분에 나오는데, 이 그림 외에 옥좌에 앉아 있는 다섯 신들을 찬미하는 후네퍼의 모습도 보인다. 검정 필기체 신성문자로 쓰인 설명 안에 다섯 신들의 이름이 열거되어 있다.

주역 周易

기원전 1050년경(기록) ■ 필기 재료 및 크기 미상 ■ 중국

저자 미상

중국에서 가장 오래된 경전인 《주역》은 원래 톱풀 줄기(시초蓍草)나 동전을 던져 나온 점괘로 인생의 길흉화복을 점쳐 앞일을 대비하는 점서로 활용하였다. 정확한 기원은 분명치 않지만 3천 년 전부터 발전해 왔는데, 25페이지에 보이는 17세기 명나라 판본처럼 도교, 유교, 불교가 혼합된 '해설'이 쓰여 있다.

《주역》의 본서는 각각 숫자와 이름이 붙어 있는 64괘로 나누어 있다. 각 괘는 6개의 선으로 구성되는데, 가운데가 떨어진 선(- -)은 음陰, 붙은 선(—)은 양陽이라고 부른다. 톱풀 줄기나 동전을 던지는 순서에 따라 어떤 괘가 나올지 결정되는데,《주역》에는 점괘를 풀이한 괘사卦辭와 효爻마다 처지와 행동 지침을 설명한 효사爻辭가 실려 있다.

《주역》 원본은 현존하지 않지만, 그 사상은 전 세계 수백만 사람들이 인간 존재에 대한 근원적인 물음에 답을 구하는 데 쓰이고 있다

배경 지식

《주역》은 삼라만상을 어느 한쪽만 따로 존재할 수 없는 음(부정/어둠)과 양(긍정/빛)의 이원적 산물로 본 옛 중국인들의 믿음에서 발전했다.

《주역》의 목적이 하늘의 뜻을 아는 데 있다고 본 주된 이유는 인간의 삶에서 벌어지는 모든 상황이 음양의 상호작용에서 비롯되므로 괘로 정리하여 풀이할 수 있다고 여겼기 때문이다.

기본 8괘와 더불어 음양을 나타내는 것으로 알려진 가장 초기 상징은 '갑골'에 새긴 비문에서 발견되었다. 갑골은 상商나라(기원전 1600~기원전 1046) 시대에 점을 치는 데 사용한 거북 등딱지와 소의 뼈를 말한다. 주周나라(기원전 1046~기원전 256) 때《주역》이 인기를 끌면서 갑골을 이용해 길흉화복을 점치는 관습은 점차 사라졌다.

▲ **거북 등딱지에 쓰인 이 '신탁'**은 기원전 1200년 무렵의 것이다. 점치는 사람들은 거북 등딱지나 짐승 뼈를 불로 지져서 갈라지는 결을 읽었고, 때로는 '응답'을 새겨 넣기도 했다.

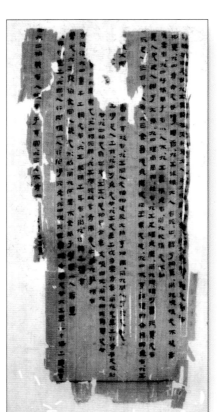

▶ **공자의 해석** 1973년 마왕퇴 馬王堆 유적에서 발견한 삼호한묘三號漢墓에서 출토된 이 비단 조각에는 64괘에 대한 공자의 해석이 쓰여 있다. 한나라 5대 효문황제 (재위: 기원전 180~기원전 157) 초기 시대의 것으로, 중국의 위대한 철학자 공자孔子(기원전 551~기원전 479) 사후 유학자들이 만든 상세한 텍스트와 해석 중 하나다(50쪽 참조). 공자는 《주역》을 광범위하게 연구하였고, 점복의 수단이 아니라 최고의 덕을 갖추기 위한 수양서로 보았다. 공자가 쓴 해석은 당대의 어떤 해석보다도 상세하면서 포괄적이었다.

▲ **주해서** 《주역》은 기원전 136년에 기틀이 잡혀 지금까지 전해 온다. 남송(1127~1279) 시대에 인쇄한 이 사본에서 보듯이, 64괘와 각 괘의 해석에 이어 주해인 십익十翼이 부가되어 있다.

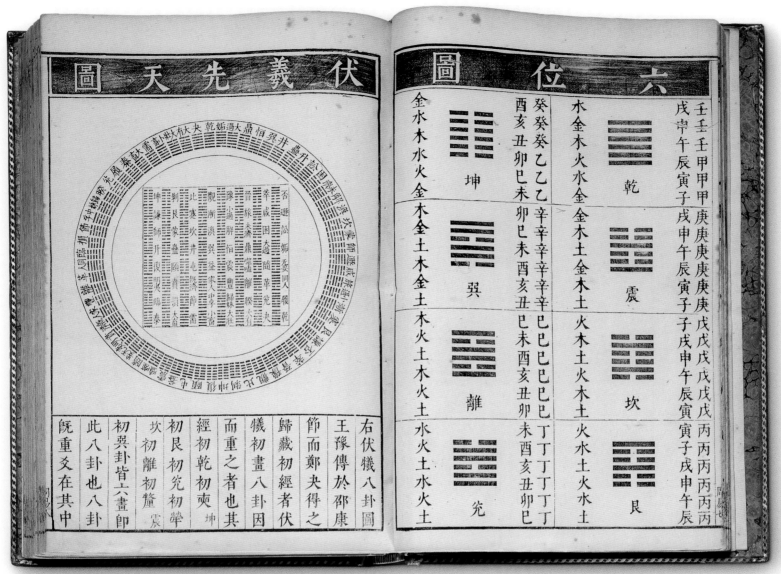

▲ **명나라 판본** 명나라(1368~1644) 말기로 갈수록 《주역》의 인쇄본은 차츰 귀해졌다. 이 판본은 1615년에 유제시俞濟時가 펴낸 것인데, 원전에 충실하게 설명했다는 주장을 속표지에 실은 점이 특이하다.

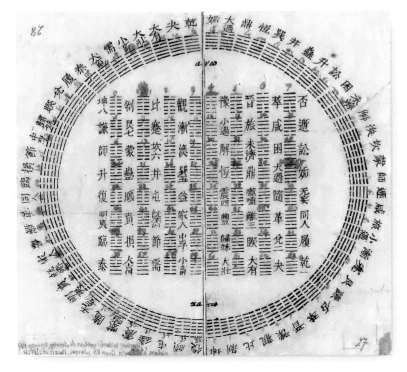

나에게 몇 년이
더 주어진다면 나이 오십에
주역을 배워 큰 허물을
없앨 수 있으리라.
加我數年 五十以學易
可以無大過矣.

공자, 《논어》 7편 〈술이述而〉 16장.

◀ **문화의 전파** 《주역》은 1600년대에 서구에 알려졌지만, 1701년에 이르러서야 독일의 수학자이자 철학자 고트프리트 빌헬름 폰 라이프니츠Gottfried Wilhelm von Leibniz가 처음으로 상세히 연구했다. 옆 그림에는 라이프니츠가 64괘 괘상도에 직접 손으로 쓴 주석이 보인다.

孫子兵法

乾隆御書

千辰竹齋精製

▲ 자연에서 얻은 필기 재료 2천 년 전 중국에서는 다양한 필기 재료에 글을 썼다. 거북 등딱지, 짐승의 뼈, 때로는 비단, 더 흔히는 쉽게 쓸 수 있는 죽간 등에 기록을 남겼다. 죽간은 대나무를 자른 뒤 표면을 깎아 내고 다듬은 뒤 말려서 그림에서 보듯이 얇게 쪼갠 것이다. 이것들을 한데 묶으면 책이 되었다.

손자병법 孫子兵法

기원전 500년경(기록), 1750년경(수록본) ■ 대나무 ■ 6천 단어, 13편 ■ 중국

손자孫子(손무孫武)

정확한 저술 연대와 저자는 불확실하지만《손자병법》은 고대 세계에서 전해 오는 가장 오래되고 영향력 있는 문헌이다. 당시 중국의 전형적인 필기 재료인 죽간에 쓰인 이 군사 교범은 13편으로 나누어 있는데, 군대의 훈련, 조직, 지휘 등 여러 주제를 다루고 있다. 전쟁이 끊이지 않았던 춘추시대(기원전 770~기원전 476)에 이 작품이 쓰였다는 점을 감안하면, 그 내용이 현실에 적용되었던

것이 분명하다. 또 1,500년이 지나 송나라 황제 선종(1048~1085)이 중국의 고전 7병법서인 무경칠서武經七書를 편찬하라고 명령했을 때 이 책이 가장 먼저 꼽혔다는 사실을 보면 얼마나 오랫동안 사랑받았는지 알 수 있다. 그런 이유로 이 책은 중국 황군皇軍의 모든 장수들에게 필독서가 되었다. 심지어 2,500년이 흐른 오늘날까지도 나폴레옹과 마오쩌둥 같은 다양한 지도자들에게 영감을 주었고, 전 세계 군 지휘관들의 애독서이기도 하다. 더욱 놀라운 사실은 기업체 대표들도 읽는다는 점이다.

손자
기원전 544년~기원전 496년

《손자병법》은 중국에서 전쟁이 끊이지 않던 시대에 매우 성공한 군사 지휘관 손무의 작품으로 알려져 있다. 그러나 그가 직접 쓴 것인지에 대해서는 자주 의문이 제기된다.

손무가 중국 오나라의 장수이자 군사 전략가였다는 사실은 정설로 인정되었다. 그러나 그가 직접《손자병법》을 썼는지 아니면 이전에 존재하던 군사 이론들의 요점을 추려 자신의 이름으로 펴낸 것인지는 확실치 않다. 또한 후대인 전국시대(기원전 475~기원전 221)에 편찬되었을 것이라는 주장도 있다. 기원을 둘러싼 분분한 학설 덕분에 오히려 더 주목을 받는다.

《손자병법》은 최고의 실용서다. 이 책의 최대 관심사는 준비, 규율, 강력한 리더십이며, 적의 상황에 대응하기보다는 전투 조건을 결정하는 것이 절대적으로 중요하다는 점을 강조한다.

세부 내용

▲ **죽간** 죽간의 재질인 대나무 한 조각에 텍스트 한 줄만 들어가는 특성 때문에 죽간에는 간결하고 명쾌한 문장을 썼다. 펜보다는 섬세한 붓을 사용하여 복잡한 문자들을 기록했다.

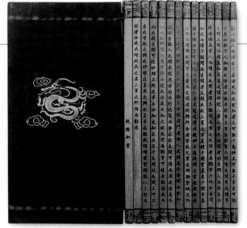

▲ **제본** 나뭇조각들은 비단실이나 가죽끈으로 한데 엮었는데, 이렇게 엮은 죽간은 말아서 쉽게 휴대할 수 있었다. 같은 시대 양피지로 제작한 유럽의 저작물보다 내구성도 훨씬 뛰어났다.

배경 지식

현존하는 가장 오래된《손자병법》사본은 1972년 발견한 한漢나라 시대의 고분 두 곳에서 여러 작품들과 함께 발굴되었다. 중국 동부의 산동성 은작산 기슭에서 공사 중이던 인부들이 발굴했는데, 지명을 따서 은작산 한묘 죽간으로 부르기도 한다. 발견된 죽간 4,942개 중에는 손자의 후손으로 추정되는 손빈孫臏이 지은 후대의 군사 교본《손빈병법》도 있다. 두 작품 모두 기원전 140년에서 기원전 134년 사이에 매장된 것으로 추정한다. 이 두 작품의 발굴은 20세기 중국에서 가장 중요한 고고학적 발견으로 꼽힌다.

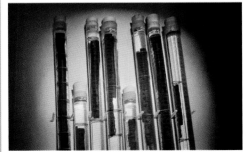

▲ **기원전 2세기** 무렵의 것으로 가장 오래된《손자병법》사본 죽간이다.

> 상대보다 강할 때는 약한 척하고, 약할 때는 강한 척하라.

손무,《손자병법》.

마하바라타Mahābhārata

기원전 400년(기록), 1670년경(수록본) ▪ 종이 ▪ 18cm x 41.7cm(수록본) ▪ 인도

크기

브야사Vyāsa

현자賢者 브야사가 북인도 우타라칸드의 한 동굴에서 구술했다고 전해 오는 《마하바라타》는 2행 연구聯句 10만 행으로 이루어진 가장 긴 서사시다. 문헌에 따르면 이 서사시는 2행 연구 2만 4천 개로 구성된 바라타Bhārata에서 확장된 것이다. 가장 오래된 문헌 단편들은 기원전 400년으로 거슬러 올라가지만 확실한 원전 성문판은 존재하지 않고, 시간이 흐르면서 다양한 지역에서 변형판들이 발전했다. 여기에 일부가 소개된 《마하바라타》는 1670년의 것으로 글자 상단을 따라 흐르는 수평선이 특징인 데바나가리 문자 Devanāgarī script*로 쓰였다.

중앙에는 사촌지간인 카우라바Kaurava 형제들과 판다바Pandava 형제들 사이의 싸움이 묘사되어 있다. 판다바 형제들은 선왕 판두Pandu의 다섯 아들들인데 운명의 장난으로 모두 아름다운 드라우파디Draupadi 공주와 각기 결혼한다. 주사위 놀이를 한 뒤 형제들은 12년 동안 추방을 당하는데, 카우라바 형제들 눈에 띄게 되면 다시 쫓겨날 운명에 처하게 된다. 이야기는 두 세력 사이에 큰 전투가 벌어지고 판다바 형제들이 왕국을 되찾는 것으로 끝난다. 《마하바라타》는 힌두교가 발전하게 된 매혹적인 원천이기도 하다. 중심 이야기는 이 책에 담긴 많은 설화, 역사, 철학적·도덕적 쟁점들 가운데 하나일 뿐이다. 《마하바라타》에는 또한 700행으로 이루어진 힌두교 경전 《바가바드기타Bhagavad Gita》도 들어 있는데, 힌두교의 근본 원리인 다르마 (법) 개념이 소개되어 있다.

브야사

기원전 1500년경

힌두교 전승에 따르면, 브야사는 인도의 전설적인 현자로 《마하바라타》의 저자일 뿐 아니라 베다의 편찬자로도 알려져 있다.

전설에 따르면 브야사는 기원전 1500년 무렵 인도의 우타라칸드에서 살았으며 사트야바티Satyavati 공주와 선인仙人 파라샤라Parashara의 아들이었다. 비슈누Vishnu 신은 파라샤라에게 자신을 위해 혹독한 고행을 하면 그 보답으로 아들의 이름을 떨치게 해 주겠다고 약속했다. 숲에서 자란 브야사는 사트야바티 강가에서 은자들과 살며 고대의 성스러운 경전 베다를 배웠고 그것을 발전시켜 《마하바라타》를 창작했다. 서사시 《마하바라타》는 구전 전승의 결과물일 테지만, 전설에 따르면 브야사가 2년 반 동안 구상하여 동굴에서 자신의 필경사인 코끼리 신 가네샤Ganesha에게 받아 적게 했다고 한다.

▲ **최후의 전투** 1670년 무렵의 것으로 추정되는 《마하바라타》 판본의 부분이다. 인도 남부 마이소르Mysore 또는 탄조르Tanjore에서 출토된 것으로, 종이에 글자는 흑색과 적색으로 쓰고 그림은 불투명 수채물감과 금박으로 칠했다. 텍스트는 판다바 형제들과 카우라바 형제들의 싸움 이야기를 담고 있다. 중앙 그림은 험상궂은 가토트카차Gatotkacha(오른쪽 위)와 카우라바 측 최고의 전사 카르나Karna가 벌이는 대단한 전투를 묘사하고 있다. 카르나가 인드라Indra 신에게서 받은 마법의 무기로 가토트카차를 죽이는 데 성공한다.

* 근대 시기의 범어를 적는 데 쓰였던, 음절 문자와 음소 문자의 속성이 섞여 있는 문자. 기본 글자 33개와 모음 부호 10개, 그 밖의 여러 가지 기호로 구성되어 있다.

> 여기 있는 것은 세상 어디에나 있다. 그러나 여기 없는 것은
> 세상 어디에도 없다.

《마하바라타》 1권 〈태동〉.

배경 지식

초기의 《마하바라타》 책들은 말린 야자 잎에 쓴 필사본이다. 가장 오래된 필기 재료 중 하나인 야자 잎은 남아시아에서 가장 먼저 사용되었다. 필경사들은 바늘로 잎에 글자를 새긴 다음 그곳을 검댕과 기름 혼합물로 채웠다.

▶ **19세기의 야자 잎 필사본** 발리에서 출토된 것이다. 《마하바라타》의 이야기들은 동남아시아 전역에서 회자되었으며, 야자 두루마리부터 회화와 사원 장식에 이르기까지 다양한 형태로 표현되어 있다.

사해문서 Dead Sea Scrolls

기원전 250년~기원후 68년 ■ 양피지, 파피루스, 가죽, 구리 ■ 크기 다양 ■ 두루마리 981개 ■ 이스라엘

다수의 저자

이스라엘의 사해 남서쪽에 위치한 쿰란Qumran 고대 정착지 부근 동굴들에는 1,800년이 넘는 유구한 세월 동안 숨겨 놓은 두루마리 묶음들이 있었다. 사해문서로 알려진 이 두루마리들은 현존하는 가장 오래된 유대 문서로 유대교와 그리스도교의 성서를 이해하는 실마리가 되었다. 1947년 잃어버린 염소를 찾던 한 베두인족 소년이 우연히 발견했는데, 이로 인해 20세기의 가장 놀라운 고고학 탐사에 불이 붙었다.

동굴 11곳에서 발견된 항아리 안에는 동전, 잉크병 같은 유물과 함께 두루마리 981개가 들어 있었다. 온전한 것은 얼마 안 되었지만, 문서 조각들도 2만 5천 점이나 나왔다. 사해문서들은 대부분 동물 가죽으로 만들었지만 파피루스나 무두질한 가죽으로 만든 것도 있고 구리로 된 것도 하나 있었다. 대부분이 히브리어 텍스트이지만 아람Aram어*와 그리스어로 된 텍스트도 있었다.

무슨 이유로 또는 누가 이 두루마리들을 숨겨 놓았는지는 밝혀지지 않았다. 60년 무렵 로마의 예루살렘 점령에 대비한 보호 조치였을 것으로 보는 가설이 있다. 오늘날 이 문서들은 예루살렘에 있는 이스라엘국립박물관 내 특별 건물인 성서의 전당the Shrine of the Book에 보관되어 있다.

* 기원전 7세기 무렵 중동 지방에서 사용하던 언어로 히브리어 대신 유대인의 언어로 사용되었다.

▲ **안쪽 부분** 사해문서 중 가장 긴 것으로 8.15미터에 가까운 이 두루마리는 1956년 제11동굴에서 발굴되었다. 18개의 매우 얇은 양피지(벨럼)로 구성되어 있는데, 안쪽 면은 바깥 면과 달리 외부 요소에 노출되지 않았기 때문에 보존 상태가 매우 좋다. 히브리어 텍스트는 제2성전시대 말 헤롯 대왕 시기의 정방형 문자로 적혀 있다. 이 시기에 작성된 많은 히브리어 문서나 모든 사해문서와 마찬가지로 이 두루마리도 오른쪽에서 왼쪽으로 읽는다. 하느님이 모세에게 내린 계시 형태로 기록되어 있으면서, 이스라엘 백성이 이집트 탈출 중에 건설한 것과 흡사한 성전을 재건하도록 묘사한 텍스트 내용 때문에 성전문서라는 명칭이 붙었다. 이 문서에서는 솔로몬이 예루살렘 성전을 지을 때 이 지침에 따랐어야 한다고 주장하고 있다.

성전문서 Temple Scroll

▲ **문서 조각들** 성전문서의 주요 부분은 거의 완전하지만, 한쪽 끝에는 그림에서 보듯이 손상된 조각들이 많다. 오른쪽에서 왼쪽으로 읽는 가로행 배열인 히브리어 사본은 손상된 끝부분까지 매우 선명하여 학자들이 번역할 수 있었다. 내용은 구약성경의 〈탈출기〉 및 〈신명기〉와 거의 일치한다.

> ## 나는 2천 년 동안이나 잠자고 있던 히브리어 문서를 목격하는 행운을 누렸다.

엘리에제르 리파 수케닉 Eleazar Lipa Sukenik 히브리대학 교수. 1940년대에 쓴 일기.

◀ **손상된 문서** 이 세 단(왼쪽에서 오른쪽으로 42, 43, 44단)은 두루마리의 중앙 부분이다. 테두리 부분이 찢긴 이유는 두루마리들이 너무 빽빽이 말린 상태로 보관되어 있기도 했고, 발견된 이후에 부주의하게 다루어진 탓도 있다. 그러나 전문가들은 손상된 파편에 쓰인 글자조차 현대의 영상화 기술을 이용하여 해독해 냈다.

대 이사야서 문서 The Great Isaiah Scroll

▲ **마지막 부분** 1947년 맨 처음 발견된 문서들 중 하나에 이사야서 여섯 장 전문이 실려 있다. 성서가 실린 두루마리 가운데, 유일하게 온전한 문서다. 모든 성서 두루마리 가운데 보존 상태가 가장 좋으며 이 마지막 부분은 낱장 문서의 하단만 미세하게 손상되었을 뿐이다. 기원전 2세기 것으로, 이제껏 알려진 것보다 1천 년 이상 앞서는 가장 오래된 구약성경 필사본이다.

하박국 주석 Habakkuk commentary

◀ **하박국 주석** 기원전 1세기에 쓰인 이 문서는 아마실로 이어 꿰맨 가죽 두 조각에 쓰였다. 주석을 쓴 저자는 로마의 침략 위험에 처한 당시의 상황에 비추어, 예언자 하박국이 외세의 위험에 처한 이스라엘을 어떻게 보고 있는지 설명했다. 이 주석은 쿰란 사람들의 영적 생활이 어떠했는지 알려 주는 중요한 자료로 평가 받고 있다.

▲ **첫 부분**　대 이사야서 두루마리는 54단으로 되어 있는데, 위 사진은 첫 네 단이다(오른쪽에서 왼쪽으로 읽는다). (염소나 송아지) 양피지 17조각에 히브리어로 쓰여 있다. 사용한 잉크는 기름등잔에서 나온 검댕에 꿀, 기름, 식초, 물을 섞어 만들었다. 사진에서 보듯이 구두점은 사용하지 않았다.

전쟁 문서The War Scroll

▲ **전쟁 문서**　1947년에 발견된 다른 문서들과는 대조적으로 이 문서는 허구적인 요소도 포함한 전쟁 및 군사 전략 교본으로서 많은 저자들의 작품을 엮은 것으로 보인다. '빛의 자식들'과 '어둠의 자식들'이 벌이는 종말론적 싸움에 대한 예언이 들어 있다.

▲ 동굴 속에는 손상된 두루마리들이 아직도 많은데, 손상의 정도가 너무 심해서 어떤 문서인지 밝힐 수 없거나 번역할 수 없는 것들도 있다.

빈 디오스쿠리데스Vienna Dioscurides

512년경 ▪ 양피지 ▪ 37cm x 30cm ▪ 982폴리오 ▪ 비잔틴 제국

크기

페다니우스 디오스쿠리데스Pedanius Dioscurides

《율리아나 아니키아 코덱스*Juliana Anicia Codex*》로도 알려져 있는《빈 디오스쿠리데스》는 약초 치료법에 대한 페다니우스 디오스쿠리데스의 고전 의학서 《약물에 대하여*De Materia Medica*》의 가장 오래된 사본이다. 그리스·로마 시대의 가장 중요한 의학서인 원전은 70년 무렵 페다니우스 디오스쿠리데스가 저술한 것으로, 383종의 약초와 200종의 식물을 소개해 놓았다.

비잔틴 제국의 수도인 콘스탄티노플에서 제작된《빈 디오스쿠리데스》는 《약물에 대하여》를 약 450년 뒤에 필사한 것으로 당시 황제 올리브리우스Olybrius 의 딸이자 초기 교회와 치료의 후원자인 율리아나 아니키아 공주에게 헌정되었다. 1569년 신성로마제국 황제 막시밀리안 2세Maximilian II가 빈 국립 도서관에 소장하기 위해 이 사본을 구입하면서《빈 디오스쿠리데스》라는 이름이 붙었다. 상세한 정보와 풍부한 삽화가 어우러진 이 코덱스(책 형태를 갖춘 고대 필사본)는 초기 비잔틴 예술에서는 단연 독보적이다. 디오스쿠리데스의 원전에도 똑같은 그림이 실려 있는지는 확실치 않지만 이 사본에는 멋진 식물 그림 479점이 실려 있다. 이 그림들이 실물을 보고 직접 그린 것인지 기존의 그림을 보고 묘사한 것인지도 확실치 않다.

이 책에는 디오스쿠리데스의 약학서 외에도 1세기 무렵 그리스 의사인 에페소의 루푸스Rufus of Ephesus가 썼다고 알려진 의학서, 2세기 그리스 콜로폰의 니칸데르Nicander of Colophon가 저자로 추정되며 뱀에 물린 상처를 다룬 논문의 축약본, 삽화를 곁들인 조류 도감 등 세 작품이 실려 있다.

페다니우스 디오스쿠리데스

40년경~90년경

페다니우스 디오스쿠리데스는 그리스의 의사이자 약사, 식물학자이다. 그가 쓴 기념비적인 작품《약물에 대하여》는 고대 그리스와 로마의 의료 행위에 대해 알려 주는 유일하면서도 매우 중요한 자료이다.

디오스쿠리데스는 킬리키아의 아나자르부스에서 태어났지만 자세한 생애는 알려져 있지 않다. 네로 Nero황제(37~68) 시대에 로마에서 의학에 종사했고, 로마군 군의로 일하면서 여러 곳을 돌아다닌 덕분에 많은 식물과 광물의 의학적 특성을 연구할 수 있었다. 이렇게 연구한 것을 활용하여 주요작 《약물에 대하여》를 편찬했다. 식물을 약리적 속성과 식물적 속성에 따라 분류한 이 작품을 쓰는 데 만 20년이 걸렸다고 한다. 원전은 그리스어로 썼지만 나중에 라틴어로 번역되었다. 이 작품은 박물학 부문의 진귀한 기록물로 고대 학문에 지속적인 영향을 미쳤다.

▼ 실물 같은 삽화 약제사들이 약을 만들 때 약초를 쉽게 확인할 수 있도록 사실적으로 그렸으며, 옆 페이지에는 약초의 특성을 기술했다. 175장의 그림은 뿌리까지도 그려 식물 전체의 모습을 보여 주고 있다. 그리스어 텍스트는 대문자로 쓰여 있는데, 대문자는 3세기에 라틴어와 그리스어에서 발전했다.

▲ **속표지** 이 책은 '식물 뿌리, 씨앗, 수액, 잎, 약'
을 다루며, 알파벳 순서로 되어 있다고 설명하고
있다.

2천 년 가까이 디오스쿠리데스는 식물과 의학 분야에서 최고 권위자로 인정받았다.

테스 앤 오스발드스톤Tess Anne Osbaldeston, 《약물에 대하여》에 대한 언급. 2000년. ,,

◄ **후원자의 초상화** 이 코덱스에는 후원자인 율리아나 아니키아 공주를 그린
오래된 그림이 실려 있다. 공주의 양 옆에는 관용(왼쪽)과 지혜(오른쪽)를
상징하는 인물이 앉아 있고, 귀여운 아기 천사가 필사본을 공주에게 바치고 있다.

세부 내용

▲ 방대한 영향력 1453년 비잔틴 제국이 오스만 제국에 함락된 뒤 이 필사본에는 아랍어 식물명이 덧붙여졌다. 《빈 디오스쿠리데스》는 이후 유럽 학문과 아랍 학문에 두루 깊은 영향을 미쳤다.

▶ 약초 치료법 권고 사례 디오스쿠리데스는 꽈리 그림 옆 오른쪽 페이지 설명에서 이 식물의 줄기를 진정제로 사용할 것을 권하고 있다. 꿀과 혼합하면 시력을 향상시키는 효과가 있고 포도주와 혼합하면 치통을 완화한다고 주장한다.

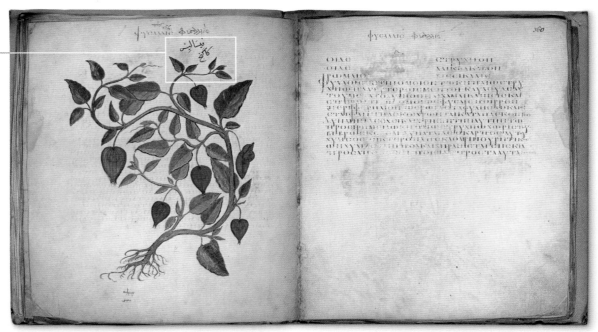

▲ 실물을 보고 그리다 이 노란뿔양귀비 그림에서 보듯이 《빈 디오스쿠리데스》에 실린 삽화들은 면밀하게 관찰해서 그린 것들이다. 나중에 비잔틴 미술은 제국의 웅장함을 부각시키는 권위로 인해 차츰 종교색은 짙어지고, 감정은 절제하는 쪽으로 발전하였다.

▶ 꼭대기에서 뿌리까지 디오스쿠리데스는 식물의 모든 부분을 관찰하였다. 약재로 사용 가능한 해당 부위들을 한눈에 볼 수 있게 그림 안에 뿌리, 잎, 꽃, 열매를 모두 그려 넣었다. 화가가 양피지에 그림을 먼저 그린 뒤 필경사가 텍스트를 채웠다.

▲ **조류 도감**　섬세하게 채색한 선화를 곁들여 지중해의 40가지 새에 대해 설명했다. 1세기의 디오니시우스Dionysius가 그린 것으로 추정하는 이 작품이 수록된 덕분에 《빈 디오스쿠리데스》는 가장 오래된 조류 도감으로도 평가받는다.

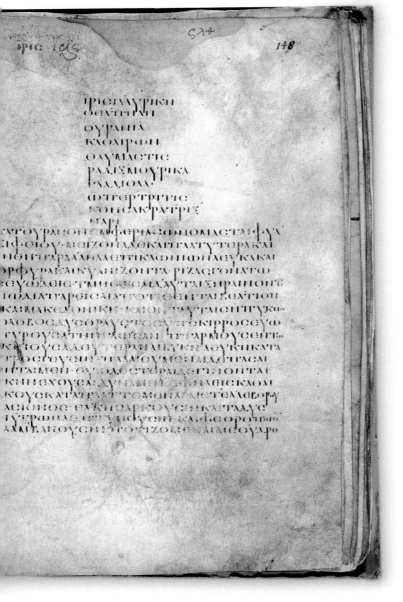

배경 지식

《약물에 대하여》는 여러 세대의 지식과 임상을 취합했다. 비교적 최근인 1930년대까지도 그리스의 노 수도사가 디오스쿠리데스 요법에 따라 환자를 치료한 것으로 밝혀졌다. 디오스쿠리데스 사후 약 1,500년 동안이나 《약물에 대하여》는 서구와 아랍권의 표준 의학서였고, 아랍어와 페르시아어는 물론 중세와 르네상스 시대에는 이탈리아어, 프링스어, 독일어, 영어로도 번역되었다.

▲ **스웨덴의 식물학자 칼 폰 린네**Carl von Linné는 디오스쿠리데스에게 깊은 영향을 받아 1749년 자신의 저서 《약물 Materia Medica》에서 최초의 근대적 분류법을 만들어 식물을 속과 종으로 새롭게 분류했다. 속표지에는 약재가 담긴 약장이 그려 있다.

켈스의 서Book of Kells

800년경 ■ 벨럼 ■ 33cm x 25.5cm ■ 340폴리오 ■ 아일랜드

아일랜드 성골롬반 수도회 수도사들

800년 무렵에 만든《켈스의 서》는 현존하는 중세 켈트 시대 최고의 채식 필사본으로 정교하고 화려한 디자인을 자랑한다. 호화로운 삽화로 장식된 텍스트는 주로 4세기에 히에로니무스 성인이 번역한 라틴어 성경에 나온 4복음서로 이루어져 있다. 화가 세 명과 필경사 네 명의 합작품으로 추정되는 이 책은 최고급 송아지 가죽 벨럼vellum에 인슐라Insular 서체*로 알려진 공식 서체로 쓰였다. 이 필사본은 시간이 흐르면서 30여 장이 유실되어, 오늘날에는 340장이 수록되어 있다. 전면을 가득 채운 삽화, 추상적 장식, 채식문자로 가득한 이 책은 6세기에서 9세기 사이에 영국의 섬들에서 만든 장식 필사본인 인슐라 사본 중에서도 가장 화려한 표본이다. 그러나 필사할 때 부주의했는지 글자나 단어 전체가 누락되거나 반복되어 있는 점으로 보아 일상용이 아닌 전례용으로 만들어졌다는 것을 알 수 있다.

《콜룸바누스의 서Book of Columba》로도 알려진 이 필사본은 6세기 아일랜드 출신의 콜룸바누스 성인St Columba을 따르는 아일랜드 수도사들이 제작했다. 성골롬반 수도회는 9세기 바이킹 침공 당시 스코틀랜드의 이오나Iona에 있던 대수도원에서 도망쳐 더블린 북쪽에 있는 켈스 수도원으로 피신했다. 이 필사본은 이오나, 또는 켈스 어느 한쪽에서 만들었거나, 이오나에서 시작하여 켈스에서 완성하였을 것이다. 중세의 문헌에 따르면 이 필사본을 넣어 보관하던 장식함을 1006년에 도난당했다고 한다. 비록 장식함은 되찾지 못했지만 필사본 낱장들은 대부분 회수되었다. 현재 전하는 책은 영국의 제본사 로저 파웰Roger Powell이 1953년도에 제작한 것이다. 파웰은 필사본을 보존하기 쉽게 네 권으로 나누어 제책하였는데, 그렇게 제책된 책들은 17세기부터 필사본을 보관해 온 더블린 트리니티 칼리지Trinity College의 올드 라이브러리the Old Library에 전시되어 있다. 이 작품은 아일랜드의 문화와 정체성을 보여 주는 중요한 상징이 되었다.

제작 기술

《켈스의 서》 제작에는 최소한 송아지 가죽 185장이 사용되었다. 필기 재료인 벨럼은 '송아지'를 뜻하는 라틴어 '비툴룸vitulum'에서 유래했다. 그 외의 다른 동물 가죽은 양피지라고 부른다. 가죽은 한 장씩 석회에 담가 표백했다가 말리고, 속돌로 부드럽게 문질러 다듬은 뒤, 낱장으로 재단했다. '잎'을 나타내는 라틴 '폴리움folium'에서 유래한 폴리오folio는 앞면인 '렉토recto'와 뒷면인 '베르소verso'로 이루어진 한 장을 가리킨다. 글씨를 써 넣기 전에 필경사가 참고할 수 있게 작은 침으로 땀을 뜨고 칼날로 가로선을 그렸다. 또 깃털을 다듬어 펜대를 만들고 그걸 사선으로 잘라 펜촉으로 사용했다. 검댕이나 아라비아고무와 혼합한 철가루를 잉크로 사용했고, 필사본 삽화에는 다양한 원료에서 얻은 일곱 가지 물감을 사용했다.

▲ 《켈스의 서》에 수록된 폴리오는 붉은색 물감을 사용했다. 붉은색 물감은 납에서 얻었고 녹색 물감은 황화구리에서 얻었다.

▶ 전면 《켈스의 서》는 현존하는 서구 필사본 중 성모 마리아 그림이 최초로 들어간 작품이다. 비잔틴 양식의 의상을 입은 성모 마리아가 어린 예수를 무릎에 앉힌 채 옥좌에 앉아 있다. 주위를 에워싼 천사들은 독특한 부채를 들고 있는데, 이 부분은 이집트의 콥트Copt 예술에서 영감을 얻은 듯하다. 동정녀 마리아의 가슴, 오른발만 두 개를 묘사하고 예수의 정교한 금발을 독특하게 표현한 것이 두드러진 특징이다. 이 그림은 오른쪽 페이지에서 시작하는 〈마태오복음〉 요약본에 맞춘 삽화이다. 그 옆 오른쪽 페이지 요약본은 정교하게 장식된 텍스트 페이지로서 첫 글자 'N'을 길게 늘여 우아하게 시작한다. "유대 베들레헴에서 그리스도 탄생함", "동방박사들의 선물", "학살당하는 아기들", "베들레헴으로 돌아옴"이라고 라틴어로 적혀 있다.

* 아일랜드에서 개발하여 영국 본토와 유럽 대륙으로 퍼진 서체. 최고위 성직 계층에서 중요한 문서와 종교 문헌에 사용했으며 동그스름한 형태로 되어 있다.

아일랜드의 가장 위대한 역사적 보배…
전 세계 중세 그리스도교 예술을 가장 잘 보여 주는 멋진
작품이다.

유네스코UNESCO의 세계기록유산 등재 기념사.

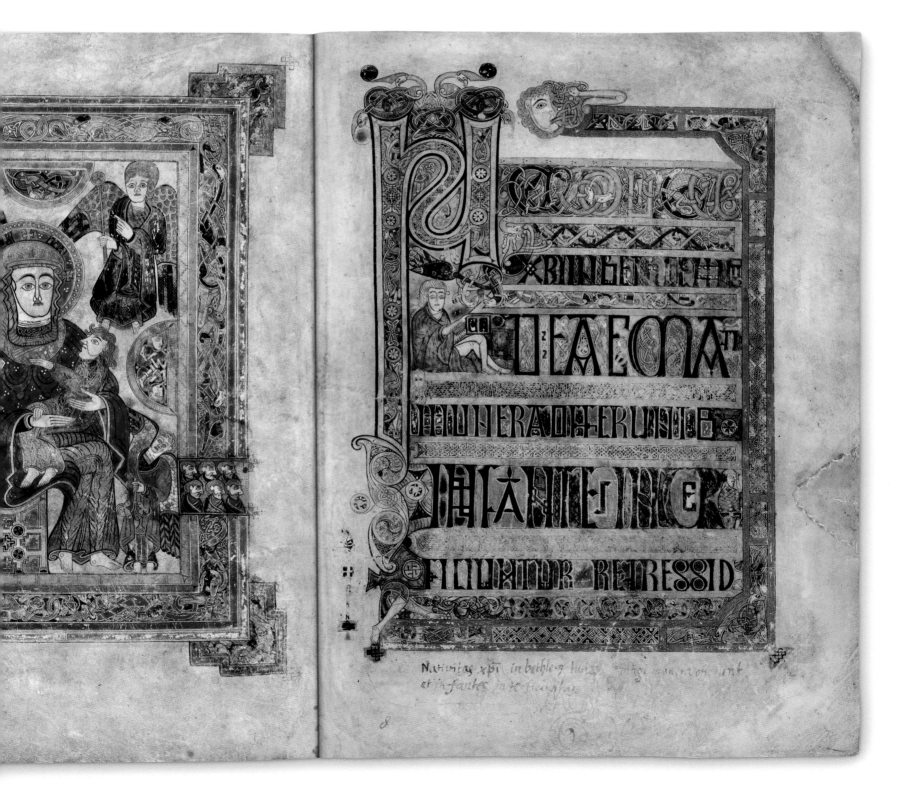

▲ **카이로Chi Rho** 《켈스의 서》에서 가장 유명한 페이지는 카이로Xρ다. 이는 '그리스도Christ'를 뜻하는 고대 그리스어 'Χριστός'의
첫 두 글자 'Χ(카이)'와 'ρ(로)'의 알파벳 이름이다. 과장되게 장식한 두 글자는 그리스도의 탄생을 말하는 〈마태오복음〉을
채식한 이 페이지의 핵심이다. 'Χριστός'의 세 번째 글자인 'ι(요타)'와 '출생'을 의미하는 단어 'generatio'도 보이는데,
이는 "예수 그리스도께서 태어나신 경위는 이러하다"라는 문장의 앞부분이다.

그림 속으로

▼ **숨은 이미지**　카이로 페이지는 동물과 사람의 숨은 그림으로 유명하다. 선 사이에 있는 금발 남자의 머리로 영어 알파벳 'P'처럼 생긴 'ρ(로)'자의 정교한 곡선이 마무리 되어 있고, 세 번째 글자인 'ι'(요타)가 'ρ'의 한 가운데를 관통하고 있다. 일부 학자들은 그림 속 남자가 그리스도를 의미한다고 추정한다.

▼ **복잡한 디자인**　절묘한 나선형 모티프가 'X(카이)' 자의 오른쪽 소용돌이무늬 사이에 끼어 있다. 이 부분을 세공한 예술가는 금세공사에 비견될 정도로 뛰어난 세부 장식과 정교한 솜씨를 보여 준다.

▲ **하늘의 천사**　금발에 날개 달린 남자의 모습으로 그린 천사들은 'X'자로 교차된 팔 하나에서 솟아나온 것 같다. 이 부분에는 보이지 않지만, 바로 위에 제3의 천사가 있다. 하느님의 천상 전령인 이들은 그리스도의 탄생 소식을 널리 전하기 위해 지상으로 파견됐다. '천사angel'라는 말은 '전령'을 뜻하는 그리스어 'angelos'에서 유래했다.

▶ **동물 모티프**　페이지 아래쪽에는 입에 하얀 원반을 문 커다란 생쥐 한 쌍을 지켜보고 있는 고양이 두 마리가 나온다. 원반은 영성체를 상징하는 것 같지만, 그 정확한 의미와 동물들이 무엇을 뜻하는지는 몇 세기가 흐르면서 잊히고 말았다.

세부 내용

▼ **공동 작업** 《켈스의 서》는 라틴어 텍스트를 작성한 수도사 세 명과 장식 그림과 머리글자를 채색한 수도사 네 명이 협업한 결과물로 추정된다. 이 책은 아일랜드 최초의 필사본으로 모든 문장의 머리글자가 장식되었고, 가독성을 높이기 위해 최초로 단어 사이에 띄어쓰기를 했다.

▲ **채식된 글자** 〈마태오복음〉이 수록된 124r 폴리오는 정교하게 장식한 머리글자 'T'와 거센 불길을 내뿜는 사자를 이용하여 십자가 위 그리스도의 죽음을 표현했다.

▲ **화려하게 장식한 글자** 19v폴리오의 세부도는 '즈가리야Zachariae'라는 머리글자를 화려하게 장식한 'Z'가 특징인데, 'acha'까지만 붙여 쓰고 나머지는 내려 썼다. 필경사가 장식을 우선시했기 때문이다.

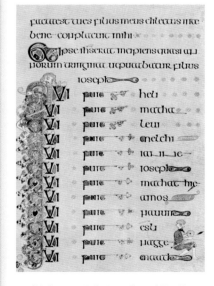

▲ **반복어** 200r폴리오는 그리스도의 족보를 장식했다. 행이 시작될 때마다 'Qui(누구)'가 반복되며, 서로 몸이 꼬인 뱀들이 세대들을 연결하고 있다.

▲ 초상화 페이지 그림 장식만 들어간 페이지 중에는 초상화가 많다. 자주색 겉옷을 걸친 그리스도는 양 옆으로 네 천사의 보위를 받으며 손에 복음서를 들고 권좌에 앉아 있다. 머리 부분에 있는 공작새 두 마리는 그리스도의 부활을 상징한다.

▶ 복음서 대조표 필사본 시작 부분에 나오는 복음서 대조표 8개는 4복음서에 공통적으로 나오는 해당 구절에 대한 찾아보기이다. 각 대조표는 모두 장식이 되어 있다. 건축 양식의 기둥 꼭대기 부분에 상상 속 생물을 감싸고 있는 반구형 지붕이 얹혀 있다.

▼ 카펫 페이지 양탄자와 비슷하다고 해서 붙인 이름인 카펫 페이지는 인슐라 필사본의 전형적 특징인데도 《켈스의 서》에는 한 페이지만 등장한다. 기하학적으로 정밀하고 장식이 매우 뛰어난 이 지면은 컴퍼스로 그려 낸 작은 원 무늬로 가득 차 있다. 큰 원 안에는 400개가 넘는 원과 나선무늬가 믿을 수 없을 정도로 섬세하게 그려져 있다.

관련 문헌

《린디스판 복음서Lindisfarne Gospels》는 인슐라 예술 Insular art*을 대표하는 또 다른 작품으로, 영국의 북동 해안 근해 섬인 린디스판 수도원에서 8세기 초에 제작했다. 《켈스의 서》보다는 소박하지만 비슷한 형태와 색감을 자랑한다. 이 책에도 카펫 페이지가 있는데, 복음서가 시작되는 부분마다 등장한다. 10세기에는 라틴어 복음을 고대 영어로 번역하여 행간에 삽입한 까닭에 가장 오래된 영어 번역본 복음서로 꼽힌다.

* 로마시대 이후 아일랜드와 영국에서 발전한 예술 양식으로, '섬'을 뜻하는 라틴어 'insula'에서 유래했다. 켈트인들이 아일랜드의 수도원에서 채식 필사본이나 귀족 계급의 장식 문양을 발전시킨 데서 유래했다.

▲ 십자가가 있는 카펫 페이지 《린디스판 복음서》에 있는 카펫 페이지로, 오른쪽 페이지에는 장식된 머리글자와 대문자가 아름답게 배열되어 있다.

블루 코란 The Blue Qur'an

850년경~950년 ■ 염색 벨럼에 금박 ■ 30.4cm x 40.2cm ■ 600쪽 ■ 튀니지

크기

저자 미상

이슬람의 핵심 경전인 코란은 609년에서 632년 사이에 무함마드Muhammad 예언자가 알라Allah 신의 계시를 받아 작성한 것이다. 이 경전은 하느님, 그리고 인간과 하느님의 관계를 설명하고 있으며, 신자들에게 이승과 내세에서 평안에 도달하기 위한 지침을 전하고 있다. 모든 이슬람교도들은 코란의 가르침을 잘 알고 있어야 한다.

9세기 말에서 10세기 초의 것으로 추정되는 화려한 《블루 코란》은 가장 아름다운 책으로 꼽히며, 양피지를 푸른색이 감도는 짙은 남색으로 염색하였기에 블루 코란이라는 이름이 붙었다. 푸른색과 시각적으로 대비되는 금색 텍스트는 이 시대의 책들에서 보기 드문 특성이지만 사실은 이슬람 전통을 따른 것이다. 이슬람 전통에서는 어두운 바탕색에 금색이나 은색으로 쓴 종교 경전이 많다. 《블루 코란》을 쓴 필경사는 시각 효과를 위해 지면에 글자를 가득 채우려고 글자 획을 길게 늘여서 썼다. 글자의 윗부분이나 아랫부분에 모음임을 나타내기 위한 (악센트 같은) 발음 구별 기호가 전혀 없고, 단순히 텍스트의 열을 맞추기 위해 단어 사이에 빈칸을 삽입한 점으로 보아 필경사는 가독성보다는 미관을 우선시한 것 같다.

《블루 코란》이 언제, 어디서, 어떻게 제작되었는지는 알려진 바가 거의 없지만 아바스 왕조Abbasid caliphate의 수도였던 바그다드나, 우마이야 왕조Umayyad caliphate의 수도였던 스페인의 코르도바Cordoba에서 만든 것으로 추정한다. 튀니지의 카이루오안 대 모스크Kairouan Great Mosque에서 사용할 목적으로 주문한 것이라는 추정이 널리 인정된 견해다. 이 책의 독특한 채색은 동시대 경쟁국인 비잔틴 제국의 유사한 장식 문서에 쓰인 푸른색이나 자주색을 의식하여 사용한 것 같다. 남색과 황금색을 사용하려면 돈이 많이 들었으므로 이 작품은 매우 부유한 고객, 아마도 칼리프나 측근 가운데 한 사람이 주문했을 것으로 짐작한다. 현재는 책의 낱장들이 나뉘어 전 세계 여러 박물관에 보관되어 있지만 대부분은 튀니스Tunis의 바르도Bardo 국립박물관에 소장되어 있다.

세부 내용

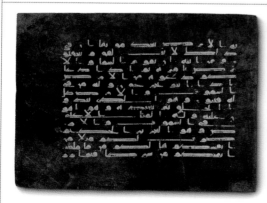

▲ **길이가 같은 선** 이 작품의 지면이 시각적으로 아름답게 보이는 한 가지 이유는 길이가 같은 15개의 선 덕분이다. 동시대의 다른 책들에는 대부분 한 페이지에 길이가 같은 선이 3개만 들어 있다. 이렇게 선의 길이를 같게 하기 위해 필경사는 단어를 바꾸고 중요한 문법 부호들을 생략했다.

▲ **가장 긴 장에서 짧은 장까지** 코란은 114개 수라surah(장)로 구성되어 있는데, 각 수라는 길이가 제각각인 아야ayah(절)로 이루어져 있다. 혼란스럽게도, 장들은 연대순이나 주제별 구조를 따르지 않고 길이에 따라, 즉 가장 긴 장이 먼저 오고 가장 짧은 장이 마지막에 오는 구조로 배열되어 있다. 은색 로제트(장미꽃 문양)가 장들을 구분하고 있지만, 산화 작용으로 색이 바랜 지 오래되었다.

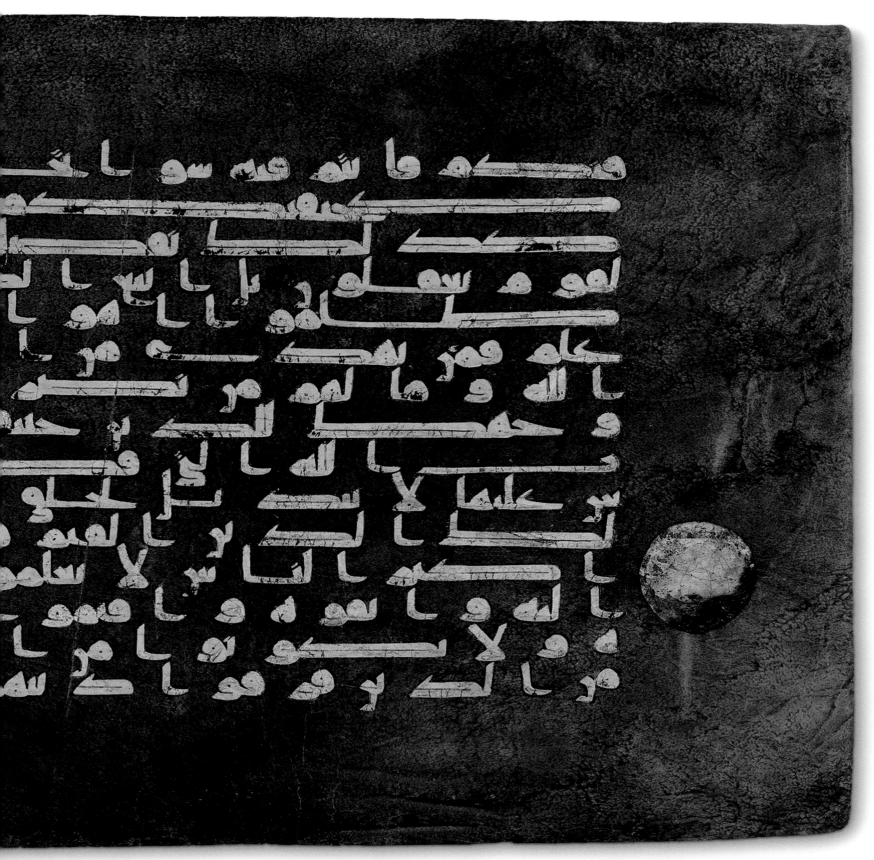

이것은 의심할 바 없는
책이다. …

코란 2장 2절에서.

▲ **쿠픽 문자** 《블루 코란》은 쿠픽 문자로 쓰였다. 쿠픽 문자는 가장 초기 형태의 아랍어 문자로, 7세기 말 이라크의 쿠파Kufa에서 발전한 데서 유래한 명칭이다. 가로 배열 형태는 8세기에서 10세기 사이 코란 사본들의 전형적 특징이다. 아랍어로 쓰인 모든 문서가 그렇듯 오른쪽에서 왼쪽으로 읽는다.

금강경金剛經

868년 ■ 인쇄본 ■ 27cm x 5m ■ 중국

크기

저자 미상

《금강경Diamond Sutra》은 불교의 핵심 경전이다. '경'을 뜻하는 산스크리트어 'sutra'는 기원전 6세기에 살았던 불교의 창시자 고타마 싯다르타Gautama Siddhartha, 즉 부처의 가르침을 가리킨다. 《금강경》 이라는 명칭은 부처가 '금강처럼 영원한 지혜' 즉, 덧없는 세상사에서 벗어나 영원한 진리에 이를 수 있는 지혜를 언급한 데서 유래했다. 이 경전은 부처와 나이든 제자 수보리Subhuti의 대화 형식을 취하고 있다. 부처의 모든 가르침이 그러하듯, 인간 존재 또한 물질세계와 마찬가지로 '헛된 것'임을 강조하는 것이 이 작품의 목적이다.

현재 영국도서관에 보관되어 있는 이 작품은 간행일을 정확히 알 수 있는 가장 오래된 인쇄본이라는 점에서 중요하다. 이 두루마리 문서는 1900년 중국의 도교 승려가 중국 북서부 둔황에 있는 실크로드 정착지 외곽의 한 절벽에 있는 천불상 동굴에서 발견했다(51페이지 참조). 그곳에서는 《금강경》 외에도 6만 점에 달하는 그림과 문서들이 출토되었는데, 대략 1000년 무렵의 것들로서 고스란히 보존되어 있었다. 그 후 1907년 헝가리 출신의 탐험가 마크 아우렐 스타인Marc Aurel Stein은 이 문서를 구입하여 대영박물관으로 보냈다. 《금강경》은 8세기 무렵 발전한 중국의 세련된 인쇄술과, 그보다 훨씬 이전인 기원전 2세기 무렵 개발되어 전해 내려온 제지술을 제대로 보여 준다. 또한 불교가 본산지인 인도에서 널리 전파되었음을 보여 주는 진귀한 증거이기도 하다.

▶ **목판 삽화** 《금강경》의 시작부에만 유일하게 나오는 삽화로, 인쇄본에 실린 것으로는 가장 오래된 목판본 삽화이다. 부처는 그림 중앙에 뚜렷하면서도 근엄하게 그려져 있고, 왼쪽 아래에 웅크리고 있는 수보리에게 경전의 지혜를 설파하고 있다. 그리고 부처 주위를 제자들이 에워싸고 있다.

◀ **정확한 제작일** 두루마리 하단에는 다음과 같은 간행 기록이 있다. "함통咸通 9년 4월 15일(양력 868년 5월 11일) 왕개위王玠가 부모님을 위해 무료로 널리 배포할 목적으로 경건하게 만듦." 날짜를 표기함으로써 이 문서는 더욱 특별한 의미를 띠게 되었다.

▼ **대형 크기** 텍스트의 길이 때문에 이 두루마리는 일곱 분절로 나누어 만든 다음 서로 이어 붙였다. 두루마리는 나무 감개*에서 풀어내어 위에서 아래로, 오른쪽에서 왼쪽으로 읽도록 만들었다. 사람들은 환생할 때 행운을 타고날 수 있다고 믿어 《금강경》을 독송했다.

* 줄이나 실 따위를 감거나 감아 두는 도구.

▲ **앞선 인쇄술** 9세기에 중국 당나라에서 사용한 인쇄 방식은 황벽나무 껍질에서 채취한 재료를 염색하여 만든 종이에 (채색된 원전을 본떠 공들여 파낸) 목판을 활용하여 인쇄하는 방식이었다. 유럽에서는 600년이 지나 구텐베르크의 인쇄기가 등장하기까지 《금강경》에 견줄 만한 인쇄물은 없었다.

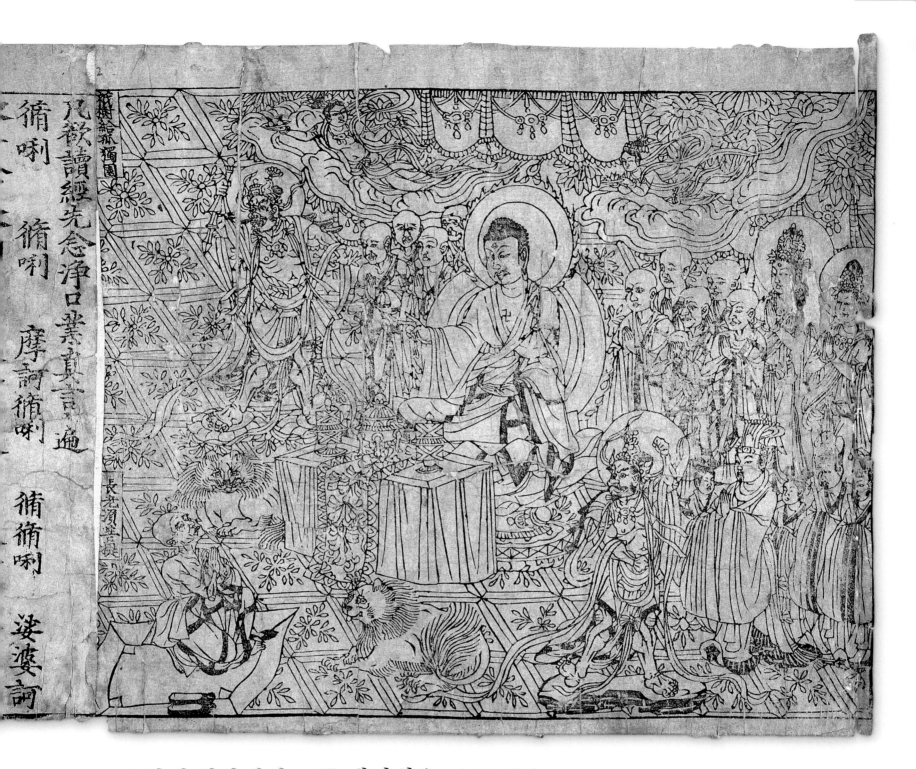

> 일체 현상계의 모든 생멸법은 一切有爲法
> 꿈 같고 환상 같고 물거품 같고 그림자 같으며 如夢幻泡影 ”

《금강경》. 제32 응화비진분應化非眞分.

엑서터 서 The Exeter Book

975년경 ■ 벨럼 ■ 32cm x 22cm ■ 131쪽 ■ 잉글랜드

크기

저자 미상

가장 방대하고 다양한 중세 앵글로·색슨 시가집 《엑서터 서》는 현존하는 4대 앵글로·색슨 시가집 가운데 하나다. 대부분 10세기 말에 쓰인 것으로 추정하는 이 시집은 유네스코로부터 "영국 문학의 토대가 된 작품이며, 세계 주요 문화 유적 중 하나" 라는 평가를 받았다. 1072년 엑서터의 레오프릭 Leofric 주교가 사망하면서 엑서터 성당 도서관에 이 책을 기증한 까닭에 엑서터라는 명칭이 붙었다.

이 작품은 영국의 베네딕도 수도원의 필사실에서 쓰였고, 단일 주제가 있는 것이 아니라 다양한 시와 수수께끼를 수록하였다. 시의 소재는 종교, 자연 세계, 동물 등 다양한 범위를 아우른다. 또한 추방, 고독, 운명, 지혜의 습득, 충성심 같은 주제와 관련된 몇몇 '애가'도 있다. 이 책은 100여 개의 수수께끼가 들어 있는 것으로도 유명한데, 실생활에서 활용하려고 수록했을 것이다. 의미가 불분명한 것들도 있고, 음담패설처럼 비유적으로 표현된 것들도 있다. 학자들은 이 책에 수록된 많은 요소들이 기록의 형태를 갖추기 수백 년 전으로

거슬러 올라가며 일부는 7세기에 비롯된 것도 있음을 밝혀냈다.

벨럼에 고대 영어로 쓰인 이 책은 교회, 특히 영국 내 가장 오래된 수도회인 베네딕도 수도회의 교화 작용, 그리고 급부상하는 앵글로·색슨 족의 문학적 취향과 문어文語의 영향력을 보여 주는 증거다. 그런 의미에서 로마제국 이후의 영국 앵글로·색슨 문화를 엿볼 수도 있고 작품을 필사하던 수도원의 폐쇄된 공간이 어떠했을지 짐작해 볼 수도 있다. 문학작품으로서 이 책은 톨킨J. R. R. Tolkien(1892~1973)과 오든W. H. Auden(1907~1973) 같은 작가의 작품에 영향을 미쳤다.

▶ **필경사 한 사람** 《엑서터 서》는 필경사 한 사람의 작품이다. 전문가들은 서체가 "앵글로·색슨 최고의 기품 있는 솜씨"라고 평가했으며, 글씨는 짙은 갈색 잉크로 쓰였다. 필체는 처음부터 끝까지 정연하고 리드미컬하며 세련되게 표현되었다. 책에는 삽화가 전혀 실려 있지 않지만, 사진에서 보듯이 수수하고 절도 있게 장식된 머리글자들은 많다.

세부 내용

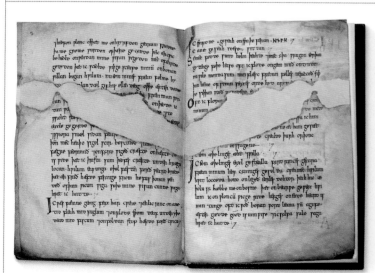

▲ **손상된 페이지** 《엑서터 서》가 늘 제대로 유지·관리되어 온 것은 아니다. 앞쪽 여덟 페이지는 분실되었고, 손상된 페이지도 꽤 있다. 예를 들면, 사진에서 보듯이 횃불을 올려놓았다가 탄 페이지가 있는가 하면, 아교나 금박을 엎질러 얼룩이 생긴 곳도 있고, 깊이 파이거나 찢어져 꿰매 놓은 곳도 있다.

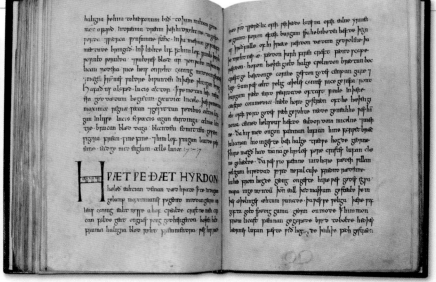

▲ **라틴어 알파벳** 영국 고문서에는 라틴어 알파벳이 사용되었는데, 'G'와 'D'를 비롯한 많은 글자들이 영국 섬들에서 발견된 필사본에서 볼 수 있는 형태로 표기되었다. 머리글자 'H'는 이 책에서 가장 긴 시의 시작을 알린다. 이 시는 니코메디아(오늘날의 터키)의 율리아나 성녀St Juliana of Nicomedia에 대한 이야기다. 300년 무렵 로마 원로원 의원과 결혼한 뒤 배교를 거부하여 순교한 초기 그리스도교 개종자인 이 성녀를 다룬 것으로 보아, 중세에 초기 그리스도교 순교자들을 공경했음을 알 수 있다.

> 작품 가운데
> 살아남은 부분이 있다는 게
> 놀랍다.

체임버스R. W. Chambers. 톨킨의 친구.

관련 문헌

《엑서터 서》가 중요한 앵글로·색슨 시들을 방대하게 수록하고 있는 반면, 가장 유명한 단일 시는 3천 행으로 구성된 서사시 《베오울프Beowulf》다. 이 시는 6세기경부터 구전되어 왔지만, 제대로 형태를 갖춘 것은 8세기에 이르러서다. 현존하는 유일한 앵글로·색슨 판본은 1000년 무렵에 쓰인 것으로 추정한다. 위대한 전사 베오울프가 끔찍한 괴물 그렌델 모자를 어떻게 해치웠는지 서술하고 있는데, 앵글로·색슨족이 게르만족에서 유래했음을 명확히 보여 주고 있다. 이교도로서의 과거와 그리스도인으로서의 미래 사이에 놓인 명예와 영웅주의를 설득력 있게 묘사한 작품으로, 많은 언어로 번역되었으며 영화·오페라·컴퓨터 게임으로도 각색되었다.

▶ **쉽게 파손될 수 있는 상태지만 유일하게 남아 있는 《베오울프》 사본으로** 현재 영국도서관에 보관되어 있다. 이 작품은 필체가 확연히 구분되는 것으로 보아 필경사 둘이 작업했다. 영국 어느 곳에서 필사본을 처음으로 만들었는지는 알려지지 않았다.

기타 목록: 기원전 3000~기원후 999

리그베다
Rigveda

인도(기원전 1500년경)

구전으로 전해 오던 《리그베다》는 '베다'라고 알려진 고대 힌두교 경전들 가운데 가장 오래된 것이다. 신들에게 바치는 찬가집이며, 4대 베다 가운데 가장 길고 중요한 《리그베다》는 인도 북동 지역에서 창작된 것으로 추정하며, 산스크리트어로 쓰였다. 1,028개의 찬가와 길이가 다양한 10,600개 시행으로 구성되어 있고, 10권으로 나뉘어 있다. 베다는 힌두교 경전의 근간이며, 특히 《리그베다》에 수록된 일부 찬가들은 오늘날에도 여전히 힌두교 예식에서 쓰이고 있으며, 지금도 유용한 세계 최고最古의 종교 문헌이다.

〈성애의 기술 The science of the erotics〉 북인도에서 발전한 파하리 Pahari 회화 양식의 《카마수트라》 중.

일리아스The Iliad/
오디세이 The Odyssey
호메로스Homeros

그리스(기원전 8세기 말~기원전 7세기 초)

고대 그리스의 서사시인 두 작품은 서구 문학에서 가장 오래되었다. 《일리아스》는 트로이 전쟁이 배경인 반면, 《오디세이》는 트로이 함락 후 고향으로 돌아가는 오디세우스의 여정을 그리고 있다. 두 작품 모두 호메로스의 것으로 추정하지만, 일부 학자들은 여러 공저자 가운데 호메로스를 대표로 내세운 것으로 추정한다. 고대 그리스의 이오니아 방언과 아이올리스 방언이 섞인 호메로스식 그리스어로 쓰였고 서구 고대 문헌 가운데 사본이 가장 많다. 그 가운데 가장 유명한 《베네투스 에이 Venetus A》는 10세기 것으로 가장 오래된 《일리아스》 완본이다.

논어論語
공자

중국(기원전 475년경~기원전 221년 기록, 기원전 206년~기원전 220년 수정)

중국의 철학자 공자(기원전 551~기원전 479)의 가르침을 모아 놓은 유교의 주요 경전 중 하나다. 실로 엮은 죽간에 붓과 먹으로 썼다. 《논어》는 공자의 제자들이 그의 사후 편찬했다. 공자가 한 말을 그대로 기록했다기보다는 그의 가르침을 표현한 것이다. 《논어》는 20권으로 나뉜 일련의 짧은 구절들로 구성되어 있고, 유교적 삶의 법도에 맞는 도덕관념들을 망라해 놓았다. 송나라(960~1279) 시대에는 유교의 핵심 사상을 대표하는 4대 경전의 하나로 분류되었다.

역사The Histories
헤로도토스Herodotus

그리스(기원전 440년경)

고대 그리스의 역사가 헤로도토스(기원전 484?~기원전 425?)가 쓴 《역사》는 서구에

토라Torah

이스라엘(기원전 7세기 말경)

유대교의 가장 중요한 율법서 《토라》는 시나이 산에서 하느님이 모세에게 받아 적게 한 것이라고 한다. 《토라》 두루마리에 적힌 텍스트는 유대인의 성서인 구약성서 첫 다섯 권에서 가져온 것이며 정결례를 거친 짐승의 양피지에 손으로 쓴 것이다. 두루마리에 기록하기 시작한 것은 기원전 8세기 무렵으로 추정하지만, 완전한 형태로 전해 오는 가장 오래된 것은 1155년에서 1225년 사이의 것이다. 또한 《토라》 텍스트 가운데 일부가 기원전 7세기 말의 히브리어 성서 파편에서 발견되기도 했다.

현존하는 가장 초기의 역사서로 인정받고 있다. 이 책은 페르시아 제국의 성장, 그리스·페르시아 전쟁(기원전 499~기원전 449)으로 이어지는 사건들, 그리고 페르시아의 패배를 다루고 있다. 헤로도토스는 이 고대 문명의 신앙 체계와 종교 의식에 대해서도 기술했다. 온전한 필사본 가운데 가장 오래된 것은 10세기의 것이지만, 그보다 훨씬 오래된 파피루스 단편 사본들이 이집트에서 발견되었다. 서구 문화에서 역사 저술이라는 장르를 확립한 것으로 평가 받는다.

도덕경道德經

중국(기원전 4세기경)

중국의 고전 경전인 《도덕경》은 도교의 철학적·종교적 근간이다. 대부분의 학자들은 중국의 현인이자 스승인 노자가 쓴 것으로 추정한다. 그러나 노자에 대해서는 알려진 것이 거의 없고 심지어 실존 인물이 아니라고 주장하는 학자도 있다. 텍스트는 원래 '전서체'로 쓰였고, 〈도경道經〉과 〈덕경德經〉으로 나뉜 짧은 시편 81장으로 구성되어 있다. 죽간, 비단, 종이 등에 쓰인 다양한 필사본들이 발견되었다. 가장 오래된 단편은 기원전 4세기로 거슬러 올라가지만, 기원전 8세기에 존재했다고 보는 학자들도 있다. 250여 차례에 걸쳐 서구 언어로 번역되었고, 인간 존재의 본성에 관한 가장 심오한 철학서로 평가 받는다.

향연The Symposium /
국가The Republic
플라톤Platon

그리스(기원전 385년경~기원전 370년)

이 두 작품은 고대 그리스의 철학가 플라톤(기원전 428?~기원전 348?)이 쓴 〈대화편〉 36편 중 두 편이다. 플라톤의 〈대화편〉은 초기, 중기, 후기로 분류되는데, 두 작품 모두

중기에 해당된다. 플라톤은 〈대화편〉을 통해서, 서구 철학의 창시자이자 신념을 굽히지 않다가 결국 처형된 스승 소크라테스 Socrates의 사상을 대변하고 있다. 소크라테스는 플라톤의 철학 저작에서 중심 역할을 하고 있으며, 오늘날 소크라테스에 대해 알려진 내용 중 상당수는 이 〈대화편〉에서 유래한 것이다.

《향연》은 사랑의 본성에 대한 철학적 원론서로서, 향연(고대 그리스어로 '음주연'의 뜻이다)에 모인 몇몇 사람이 소크라테스를 중심으로 주고받는 재치 넘치는 토론을 다루고 있다. 이 철학적·문학적 걸작은 이후 몇 세대에 걸쳐 작가들과 사상가들에게 영향을 미쳤고, 사랑은 깊지만 육체적 관계는 맺지 않는 '플라토닉 러브Platonic love' 개념에 토대를 제공했다.

《국가》는 플라톤의 〈대화편〉에서 가장 유명하고 널리 읽혔으며, 철학서 중에서 가장 영향력 있는 작품으로 꼽힌다. 이 작품은 정의로운 사람과 불의한 사람 가운데 누가 더 행복한지 숙고하며 정의란 무엇인지 묻고 그 의미에 대해서 논한다. 여기에서도 소크라테스는 중심인물로 등장하는데, 《국가》는 서구 정치 철학사의 핵심 문헌이다.

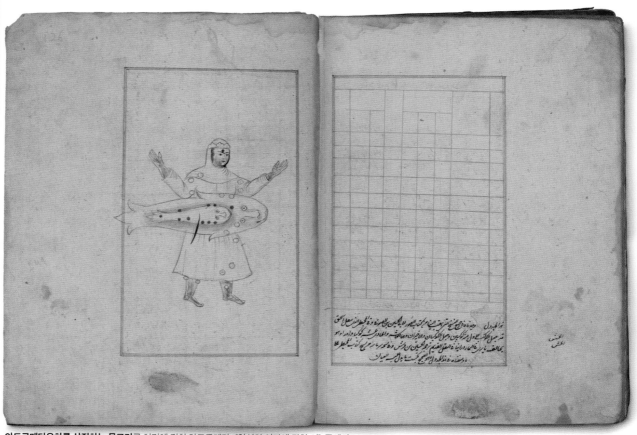

안드로메다은하를 상징하는 물고기를 허리에 걸친 안드로메다. 《항성의 성좌에 관한 서》 중에서.

카마수트라Kama Sutra

말라나가 바츠야나

Mallanaga Vātsyāyana

인도(200~400년)

고대 힌두 철학자이자 현인인 말라나가 바츠야나가 편찬한 이 산스크리트어 문헌은 최초로 인간의 성에 대해 폭넓게 고찰한 작품이다. 총 36장, 7편으로 나뉜 1,250시행으로 구성되어 있다. 이 작품은 선하고 충만한 삶, 사랑의 본질, 육체적·정서적 사랑의 결합을 통한 행복한 결혼 생활을 영위하는 법에 대한 지침서 역할을 한다. 사실 복잡한 산스크리트어로 쓰인 원전 필사본은 사랑에 대한 원론서로서, 그 안에 묘사된 64개의 성교 체위는 일부분에 지나지 않는데도 서구 사회에서 카마수트라는 성 지침서의 대명사가 되었다. 영국의 탐험가 리처드 프랜시스 버턴Richard Francis Burton에 의해 1883년 영역본이 발간되었다.

둔황문헌敦煌文獻

중국(5~11세기)

중요 경전과 세속 문서 6만여 점을 통칭하는 둔황문헌은 1900년 중국의 도사 왕원록王圓籙이 둔황에 있는 한 석굴에서 발견했다.

900년 동안 봉인돼 있던 것으로 추정하는 문헌은 5세기에서 11세기의 것이다. 주로 한자와 티베트어로 쓰였으며, 그 외에 17개 언어로 쓰인 사본들도 있는데, 지금은 사멸된 위구르 고어와 투르크 고어로 된 것도 있다. 경전에는 불교 경전은 물론 도교, 그리스도교의 네스토리우스파Nestorius, 마니교 Mani 문헌도 있다. 세속 문서에는 수학, 천문학, 역사, 문학 같은 광범위한 학술서뿐 아니라 이혼 서류, 호구 조사 기록부 등도 망라되어 있어 학자들이 그 시대를 연구하는 데 귀한 자료가 되고 있다.

둔황문헌 가운데 가장 중요한 발견은 868년에 쓰인 불교 경전 《금강경》(46~47쪽 참조)일 것이다.

고사기古事記

오노 야스마로太安麻呂

일본(712년경)

현존하는 가장 오래된 일본 역사 기록인 《고사기》는 구전되어 온 것들을 모아 편찬한 것이다. 저자 오노 야스마로가 겐메이 천황元明天皇의 지시를 받아 저술했다. (물거품에서 생겨났다고 하는) 일본의 창조 신화로 시작하여 남신과 여신들, 역사적 전설, 시, 시가 등이 기록되어 있다. 또한 시조로부터 시작하여 스이코 천황推古天皇의 재위(628년)에 이르기까지 왕가의 계보도 들어 있다. 책은 3권으로 나뉘는데, 상권(신들의 시대), 중권(진무 천황神武天皇에서 15세기 오진 천황應神天皇 시대), 하권(이후 제33대 스이코 천황推古天皇까지 시대)으로 구성되어 있다. 일본의 국교인 신도는 대체로 이 《고사기》에 개관되어 있는 신화에 근거한 것으로 추정한다. 책이 편찬될 당시 일본에는 문자가 없었으므로 한자의 음과 훈을 빌려 일본어를 표기하는 만요가나萬葉仮名* 표기 체계를 활용했다. 1882년 처음으로 영어로 번역되었다.

* 오늘날 사용하는 히라가나와 가타카나가 성립하기 이전에 사용하던 문자.

항성의 성좌에 관한 서Book of the Constellations of Fixed Stars

아브드 알 라흐만 알 수피

Abd Al Rahman Al Sufi

이란(964년)

아랍어로 'Kitab suwar al-kawakib altha-bita'인 이 책은 페르시아의 천문학자 아브드 알 라흐만 알 수피(903~986)의 작품이다. 그보다 앞서 그리스 천문학자 클라우디오스 프톨레마이오스Claudios Ptolmaeos(100~168)는 고정된 지구를 중심으로 도는 천체의 운동에 관한 수학적 이론을 확립했다. 이 책은 알 수피가 텍스트로 참고한 프톨레마이오스의 《알마게스트Almagest》에 제시된 이론들과 직접 실행한 천체 관측을 통합하려고 시도한 결과물이다. 책에는 수백 개의 별 이름뿐 아니라 항성으로 알려진 별자리 48개에 대한 설명이 열거된 표도 실려 있다. 중세의 우주관에 따르면 아홉 개 항성 가운데 여덟 개가 지구 주위에 있었다. 각 설명에는 좌우대칭의 닮은꼴 그림이 함께 나오는데, 이는 실제 별자리의 모습과 천체 관측 기구를 통해 보는 모습이 어떻게 다른지 보여 준다.

1000~1449

CHAPTER 2

겐지 이야기源氏物語

1021년(기록), 1554년(수록본) ■ 종이 두루마리 6개 ■ 크기 미상, 원본 두루마리 약 137m ■ 일본

무라사키 시키부紫式部

일본 문학의 최고봉《겐지 이야기》는 귀족 부인인 무라사키 시키부가 썼으며, 세계 최초의 장편소설로 평가 받는다. 비록 원전은 유실되었지만, 텍스트 일부는 삽화가 들어간 12세기의 두루마리에 보존되어 있다. 아래 두루마리에 나온 16세기 여류 화가이자 학자인 케이후쿠인 교쿠에이慶福院玉栄(1526~1602?)의 《겐지 이야기》에 대한 해설은 13세기 일본의 두 시인이 만든 편집본을 근거로 한 것이다.

길고 복잡한 이야기는 대체로 11세기 초 헤이안쿄平安京(지금의 교토) 황실을 배경으로, 400명이 넘는 인물이 등장한다. 그러나 54권 중 41권은 황제의 아들 히카루 겐지光源氏의 모험과 연애사를 그리고 있다. 무라사키는 일본 황실의 궁녀로 일하면서 이 작품을 썼는데, 황실이라는 상류층 세계의 경쟁과 암투를 생생하게 묘사한 것이 작품의 매력이다. 헤이안 궁중 사람들은 높은 지위에 오르고 교양을 갖추려고 애썼으며, 자연의 미를 제대로 음미할 줄 알고 음악, 시, 서예를 즐겼다.

이 작품은 또한 위대한 심리적 통찰력을 갖추고 있는 것으로도 평가 받는다. 겐지의 수많은 연애 상대인 여주인공들, 그중에서도 겐지가 가장 사랑한 아내 무라사키의 고통이 커다란 공감을 불러일으키는데,

무라사키 시키부

978년경~1014년경

무라사키 시키부는 일본 명문가 태생의 작가, 시인, 궁녀였고, 일본 문학의 걸작으로 꼽는 《겐지 이야기》의 저자로 잘 알려져 있다.

별칭 무라사키 시키부로 불리는 저자는 일본의 한 유력 가문(후지와라藤原 가문)에서 태어났는데, 본명은 알려져 있지 않다. 정식 교육을 받은 뒤 사촌과 결혼하여 딸 하나를 낳았다. 1001년 남편을 여의었고, 4년 뒤 황실의 궁녀로 불려 들어갔다. 서사 소설《겐지 이야기》를 언제 썼는지 정확한 날짜는 알려져 있지 않지만, 아마도 궁중 생활을 하던 무렵인 것 같다. 첫 33권은 일관성 있게 쓰였지만 이후 권들은 일관성이 없는 것으로 보아 후반부는 다른 작가가 쓴 것이 아닌가 짐작한다.

그녀는 결국 실연의 아픔으로 죽는다. 그러나 이 소설의 중심 주제는 인생무상, 덧없는 쾌락, 피할 수 없는 불행이다. 일본에서는 이 작품이 지금도 문화적 상징으로 존재한다.

세부 내용

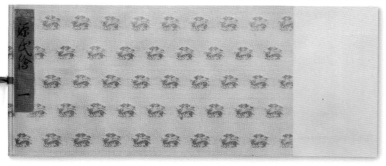

▲ 《겐지 이야기 백묘화 두루마리》 1554년 귀족 화가인 케이후쿠인 교쿠에이가 그린 이 두루마리는 여성이 여성 독자들을 위해 준비한 최초의 《겐지 이야기》 사본이자 해설집이다. 16세기 일본 여성에게는 겐지에 대한 지식이 신분의 상징이었는데, 원만한 결혼 생활을 유지하는 데 도움이 되었기 때문이다.

▲ 두루마리 끝부분 두루마리는 손에 들 수 있게 제작되었고, 당시 일본의 필기 양식에 맞춰 오른쪽에서 왼쪽으로 읽게 되어 있다. 읽을 때는 심봉으로 말린 두루마리 왼쪽 부분을 펼치며 오른쪽 부분을 말아 넣는다. 그래서 두 팔을 벌린 너비만큼 한 번에 펼쳐볼 수 있었다. 《겐지 이야기 백묘화 두루마리》는 총 여섯 개의 두루마리로 되어 있었고, 두루마리의 양쪽 끝은 사진에서 보는 바와 같다.

▲ **시각화한 글자** 《겐지 이야기 백묘화 두루마리》에는 일본에서 오랫동안 유행한 고도로
양식화된 여러 서체가 쓰였다. 가독성보다는 시각적 효과를 노렸으므로 글자는 거의 읽을 수
없다.

▲ **궁중 모습** 위 그림에서 보듯이 《겐지 이야기》에 나오는 많은 삽화들은 헤이안 황궁에서
일어나는 여러 장면을 지붕이 뚫린 듯 훤히 들여다보이게 그려 놓았다. 덕분에 텍스트에 묘사된
사건들을 실제로 지켜보는 것처럼 느낄 수 있다.

▼ **두루마리를 펼친 모습** 삽화를 곁들인 두루마리는 일본의 설화 전승에서 중요한 역할을
한다. 12세기부터 부유한 사람들은 오로지 오락으로 즐기기 위하여 이런 두루마리 제작을
의뢰했는데, 《겐지 이야기》는 가장 인기 있는 이야기 중 하나였다.

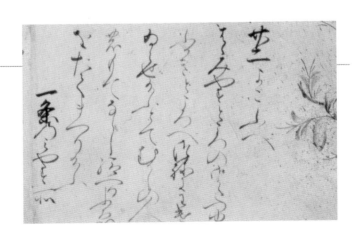

▲ **히라가나 문자** 위의 두루마리에서 볼 수 있듯이 《겐지 이야기》에 쓰인
표음문자는 여성들이 많이 사용해 '여성의 손'이라는 뜻의 '온나데女手'로 불렸다.
구어체에 가까운 히라가나는 시를 지을 때 쓰는 언어가 되었다. 직설적이지 않고
미묘한 어감이 잘 드러나는 표현을 했으며, 감정을 효과적으로 전달하기 위해 '꽃'
이미지를 활용했다.

배경 지식

《겐지 이야기》는 일본에서 꾸준한 인기를 누렸다. 1천 년
이 넘는 동안 두루마리, 화첩, 책, 부채, 병풍, 목판화 등 다
양한 매체에서 서화로 표현해 왔다. 이 소설은 헤이안 고전
문화가 부흥한 에도江戶시대(1603~1868)에 특히 교토의
궁중 사람들과 상인들 사이에서 인기를 누렸다. 최근에는
회화, 영화, 오페라, 애니메이션의 주제가 되었고, 세계 각
국의 언어로 번역되어 출간되었다.

▶ 선명한 색감으로 표현된 17세기의 이 그림은 5장 '젊은 무라사키'
의 한 장면을 묘사한 것이다.

의학 정전Canon of Medicine

1025년(기록), 1600년대(수록본) ▪ 종이 ▪ 크기 미상 ▪ 814쪽 ▪ 페르시아

이븐 시나Ibn Sīnā

의학 역사에서 금자탑으로 평가 받는 《의학 정전》은 1025년 페르시아의 박학다식한 이븐 시나가 저술했는데, 18세기까지 이슬람 세계와 유럽 대학에서 의학의 기본 참고 자료로 활용하였다.

50만 단어로 이루어진 방대한 《의학 정전》은 고대 그리스 의학자인 페르가몬의 갈레노스Galenos of Pergamum (129~216?) 작품과 고대 아라비아와 페르시아의 문헌을 비롯해 기존의 의학 지식 전 분야를 개관했는데, 신체 모든 부위의 질병과 그에 적합한 약초 치료법 및 외과적 치료법을 수록했으며, 임상을 근거로 한 의학 원리를 펼치고 신약 시험 실시 요강을 명확히 설명해 놓은 최초의 책이기도 하다. 각기 다른 의학 분야를 다룬 5권으로 구성되어 있는데, 1권은 의학 이론, 2권은 단순 약제, 3권은 신체 각 부위별 질환, 4권은 전신 질환을 다루었고, 5권에는 650가지 의약 목록을 수록했다.

기존의 지식을 집대성했을 뿐 아니라 이븐 시나 자신의 예리한 식견까지 담았다. 그는 결핵이 전염성 질환이기 때문에 토양이나 물을 통해 퍼질 수 있다는 사실을 최초로 밝혀냈다. 또한 사람들의 정서가 몸의 건강 상태에 영향을 미친다는 점과, 신경이 근육을 수축시키기 위해 통증과 신호 물질을 내보낸다는 사실도 처음으로 밝혔다.

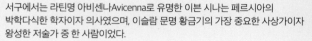

이븐 시나

980~1037년

서구에서는 라틴명 아비센나Avicenna로 유명한 이븐 시나는 페르시아의 박학다식한 학자이자 의사였으며, 이슬람 문명 황금기의 가장 중요한 사상가이자 왕성한 저술가 중 한 사람이었다.

아부 알리 알후사인 이븐 아브드 알라 이븐 시나는 부하라Bukhara(지금의 우즈베키스탄)에서 태어났다. 열 살 무렵에 코란을 전부 암기했고, 10대에는 그리스어와 수학을 공부했으며, 열여섯 살에는 전문의 자격을 갖추었다. 의사로 몇 년간 일하다 부와이Buyid(현재의 이란 지역) 왕국에서 왕자의 사부에 임명되었다. 약 450권의 책을 저술했고 그중 250권이 전해 오는데, 철학에 관한 기념비적인 저서 《치유의 서The Book of Healing》를 비롯해 의학, 천문학, 지리, 수학, 연금술, 물리학에 관한 저작들도 있다. 인생 말년에는 그의 저술 활동을 깊이 후원한 페르시아의 왕 알라 알다울라Ala al-Dawla를 위해 일했다.

《의학 정전》은 12세기에 처음으로 라틴어로 번역되었고, 13세기에 볼로냐대학 의학부에서 채택되었다. 1500년에서 1674년 사이에는 《의학 정전》의 전부 또는 일부가 60여 판이나 발간되었다. 아래에 있는 것들은 17세기 아랍 판본으로, 이븐 시나의 원전을 필사한 것으로 보인다.

세부 내용

▲ **정교한 장식** 이 판본의 많은 지면들이 유색 잉크와 금박으로 채식되어 있다. 이슬람 건축에서 쓰는 모티프도 보이는데, 이것들은 후대에 그려 넣은 듯하다.

▲ **서문** 이븐 시나는 서문에서 환자의 건강을 유지해야 할 의사의 과업과 적절한 처치, 약물 치료를 병행해 건강을 회복시키는 기술을 설명하고 있다.

▲ **필사본** 17세기 무렵 인쇄술이 이미 정착된 상황에서, 손으로 쓴 이 판본은 이븐 시나의 원전을 한 자 한 자 공들여 필사했다는 데 그 가치가 있다.

▲ **방대한 의약 목록** 아랍, 인도, 그리스 원전에 등장하는 수백 가지 약들을 설명해 놓은 5권의 지면이다. 약 성분과 조제법이 소개되어 있고 약의 효능에 대한 이븐 시나 자신의 견해를 덧붙였다.

그러므로 의학으로
건강과 질병의 원인을
알아야 한다.

이븐 시나. 의학에 대한 언급. 1020년경.

배경 지식

1140년 무렵 이탈리아 학자인 크레모나의 게라르두스Gerardus of Cremona(1114~1187)가 라틴어로 처음 이븐 시나의 원전을 번역하였다. 게라르두스는 천문학 연구서인 프톨레마이오스의 《알마게스트》를 번역하기 위해 아랍어를 배우려고 당시 이슬람 학문의 중심지인 스페인의 톨레도Toledo를 찾았다. 그 뒤 아랍 문헌을 왕성하게 번역했으며 대략 80작품을 옮겼다. 《의학 정전》외에 아리스토텔레스의 저작들도 몇 권 번역했으며, 아랍의 풍성한 지식을 유럽에 널리 전파하는 데 크게 기여했다.

▶ **게라르두스의 라틴어 번역서** 14세기 판본으로 세밀화를 통해 건강 문제들을 다양하게 보여 주었다.

둠즈데이 북 The Domesday Book

1086년 ▪ 양피지 ▪ 소 둠즈데이 북: 약 28cm x 20cm, 475쪽 ▪ 대 둠즈데이 북: 약 38cm x 28cm, 413쪽 ▪ 잉글랜드

크기

다수의 필경사

현존하는 영국 최고最古의 공공 기록물은 1085년에서 1086년 사이에 편찬한 두 권의 《둠즈데이 북》이다. 1085년 12월 발간에 착수했는데, 그 당시 노르만족 지배자인 정복왕 윌리엄 1세William I가 토지 조사 실시를 명령했다. 이 조사는 19세기 이전에 유럽에서 실시한 것 중 규모가 가장 큰 토지 조사로 잉글랜드의 모든 주와 군의 토지가 포함되었다.

왕의 대리인들은 잉글랜드 전역과 웨일스Wales 일부를 돌며 왕국 안의 장원 13,418곳을 조사하여 각 영주가 소유한 토지, 가축, 자원의 양과 가치를 기록했다. 이듬해 8월 무렵 관리들은 편찬을 위해 조사한 정보가 담긴 커다란 명부(조사의 공식 명칭은 '윈체스터 명부The Wincester Roll' 또는 '왕의 명부King's Roll'였다)를 필경사들에게 넘기기 시작했다. 먼저 작성된 《소 둠즈데이 북》에는 세 군에 대한 자세한 정보가 수록되어 있고, 완성되지 못한 《대 둠즈데이 북》에는 노섬벌랜드Northumbeland와 더럼Durham을 제외한 대부분의 군에 대한 정보가 수록되어 있었다. 두 작품 모두 중세 라틴어로 작성되었다. 당시 라틴어는 정부 문서를 작성하는 데 쓰이거나

교회에서 사용했지만 주민 대부분은 이해할 수 없는 언어였다. 오늘날에는 두 권 다 궤에 넣은 채 런던 큐Kew에 있는 국가기록원에 보관되어 있다.

토지 조사를 한 이유는 정확히 밝혀지지 않았다. 윌리엄 왕이 잉글랜드의 지주들로부터 징수할 세금을 산출할 목적이었을 수도 있다. 11세기에 잉글랜드 왕들은 스칸디나비아 바이킹의 약탈을 막기 위해 데인Dane족에게 바치는 공물인 데인겔드Danegeld를 내기 위해 세금을 징수해야 했다. 또한 1086년은 정복왕 윌리엄이 헤이스팅스 전투에서 앵글로·색슨 왕조의 마지막 왕 해럴드 2세Harold II에게 승리를 거둔 지 20주년이 되는 해였다. 《둠즈데이 북》은 1066년에 사망한 에드워드 참회왕Edward the Confessor과 윌리엄 왕의 토지와 재산을 기록하고 있으므로, 이 책이 자신의 통치를 정당화하기 위한 수단이었을 수도 있다. 만일 이러한 의도였다면, 윌리엄 왕 자신이 프로젝트가 완성되기 전인 1087년에 사망했으므로 헛수고가 되고 만 셈이다. 이 토지 조사서에 '둠즈데이'라는 이름이 붙은 이유는 소유자와 소유물에 대한 과세 판결로 여겼고, 그렇다 보니 성경에 나오는 마지막 심판, 즉 둠즈데이에 비유되었기 때문이다. 오늘날 이 작품은 당시 사회상을 알 수 있는 중요한 출처로 역사가들에게 평가 받고 있다.

세부 내용

▶ **지주 목록**(왼쪽) 각 군별 '장'은 왕에서부터 주교, 대수도원장을 거쳐 마지막으로 평신도 봉건 영주를 총망라한 지주 목록으로 시작한다. 지주들이 소유한 땅을 '몇백 개' 지역으로 나눈 뒤 다시 각 지역을 영지로 분류했다. 버크셔 Berkshire 지역을 기록한 이 페이지에는 지주 63명이 등재되어 있다.

▶ **난외주**(가운데) 역사가들은 필경사 한 사람이 《대 둠즈데이 북》 편찬을 책임진 것으로 생각하지만, 제2의 필경사가 수정을 덧붙인 듯하다. 사진을 보면 등재가 완료된 뒤 새로운 정보가 들어오자 각주처럼 삽입해 놓은 것을 확인할 수 있다.

▲ **강조 대상**(오른쪽) 요크셔 지역을 다룬 장의 이 세부도에서 보듯이 필경사는 독자의 관심을 끌기 위해 특정 단어나 지명에 붉은색 선을 그었다. 이러한 과정은 일종의 주서朱書라고 할 수 있다.

> **… 황소 한 마리, 암소 한 마리, 돼지 한 마리도 그의 기록에 남지 않고 지나가는 일이 없었다.**

《앵글로·색슨 연대기》. 《둠즈데이 북》 기록에 대한 12세기의 서술.

▲ **소 둠즈데이 북** 좀 더 작고 두꺼운 이 책은 에식스Essex, 노퍽Norfolk, 서퍽Suffolk의 군들만을 다루고 있는데, 《대 둠즈데이 북》보다 훨씬 상세하여, 《대 둠즈데이 북》에 얼마나 많은 정보가 누락되었는지 보여 준다. 《대 둠즈데이 북》과 달리, 《소 둠즈데이 북》은 한 페이지에서 단을 나누지 않았다. 적어도 필경사 여섯 사람이 작업한 것으로 추정한다.

제작 기술

《둠즈데이 북》 제작은 약 900마리의 양가죽을 준비하는 것으로 시작했다. 양가죽은 석회에 담갔다가 불순물을 긁어 낸 후 틀에 펼쳐 말렸다. 필경사들은 큰 새, 그중에서도 주로 거위의 날개 깃털로 깃펜을 준비했다. 오른손잡이 필경사는 오른쪽으로 굽은 왼쪽 날개 깃대를 사용했고, 왼손잡이는 오른쪽 날개 깃대를 사용했다. 깃털은 전부 잘라내고 달군 모래에 넣어 끝을 단단하게 한 다음, 깎아서 형태를 다듬었는데 그렇게 만든 깃펜은 조각칼과 흡사했다. 필경사는 한 손에는 깃펜을 쥐고, 다른 손에는 칼을 든 채 깃펜이 뭉툭해지면 깎아 내기도 하고 잘못 쓴 글씨는 잉크가 마르기 전에 긁어 냈다.

▲ **필경사는** '펜촉'을 만들고 만년필처럼 끝에 '홈'을 파기 위해 작고 날카로운 칼을 사용했다.

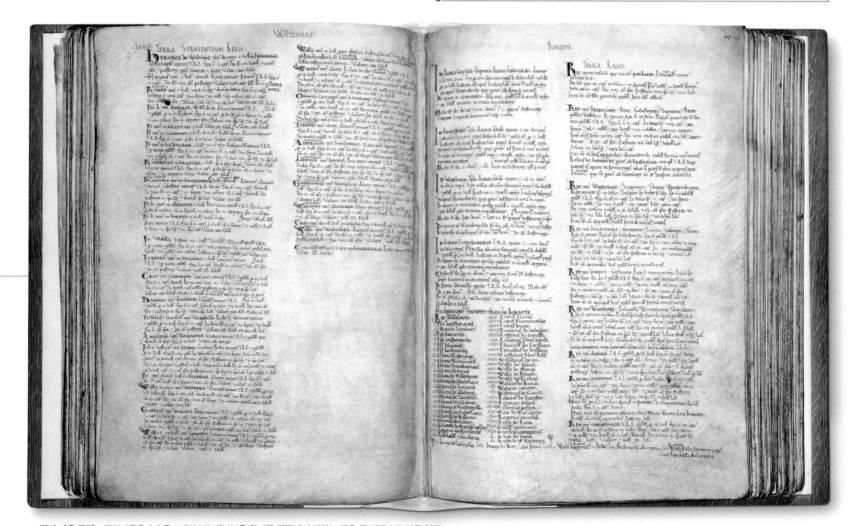

▲ **컬러 사용 규정** 필경사들은 《대 둠즈데이 북》 대부분을 참나무 껍질에서 자라는 작은 균 진액으로 만든 검정 잉크로 작성했다. 또한 납으로 만든 붉은색 잉크로는 이름 앞의 숫자와 머리글자는 물론, 가장 잘 알려진 주서법, 즉 강조하는 붉은색 선을 긋는 데 썼다.

하인리히 사자공 복음서
The Gospels of Henry the Lion

1188년경 ■ 양피지 ■ 34.2cm x 25.5cm ■ 266쪽 ■ 독일

크기

헬마르스하우젠 수도원 수도사들Monks of Helmarshausen Abbey

중세 독일 로마네스크 예술의 걸작 중 하나인 《하인리히 사자공 복음서》는 4복음서인 〈마태오복음〉, 〈마르코복음〉, 〈루카복음〉, 〈요한복음〉 채식 필사본이다.

아름다운 이 작품은 1188년 작센Sachen 공작 하인리히 사자공Heinrich der Löwe의 주문을 받아 독일의 헬마르스하우젠 베네딕도 수도원의 수도사들이 제작한 것이다. 1983년 영국 소더비 경매에서 독일 측 컨소시엄에 당시로서는 최고가인 1천6백만 유로에 낙찰되었을 정도로 귀한 책이다. 지금은 니더작센에 있는 헤르조그 아우구스트 도서관Herzog August Library에 보관되어 있는데, 파손되기 쉬워 전시는 가끔만 한다.

적색, 청색, 녹색으로 화려하게 채식된 양피지 266페이지로 구성되어 있는 이 책은 값비싼 물감과 금박을 전체적으로 쓴 것이 특징으로, 전면 세밀화가 50점이나 되고, 페이지마다 머리글자나 테두리 장식, 또는 이미지로 꾸몄다. 뛰어난 서체와 그림은 수도사인 헤리만Herimann 한 사람이 봉헌한 것으로 밝혀졌지만 혼자 작업한 것이 아니라 팀을 이끌었을 가능성도 있다.

《하인리히 사자공 복음서》는 그 무렵 완공된 브라운슈바이크 대성당 건립을 기념하고, 성모마리아 예배당의 제단용으로 사용하기 위해 주문한 것이었다.

영국의 왕 헨리 2세Henry II와 아키텐의 엘레오노르Eleanor of Aquitaine 왕비 사이의 어린 딸인 마틸다Matilda와 결혼하여 1180년대 초반 유배지인 잉글랜드에 머무는 동안 성경에 대한 이해가 깊어진 것을 계기로 복음서 필사본을 주문한 것으로 보인다.

▼ **장식 복음서 대조표**   복음서 시작 부분에 들어간 다섯 대조표 가운데 마지막 것인 이 복음서 대조표는 상단 중앙에 하느님의 어린 양을 가리키고 있는 세례자 요한의 모습을 묘사했다. 그러나 세부 항목은 복잡한 무늬로 장식한 기둥 사이에 웅장한 느낌의 금박 글씨로 쓰여 있다.

하인리히 사자공

1129년경~1195년

작센 공작 및 바이에른Bayern 공작이었던 하인리히 사자공은 벨프Welf 공국의 가장 강력한 군주 중 한 사람이었다. 예술을 후원한 하인리히 공은 몇몇 도시를 건설했는데, 그중에 가장 유명한 곳이 바이에른의 뮌헨이었다.

작센 공작(1142)에 이어 바이에른 공작(1156)이 된 하인리히 사자공은 신성로마제국 안에서는 사촌인 황제 프리드리히 1세Friedrich I(1122~1190)에 버금가는 강력한 통치자가 되었다. 채링겐가의 클레멘티아Clementia of Zähringen와 결혼했으나 그의 세력이 강해질 것을 우려한 황제의 압력으로 무효화되었다. 1168년 12세의 영국 공주 마틸다와 결혼했고, 부부는 뮌헨 건설과 브라운슈바이크 대성당 건축을 비롯하여 작센과 바이에른의 영토 확장과 문화 융성을 주도했다. 말년에는 프리드리히 황제와의 사이가 악화되어 두 번이나 추방당하였고 결국에는 영지를 박탈당했다. '사자왕'이라는 별명은 그의 성 안에 설치한 청동 사자왕에서 유래했다. 또한, 하인리히가 성지 순례 때 동반했던 사자가 그의 사후 식음을 전폐할 정도로 충성심을 보였다는 전설도 한 몫 했을 것이다.

베드로 성인이여, 이 책은 당신의 수도사 헤리만의 작품입니다.

수도사 헤리만. 《하인리히 사자공의 복음서》 서문 중 베드로 성인St Peter에게 바치는 기도.

◀ **화려한 장정** 이 책은 16세기에 이르러 그 진가를 알아본 듯 1594년 붉은색 비단과 정교한 금관 장식으로 다시 장정되었다. 은박 십자가 아래에는 성모 마리아와 성 요한 상이 있다. 두 사람은 아담의 해골을 사이에 두고 골고다 언덕에 서 있다. 그 아래에는 프라하에 있는 비투스 대성당 지구장의 문장이 들어간 방패가 있다. 중앙의 수정 돔 안에는 마르코 성인과 지기스문트 성인의 유골이 들어 있다.

세부 내용

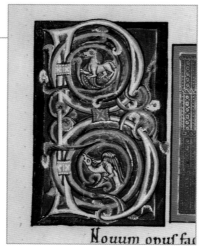

◀ **히에로니무스의 헌정사**   이 책에 쓰인 라틴어
번역본은 383년 히에로니무스 성인St Hieronymus
이 쓴 것이다. 복음서 번역을 지시한 복자 교황
다마수스 1세Damasus I에게 헌정한 이 서문은
아름답게 채식된 'B'로 시작하는데, 'B'는 '복된'을
의미하는 'Beatus'의 머리글자다(오른쪽 위 확대
그림 참조).

◀ **세부 항목에 주목**   가장 뛰어난 것보다는 못하지만, 작은 채식
대문자 다섯 개, 띠 모양 장식 세 개, 로마네스크 양식의 아치 하나가
전부 들어간 이 페이지의 세부 색상도 화려하다. 헤리만은 검정
글씨를 먼저 쓰고, 그림이 들어갈 공간은 비워 두었을 것이다.
더 복잡한 그림은 채색하기 전 밀랍판 위에 스케치를 해 필사본
위에 전사했다. 하느님의 영광을 드러내는 화려한 적색, 청색,
녹색을 사용했다.

▲ **영적 대관식**　책에 등장하는 가장 유명한 삽화는 하인리히와
마틸다(왼쪽 아래)의 대관식 장면으로, 그리스도가 하인리히의 머리에
왕관을 씌우고 있다. 하인리히는 왕위에 오른 적이 없으므로 왕관은
이 책을 만든 데 대한 보상인 영원한 생명을 상징하는 것일 수 있다.
윗부분에는 여덟 성인과 함께 있는 그리스도의 모습이 보이는데,
이 중에는 토머스 베켓Thomas Becket도 있다. 베켓의 죽음에
마틸다의 부친 헨리 2세가 연루었으므로 속죄의 의미가 담겼다고 할
수 있다. 오른쪽 페이지에는 4복음서 저자들과 함께 있는 그리스도의
모습과, 창조 과정을 그려 넣은 여섯 개의 원이 있다.

… 독일 민족의
출현을 증언하는 국보입니다.

헤르만 아브스 Hermann Josef Abs. 소더비 경매에서 낙찰자 측 대변인. 1983년.

베리 공작의 호화로운 시도서
Les Très Riches Heures du Duc de Berry

1412년경~1416년 ■ 벨럼 ■ 29cm x 21cm ■ 장정본 206장 ■ 프랑스

랭부르 형제|Limbourg Brothers

크기

채식 도서 삽화의 최고봉이라 할 만한《베리 공작의 호화로운 시도서》는 현존하는 중세 '시도서' 가운데 가장 뛰어난 작품이다. 시도서時禱書란 평신도가 기도문, 성경 구절, 찬가, 교회에서 쓰는 기타 텍스트를 요약해 놓은 개인용 기도서이고, 시도는 매일 정시에 바치는 기도를 의미한다. 14세기에는 이러한 소형 책자들이 널리 보급되었고, 1500년대 무렵에는 장식 문자와 선명하고 밝은 색감의 세밀화를 손으로 직접 그려 넣는 채식사와 필경사에 의해 대량 제작되었다. 수수하게 장식된 시도서가 대부분이지만, 소유자의 부와 신앙심을 과시하듯 화려한 신분을 드러낸 것도 있다.

《베리 공작의 호화로운 시도서》는 베리 공작인 프랑스의 왕자 장 드 프랑스 Jean de France의 주문으로 1412~1416년 랭부르 형제로 알려진 네덜란드 채식사 세 사람이 제작했다. 라틴어 텍스트와 자연스러운 삽화들을 솜씨 좋게 엮어 넣은 이 책은 크고도 정교하다. 총 206장 중에는 전면 그림이 많으며,

베리 공작, 장 드 프랑스

1340~1416년

프랑스의 왕 장 2세Jean II(1319~1364)의 셋째 왕자인 베리 공작 장 드 프랑스는 역사상 가장 위대한 예술 후원가로 평가 받고 있다. 그는 건축, 보석 세공, 출판에까지 관여했다.

부유하고 권세 있는 귀족이었던 베리 공작 장 드 프랑스는 베리와 오베르뉴Auvergne, 나중에는 푸아투Poitou 공작령까지 하사 받았다. 일생 동안 활발하게 예술을 후원했고, 큰 돈을 들여 보석, 고급 천, 태피스트리, 회화, 채식 필사본을 비롯한 아름다운 공예품을 사들였다. 또한 보물 컬렉션에 들어갈 많은 작품을 주문했고, 예술품 제작 과정에 깊이 관여했다. 그러나 사치스럽고 문란한 생활 방식과 전쟁 재원을 조달할 목적으로 영지에 세금을 과도하게 부과한 결과로 인해 1381~1384년에 농민 봉기가 일어났다. 전염병으로 사망할 무렵에는 장례조차 치를 수 없을 정도로 재산이 바닥났다.

뛰어난 세밀화 132장을 자랑한다. 성경 속 장면과 성인들의 삶을 표현하고 있지만, 가장 알려진 부분은 아름다운 전례력이다. '월별 노동'을 그려 넣은 이 전례력은 귀족의 관점에서 바라본 15세기 초 봉건 유럽의 이상적 사회·경제적 생활관을 드러내고 있다. 열두 달을 그린 전면 세밀화는 공작과 그의 궁정이 실시하는 계절별 활동과 영지에서 일하는 농민들을 보여 주고 있다.

공작과 세 형제는 책이 완성된 것을 보지 못한 채 1416년에 사망했다. 이 작품은 공작 사후에 주인이 몇 번 바뀐 뒤, 다른 화가들의 손을 거쳤을 수도 있지만, 최종적으로는 1485년 화가 장 콜롱브Jean Colombe(1430~1493)의 손에서 완성되었다.

원본은 프랑스의 콩데 미술관Musée Conde에 소장되어 있으며, 빛에 의한 손상을 막기 위해 복제품이 전시되어 있다.

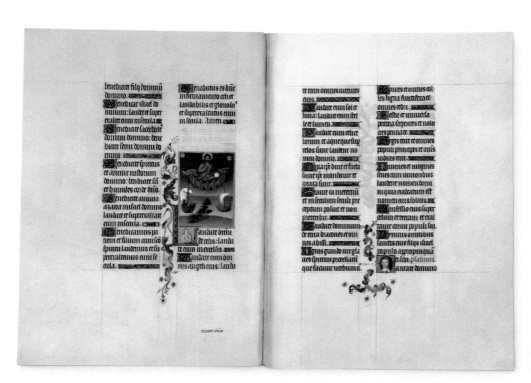

◀ **채식 시편** 《베리 공작의 호화로운 시도서》는 생생한 삽화들로 하느님의 힘과 메시지를 전달하였다. 예수 그리스도가 공을 든 채 땅과 하늘 위에 떠 있는 이 그림은 하느님 왕국이 지상 너머에 있음을 암시한다.

▼ **연도煉禱의 시작**　이 커다란 두 쪽짜리 세밀화는 연도서煉禱書가 시작되는 부분에 등장한다. 연도는 형식을 갖춘 기도나 교회 예식과 행렬에 사용하는 청원 기도를 뜻한다. 또한 위기가 닥친 순간에도 연도를 바치곤 했는데, 이 그림은 새로 선출된 교황 그레고리우스 1세Gregorius I(재위: 590~604)가 전염병이 발병한 로마를 통과하는 긴 행렬을 이끄는 모습을 묘사하고 있다. 교황은 신에게 자비를 청하고 있고, 칼집에 칼을 넣고 있는 대천사 미가엘의 모습은 전염병이 끝났음을 상징한다.

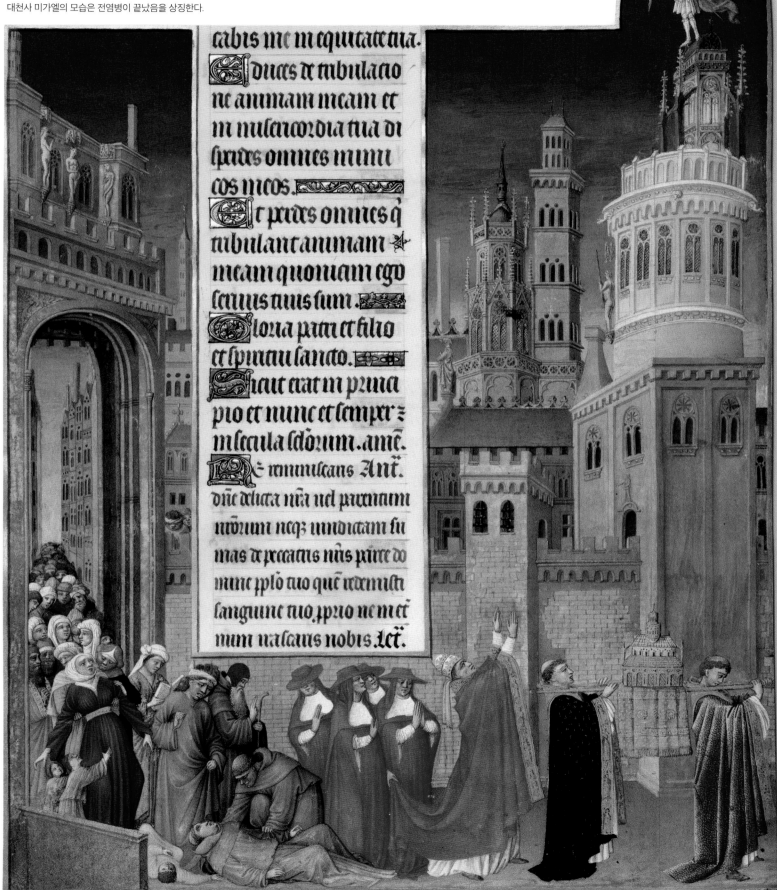

세부 내용

▶ **이후의 삽화가** 랭부르 형제들이 사망한 뒤, 장 콜롱브의 작품으로 보이는 이 세밀화를 포함하여, 《베리 공작의 호화로운 시도서》를 완성하기 위해 채식 작업을 해야 할 것이 많았다. 이 그림은 콜롱브가 다양한 배경을 바탕으로 하느님 앞에 무릎 꿇고 있는 이스라엘 다윗 왕을 묘사한 작품들 중 하나다.

▲ **다윗의 기도 세부화** 탑의 격자무늬 창에서 엿보고 있는 인물들은 아마도 〈시편〉 123장의 구절 "상전의 손만 쳐다보는 종의 눈처럼 마님의 손만 쳐다보는 몸종의 눈처럼 … 우리 눈이 그분을 쳐다봅니다"에 나오는 몸종과 종들일 것이다.

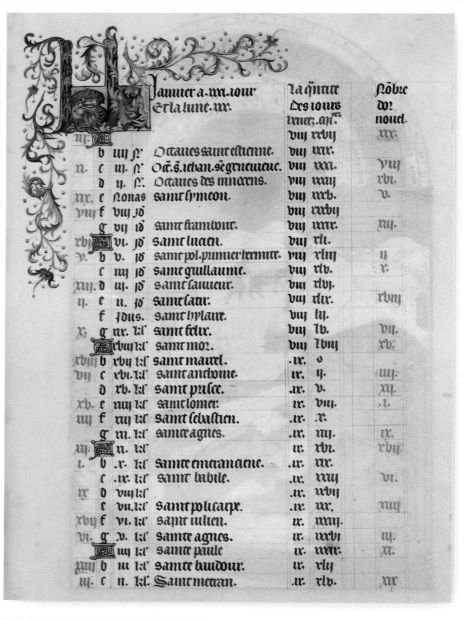

▲ **전례력** 《베리 공작의 호화로운 시도서》는 교회의 연중 중요한 날들을 달마다 열거한 전례력으로 시작한다. 이 페이지는 1월 부분이다. 각 성인의 축일이 열거되어 있고, 좀 더 중요한 축일은 붉은색으로 표시했다. 전례력 옆 페이지에는 '월별 노동'을 표현한 그림이 있다(68~69페이지 참조).

배경 지식

15세기에 작품을 의뢰했던 부유한 고객들은 막대한 재료비와 창작 비용을 부담하였으므로, 화가들은 후원자의 높은 신분을 드러내 줄 수 있는 호화로운 작품을 제작하였다. 네덜란드의 화가 가문인 랭부르가에서 태어난 폴Paul, 요한Johan, 헤르만Herman 삼형제는 혁신적이면서도 천부적 소질을 타고난 세밀화가들이었다. 그들이 1402년에 처음으로 받은 주문은 부르고뉴 공작 필리프 2세Philippe II가 성경(현재 파리 국립도서관에 소장되어 있는 교훈 성경Bible Moralisée일 것이다)을 채식해 달라는 것이었다. 부르고뉴 공작 필리프는 성경이 완성되기 전인 1404년에 사망했다. 공작이 사망한 직후 고인의 형인 베리 공작 장 드 프랑스가 랭부르 형제를 고용했다. 베리 공작의 후원을 받으며 그들은 사실적 묘사와 기술적 실험으로 유명한 《아름다운 시도서Belles Heures》(1405?~1409)와 당대의 예술적 관습에 좀 더 충실하게 따른 《베리 공작의 호화로운 시도서》 두 걸작을 제작했다. 랭부르 형제는 1416년, 전염병이 발병한 기간에 사망한 것 같다. 16세기 이후에는 이 작품을 누가 가지고 있었는지 알 수 없다. 그러다 18세기 중반이 되어서야 시장에 매물로 나와 팔리면서 세상의 주목을 받게 되었다.

▶ **랭부르 형제는** 《베리 공작의 호화로운 시도서》에 있는 이 성령 강림 장면을 포함하여, 일생 동안 뛰어난 작품을 여럿 제작했다.

▶ **해부학적 인간** 전례력은 벌거벗은 청년의 앞뒤 모습을 감싸고 있는 12궁도의 그림으로 끝맺는다. 흔히 이 그림은 발 주위에 있는 물고기자리를 나타내는 물고기에서 시작해 차츰 위로 올라가 머리 부분의 양자리를 나타내는 양에 이르기까지 각 궁도가 신체 여러 부위에 맞춰 있으므로 해부학적 인간이라 불린다.

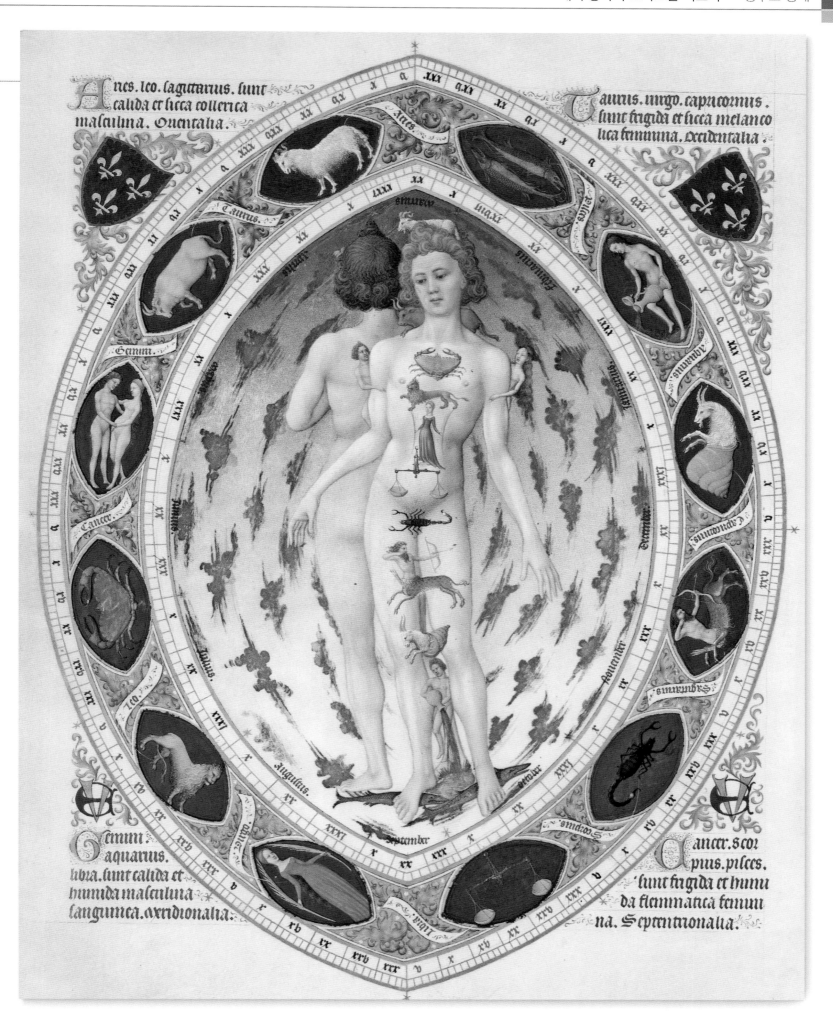

세부 내용

▲ **전례력 3월**   세밀하게 관찰하여 아름답게 표현한 이 장면에서 농부들은 농작물을 심고 포도나무를 가지치기하는 등 한 해의 첫 농사일을 하고 있다. 배경은 베리 공작의 호화로운 17개 저택 중 하나인 뤼지냥 성 아래에 있는 너른 들판이다. 이 책의 두드러진 특징인 화려한 푸른 하늘을 표현하는 데 쓰인 군청색 물감은 아프가니스탄에서 수입한 청금석을 갈아 만든 것이다.

▲ **전례력 9월**   회화 양식과 역사적 세부 내용이 다른 것으로 보아 랭부르 형제가 전례력 세밀화 전부를 그린 것 같지는 않다. 소뮈르 성 아래에서 포도 수확을 하는 이 장면은 후대에 화가 둘이 그린 것으로 추정한다. 둘 가운데 풍경을 그린 사람은 '시골 화가'로 알려진 무명 화가이고, 인물을 그린 사람은 대가(아마도 네덜란드의 채식사 바르텔레미 반 에이크Barthélemy van Eyck)인 것으로 보인다.

◀ **예술적 걸작품**   《베리 공작의 호화로운 시도서》는 15세기의 가장 중요한 채식 필사본이며 세계적 고딕 양식을 전형적으로 표현한 걸작으로 평가 받는다. 세밀 삽화의 내용을 살펴보면 랭부르 형제가 작품을 제작하는 동안 공작을 자유롭게 만나 이야기를 나눌 수 있었던 것으로 짐작한다. 1월을 표현한 이 전례력 그림은 공작 소유의 성 안에서 진행되는 신년 하례식을 보여 주고 있다. 공작은 선명한 푸른색 외투를 걸치고 식탁에 앉아 있다.

《베리 공작의 호화로운 시도서》는 책의 역사에서 매우 중요한 작품으로 … 읽는 책과 보는 시각예술을 하나로 이어 주는 시각 텍스트이다.

도나 베스 엘라드 Donna Beth Ellard. 트랜스리터러시 프로젝트. 2006년.

기타 목록: 1000~1449

치유의 서
The Book of Healing

이븐 시나Ibn Sīnā

모로코(1027년)

줄여서 《치유The Cure》라고도 알려진 이 책은 제목이 암시하는 바와 달리, 의학 서적이 아니라 철학 및 과학 백과사전이다. 이슬람의 의사이자 철학가인 이븐 시나는 1014년에 저술을 시작하여 1020년에 완성했다. 이븐 시나(56~57페이지 참조)는 중세 이슬람 세계에서 가장 유명하고 영향력 있는 철학자였다. 《치유의 서》를 쓰면서 그는 육체보다는 영혼의 무지를 '치료'하거나 '치유'하려고 했다. 이 작품은 논리학, 자연과학, 심리학, 형이상학을 고찰하는 네 부분으로 나뉜다. 이븐 시나는 아리스토텔레스와 프톨레마이오스 같은 고대 그리스 인물들뿐 아니라 페르시아의 사상가들로부터도 영향을 받았다. 그의 견해는 당대의 기성 가르침과 정반대였으므로 1160년에 바그다드의 통치자들은 이 책을 불태워 버리라고 명령했다고 한다. 《치유의 서》는 12세기에 라틴어로 번역되었는데, 살아남은 아랍어 텍스트보다 앞서는 라틴어 필사본도 있다.

▼ 브리타니아 열왕기
Historia Regum Britanniae

몬머스의 제프리Geoffrey of Monmouth

잉글랜드(1136년경)

《브리튼인들의 행위에 대하여De getis Britonum》가 원제인 이 작품은 2천여 년에 걸친 잉글랜드 왕들의 가짜 역사서다. 1135년에서 1139년 사이에 영국의 역사가 몬머스의 제프리(1100?~1155?)가 쓴 12권 연작인데, 브리튼에 처음 정착한 트로이 사람 브루투스Brutus에서 로마인들의 침입을 거쳐 7세기에 앵글로·색슨족이 도래하기까지 왕실의 가계를 살핀 것이라고 주장했다. 비록 몬머스가 옥스퍼드의 월터 부주교, 길다스, 더럼의 부주교를 출처로 인용하며 진짜 역사를 서술했다고 주장했지만 대부분 허구인 것으로 밝혀졌다. 당대의 역사가들은 이 작품의 틀린 부분을 지적하며 노골적으로 불신했다. 예를 들면, 제4권에 기록된 율리우스 카이사르Julius Caesar의 브리튼 침공 사건은 그 당시에도 이미 문서로 충분히 입증되었으므로 바로 설득력을 잃었다. 오늘날 이 작품의 역사적 가치는 거의 없다. 그러나 당대에는 큰 인기를 누렸고 후대의 많은 역사가들에게 영향을 주었으며 귀중한 중세 문학으로 평가 받는다. 몬머스는 영국의 고전에 아서 왕King Arthur이라는 인물을 처음 도입한 것으로 추정한다. 또한 제2권에는 후대의 극작가 윌리엄 셰익스피어William Shakespeare가 작품의 소재로 선택한 리어 왕King Lear 이야기 최초본이 포함되어 있다.

브루트Brut
레이어먼Layamon

잉글랜드(1200년경~1220년경)

12세기의 가장 중요한 영국 시집 《브루트》는 영국의 주교 레이어먼의 작품이다. 이 시는 16,095행으로 이루어진 두운시頭韻詩로 브리튼의 전설적 역사를 이야기하고 있다. 레이어먼의 1차 자료는 앵글로 노르만의 시인 로베르 와스Robert Wace가 쓴《브뤼 이야기Roman de Brut》인데, 이것도 《브리타니아 열왕기》(왼쪽 참조)를 각색한 것이다. 레이어먼의 시는 아서 왕에 대해 많이 다뤘다는 점에서 제프리의 작품과는 많이 다르다. 《브루트》는 프랑스어와 라틴어가 영어 대신 문학어로서 자리 잡아 갈 무렵에 중세 영어로 쓰였다. 이 작품은 아서 왕 전설을 다룬 문학이 발전하는 데 큰 영향을 미쳤고 1066년 노르만 정복 이후 영국 문학의 부흥에 도움이 되었다.

브리튼으로 출항하는 트로이 사람 브루투스. 몬머스의 제프리의 《브리타니아 열왕기》 제1권에서.

콘스탄티노플 정복
De la Conquête de Constantinople

조프루아 드 빌라르두앵

Geoffrey de Villehardouin

프랑스(1209년경)

이 책은 13세기 프랑스 십자군이자 기사였던 조프루아 드 빌라르두앵(1150?~1213?)이 제4차 십자군(1202~1204) 사건들을 직접 목격하고 기술한 것이다. 역사를 다룬 프랑스의 산문으로는 가장 오래된 작품으로, 1204년 4월 13일 비잔틴 제국의 수도였던 콘스탄티노플(오늘날의 이스탄불)에서 서방 그리스도인들과 동방 그리스도인들이 벌인 전투를 서술하고 있다. 빌라르두앵은 당시 프랑스 문헌에서는 찾아볼 수 없었던 3인칭 시점 방식으로 기술했다. 사건들을 생생히 묘사했고, 그 결말에 대해서는 개인적 견해와 종교적 명분을 곁들여 서술하고 있다. 《콘스탄티노플 정복》에 나온 이야기들은 후대 역사서에 영향을 주었고 중세 프랑스 문학의 독특한 특성이 되었으며 콘스탄티노플 함락으로 끝나는 사건들을 알려 주는 주요 자료 가운데 하나다. 빌라르두앵은 그 사건을 직접 목격하고 썼다고 주장하겠지만, 학자들은 기술된 일부 내용에 대해서는 진위를 의심한다. 필사본에는 삽화가 없지만 후대 인쇄본에는 머리글자와 테두리 장식, 세밀화가 추가되었다.

신학 대전Summa Theologica

토마스 아퀴나스Thomas Aquinas

이탈리아(1265~1274년 기록)

방대한 신학 개론서인 《신학 대전》은 이탈리아의 도미니코 수도회 신학자인 토마스 아퀴나스(1224?~1274)의 위대한 작품으로, 그가 사망한 뒤에 완성되었다. 중세의 가장 중요한 신학 및 철학서인 이 작품은 가톨릭 교회의 가르침을 집대성하고 신학을 배우는 초심자들을 위한 교과서로 계획되었다. 일반인들에게는 '다섯 가지 길로 알려진 하느님의 존재에 대한 다섯 가지 논증으로 가장 유명하다. 이 작품은 그리스도, 인간의 본성, 육화 등과 같은 그리스도교에 대한 기본적인 질문들을 많이 다루고 있다. 아퀴나스는

작품 전반에 걸쳐 그리스도교는 물론 이슬람교, 유대교, 다른 이교도의 신앙 등 많은 전승에 나온 자료들을 인용하고 있다. 《신학 대전》은 아퀴나스의 전작인 《대이교도 대전 Summa Contra Gentiles》의 확장판이라고 할 수 있다. 아퀴나스의 방대한 문헌에 나온 자료들을 집대성하여 완성한 뒤 1485년에 출간되었다.

여행기|The Travels

이븐 바투타Ibn Battuta

모로코(1355년)

아랍어로는 《리흘라Rihla》라고 알려진 이 책은 세계에서 가장 유명한 여행서 중 하나이며, 저자인 14세기 모로코 학자 이븐 바투타(1304~1368?)는 가장 위대한 중세 무슬림 여행가로 평가 받고 있다. 그는 1325년에 여정을 시작해 29년 뒤인 1354년에 돌아왔다. 이 기간 동안 대부분 이슬람 영토였던 북아프리카에서 동남아시아를 비롯한 여러 지역에 이르기까지 총 12만 킬로미터를 여행했다. 모로코로 돌아온 이븐 바투타는 술탄으로부터 여행기를 구술하라는 요청을 받았다. 당대에는 사람들이 《여행기》의 진가를 알아보지 못했고, 19세기 유럽의 학자들이 이 사본을 발견하고 나서야 국제적인 명성을 얻게 되었다. 이븐 바투타는 문서 기록을 전혀 남기지 않아 학자들이 그의 서술 일부를 문제 삼기도 하지만, 14세기 이슬람 세계의 문화적·종교적 상황을 제대로 이해하는 데 믿을 만한 자료로 평가 받고 있다.

▶여성들의 도시
Le Livre de la Cité des Dames

크리스틴 드 피상Christine de Pisan

프랑스(1405년)

이 책은 15세기에 여성들의 권리를 주장했던 프랑스의 르네상스 작가 크리스틴 드 피상(1364~1430?)의 가장 유명한 작품이며, 서구 문예사에서 여성이 쓴 최초의 페미니즘 저작이다. 피상은 우화적 세계를 창조해 여성의 역할을 깊이 있게 살폈다. 이 책의 많

은 사본들이 채식 기법으로 인쇄되었는데, 피상은 이에 깊은 관심을 가졌다. 저자는 살아 있는 동안 작가로서도 성공을 거두었고 여성들의 대의명분을 추구한 것으로도 유명하다. 유럽 최초의 여성 작가로 널리 평가 받고 있는 크리스틴 드 피상은 사후에도 오랫동안 커다란 인기를 누렸고 영향력을 행사했다.

마저리 켐프 서
The Book of Margery Kempe

마저리 켐프Margery Kempe

잉글랜드(1430년경)

1430년대 초 영국의 신비주의자 마저리 켐프(1373?~1440)는 자신의 일생을 필경사들에게 구술했는데(문맹이었던 것으로 추정), 그것이 영어로 최초로 '쓰인' 자서전으로 평가 받고 있다. 전적으로 기억에 의존하여 구술한 이 책은 여성의 시각에서 본 15세기 당시 삶의 가정적·종교적·문화적 측면을 드러낸다. 켐프는 그리스 정교회 신자였는데, 14명의 자녀를 낳은 뒤 남편과 협상하여 평생 금욕 생활을 했다. 일생 동안 여러 차례 성지순례를 했고, 예수·마리아·하느님과 직접 소통했다고 주장했다. 그녀의 영성적 자서전 초록은 1501년에 처음 인쇄되었고, 1521년에 재인쇄되었다. 그 후 사본은 찾아볼 수 없다가 유일하게 온전한 사본이 1930년대에 어느 개인의 서재에서 발견되었다. 그 이후로 재판되고 번역되어 여러 판본이 나왔다.

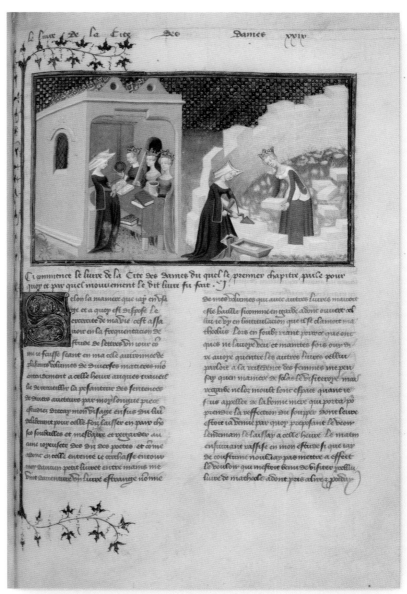

《여성들의 도시》의 세부도 공부하는 모습(위 왼쪽)과 도시 건설에 전념하고 있는(위 오른쪽) 피상의 모습을 보여 준다.

1450~1649

CHAPTER 3

구텐베르크 성경Gutenberg Bible

1455년 ▪ 벨럼 또는 종이 ▪ 약 40cm x 28.9cm ▪ 1,282쪽(벨럼은 3권) ▪ 독일

크기

요하네스 구텐베르크Johannes Gutenberg

대량 생산이 가능한 활자를 사용하여 유럽에서 최초로 인쇄한《구텐베르크 성경》은 책의 제작 방식에 일대 변혁을 일으켰다. 1450년대 전까지만 해도 모든 책들은 손으로 일일이 베끼거나 목판을 사용하여 인쇄하였다. 그래서 부자들이나 필경사가 많았던 수도원에서만 책을 소유할 수 있었다. 책이 무척 귀했으므로 제아무리 위대한 작품이라 해도 극소수의 사람들만 볼 수 있었던 것이다. 15세기 중반에 요하네스 구텐베르크는 책 생산에 일대 변혁을 일으킨 인쇄 기계를 유럽 최초로 개발하여 동일 텍스트의 여러 사본들을 빠르게 인쇄할 수 있었다. 그 결과 15세기 말 무렵에는 유럽 대륙에 수백만 권의 책들이 유포되고 있었다. 구텐베르크는 활자 개념을 도입했다. 그렇게 해서 소책자들을 인쇄한 적은 많았지만, 사실상 제대로 인쇄한 첫 책은 성경이었다. 그는 대문자와 구두점까지 포함하여 서로 다른 글자들을 300개나 디자인했고, 금형에 합금을 쏟아 붓는 주물사鑄物砂 주조법鑄造法을 사용했던 것 같다. 그가 펴낸 성경은 페이지마다 대략 2,500여 개의 개별 활자를 사용했다. 틀 안에 활자들을 나란히 배열한 다음, 그 틀로 원하는 부수만큼 인쇄할 수 있었다. 구텐베르크는 특별한 유성 잉크(그때까지는 전통 수성 잉크를 사용했다)를 개발하여, 그 잉크를 가죽 자루로 활자에 묻혀 종이나 벨럼에 인쇄했다.

《구텐베르크 성경》의 초판 제작 부수는 최소 180부였는데, 종이에 145부를 인쇄했고, 나머지는 벨럼에 인쇄했다. 종이는 이탈리아에서 수입한 최고급 수제지手製紙였고, 각 페이지마다 소나 황소, 포도송이 등 제지 주형의 비침무늬(워터마크)가 새겨 있었다. 《구텐베르크 성경》은 4세기에 히에로니무스 성인이 라틴어로 번역한《불가타 성경Latin Vulgate Bible》의 복제본이었다. 이 성경은 1453년 투르크인들이 콘스탄티노플을 함락시킨 뒤에 출간되었는데, 그 무렵 학자들은 그리스어 번역본과 라틴어 번역본을 서구 전역으로 보급하고 있었다.

▶ **전통적 양식**   구텐베르크는 오늘날 텍스투라Textura체와 슈바바허Schwabacher체로 알려진 세련되고 깔끔한 서체를 디자인했다. 그림에서 보듯이 텍스트는 문단이 '양쪽 정렬'(여백을 직선으로 정돈) 방식으로 되어 있는데 이는 또 다른 혁신이다. 각 페이지는 42행 2단으로 편집되었으므로 42행 성경이라는 별칭이 붙었다. 첫 문장은 처음에는 붉은색 잉크로 인쇄했지만 이 방식은 시간이 많이 소요되었으므로, 구텐베르크가 빈칸으로 남겨 두면, 필경사들이 손으로 직접 그려 넣었다.

세부 내용

▲ **수작업으로 장식한 페이지**   채식 필사본에 익숙한 사람들의 관심을 끌기 위하여, 채식사들에게 꽃 장식과 장식 머리글자, 텍스트 주위의 넓은 여백에 화려한 테두리 장식을 그려 넣어달라고 주문했다. 채식의 수준은 구매자가 얼마나 많은 비용을 지불하느냐에 따라 책마다 달라졌다.

▲ **벨럼과 종이**   구텐베르크는 가공된 최고급 송아지 가죽(벨럼, 위 왼쪽) 또는 종이(위 오른쪽)에 흡착되는 인쇄 잉크를 개발하여 인쇄 재질에 따라 새로운 성경을 인쇄했다. 총 얼마나 많은 성경을 제작했는지는 정확히 알려지지 않았지만 현존하는 것은 48질이다. 36질은 종이(전 2권)에, 12질은 벨럼 (종이보다 무거우므로 3권으로 제본)에 인쇄했다.

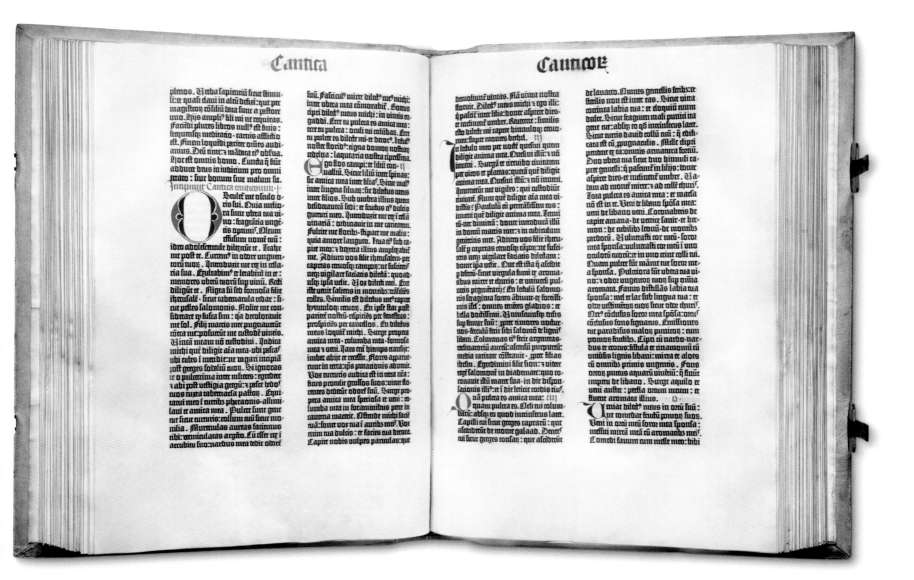

글씨가 매우 깔끔하고
알아보기 쉽게
인쇄되어 있습니다.

…

안경 없이
읽으실 수 있을
것입니다.

미래의 교황 비오 2세Pius II. 1455년 3월
카르바할 추기경Juan Carvajal에게 보내는 편지 중에서.

배경 지식

15세기 유럽에서 활자와 인쇄기의 발명은 사회에 지대한 영향을 미쳤다. 읽고 쓰는 능력은 더 이상 상류 계급의 전유물이 아니었고, 책을 통한 지식의 확산으로 교육 받은 사람들이 점점 늘어났다. 통치자들은 중앙정치에 대해 속속들이 알게 된 사람들로부터 도전을 받기 시작했다. 특히 교회는 교회의 가르침과 규범에 반대하는 비판자들에 직면했다.

16세기 독일의 아우구스티누스 수도회 수도사이자 대학교수인 마르틴 루터Martin Luther(1483~1546)의 교회 개혁 운동이 성공할 수 있었던 요인도 인쇄물이 대중에게 널리 보급되었기 때문이다. 특히 루터는 라틴어 성경을 독일어로 번역함으로써 근대 독일어가 확립되는 데 크게 기여했다.

▲ **1500년 무렵** 서유럽 전역에서는 구텐베르크가 보급한 인쇄기 1천 대가 가동되며 하루에 3천 페이지가 넘는 분량을 찍어 낸 덕분에 좀 더 광범위한 계층이 책을 접할 수 있게 되었다.

기하학 원론 Elementa Geometriae

1482년 ■ 인쇄 ■ 32cm x 23.2cm ■ 276쪽 ■ 이탈리아

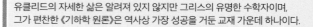

크기

유클리드 Euclid

유클리드의 《기하학 원론》은 이제껏 출간된 수학 논문 중에서 가장 영향력 있는 책이다. 새로이 그리스의 지배를 받게 되면서 학문의 중심지로 급부상한 고대 이집트 알렉산드리아에서 기원전 300년 무렵에 편찬되었다. 이 책의 강점은 독창성이 아니라 그리스가 이전 300년 동안 수학 분야에서 이룩한 놀라운 발전들을, 다른 출처의 자료들을 바탕으로 하여 집대성한 데 있다. 텍스트는 그리스 수학 발전에 기반이 된 기하학을 집중적으로 다루고 있으며, 그로 인해 유클리드는 흔히 '기하학의 아버지'로 불린다. 총 13권짜리 작품은 그리스인들이 알아 낸 수학의 전 범위를 망라하고 있다.

이 작품이 지속적으로 중요하게 평가 받아 온 이유는 다양한 출처의 자료를 모아 체계화하였기 때문이다. 즉 유클리드는 다른 수학자들의 정리를 논리적으로 배열함으로써, 일련의 가정에서 출발하여 결과를 도출해 내는 과정을 보여 주었다.

이러한 방법은 서구와 아랍 세계에서 2천 년 넘게 수학 교습의 기반이 되었다. 이 작품이 전해 올 수 있었던 이유는 800년경 그리스어에서 아랍어로

유클리드

기원전 300년경~기원전 201년경

유클리드의 자세한 삶은 알려져 있지 않지만 그리스의 유명한 수학자이며, 그가 편찬한 《기하학 원론》은 역사상 가장 성공을 거둔 교재 가운데 하나이다.

유클리드는 프톨레마이오스 1세 소테르Ptolemy I Soter(기원전 366~기원전 283) 시대에 알렉산드리아에서 활동했지만, 출생 및 사망 날짜, 장소 등은 정확히 알려진 바가 없다. 그리스 철학자 프로클로스Proclus(410?~485)에 따르면 유클리드는 《기하학 원론》을 편집하기 위해 크니도스의 에우독소스, 수니온의 테아이테토스, 오푸스의 필리포스 등 플라톤 제자들의 저작을 활용했다고 한다. 《광학Optics》, 《자료론Data》, 《천문현상론Phaeno-mena》 등도 그의 저작으로 추정한다.

번역되었기 때문이다. 이 아랍어본을 12세기 초 영국의 한 수도사가 라틴어로 다시 번역하여 그리스도교 세계에 널리 보급하였다. 그 후 중세에는 그리스어 원전이 라틴어로 번역되기도 하였다.

왼쪽에 보이는 사진은 《기하학 원론》의 최초 인쇄본으로 매우 중요한 작품이다. 최초로 인쇄된 수학 교재였으며, 기하학을 설명하는 삽화도 처음으로 실렸다. 그렇기 때문에 르네상스 인쇄술에서 획기적인 발전을 이룩한 작품이다.

세부 내용

▲ **절묘한 디자인** 이 《기하학 원론》은 유클리드의 텍스트를 아름답게 소개한 라틴어 번역본이다. 완벽하게 균형이 잡힌 넓은 바깥쪽 여백에는 중앙의 꽉 찬 텍스트를 보충하는 단순하면서도 정성스럽게 디자인한 기하학 수식이 배치되어 있다.

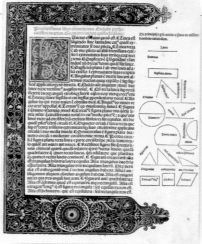

▲ **대담한 목판** 《기하학 원론》의 속표지는 3면(위, 아래, 왼쪽)에 있는 우아한 목판화 테두리 장식으로 한결 고급스러워졌다. 지면에 쓰인 활자는 대부분 검정이며, 붉은색으로 쓰인 글자도 일부 있다.

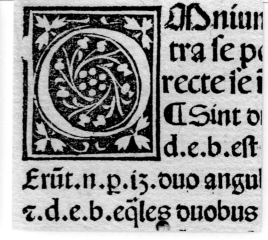

▲ **장식 활자** 절 또는 '명제' 시작 부분에는 정교하게 장식된 작은 대문자를 넣어 화려하게 제작했다. 정교하게 그린 식물이 한데 감긴 덩굴처럼 글자 주위를 둥그렇게 감싸고 있다.

《기하학 원론》은 그리스 지성인들의 불후의 업적이다.

버트런드 러셀Bertrand Russell. 《서양 철학사A History of Western Philosophy》. 1945년.

▼ **기하학**　유클리드의 책 중에서 최초의 인쇄본은 1482년 베네치아에서 독일인 에르하르트 라트돌트Erhard Ratdolt가 발간한 《기하학 원론》이다. 사진에 보이는 펼침면은 이 책의 전형적인 디자인이다. 텍스트에 정확히 맞춘 명료한 기하학 도해가 돋보인다.

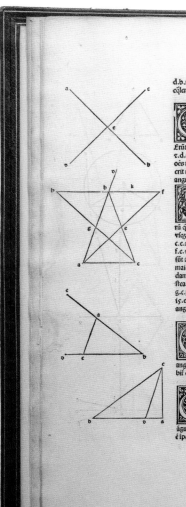

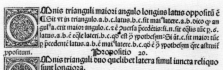

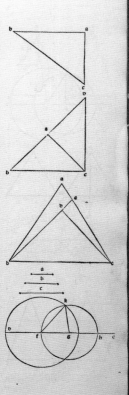

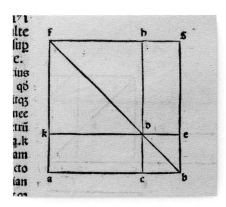

▲ **기하학 수식**　라트돌트 인쇄본은 목판인지 금속판 인쇄본인지 논란의 여지가 있지만, 기하학 수식 420개를 정확하게 인쇄하여 넣었다는 점이 주요한 특징이다. 단순한 선으로 만든 수식들은 해당 텍스트와 잘 어우러져 있고, 요점을 잘 설명하고 있다.

배경 지식

유클리드의 《기하학 원론》은 이제까지 대략 1천 개 이상의 다양한 판본이 발간되었다고 본다. 가장 혁신적인 판은 토목기사인 올리버 번Oliver Byrne이 제작한 1847년 영어판이다. 번의 《기하학 원론》은 가능한 한 글자는 적게 쓰고 그림 형태로 유클리드의 증명들을 소개하고 있다. 번은 첫 여섯 권에 수록한 기초 평면기하학 이론들과 비율 이론을 설명하기 위해 컬러 블록을 활용했다. 그러면서 "블록의 색은 단순히 명칭을 제외하고는 도형의 선이나 각도, 크기와 아무 상관이 없음에 주의하기 바란다"고 덧붙였다. 인상적으로 컬러를 활용했다는 점 때문에 이 작품은 초기 그래픽 디자인의 걸작이 되었다.

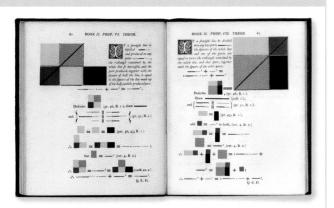

▲ 번이 《기하학 원론》에 컬러를 넣은 목적은 유클리드의 복잡한 개념들을 단순화함으로써 독자들의 이해를 돕기 위해서였다. 그럼에도 이 컬러 도형들은 추상적 속성을 갖고 있고, 또렷한 색상과 형태는 네덜란드의 추상화가 피에트 몬드리안Piet Mondrian(1872~1944)의 작품 같은 20세기 그래픽을 미리 보여 주는 것 같다.

뉘른베르크 연대기Nuremberg Chronicle

1493년 ■ 인쇄 ■ 45.3cm x 31.7cm ■ 326쪽(라틴어판), 297쪽(독일어판) ■ 독일

크기

하르트만 셰델Hartmann Schedel

《뉘른베르크 연대기》는 성경적·고전적 시각에서 본 세계사를 백과사전식으로 소개하고 있으며, 가장 인상적이면서도 기술적으로 발전한 15세기 인쇄술을 보여 주는 대표작이다. 이 책에는 645개의 목판으로 제작한 1,800개 이상의 목판화(동일한 목판을 사용한 그림들이 많다) 삽화가 들어 있는데, 수작업으로 채색한 사본도 많다. 성경 속 사건들과 역사적 사건들에 대한 묘사, 초상화, 가계도와 더불어 유럽과 근동의 100여 개 도시(이전에는 한 번도 기록에 등장하지 않은 것이 많다)의 전경은 물론 세계 지도가 수록되어 있다. '뉘른베르크 연대기'라는 제목은 이 책이 출간된 독일 도시 뉘른베르크의 이름을 따서 붙였는데, 당시 그곳은 신성로마제국에서 가장 번성한 도시 가운데 하나였다. 이 작품은 상인이었던 제발트 슈라이어Sebald Schreyer(1446~1520)와 제바스티안 캄머마이스터Sebastian Kammermeister(1446~1503)가 의뢰했고, 인쇄와 제본은 저명한 인쇄업자 안톤 코베르거Anton Koberger(1440~1513)가 맡았다. 1493년에 두 가지 언어로 발표되었는데, 하르트만 셰델이 쓴 라틴어판은 7월 12일 뉘른베르크에서 출간되었고, 독일어 번역본은 12월 23일에 출간되었다. 라틴어판은 1천5백 부, 독일어판은 1천 부가 제작되었다. 오늘날 이 책은 수집가들에게 높은 평가를 받아, 일부 또는 온전한 사본 700점을 기관이나 개인 소장가들이 소장하고 있다.

하르트만 셰델

1440~1514년

하르트만 셰델은 인문주의자이자 의사, 지도 제작자, 책 수집가인데 《뉘른베르크 연대기》라는 놀라운 저작으로 널리 알려져 있다.

셰델은 라이프치히대학에서 교양 과정을 이수하고 1463년 이탈리아 파도바대학에서 의학을 공부하며 절정기였던 르네상스의 인문주의 이상을 접했다. 1470~1480년에는 독일 남부 도시 뇌르트링겐과 암베르크에 살다가, 뉘른베르크로 돌아와 인문주의자들과 교류하였다. 다방면에 걸친 학식을 갖춘 셰델에게 상인 제발트 슈라이어와 그의 사위 제바스티안 캄머마이스터가 세계 연대기 저술을 주문했고, 그는 자신의 서재에 있던 옛 자료들을 엮어 책으로 냈다. 셰델은 370편의 필사본과 600권이 넘는 책을 갖고 있었는데, 구텐베르크 인쇄술이 나온 지 50년도 채 안 된 점을 감안하면 방대한 양이었다.

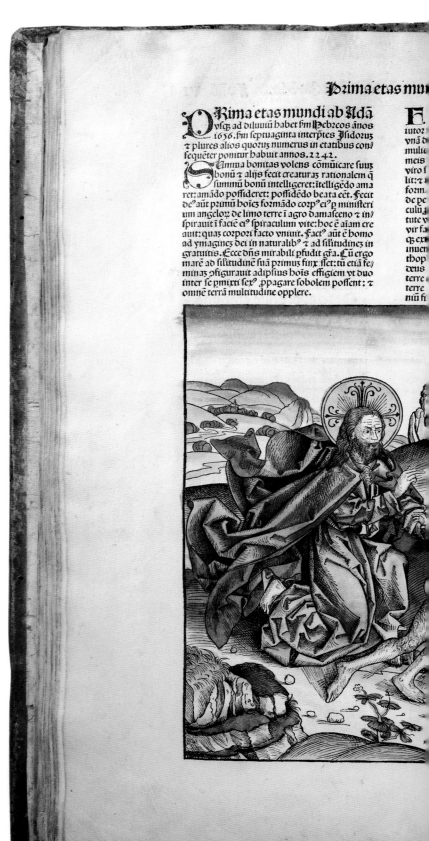

▼ **성경 내용**　셰델은 《뉘른베르크 연대기》를 저술하는 데 전통적인 그리스도교의 성경 지식을 활용했다. 앞부분에서는 세상의 창조에 대한 이야기를 소개하고 있다. 사진에서 보듯이 아담과 이브는 에덴동산의 선악과를 따 먹고, 하느님의 명령에 따라 천사에 의해 에덴동산에서 추방된다. 선악과나무는 사과나무로 묘사되어 있다. 라틴어 'malum'은 '사과'와 '악', 두 가지 의미를 모두 갖고 있다.

Etas prima mundi　　　Folium　VII

Cum̅q; suggerente diabolo in forma ser/
pentis p̅thoparentes mandatu̅ dei tra̅s/
gressi fuissent; maledixit eis deus: et ait
serpenti. Maledict⁹ eris inter omnia animãtia
τ bestias terre: super pectus tuum gradieris: et
terram comedes cunctis diebus vite tue. Muli/
eri quoq; dixit. M̅ltiplicabo erũnas tuas:τ co̅/
ceptus tuos:in dolore paries filios τ sb viri po
testate eris:τ ipe dõmiabitur tibi. Ade vo dixit
Maledicta terra in opere tuo i laboribus come
des et ea: spinas τ tribulos germinabit tibi:τ in
sudore vultus tui vesceris pane tuo:vonec reuer
taris in terram de qua sumptus es. Et cũ feciss̃
eis deus tunicas pelliceas eiecit eos de paradi/
so collocans ante illum cherubin cum flammeo
gladio: vt viam ligni vite custodiat.

H̅am primus homo formatus de limo
terre triginta annoru̅ apparens imposi/
to nomine Eua vxori sue. Cu̅ de fructu
ligni vetiti oblato abyroze sua comedisset:eie/
cti sunt de paradiso voluptas; in terram maledi/
ctionis vt iuxta imprecationes domini dei. Adã
in sudore vultus sui operaretur terram:et pane
suo vesceretur. Eua quoq; in erũnis viueret fili
os quoq; pareret in dolore. quam incompabili
splendore decorauit. eã felicitatis sue inuid⁹ ho
stis decepit;cũ leuitate feminea fructus arboris
temerario ausu degustauit: τ viru̅ suũ in senten/
am suam trapit. Deinde perizomatibus foliozu̅
susceptis ex delitias orto in agro ebron vna cũ
viro pulsa exul venit. Tandem cũ partus dolo
res sepius expta fuisset cũ laboribus in senu τ
tande i mortes sibi a dõmino predicta deuenit.

세부 내용

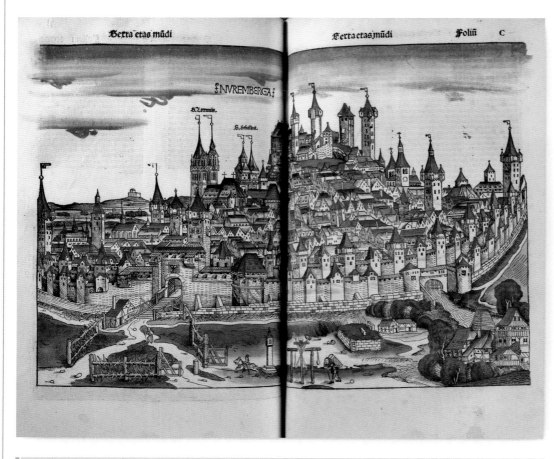

◀ **정확한 묘사** 수작업으로 채색한 이 삽화는 도시 전경을 정확히 묘사한 것으로 보이는 《뉘른베르크 연대기》 삽화 30여 개 가운데 하나다. 많은 그림들이 다른 장소를 나타낼 때에도 반복적으로 사용되었지만 이 그림만은 딱 한 번 나온다. 인구가 4만 5천 명에서 5만 명 정도였던 뉘른베르크는 당시 신성로마제국에서 가장 중요한 도시였고, 북부 인문주의의 중심지이기도 했다.

▲ **반복되는 이미지** 도시 트로이는 그리스 신화에서 중요한 역할을 했으므로, 셰델은 호메로스의 《일리아스》를 근거로 해서 이야기를 기술했다. 이 목판화는 트로이를 묘사하고 있지만, 라벤나, 피사, 툴루즈, 티볼리 그림에도 사용되었다.

배경 지식

《뉘른베르크 연대기》는 내용이 광범위하고, 삽화가 화려하면 서도 텍스트와 잘 어우러져, 북유럽까지 확대된 인문주의 운동 을 잘 보여 준다는 점에서, 출판물의 역사에서 매우 중요하다. 인문주의는 1300년 무렵 시작된 르네상스 운동의 일환으로, 이탈리아 피렌체에서 태동했다. 이탈리아 학자들은 고대 그리 스와 로마의 저작과 문헌들을 연구했고, 그들의 문화, 문학, 도 덕적·철학적 전통을 되살리고 싶어 했다. 교육·미술·음악·과학 은 이 새로운 사고방식에 매우 중요한 역할을 했고, 1440년 무 렵 인쇄기의 발명으로 이러한 인문주의 이상들이 기록되고 확 산되었다. 인문주의는 피렌체에서 시작해 이탈리아 다른 지역 을 거쳐 스페인, 프랑스, 독일, 베네룩스 3국과 잉글랜드, 동유 럽까지 확산되었다. 이탈리아에서 공부하며 인문주의 사상을 접한 셰델은 《뉘른베르크 연대기》에 많은 부분을 정리해 놓음 으로써 당대 인문주의자들의 이상을 발전시키는 데 중요한 역 할을 했다. 그의 광범위한 장서들은 이 작품을 쓰는 토대가 되었 다. 그의 독창적 작업 분량은 매우 적었고, 가장 많이 언급한 출 전은 인문주의자 자코포 필리포 포레스티 다 베르가모Jacopo Filippo Foresti da Bergamo의 《증보 세계사Supplentum Chronicarum》였다. 또한 셰델은 자신의 유명 장서들을 다른 학자에게도 빌려주어 인문주의 사상이 조성되도록 애썼다. 《뉘 른베르크 연대기》를 주문한 제발트 슈라이어도 셰델의 이러한 생각에 공감했다. 사업가이자 예술 후원자이기도 했던 슈라이어 역시 스스로 학습한 인문주의자였다.

▲ **블라인드 인쇄** 망치로 금속 염료를 돼지가죽 표지에 부드럽게 압연하여 장식하면 블라인드 프린팅blind printing이라고 부르는 활자 인쇄 기술을 우아하게 만들어 낼 수 있다. 인쇄된 페이지들은 면실을 이용하여 다섯 군데를 꿰매어 붙였다.

▲ **혜성** 《뉘른베르크 연대기》에는 최초로 인쇄된 혜성의 이미지가 등장하는데, 책에는 471년부터 1472년까지 출현이 언급된 혜성 13개가 그려져 있다. 혜성들은 목판 네 개만을 이용해 페이지 레이아웃에 따라 이리저리 돌려가며 사용했다.

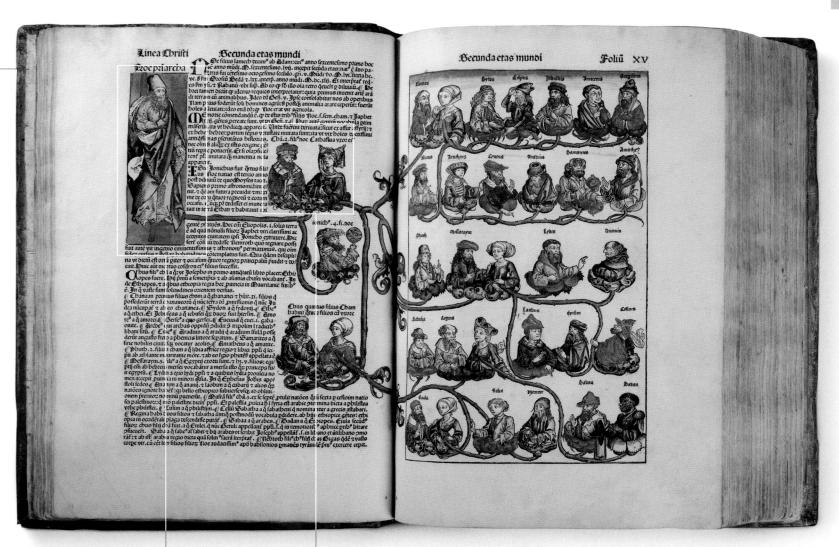

▲ **가계도** 가계도에 묘사되어 있는 예수 그리스도의 혈통은 〈마태오복음〉에서 가져온 것이다. 왼쪽 페이지에서 성경 속 인물 노아가 텍스트 앞부분에 등장하는 반면, 오른쪽에는 그리스도의 조상들이 나와 있다. 《뉘른베르크 연대기》에는 역사적 인물 수백 명이 등장하지만, 이 삽화들 중에는 중복 사용한 것들이 많아, 인물화 하나가 여섯 번이나 등장한 경우도 있다.

◀ **노아의 후손들** 노아에게서 처음으로 뻗어 나온 자손은 둘째 아들 함인데, 여기에는 아내인 카타플루아와 함께 그려 놓았다. 《뉘른베르크 연대기》는 가계도에 그린 자손의 순서를 장남이 아니라 중간 자식부터 시작하는 중세의 전통을 따르고 있다.

◀ **족장 노아** 아담에서 대홍수까지의 '제1 시대'가 《뉘른베르크 연대기》의 시작인데, 노아의 방주 제작과 그의 가족에 대해 자세히 설명하고 있다. '제2시대'는 대홍수 이후 아브라함이 출생할 때까지의 사건들을 더듬고 있다.

그림 속으로

의미를 풀어 줄 열쇠

▶ **세계 지도** 이 목판화 세계 지도는 유럽을 중심으로 그린 것이다. 이 책은 크리스토퍼 콜럼버스Christopher Columbus가 아메리카 대륙에 발을 딛고 나서 1년 뒤에 나왔지만 콜럼버스의 발견은 반영하지 않고 아프리카, 유럽, 아시아만 보여 주고 있다. 항해하는 데 필수 지식인 갖가지 바람의 방향을 머리 열두 개로 묘사하였고, 노아의 세 아들들(대홍수 이후에 땅에 다시 번성한 자손들)이 지도를 에워싸고 있다.

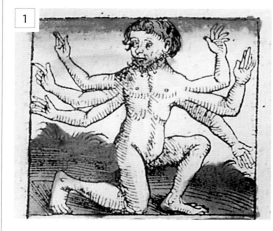

▲ **손과 팔이 여섯 달린 사람** 《뉘른베르크 연대기》에는 "알렉산드로스 대제Alexander the Great에 대한 전기에 인도에는 팔이 여섯 달린 사람들이 산다는 말이 나온다"라고 적혀 있다. 또한 있을 법하지 않은 인물들이 많이 묘사되어 있고, 여러 페이지에 삽화로 등장한다. 이러한 이상한 사람들은 이국적인 나라에서 볼 수 있다고 적어 놓았는데, 인용하자면 이렇다. "서쪽 에티오피아로 가면 눈이 넷 달린 사람들이 있다"거나 그리스의 에리피아Eripia에는 "학처럼 목이 길고 입은 부리처럼 생긴 사람들이 있다."

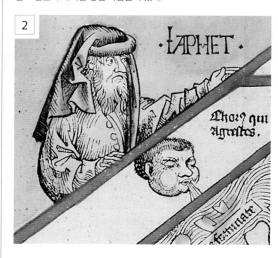

▲ **유럽을 차지한 야벳** 대홍수 이후 노아의 세 아들은 아시아, 유럽, 아프리카로 알려진 땅을 각기 나누어 가졌다고 한다. 지도의 북서쪽 귀퉁이를 잡고 있는 노아의 장남 야벳은 유럽 대륙을 받았다.

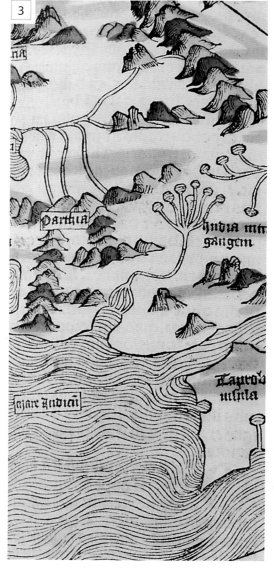

▲ **동방** 아시아 지도는 단순히 타르타리아Tartaria라고 이름 붙인 북부와 중앙을 커다랗게 등고선으로만 나타냈을 뿐, 유럽과 비교해 보면 세부 표기는 훨씬 적다. 그 외에 유라시아 중앙 지역인 스키티아, 현재의 이란 지역인 메디아와 파르티아, 북서부 중국으로서 아마도 실크 생산지에서 유래했을 지명인 세리카 등 지금은 사용하지 않는 지명들이 등장한다.

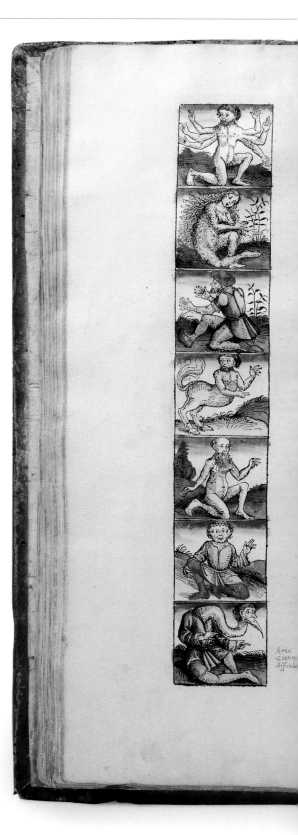

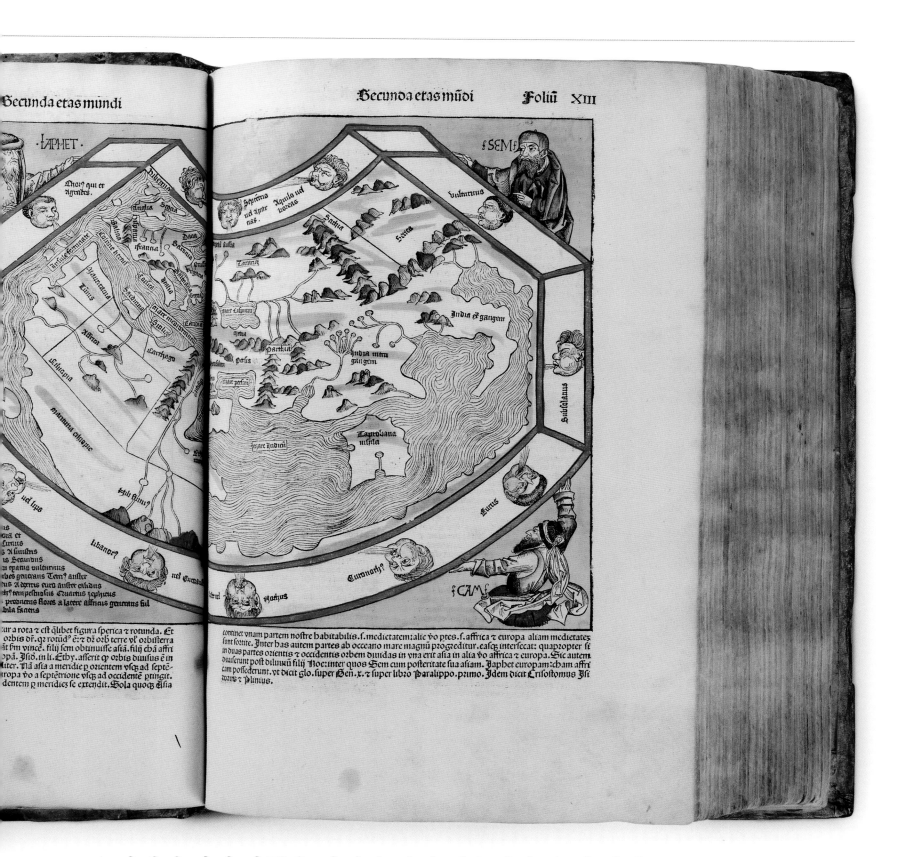

이제껏 이런 작품을 인쇄한 적이 없습니다. 수천 명의
사람들이 당신에게 열광할 것입니다.

안톤 코베르거. 《뉘른베르크 연대기》 인쇄업자.

신곡Divine Comedy

1321년(기록), 1497년(수록본) ■ 인쇄, 목판화 삽화 수록 ■ 32cm x 21.6cm ■ 620쪽 ■ 이탈리아

크기

단테 알리기에리Dante Alighieri

단테의 《신곡》은 모든 운문 가운데 가장 뛰어난 작품 중한 편이다. 단테가 고향 피렌체에서 쫓겨나 베로나에 머물렀던 1320년에 완성한 이 작품은, 1만 4천 행이 넘는 대작으로 단테의 상상 속 내세 여행담을 들려주고 있다. 단테는 다양한 철학과 사상에서 영감을 얻었고, 중세의 세계관을 파악하기 위해 토마스 아퀴나스 Thomas Aquinas(1225~1274)의 철학과 사상에도 관심을 가졌다.

여정은 초현실적인 숲에서 해질 무렵에 시작한다. 그곳에서 단테는 로마의 시인 베르길리우스를 만난다. 베르길리우스는 지옥과 연옥을 안내한 뒤 단테가 가장 사랑하는 베아트리체에게, 안내를 해 주라며 단테를 넘긴다. '지옥', '연옥', '천국'을 두루 돌아본 뒤 단테는 결국 '태양과 다른 별들도 움직이는 사랑'에 도달한다.

이 시는 성부, 성자, 성령의 삼위일체를 반영하듯 3이라는 숫자를 중심으로 구성되어 있다. 총 3부로 구성되어 있고, 각 부는 33곡으로 이루어져 있으며, 운문들은 교묘하게 연결된 3행 운율 구조인 3운구법韻構法을 취했다.

단테 알리기에리

1265~1321년

단테로 알려져 있는 단테 알리기에리는 이탈리아의 가장 위대한 시인이다. 역사에 한 획을 그은 작품 《신곡》은 르네상스의 시작을 알렸고 여러 세대의 시인들에게 영감을 주었다.

피렌체에서 태어난 단테는 열두 살에 젬마 도나티Gemma Donati와 약혼했지만, 베아트리체 포르티나리Beatrice Portinari와 사랑에 빠졌다(결실은 맺지 못했다). 베아트리체는 1290년에 겨우 스물네 살의 나이로 죽었지만, 《신곡》 탄생에 중요한 역할을 했다. 그는 피렌체를 갈라놓고 있던 기벨린Ghibelline(황제파)과 구엘프Guelph(교황파)의 정치 싸움에 휘말려 1302년 무렵 추방되었는데, 유배 중일 때 이 걸작을 썼다.

특이하게도, 단테는 고전 교육을 받았음에도 라틴어가 아닌 모국어인 토스카나어(현대 이탈리아어에 가깝다)로 이 시를 썼으며, 뛰어난 솜씨로 인하여 《신곡》은 가장 아름다운 시로 평가 받는다. 이 작품은 작시법에 일대 변혁을 일으켰을 뿐 아니라, 토스카나어가 이탈리아의 표준어로 채택되는 데에도 큰 영향을 미쳤다.

▶ **텍스트 분석** 《신곡》은 의미가 중첩된 구문이 많아 초기 인쇄본에는 기다란 주석문이 삽입되었다. 이 사진을 보면 〈지옥편〉의 짧은 절 하나에 대해 학자 크리스토포로 란디노Cristoforo Landino가 촘촘히 단 주석들이 주위를 빼곡히 에워싸고 있음을 알 수 있다.

세부 내용

▶ **베네치아 판** 사진에 있는 이 1497년 판은 마테오 다 파르마Matteo da Parma가 작업한 목판화 99점과 가장 인기 있던 란디노 주석을 잘 짜 넣었다. 《신곡》은 필사본 형태로 유포되다가 1472년이 되어서야 인쇄되었다. 이 베네치아 판의 그림에 잘 드러나듯이 단테와 베르길리우스는 다양한 여정을 보여 주기 위해 두 번 등장한다.

▲ **순수 예술** 그림에서 보듯이 마테오 다 파르마의 작품은 1491년 판에 처음으로 등장한다. 베날리 판(1481) 삽화가로 선정된 화가는 유명한 산드로 보티첼리Sandro Botticelli였다.

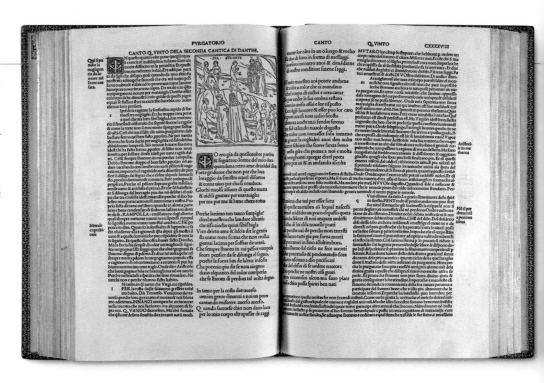

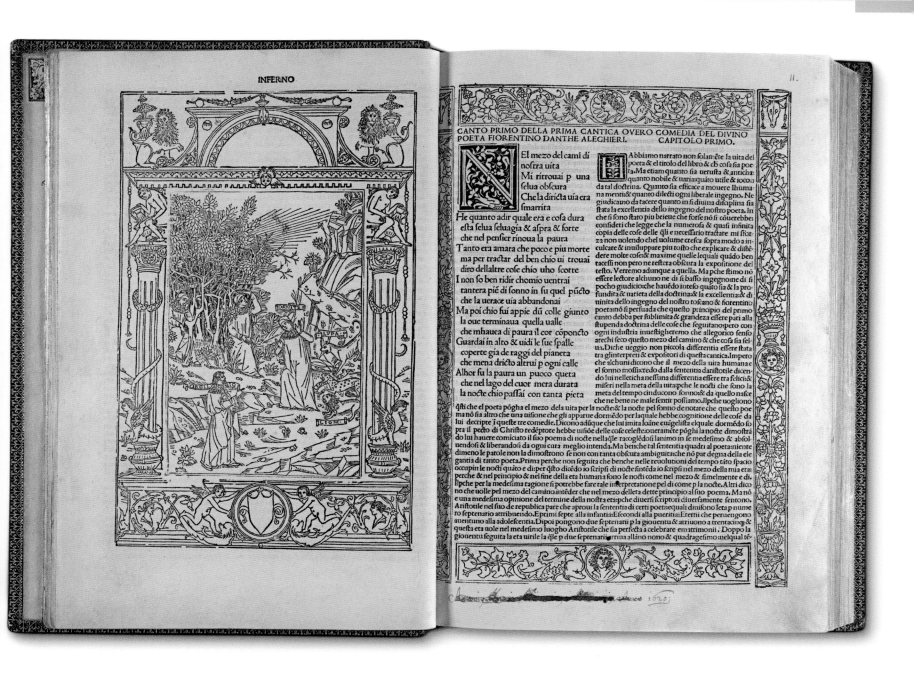

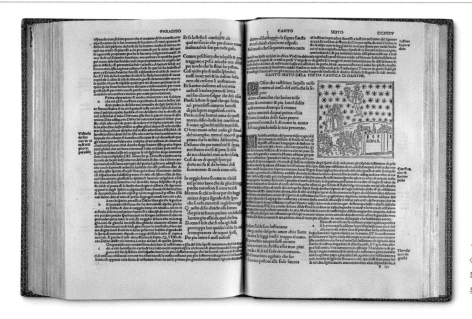

이곳에 들어온 그대여, 모든 희망을 버려라.

단테, 《신곡》.

◀ **삽화의 연결** 당대의 독자들이 이해하기 쉽게 곡마다 단순한 그림들을 첨부했다. 이 그림은 〈천국편〉에 나오는 것인데, 영혼이 별 속으로 들어가는 모습을 표현하고 있다. 이러한 베네치아의 목판화는 등장인물의 성격을 고도로 잘 묘사하고 있으며 다음 세기를 넘어 서유럽에서 대두하던 목판화 양식에 커다란 영향을 미쳤다.

폴리필로의 꿈 Hypnerotomachia Poliphili

1499년 ▪ 인쇄, 목판화 삽화 수록 ▪ 32.7cm x 22.2cm ▪ 468쪽 ▪ 이탈리아

크기

저자 미상

이탈리아 르네상스 시대의 가장 아름다운 삽화 인쇄본으로 자주 거론되는 《폴리필로의 꿈》은 인쇄업자이자 출판업자인 알두스 마누티우스Aldus Manutius의 걸작이다.

1499년 베네치아에서 인쇄된 이 작품에는 우아한 목판화 172점이 실려 있으며, 활자체와 이미지를 시각적으로 통합했다는 점에서 놀랍다. 전체적으로 텍스트의 기능과 위치 사이에 창의적인 상호작용이 이루어지고 있기도 하다. 즉 텍스트가 삽화 주위로 자연스럽게 흐르듯 배치되어 있고, 심지어 형태와 무늬를 구성하고 있기도 하다. 서체는 마누티우스의 활판 식자공인 프란체스코 그리포Francesco Griffo(1450~1518)가 만들었는데, 그는 특별히 이 책을 위해 기존 활자체 중 피에트로 벰보 추기경Pietro Bembo(1470~1547)의 이름을 본뜬 벰보체를 다시 깎아 더 크고 가벼운 대문자를 만들었다.

또한 양면 펼침 처리로도 유명한데, 마누티우스는 양쪽에 이미지 한 쌍을 배치하며 별도 페이지가 아닌 하나의 페이지로 디자인한 경우가 많았다. 마누티우스가 1494년에 설립한 인쇄소 알디네 프레스Aldine Press는 유럽에서 가장 영향력 있는 인쇄소였으며, 서체·삽화·디자인 측면에서 뛰어난 혁신으로 명성을 떨쳤다.

마누티우스가 펴낸 책 중에서 유일하게 삽화가 들어간 이 작품은 책의 디자인과 서체 면에서 새로운 기준을 확립했다. 그러나 《폴리필로의 꿈》의 문학적 가치에 대해서는 논쟁의 여지가 많다. 저자 미상으로 출간된 이 작품은 잃어버린 사랑을 갈구하는 이야기로 라틴어, 이탈리아어, 작가 자신이 만들어 낸 언어가 뒤섞여 쓰였다. 또한 그리스어와 히브리어도 나오며 서구 인쇄업계에서는 최초로 아랍어 단어까지 등장했다.

그 결과 내용을 이해하기가 어려웠고, 또한 책의 저조한 판매의 원인이 되기도 했다.

▶ **양면 펼침**   펼침면은 마누티우스의 혁신적인 디자인을 잘 보여 준다. 양 페이지에 펼침면으로 실린 이미지들은 이야기 안에서 전개가 이루어지고 있음을 암시하듯 움직인다는 인상을 준다. 양쪽 페이지 위에 있는 한 쌍의 삽화는 행렬이 마치 책의 진행 방향(왼쪽에서 오른쪽)으로 나아가고 있는 듯이 보인다.

세부 내용

▲ **인쇄업자의 표식**   뒤엉킨 돌고래와 닻은 알디네 프레스의 로고였는데, 돌고래는 속도를, 닻은 안정성을 상징한다. 마누티우스는 이 상징을 벰보 추기경으로부터 받은 동전에서 차용했는데, 동전 한쪽에는 티투스 황제가, 반대쪽에는 돌고래와 닻이 새겨져 있었다.

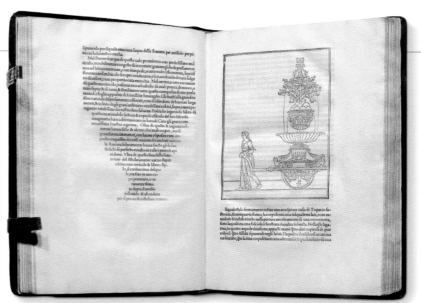

▲ **혁신적 활자**   이 책은 활자를 창의적으로 사용하여 지면에 모양과 무늬를 만들어 냈다. 텍스트를 양쪽 여백까지 꽉 채우는 전통적인 레이아웃을 버리고 왼쪽 페이지에서 보듯이 활자를 술잔 형태처럼 조판했다. 오늘날까지 사용되고 있는 벰보 서체는 이 작품이 출간될 당시에는 외관상 가장 현대적인 서체였다.

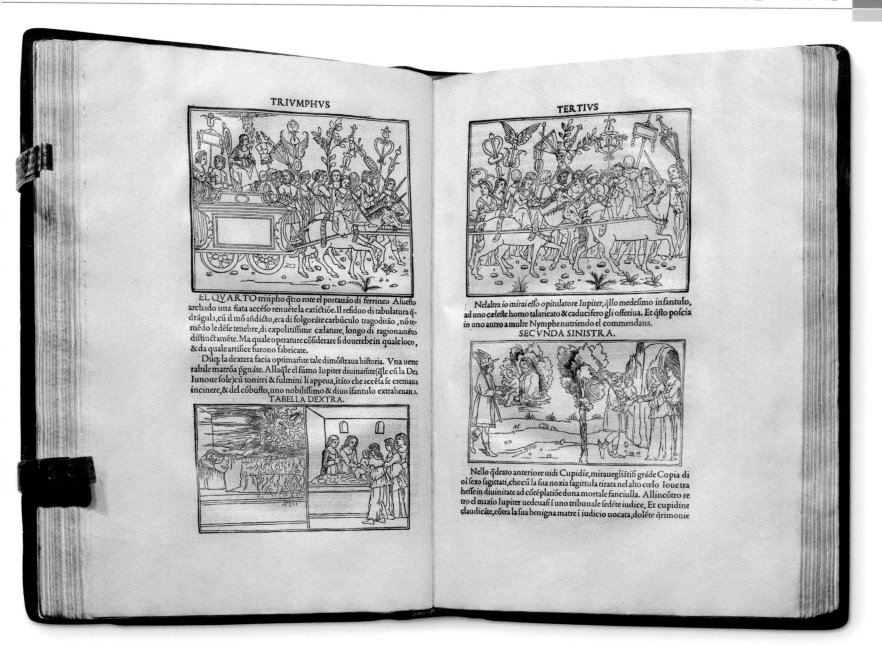

TRIVMPHVS

EL QVARTO triúpho q̃tro rote el portauão di ferrineo A fueto archado una fiata acceffo renuéte la extictióne. Il refiduo di tabulatura q̃dragula, cũ il mó añdicto, era di folgoráte carbúculo tragoditáo, nó te médo le dése tenebre, di expolitiffime cælature, longo di ragionaméto diftinctaméte. Ma quale operature cófiderare fi douerebe in quale loço, & da quale artifice furono fabricate.

Duq̃ la dextera facia optimaméte tale dimóftraua hiftoria. Vna uene rabile matróa p̃gnáte. Allaq̃le el fúmo Iupiter diuinaméte(q̃le cũ la Dei Iunone fole)cũ tonitri & fulmini li appeua, ítáto che accéfa fe cremaua incinere, & del cóbufto, uno nobiliffimo & diuo ifantulo extraheuano.

TABELLA DEXTRA.

TERTIVS

Nelaltra io mirai effo opitulatore Iupiter, q̃llo medefimo infantulo, ad uno cælefte homo talaricato & caducifero gli offeriua. Et q̃fto pofcia in uno antro a multe Nymphe nutriendo el commendaua.

SECVNDA SINISTRA.

Nello q̃drato anteriore uidi Cupidie, miraueglia͂tiffi gráde Copia di oi fexo fagittati, che cũ la fua noxia fagittula tirata nel alto coelo Ioue tra heffe in diuinitate ad cótéplatióne duna mortale fanciulla. Allincótro re tro el maxio Iupiter uedeuafi í uno tribunale fedéte iudice, Et cupidine claudicáte, cótra la fua benigna matre í iudicio uocata, doléte q̃rimonie

---

T. PAND.SOCERO.E.ET.M.SOCR.ANNVEN
EB.SOLENNIHYMEN.NVPT.COPVLAMVR.
EDOFATVMINFOEL.NOCTEPRI.CVM IM
ORT.VOLVPTATIS EX.L.FAC.EXTINGVERI
T.D.M.V.VOTA COGEREMVR REDD.HEV II
O INACTV DOM.MARITALIS CORRVENSA
AM EXTRE.CVMDVLCITVDINE LAETISS.
OMPLICATOS OBPRESSIT.FVNESTAS SO
OR.NEC NOVI QVID FECISS.PVTA. NON E
AT INFATIS TVM NOSTRA LONGIOR HO
A.CARIPARENTESLVCTV NEC LACHRYMI
ISERA ACLARVATA NOSTRA DEFLEATIS
FVNER ANEREDDATIS INFOELICIORA
ATVOS NOSTROS DIVTVR
NIORES VIVITE ANNOS
OPTIME LECTOR
AC VIVE TVOS.

▲ **라틴어 텍스트**　이 라틴어 텍스트 견본은 한 능묘의 삽화에 나온 것이다. 모두 대문자로 쓰인 텍스트는 고대의 기념비에 끌로 새긴 라틴어 문자를 모방하고 있는데, 예를 들면 둥근 'U'자를 'V'로 나타낸 것이 그렇다.

배경 지식

《폴리필로의 꿈》은 익명으로 출판되어, 저자가 누구인지 학자들 사이에서 오랫동안 논쟁이 벌어졌다. 대체로 프란체스코 콜론나Francesco Colonna(1433~1527)라는 도미니코 수도회 수도사가 쓴 것으로 추정한다. 이에 대한 근거는 각 장을 여는 장식 머리글자로 구성된 교묘한 라틴어 두운시를 보고 내린 추정이다. 한 줄로 이으면 'Poliam Frater Franciscus Colonna peramavit' 인데, 뜻을 옮기자면 이렇다. "프란체스코 콜론나 형제는 폴리아를 매우 사랑한다." '콜론나'라는 이름은 두운시에만 언급되어 있지만, 만일 그가 정말 저자라면 이 책의 에로틱한 내용과 수도사라는 자신의 신분을 고려하여 익명으로 남는 쪽을 선택했을 수도 있다. 콜론나는 1516년 품행이 나쁘다고 고발당했고, 1527년 94세의 나이로 죽었다.

SOPRA.LAQVA
SVBTILMENTE

▶ **38장 중 한 장의 시작 부분에** 나오는 화려하게 장식된 'L' 문자는 프란체스코 콜론나가 저자임을 암시하는 두운시의 한 부분이다.

오데카톤
Harmonice Musices Odhecaton

1501년(초판), 1504년(수록본) ■ 인쇄 ■ 18cm x 24cm ■ 206쪽 ■ 이탈리아

크기

오타비아노 페트루치|Ottaviano Petrucci

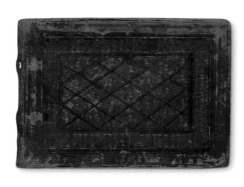

출판업자 오타비아노 페트루치의 《오데카톤(다성음악 100곡)》의 출간은 음악이 널리 유포되는 과정에 획기적인 사건이었다. 이 작품은 활자를 이용해 '다성음악'(폴리포니 polyphony, 몇 개의 선율을 결합해 화음을 만드는 음악)을 최초로 인쇄한 책이었다. 이 방식 덕분에 한 번에 많은 사본을 인쇄하는 것이 가능해졌고, 처음으로 다성음악 곡이 널리 배포되었다.

3중주, 4중주, 5중주, 6중주용 세속 음악 96곡 모음집의 출간은 극적인 효과를 몰고 왔다. 갑자기 음악가들이 귀한 악보를 저렴한 값에 구입할 수 있게 된 것이다. 베네치아의 도미니코 수도회 수도사 페트루스 카스텔라누스Petrus Castellanus가 편집한 이 책은 1503년과 1504년에 출판되었다. 초기 판들은 가사가 없는 것으로 보아 처음에는 기악곡으로 출간된 듯하며, 나중에 나온 판에만 성악 파트가 들어 있다. 몇몇 곡들은 작자 미상이지만, 대부분은 야코프 오브레히트Jacob Obrecht(1457~1505)와 루아제 콩페르Loyset Compére (1445?~1518) 같은 프랑스령 플랑드르의 작곡가들이 썼다. 이러한 작곡가들이 집중적으로 쓴 까닭에, 그들의 화성학和聲學이 향후 100년 동안 유럽 음악계를 이끄는 데 영향을 끼쳤음을 이 책이 확실히 보여 주고 있다.

지금은 다성음악이 일반적이고 세계 어디서나 찾아볼 수 있는 음악 구성이지만 15세기만 해도 그것은 신기한 것이었고, 모든 성부가 한 선율로 노래하는 단성부 합창에 익숙한 사람들의 귀에는 충격적이었다. 실제로, 교회 구성원들 중에는 다성음악이 악마의 음악이라고 생각한 사람들마저 있었다. 페트루치의 책은 화성음악이 널리 보급되는 데 중요한 역할을 했다.

▶ **4성부 화성**   1504년 판은 이전 판들의 오류를 수정했다. 사진에서 보듯이, 4성부가 한 면에 인쇄되어 사중창단이 한 악보를 보고 기도문 〈아베 마리아〉를 부를 수 있게 되어 있다. 현대의 악보와 달리, 음표들이 마디로 나뉘지는 않았다. 페트루치의 하트 모양 상징 위에 쓰인 라틴어 문구는 무단 복제 시 처벌 받을 수 있음을 경고하고 있다.

세부 내용

◀ **정교하게 장식한 머리글자**   각 노래는 첫 보표 시작 부분에 정교하게 장식된 대문자로 시작한다. 예시된 보표에서 보듯이 작곡가 콩페르의 〈프랑스 궁사Un franc archier〉라는 노래는 대문자 'U'로 시작하고 있다. 대문자 뒤에는 현대의 악보 표기법과 상당히 유사하게 음자리표, 조표, 박자표가 이어진다. 헷갈리지 않도록 성부 사이에는 빈 보표를 넣어 구분하였다.

▶ **오데카톤 A**   페트루치의 《오데카톤》 초판 속표지이다. 이 작품에는 오류가 많았으나 이후의 판에서 수정되었다. 이 판의 완본은 현존하지 않는다.

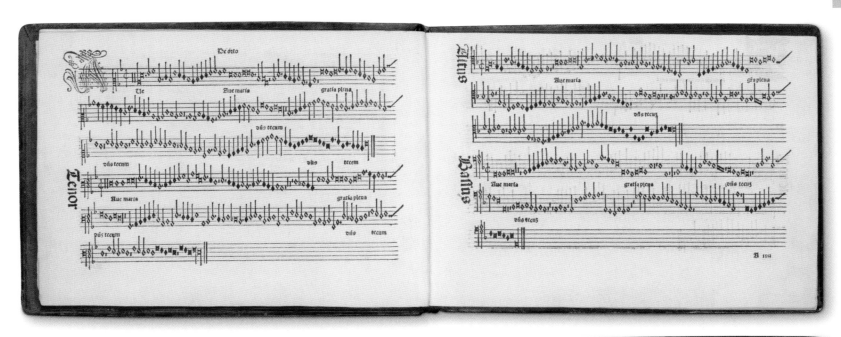

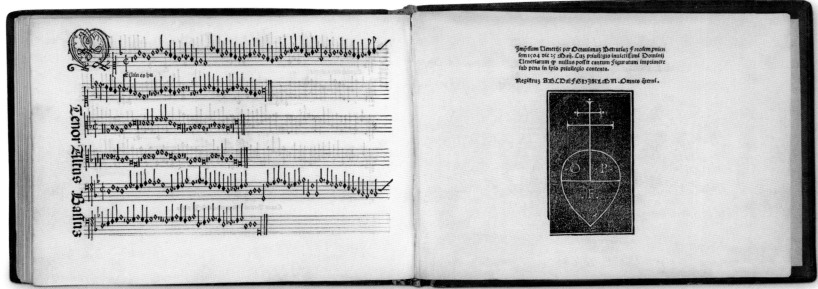

최고의 후원자인 나의 오랜 지기
지롤라모에게. 이것은 그대의
탁월한 선택일세. …

베네치아의 귀족인 지롤라모 도나토Girolamo Donato에게 《오데카톤》을
소개하는 페트루치의 헌정 편지. 지롤라모의 승인을 받는다면
책은 널리 인정받을 것이 확실했다.

* 르네상스 시대에 종교음악으로 주로 사용하던 무반주 다성 합창곡.
** 르네상스 시대에 사랑을 주제로 한 대중적 성악곡.

오타비아노 페트루치

1466~1539년

오타비아노 페트루치는 이탈리아의 인쇄업자이자 출판업자였다. 활자로 인쇄한 낱장 악보집을
선구적으로 출판했고, 최초의 다성음악 인쇄본 《오데카톤》을 제작하여 유명해졌다.

페트루치는 이탈리아 포솜브로네에서 태어나 살다가 1490년 인쇄업의 중심지 베네치아
로 이주했다. 1498년에는 베네치아 공화국에서 악보를 인쇄할 수 있는 20년짜리 독점 허
가권을 당국에 신청하여 승인받은 듯하다. 11세기경 베네딕토 수도회 수도사인 귀도 다레
초Guido d'Arezzo가 고안한 음표 및 악보 체계에 맞춰 만든 《오데카톤》을 1501년에 제
작했다. 1509년, 전쟁이 일어나자 베네치아를 떠나 포솜브로네로 돌아갔다. 포솜브로네
가 교황령에 속해 있었으므로 교황 레오 10세로부터 인쇄 허가권을 승인 받았지만, 건반
음악 악보를 만드는 데 실패한 뒤에는 권리가 취소되었다. 교황권을 놓고 전쟁이 일어나면
서 1516년 포솜브로네가 침략 당하자 교황의 군대가 페트루치의 인쇄 장비를 파괴한 것으
로 추정한다. 1536년 페트루치는 베네치아로 돌아가 그리스어와 라틴어 문헌 들을 인쇄
했다. 낱장 악보를 처음으로 펴낸 그는 미사곡 16권, 모테트* 5권, 프로톨레** 11권, 류트 연
주곡 6권을 발간했다.

코덱스 레스터 The Codex Leicester

1506~1510년 ■ 종이에 펜과 잉크 ■ 29cm x 22cm ■ 72쪽 ■ 이탈리아

크기

레오나르도 다 빈치 Leonardo Da Vinci

《코덱스 레스터》는 이탈리아의 박학다식한 레오나르도 다 빈치가 노트에 기록한 과학 저작 모음집이다. 레오나르도 다 빈치가 작성한 몇 안 되는 노트 가운데 하나인 《코덱스 레스터》는 르네상스의 가장 뛰어난 유산이다.

이 작품은 양피지 18장으로 구성되어 있는데, 장마다 두 겹으로 접혀 있어서 72쪽이나 된다. 빼곡히 적힌 글씨 외에도 잉크로 그린 삽화가 300점 넘게 수록되어 있으며, 여백에 황급히 스케치한 것도 있고 좀 더 오래 생각한 듯 자세히 그린 것들도 있다. 이 작품은 레오나르도가 주위 세상에 대해 보인 깊은 관심뿐 아니라, 세상은 정확한 관찰을 통해서만 설명될 수 있다는 그의 신념을 잘 보여 준다. 그런 점에서 이 작품은 다가올 17세기와 18세기의 과학 혁명을 알리는 선구적인 저작이었다.

레오나르도는 이러한 기록들을 대략 1만 3천 쪽이나 남겼는데, 그 가운데 절반 정도가 이 작품과 유사한 노트의 형태로 살아남아 있다. 기록의 주제는 회화에 대한 학문적 논고에서부터 인체의 해부학 연구, 비행 기계 및 공성 기계 도안, 건축에 이르기까지 다양하다.

《코덱스 레스터》의 주요 내용은 물과 물의 속성이지만, 그 외 다른 주제들도 다양하게 다루고 있다. 예를 들면, '하늘은 왜 파란가', '산들도 한때는 해저였을 수 있다' 등의 가설 외에 기상학, 우주론, 포탄, 화석, 중력과 같은 주제들도 있다.

'코덱스 레스터'라는 이름은 1719년 이 작품을 입수한 영국의 귀족 레스터 백작 Earl of Leicester에서 유래했다. 1980년 이 작품을 구입했다가 1994년 빌 게이츠에게 3,080만 달러에 되판 미국인 아먼드 해머 Armand Hammer와 결부시켜 한때는 '코덱스 해머 Codex Hammer'라는 이름으로 알려지기도 했다. 현재 이 작품은 세계에서 가장 비싼 기록물일 뿐 아니라 레오나르도의 많은 노트 가운데 미국에서 유일하게 보유하고 있는 것이기도 하다.

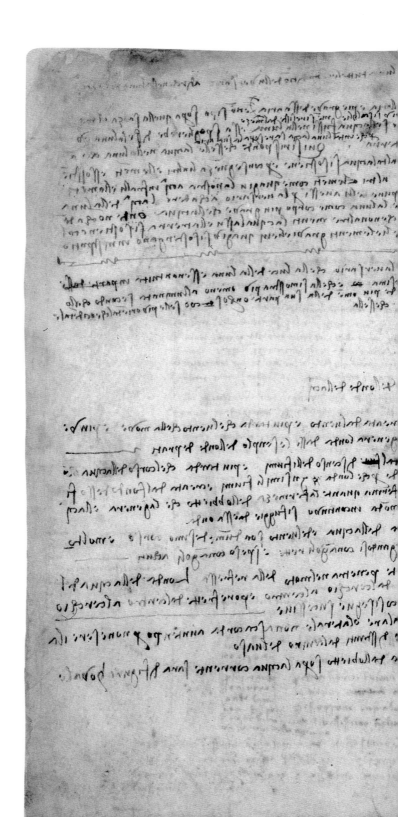

▶ **정확하게 쓰인 글** 내용을 정정하고 수정한 부분이 있고, 여백 여기저기에 간략하게 그린 삽화가 있지만, 옆 사진에서 보듯이 레오나르도의 깔끔한 글씨는 《코덱스 레스터》의 전형적 특징이다. 페이지 하단 오른쪽 그림은 달의 발광을 표현한 것이다. 레오나르도는, 달빛은 태양빛의 일부가 반사된 것에 불과하다는 것을 정확히 보여 주고 있다.

독자들이여, 내가 이 주제에서 저 주제로
갑자기 건너뛰더라도 비웃지 마시길….

레오나르도 다 빈치, 《코덱스 레스터》.

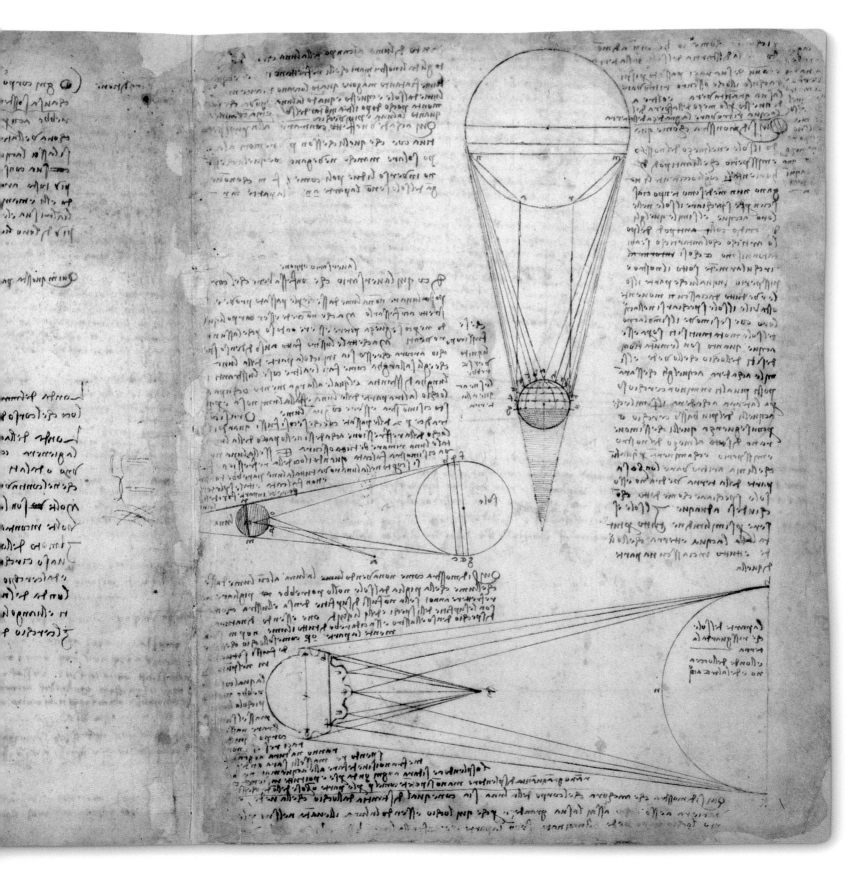

세부 내용

> 이 작품은 한 인간의 영감이다. …
> 레오나르도는 끊임없이 자신을 채찍질하여 지식이
> 그 자체로 얼마나 아름다운지
> 깨달은 사람이다.
>
> **빌 게이츠Bill Gates.**《코덱스 레스터》의 현 소장가.

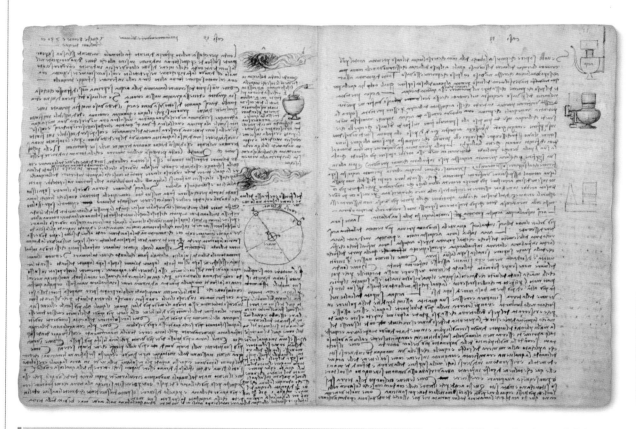

레오나르도 다 빈치

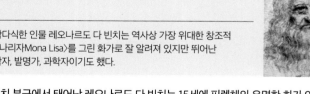

1452~1519년

이탈리아의 박학다식한 인물 레오나르도 다 빈치는 역사상 가장 위대한 창조적 인간이었다. 〈모나리자Mona Lisa〉를 그린 화가로 잘 알려져 있지만 뛰어난 조각가이자 공학자, 발명가, 과학자이기도 했다.

토스카나의 빈치 부근에서 태어난 레오나르도 다 빈치는 15세에 피렌체의 유명한 화가 안드레아 델 베로키오Andrea del Verrocchio에게 도제 수업을 받았고, 1478년에 화가의 자격을 갖추었다. 이후 밀라노에서 조각가이자 화가로 17년을 보냈지만, 공학과 건축 관련 일도 했다. 밀라노에 있을 동안 산타 마리아 델레 그라치에 수도원 식당에 벽화〈최후의 만찬〉을 그렸다. 1499년 이후에는 피렌체로 돌아가 유명한 초상화〈모나리자〉를 그렸다. 레오나르도는 주로 화가로 알려져 있지만, 발표되지 않은 노트들을 보면 그에게 놀랄 만큼 다재다능한 지성이 있음을 알 수 있다. 그중 하나인《코덱스 레스터》는 해부학에서 지질학까지 광범위한 주제를 다룬 이론과 발명으로 가득하다. 그런 의미에서 레오나르도는 다양한 재능과 여러 관심사에 호기심을 가진 '르네상스인'의 가장 뛰어난 전형으로 평가 받는다. 그는 프랑스 왕 프랑수아 1세François I를 위해 일하다 프랑스에서 사망했다.

▲ **거울 글씨** 레오나르도는 오른쪽에서 왼쪽으로 읽히도록 텍스트를 거꾸로 쓰는 특유의 거울 글씨 방식으로《코덱스 레스터》를 작성했다. 비공개 저작에만 이 기법을 사용했는데, 왜 그렇게 썼는지에 대한 정확한 이유는 밝혀지지 않았다. 읽기 어렵게 만듦으로써 저작의 기밀을 유지하려고 한 것일 수도 있다.

▲ **여백의 삽화들** 레오나르도는 자기 생각을 글로 설명하는 것 못지않게 그림으로 보여 주는 데에도 관심이 많았으므로 지면 여백에 자주 스케치를 첨가했다. 이 페이지에서 레오나르도는 물이 어떻게 흐르는지 살펴보고 침식 작용을 연구하기 위해 고안한 실험을 소개하고 있다. 무엇보다도 자연현상을 묘사한 이 삽화들은 각기 다르게 배치된 장애물 주위를 도는 물의 흐름을 나타내고 있다.

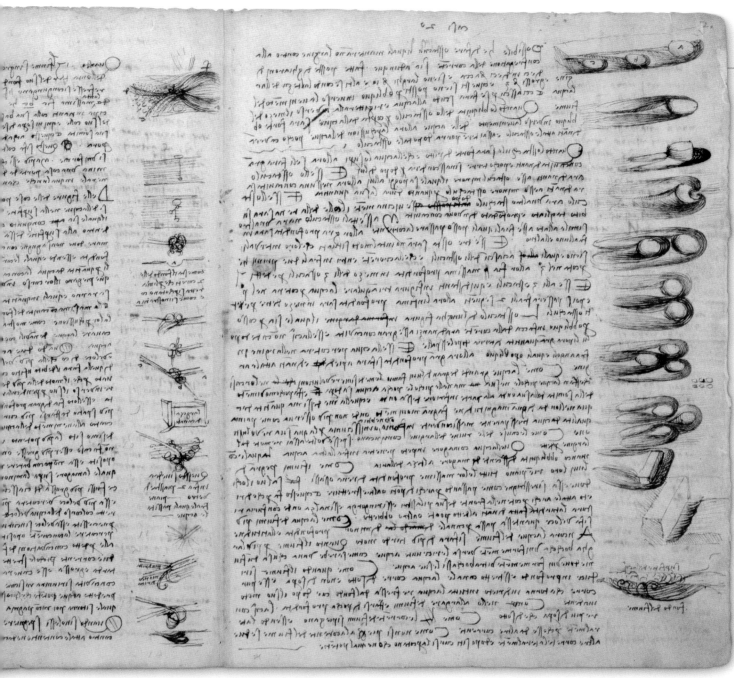

▲ **떠오르는 대로 쓴 기록** 때로는 장애물과 격렬하게 만나는 물의 흐름에 대한 연구와 어울리지 않게 바위에 앉아 있는 노인 (레오나르도의 작품에 자주 등장한다) 그림이 나란히 있는 것을 보면, 레오나르도는 떠오르는 대로 즉흥적으로 기록했음을 알 수 있다. 가장 강력한 장애물조차 침식시킬 수 있는 물의 힘은 레오나르도에게 매혹적인 주제였다.

▶ **시소 연구** 레오나르도가 급히 그린 시소 위에 있는 두 남자 그림은 평형대 위의 무게와 거리의 영향을 보여 주기 위한 것이었다. 또한 논점을 넓혀 지구의 반구들이 동일하지 않은 질량을 가졌음을 보여 주고 있다. 레오나르도는 무거운 쪽 반구가 중심을 향해 가라앉고 있어서 가벼운 쪽 반구의 암반들이 융기하여 산맥을 형성한다고 생각했다.

인체 비례론 전 4권Vier Bücher von menschlicher Proportion

1528년 ■ 인쇄, 목판화 삽화 수록 ■ 29cm x 20cm ■ 264쪽 ■ 독일

알브레히트 뒤러Albrecht Dürer

크기

알브레히트 뒤러의 기념비적인 작품《인체 비례론 전 4권》은 뒤러가 전 생애에 걸쳐 인체의 형태를 그림으로 연구한 것이다. 이 작품은 1세기에 활동한 로마 건축가 마르쿠스 비트루비우스Marcus Vitruvius 같은 고대인들은 물론 레오나르도 다 빈치를 비롯한 동시대 사람들의 해부학적 관찰에 기초하고 있다. 인체 비례의 이상적 형태를 믿었던 비트루비우스와 달리 뒤러는 형태의 아름다움은 상대적 속성이라고 생각했다. 그는 인체 측정학(인체의 측정과 비율에 대한 학문적 연구)의 체계를 세웠는데, 이로써 화가들은 형태와 크기가 제각각인 모든 사람들을 최대한 본래 모습에 가깝게 그릴 수 있게 되었다.

이 작품에는 인물(남자, 여자, 어린이)의 전신상을 그린 전면 그림 136장 외에 사지, 머리, 손, 발 등을 상세히 보여 주는 작은 크기의 목판화와 접이식 도해 4장 등 거의 모든 페이지가 목판화로 채워져 있다. 2단 편집에 장식적인 고딕 글꼴을 사용했으며, 더 많은 독자들에게 다가가기 위해 라틴어가 아닌 독일어로 썼다.

1528년 4월 뒤러가 사망할 때까지 그의 작품은 오로지 필사본으로만 존재하다가, 1528년 10월 친구 빌리발트 피르크하이머Willibald Pirckheimer와 아내에 의해 네 권의 유고집으로 출간되었다. 첫 두 권은 인체 측정을 다루고, 3권은 과체중과 저체중인 사람들과 비정상적 신체 특성 같은 기형적 모습을 보여 주며, 4권은 움직이는 인체를 표현하고 있다. 그 결과 이 작품은 인체의 해부학적 비례를 학문으로 정리하여 미학에 적용하려 했던 최초의 출판물이 되었다.

▶ **측정 자** 뒤러는 이상적인 인체의 형태를 그리기 위해 '비례의 원칙'을 고안해 냈다. 그림에서는 신체 각 부위를 재고 그 비례를 산정할 수 있는 측정 자를 쥐고 있는 여성 모델이 있다. 또한 뒤러는 이 책에서 그림자와 음영을 표현하기 위해 목판 음각에서 크로스 해칭cross hatching*을 최초로 사용했다.

* 판화나 소묘에서 교차선을 그려 넣어 대상의 음영, 양감, 명암 등을 나타내는 기법.

세부 내용

▲ **속표지** 초판 속표지에는 알브레히트 뒤러의 이름 머리글자를 결합해 만든 특유의 모노그램 'AD'가 보인다.

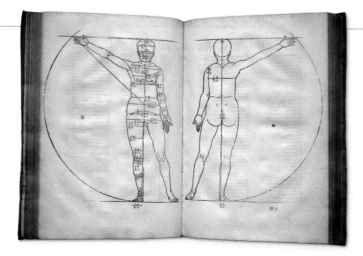

▲ **원** 뒤러는 삽화를 그렸을 뿐 아니라 저술과 디자인까지 직접 했다. 목판화 중에는 레오나르도의 해부도 연구법을 좇아 어른의 중심점을 배꼽으로 잡은 원 안에 인물을 그려 넣은 것도 있다. 이 도해들은 인체 형태를 측정하는 방법을 보여 주고 있다. 이어지는 페이지에는 좀 더 자세한 도표로 신체의 여러 부위들을 묘사했다. 뒤러의 드로잉 스타일은 이후에 해부학 서적에 적용되었다.

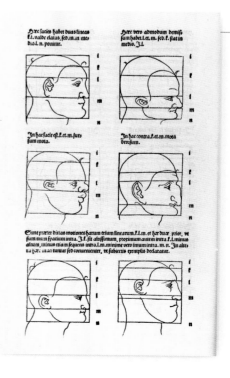

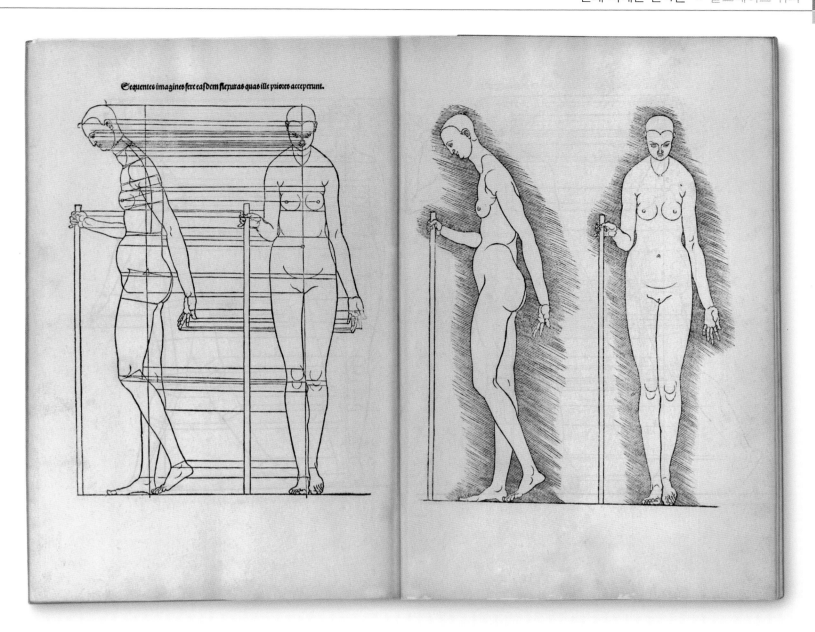

Sequentes imagines fere easdem flexuras quas ille priores acceperunt.

> 형태와 미의 완전함은
> 모든 사람들의 총합에
> 있다.
>
> **알브레히트 뒤러.**
> 《인체 비례론 전 4권》.

◀ **기준선 활용**   3권에서 뒤러는 수학적 규칙과 기준선을 활용하여 인체 형태의 '적절한'
비례를 조정하고 있다. 이 페이지에서는 사람의 머리를 집중적으로 다루고 있으며
기준선 테두리를 활용하여 이목구비의 비례가 다양함을 보여 주고 있다. 예를 들면
이 기준선들은 사람마다 코의 길이와 형태가 매우 다양하다는 것을 보여 줌으로써, 두상
구조가 모두 다르다는 것을 알려 준다.

알브레히트 뒤러

1471~1528년

화가, 판화가, 수학자인 알브레히트 뒤러는 독일 르네상스기의 가장 위대한
화가로 널리 인정받고 있다. 몇몇 목판화는 수준 높은 작품으로 꼽히며, 그의
뛰어난 그림들은 후대에 큰 영향을 미쳤다.

뒤러는 어릴 때부터 놀라운 예술적 재능을 보여 15세에 유명한 화가이자 판화가인 미하일
볼게무트Michael Wolgemut의 문하생이 되었다. 1490년에서 1494년까지 학업을 지속
하다 북유럽과 알자스로 여행을 떠났다. 1494년 여름 뉘른베르크로 돌아와 아그네스 프
라이Agnes Frey와 결혼했고, 결혼한 지 얼마 안 되어 북이탈리아에서 1년을 보냈다. 이탈
리아로의 두 번째 여행(1505~1507)에서는 특히 레오나르도 다 빈치의 작품을 보면서 인
체의 해부와 비례에 대한 지식이 깊어졌고, 나머지 생애 동안 그에 대한 연구를 계속했다.
뉘른베르크로 돌아와 1512년 신성로마제국 황제 막시밀리안 1세Maximilian I의 궁정 화
가가 되어 그림을 그리면서도 기하학, 수학, 라틴어, 인문주의 문헌에 대한 지식을 계속 넓
혀 갔다. 그는 《인체 비례론 전 4권》을 완성하지 못한 채 1528년 4월 6일 뉘른베르크에서
사망했다. 드로잉과 회화부터 목판화와 논문에 이르기까지 방대한 작품을 남겼다.

군주론 Il Principe

1532년 ■ 인쇄 ■ 21cm x 13.5cm ■ 50쪽 ■ 이탈리아

크기

니콜로 마키아벨리 Niccolò Machiavelli

탄생한 지 5백 년도 더 지난 《군주론》은 오늘날에도 여전히 정치 권력에 대한 가장 중요한 저작으로 평가 받고 있다. 마키아벨리는 정치인들을 위해 쓴 이 안내서에서 통치자가 자신의 야망을 달성하고 적수들을 제압하려면 비도덕적이어야 한다고 충고했다. 이 작품은 1513년 무렵에 쓰였고, 마키아벨리가 죽은 지 5년째인 1532년에 발표되었다. 이 책은 파급력이 워낙 커서 저자의 이름으로부터 '권모술수에 능한'이라는 뜻의 '마키아벨리적인 machiavellian'이라는 신조어까지 생겨났다.

도시국가 피렌체의 외교 정책을 관장하는 고위 공직자였던 마키아벨리는 자신의 경험을 바탕으로 이 책을 썼다. 26장으로 구성된 다소 짧은 내용의 주요 전제는 국가의 안녕이 최우선이며, 통치자는 어떤 대가를 치르더라도 목적을 달성하기 위해서라면 남을 배신하거나 약점을 이용해도 정당화된다는 것이다. 이 책은 또한 내전으로 약화된 이탈리아가 유럽에서 강력한 지위를 되찾을 수 있는 방법을 모색하는 청사진으로 기획되었다. 당시의 지배자인 메디치 가문에 환심을 사려는 시도로, 마키아벨리는 이 책을 젊은 군주 로렌초 데 메디치 Lorenzo de' Medici에게 헌정했다. 사본 한 부는 메디치에게 바쳤고 필사한 사본들은 은밀히 유포되었는데, 약 20년이 지나 정식으로 출판되면서

니콜로 마키아벨리
1469~1527년

근대 정치학의 기초를 닦았다고 평가 받는 니콜로 마키아벨리는 권력에 대한 이론과 지도자에게 요구되는 냉혹함을 주장하여 역사의 흐름을 바꾸었다.

르네상스 절정기에 피렌체에서 태어난 마키아벨리는 법률을 공부했지만, 고향을 위해 일하는 외교관이 되었다. 이 무렵 이탈리아는 지역들 간의 지배권 싸움으로 불안이 끊이지 않았다. 1494년에는 지배자인 메디치 가문이 축출된 뒤 공화제가 부활했는데, 이 시기에 마키아벨리는 이탈리아와 해외를 다니며 대사 역할을 했다. 또한 메디치가의 적들을 위해 일하기도 하여, 1513년 메디치가가 권력을 되찾자 공모 혐의로 체포되어 고문을 받았다. 투옥된 지 얼마 되지 않아 석방되었으나 정치가로서의 생명이 끝난 채 피렌체 외곽의 가족 영지에 유폐되었다. 이 시기에 《군주론》은 물론 희곡 《만드라골라 La Mandragola》도 썼다. 말년에는 빈곤하게 살다가 생을 마감했다.

《군주론》이라는 제명이 붙었다. 1557년 교황 바오로 4세 Paulus IV가 바티칸 금서 목록에 올리는 등 비평가들로부터 충격적이고 비도덕적이라는 평가를 받았지만, 서구 문명에 큰 영향을 준 작품 중 하나가 되었다. 5백 년 넘게 히틀러와 스탈린 같은 독재자와 폭군들이 이 작품의 냉소적인 내용에 고취되어 폭정을 일삼기도 하였다.

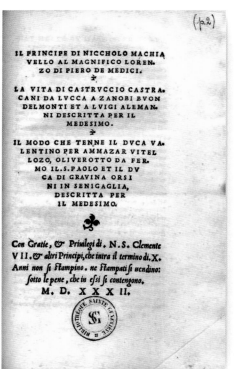

◀ **속표지** 《군주론》의 초판에는 1513년부터 1519년까지 도시국가 피렌체의 통치자였던 로렌초 데 메디치에게 바치는 헌정사가 들어 있다. 마키아벨리는 이 헌정사로 메디치의 환심을 사기 바랐지만, 역사가들에 따르면 메디치가 이 책을 읽었다는 증거는 없다.

▶ **이탈리아 인쇄술** 《군주론》은 북유럽보다도 기술적으로 훨씬 앞서 있던 16세기 이탈리아의 르네상스기 인쇄술을 보여 주는 전형이다. 이 판은 유명한 이탈리아 인쇄업자 안토니오 블라도 데 아솔라 Antonio Blado de Asola의 인쇄기로 찍어 낸 것이다.

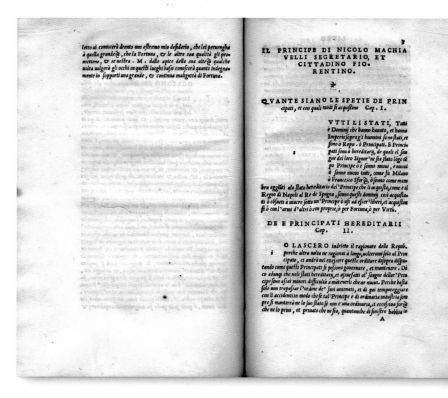

▶ **우아한 외관**　논쟁의 여지가 있지만, 《군주론》은 기술적인 이유에서 좋은 평가를 받고 있다. 첫 번째는 당시 막 규범 체계가 잡힌 이탈리아어 문법을 수준 높게 활용했다는 점, 두 번째는 조화와 대칭을 강조하는 르네상스의 이상을 본문 디자인에 반영했다는 점이다. 텍스트는 주로 가운데 정렬과 양쪽 정렬로 되어 있고, 자간 여백은 좁은 반면, 절 부분은 역 피라미드 구조로 배열되어 있어 시선이 아래로 향하게 했다. 여백이 넓은 것이 특징인데, 덕분에 메모도 가능하다.

> … 사랑과 두려움은 공존할 수 없는 감정이다. 둘 중 하나를 선택해야 한다면 사랑의 대상보다는 두려움의 대상이 되는 쪽이 훨씬 안전하다.

니콜로 마키아벨리, 《군주론》.

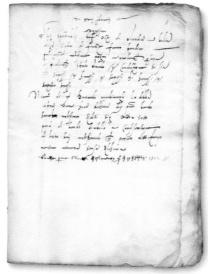

▲ **반역자의 체포**　1513년 피렌체에서 포고령을 외치던 관리가 읽던 포고령이다(왼쪽 사진의 포고령을 알릴 때 쓰던 나팔 그림은 최근에 발견되었다). 메디치가를 전복하려는 음모를 꾸민 혐의로 마키아벨리를 체포하라는 명령이 들어 있다. 마키아벨리는 얼마 뒤 석방되었고, 그때부터 《군주론》을 쓰기 시작했다.

배경 지식

《군주론》은 미국 건국의 아버지들이 채택한 중요한 몇 가지 원칙의 토대를 제공했다. 미국 〈독립 선언Declaration of Independence〉에서는 태생이 아닌 자질에 기초한 지도력을 소중히 여기는데, 이는 "귀족의 도움으로 통치권을 쥔 자는 백성의 도움으로 얻은 자보다 권력을 유지하기가 훨씬 어렵다"라는 마키아벨리의 사상에서 영감을 얻은 것이다.

▲ **존 트럼불**John Trumbull의 그림 〈독립 선언〉은 미국 건국의 아버지들을 보여 주고 있는데, 이들은 모두 《군주론》에 나오는, 권력에 대한 마키아벨리의 사상을 읽었다.

에피톰Epitome

1543년 ■ 벨럼과 종이에 인쇄 ■ 55.8cm x 37.4cm ■ 27쪽 ■ 스위스

크기

안드레아스 베살리우스Andreas Vesalius

해부도의 새로운 기준을 설정한, 안드레아스 베살리우스의 《에피톰》은 이전에는 볼 수 없었던 방식으로 과학적 정밀함과 절묘한 예술성을 한데 결합하여 보여 준 작품이다.

이 작품은 인체의 작용에 대한 포괄적 연구서인 더 방대한 작품 《사람 몸의 구조에 관하여 전 7권De humani corporis fabrica libri septem》의 축약본이다.

의대생들을 위한 교본으로 기획된 《에피톰》은 8만 단어로 이루어진 방대한 일곱 권짜리 본서와 비교하여 텍스트는 최소화하고 삽화를 괘도처럼 벽에 걸 수 있도록 대형 판형으로 인쇄했다.

베살리우스의 이 걸작은 특히 혁신적인 레이아웃으로 주목받는다. 책의 전반부는 인체의 기본 구성 요소를 보여 주고, 그것이 어떻게 사람의 몸으로 만들어지는지를 보여 준다. 가장 먼저 골격, 그다음 장기, 근육, 피부가 차례로 소개되면서 책의 중간부에서 완전한 남성과 여성 누드화로 완결된다. 만약 독자가 책의 중간부에서 시작해 앞쪽으로 읽어 나간다면 해부의 과정을 재현할 수 있게 되는 셈이다. 또한 잘라내어 3D 페이퍼 모델로 조립할 수 있는 페이지도 수록했다. 1543년 6월에 출간된 이 책은 제작에만 4년이 걸렸다. 삽화들은 베살리우스가 화가 티치아노Titian(1490~1576)의 베네치아

작업장에 주문한 것으로 보인다. 모든 준비가 끝나자 베살리우스는 당시 유럽의 출판 중심지였던 스위스의 바젤Basel로 가 인쇄업자 요하네스 오포리누스Johannes Oporinus에게 조판과 인쇄를 맡겼다. 오포리누스는 업계에서 꼼꼼하고 혁신적인 것으로 소문난 최고 전문가였다. 이 책을 제작하느라 만들었던 목판은 대부분 독일 뮌헨의 바바리아 국립 도서관에 소장되어 있었으나, 1944년 연합군의 폭격으로 파괴되었다.

안드레아스 베살리우스

1514~1564년

플랑드르의 내과·외과의사 안드레아스 베살리우스는 르네상스 시대에 가장 뛰어난 해부학자로 중세에 홀대 받았던 인체 해부의 관행을 부활시켰다.

브뤼셀에서 태어나 파리에서 교육을 받은 베살리우스는 이탈리아 파도바대학에서 의학을 공부했다. 로마제국이 멸망한 뒤 중세 가톨릭은 해부를 부도덕한 것으로 여겨 인체를 거의 해부하지 않았으나, 파도바대학은 해부를 장려한 극소수 대학 중 하나였다. 당대 대부분의 의사들과 달리, 그는 해부를 해야 인체가 어떻게 기능하는지 제대로 알 수 있다고 했다. 베살리우스는 23세에 파도바대학 외과교수가 되었다. 그는 학생들 앞에서 시신을 해부하여, 고대 그리스 의사 페르가몬의 갈레노스의 이론이 주를 이루는 인체에 대한 기존 이론들을 반박하였고 문제를 제기할 새로운 사실들을 발견했다. 베살리우스는 1543년 《사람 몸의 구조에 관하여 전 7권》을 출간했는데, 이는 가장 신뢰할 만한 해부학 서적이 되었다. 그는 신성로마제국 황제 카를 5세Charles V의 주치의를 거쳐 황제 아들의 주치의까지 역임했다.

▲ **권두 삽화** 16세기의 뛰어난 판화로 꼽히는 이 권두 삽화는 귀족과 교회 고위 인사들, 학생들과 동료 의사들이 지켜보는 가운데 해부를 실시하고 있는 저자이자 발행인 베살리우스를 보여 주고 있다. 베살리우스는 의자에 앉은 채 강의를 하기보다는 사람들 앞에서 직접 시체를 해부하여 보임으로써 의사는 해부를 하지 않는다는 관습을 깼음을 암시하고 있다.

해부학 지식은 그림이 아니라
실물의 면밀한 해부와 조사를 통해
배워야 한다.

안드레아스 베살리우스, 《사람 몸의 구조에 관하여 전 7권》, 1543년.

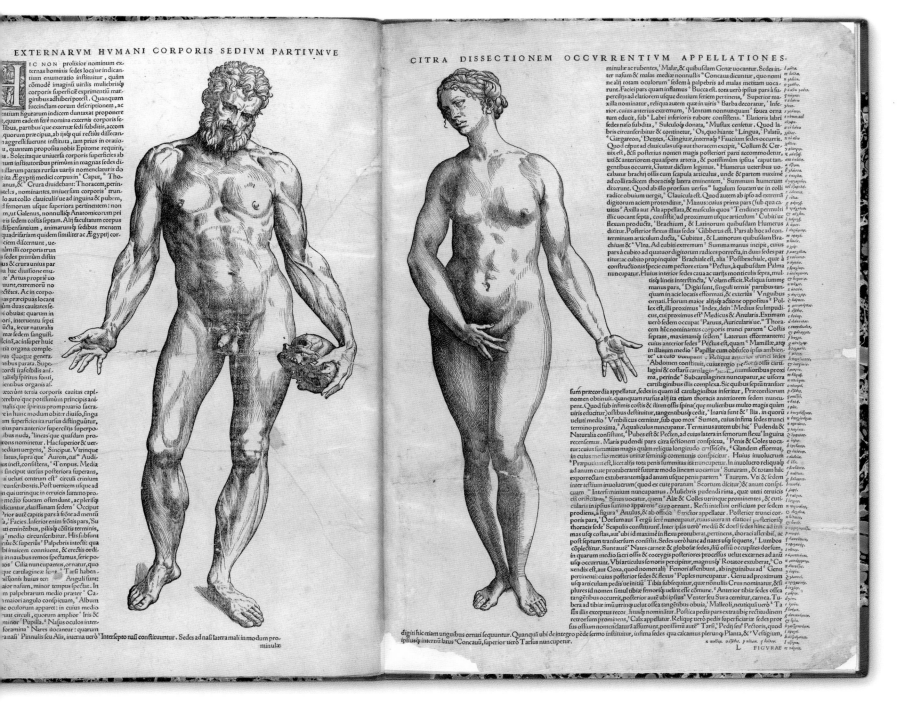

▲ **남성 누드와 여성 누드** 책 중앙에는 고대 그리스 조각 양식으로 그린 남성과 여성의 누드화가 있다. 텍스트가 그림 주위를 흐르듯 배치하여 균형감과 조화를 자아낸다. 남성 인물은 길게 기른 수염과 강건한 근육질 몸매로 헤라클레스를 연상시키는 자세를 취한 채 왼손에 해골을 든 모습으로 표현됐다. 상대인 여성 인물은 고대 비너스처럼 머리는 땋아서 감아올리고 두 눈은 아래로 내리깐 채 오른손으로 치부를 가린 자세를 취하고 있다.

세부 내용

▼ **표면 근육층**   책 중앙 장식 그림(남성 누드와 여성 누드 그림)에 있는 여성 인물화를 제외하면 해부도 속 인물은 모두 남성이다. 그들은 팔을 뻗고 발은 자연스럽게 벌린 채 머리는 다양한 모습으로 역동적인 자세를 취하고 있다. 아래 인물은 가장 표면의 두 근육층을 보여 주고 있는데, 서로 어떻게 중첩되어 들어맞는지를 잘 표현했다.

▼ **추가 해부**   이 인물은 다음 단계의 해부 상태를 보여 주고 있다. 좀 더 깊숙이 있는 아래층 근육을 드러내기 위해 표면의 근육은 제거되어 있다. 독자들이 인체 내부를 좀 더 깊이 들여다볼 수 있도록 오른쪽은 근육층을 추가로 벗겨 냈다.

▼ **마지막 해부**   (책의 중간에서 앞쪽으로 읽어 나가면) 해부 단계의 마지막 인물은 완전한 해골의 모습이다. 흉곽을 활짝 열어젖혔고 곡선 구조를 보여 주기 위해 한쪽을 벗겨 놓았다. 해골의 왼손에는 두개골이 들려 있는데, 그것 역시 열린 모습이다. 두개골은 인물의 엉덩이에 기대어 편하게 놓여 있다.

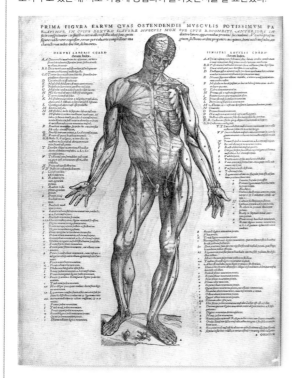

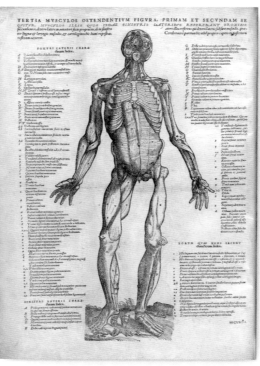

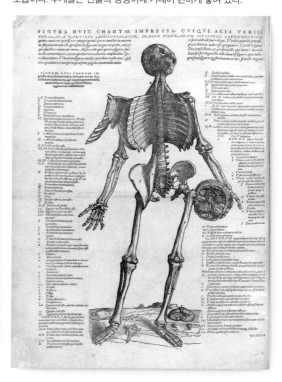

▼ **소화기관**   책 중앙에 누드 인물화를 놓고, 그 주위에 복잡하게 그린 장기들을 배치하여 소화기관 세부도를 상세하게 보여 준다.

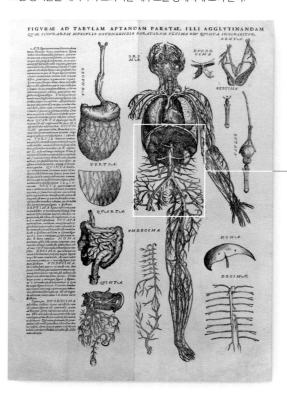

▲ **뛰어난 세부도**   겉을 둘러싼 큰창자 안에 빽빽이 들어찬 작은창자를 보여 주고 있다.

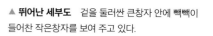

◀ **세밀한 표현**   이 절개도는 상복부 안에 들어 있는 신장, 간, 담낭의 구조와 위치가 드러나도록 꼼꼼히 각도를 맞추었다.

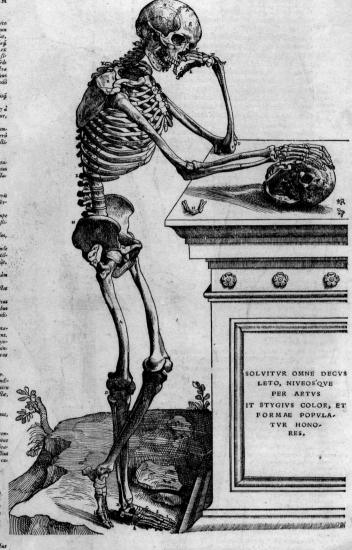

OMNIVM HVMANI CORPORIS OSSIVM SIMVL SVA SEDE COMMISSORVM,
OMNIBVSQVE PARTIBVS QVAS STABILIVNT, QVAEQVE ILLIS
adnascuntur, aut ab ipsis prodeunt liberorum integra delineatio.

▲ **권두 삽화 세부도**　베살리우스는 의사들이 인체에 관한 실제적인 지식을 놓쳤기 때문에 의학이 난관에 봉착했다고 생각했다. 권두 삽화 속, 해부하는 동안 시신을 잡고 있는 베살리우스의 모습은, 그가 연구를 위해 직접 실습하는 것을 선호했다는 것과, 책에 실린 그림과 정보는 본인이 직접 관찰하여 얻은 결과물이라는 것을 알려 준다.

◀ **자연스러운 자세**　무덤 옆에서 사색에 잠긴 자세를 취하고 있는 이 해골은 모든 인간이 필연적으로 죽는다는 사실을 숙고하고 있는 듯이 보인다. 자세가 매우 자연스러워 모든 뼈들이 어떻게 작동해 몸을 움직이는지 보여 주고 있다. 베살리우스는 갈비뼈 24개를 갖춘 남성 해골을 처음으로 그려, 하느님이 아담의 갈비뼈 하나를 빼서 이브를 만들었다는 주장, 즉 남자는 여자보다 갈비뼈 하나가 적다는 성경 속 견해를 반박했다.

나는 기껏 한두 번 관찰한 것을
가지고 확실하게 말하지
않는다.

안드레아스 베살리우스.

코스모그라피아 Cosmographia

1544년 ■ 인쇄, 목판화 삽화 수록 ■ 32cm x 20cm ■ 640쪽 ■ 독일

크기

제바스티안 뮌스터 Sebastian Münster

우리가 알고 있는 세계를 시각적으로 처음 보여 준 제바스티안 뮌스터의 《코스모그라피아》는 독일어로 발간되었는데, 16세기에 가장 인기 있는 간행물 가운데 하나였다. 1500년대 중반 북유럽에서는 르네상스 기풍이 여전히 강했고, 번영을 구가하던 독일은 지식에 목마른 부유한 독자들의 요구에 부응하며 출판 분야를 선도하고 있었다.

《코스모그라피아》는 그리스 수학자 프톨레마이오스가 150년 무렵 쓴 책을 근거로 해서 만들었지만, 여행자들로부터 얻은 당대의 최신 자료들도 반영했다.

광범위한 백과사전급인 이 여섯 권짜리 간행물은 지리 삽화의 기준을 제시했다.

이 책의 주요 특징은 바로 지도다. 당대의 뛰어난 지도 제작자였던 뮌스터는 대륙과 유럽 주요 도시들의 상세 지도를 그렸고, 100명이 넘는 뛰어난 화가들과 협업하여 시골 전경, 도시와 마을, 역사, 산업, 관습 등으로 지면을 가득 채웠다. 정보가 느리게 확산되고, 세계에 대해 새롭게 발견한 내용도 제대로 확립하려면 수십 년도 더 걸리는 시대였던 16세기 내내, 이 책은 큰 영향을 미쳤다.

《코스모그라피아》는 다른 지도 제작자들과 학자들이 널리 인용했고, 초판이 발행된 지 한참 뒤에는 출판업자들이 텍스트 일부를 재인쇄하기도 했다. 뮌스터는 1552년에 사망했지만 의붓아들인 하인리히 페트리 Heinrich Petri가 가업을 이어 기존의 판을 다듬은 새로운 판을 다시 출간했다. 1544년에서 1628년 사이에만 라틴어, 프랑스어, 이탈리아어, 체코어 번역본을 포함하여 대략 40여 가지의 판이 출간되었다.

제바스티안 뮌스터

1488~1552년

뮌스터는 뛰어난 학자였으며, 신학자, 사전 편찬자, 지도 제작자로서 특별한 명성을 얻었다. 프톨레마이오스가 도입했던 수학적 원칙으로 되돌아가, 지도 제작을 과학적 연구로 복원시키는 데 이바지했다.

라인강 지역 니더잉겔하임에서 태어난 뮌스터는 교육의 영향으로 지도 제작에 착수할 수 있었다. 하이델베르크대학에서 예술과 신학을 공부한 뒤 수학자 요하네스 슈퇴플러 Johannes Stöffler의 지도 아래 수학과 지도 제작에 몰두했다. 처음에는 프란시스코 수도회 수도사로 수련했지만 바젤대학에서 히브리어 교수가 되기 위해 루터교로 개종했고 1529년에는 바젤에 정착했다. 뮌스터는 대륙별 지도를 따로따로 작성하였고, 지도를 그리는 데 사용한 자료 목록을 작성한 최초의 지도 제작자였다. 프톨레마이오스 같은 초기의 지도 제작자들은 실증적인 세계관을 갖고 지도를 제작한 반면에, 중세에 제작된 지도들은 대체로 종교적 신앙을 토대로 만들었다. 대부분의 동료들이 프톨레마이오스의 오래된 지도를 베끼고만 있던 시대에, 뮌스터는 유럽의 탐험가들이 발견한 새로운 것들을 추가하여 가능한 한 정확한 지도를 만들었다. 그의 가장 유명한 저작으로는 프톨레마이오스의 작품을 다시 쓴 《지리학 Geographia》(1540)과 《코스모그라피아》가 있다.

▼ 도시 전경 《코스모그라피아》는 뮌스터의 지도 제작 기술과, 지면을 가득 채운 도시 경관, 시골 전경을 그린 화가들의 솜씨를 유감없이 보여 준다. 그림을 보면 예루살렘의 오마르 모스크의 뛰어난 돔이 가운데에 차지하고 있고, 왼쪽 위 구석에 보이는 시온 산과 주위 풍경에 지명과 주석이 달려 있다.

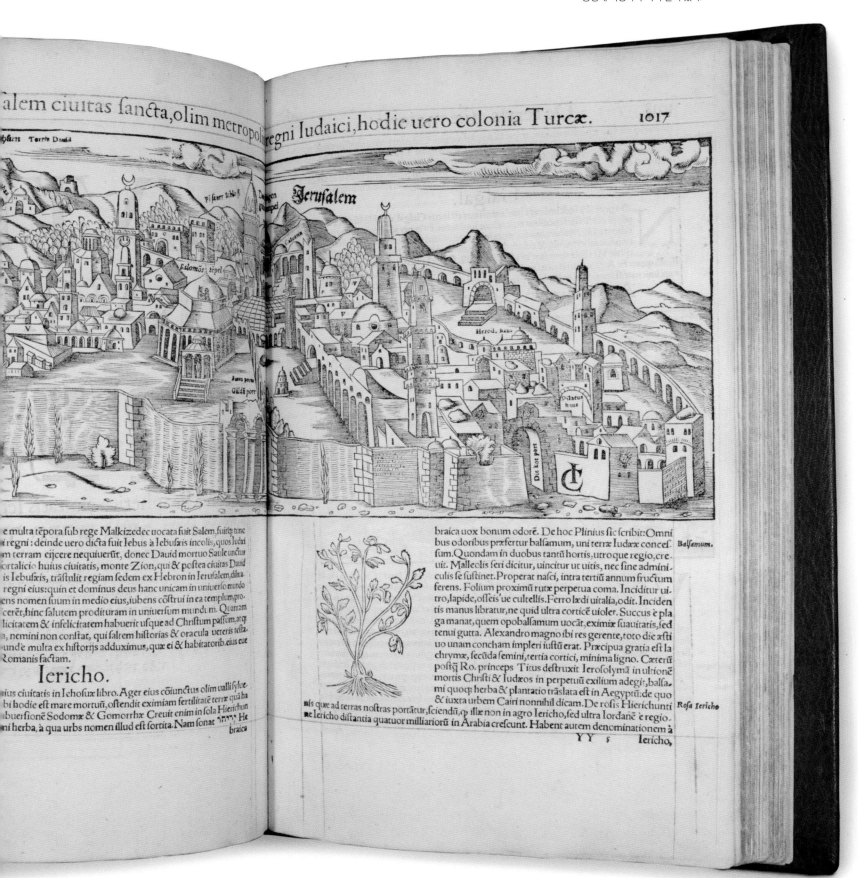

...alem ciuitas sancta, olim metropol...regni Iudaici, hodie uero colonia Turcæ.   1017

e multa tēpora sub rege Malkizedec uocata fuit Salem, fuitq́ tunc
i regni : deinde uero dicta fuit Iebus à Iebusæis incolis, quos Iudai
m terram eijcere nequiuerūt, donec Dauid mortuo Saule unctus
ortalicio huius ciuitatis, monte Zion, qui & postea ciuitas Dauid
is Iebusæis, trãstulit regiam sedem ex Hebron in Ierusalem, dixa
regni eius:quin et dominus deus hanc unicam in uniuerso mundo
ens nomen suum in medio eius, iubens cōstrui in ea templum, pro
cerēt, hinc salutem prodituram in uniuersum mundu m. Quantam
licitatem & infelicitatem habuerit usque ad Christum passum, atq́
, nemini non constat, qui saltem historias & oracula ueteris testa
ūdè multa ex historijs adduximus, quæ ei & habitatorib.eius eue
Romanis factam.

Iericho.

uius ciuitatis in Iehosuæ libro. Ager eius cōiunctus olim ualli sylue
bi hodie est mare mortuū, ostendit eximiam fertilitatē terræ quā ha
abuersiōe Sodomæ & Gomorrhæ Creuit enim in sola Hierichun
ni herba, à qua urbs nomen illud est sortita. Nam sonat יריחו He
braica

braica uox bonum odorē. De hoc Plinius sic scribit: Omni
bus odoribus præfertur balsamum, uni terræ Iudaeæ conces
sum. Quondam in duobus tantū hortis, utroq́ regio, cre
uit. Malleolis seri dicitur, uincitur ut uitis, nec sine adminí
culis se sustinet. Properat nasci, intra tertiū annum fructum
ferens. Folium proximū rutæ perpetua coma. Inciditur ui
tro, lapide, osseis'ue cultellis. Ferro lædi uitalia, odit. Inciden
tis manus libratur, ne quid ultra corticē uíoler. Succus è pla
ga manat, quem opobalsamum uocāt, eximiæ suauitatis, sed
tenuí gutta. Alexandro magno ibi res gerente, toto die asti
uo unam concham impleri iustū erat. Præcipua gratia est la
chrymæ, secūda semini, tertia cortici, minima ligno. Cæterū
postq̃ Ro. princeps Titus destruxit Ierosolymã in ultiōe
mortis Christi & Iudæos in perpetuū exilium adegit, balsa
mi quoq́ herba & plantatio trãslata est in Aegyptū:de quo
& iuxta urbem Cairi nonnihil dicam. De rosis Hierichunti
ne Iericho distantia quatuor milliariorū in Arabia crescunt. Habent autem denominationem à
nis quæ ad terras nostras portātur, sciendū, q̃ illæ non in agro Iericho, sed ultra Iordanē è regio

Balsamum.

Rosa Iericho

YY 5   Iericho,

세부 내용

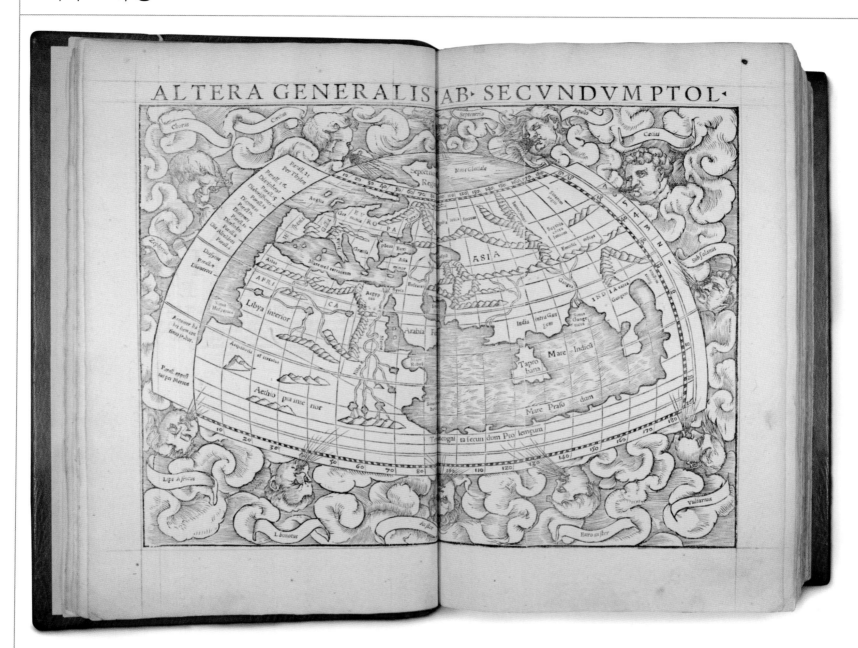

ALTERA GENERALIS·AB·SECVNDVM PTOL·

관련 문헌

뮌스터 이전에 가장 영향력 있는 지도 제작자는 프톨레마이오스였다. 그는 잘 알려져 있듯 이집트에서 살았지만 그리스어를 사용해 그리스 혈통인 것으로 추정한다. 수학자, 천문학자, 지리학자였던 프톨레마이오스는 정확한 지도 제작에 필요한 기법들을 시도해 보이면서, 지리학을 과학으로 확립시켰다. 그가 이룩해 낸 혁신 중 하나는 국가의 크기를 수학적으로 계산한 것이다. 프톨레마이오스의 저작은 천 년 동안 유럽에 전해지지 않다가, 비잔틴 제국의 학자들이 그가 만든 지도를 복사하고 번역함으로써 알려졌다. 뮌스터의 《지리학》은 르네상스 시대에 제작된 프톨레마이오스 관련 저작 가운데 가장 신뢰할 만한 판본이다.

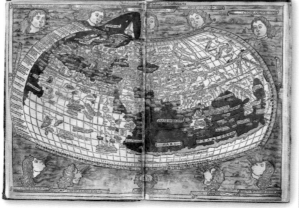

▲ **프톨레마이오스의 지도에** 나타난 경도와 위도는 지구가 둥글다는 느낌을 준다.

▲ **프톨레마이오스 방식** 뮌스터는 2세기에 세계 최초의 지도책을 만든 프톨레마이오스의 방식에 따라 세계 지도를 그렸다. 그림에서 보는 것처럼, 아프리카는 적도에서 동쪽으로 뻗어나가 아시아와 만나며 인도양은 육지로 둘러싸인 형상이 되었다. 대륙들은 고대의 바람 12개로 둘러싸여 있는데, 이 바람들은 나침반의 각 점들을 나타낸다.

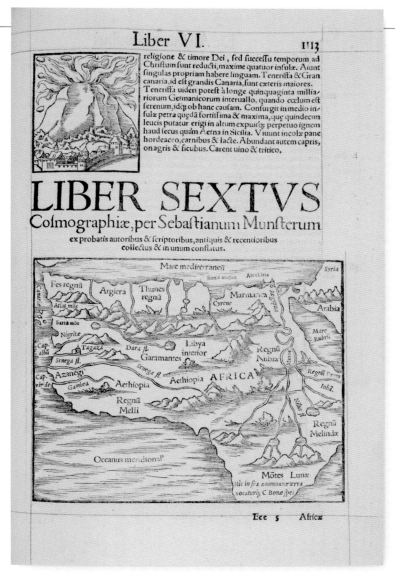

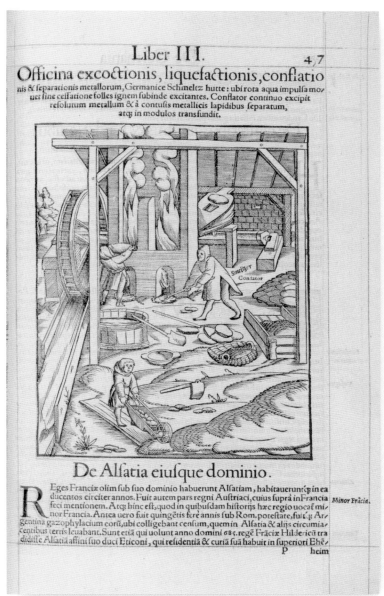

▲ **정확한 묘사** 뮌스터는 프톨레마이오스의 수학 방식을 지도 제작에 활용하여 전체 대륙은 물론 개별 국가들을 정확하게 묘사하였다. 이 그림을 보면 아프리카의 윤곽선은 오늘날 알려진 것과 매우 비슷하고, 주석을 단 다른 지명들도 마찬가지다. 나일강과 홍해, 시리아, 튀니지, 알제리, 리비아 등의 나라들도 상당히 정확하게 그려져 있다.

▲ **상세한 음각** 1500년대 초 중유럽에서 호황이었던 광산업과 제련업에 한 꼭지를 할애하여 자세히 다루었다. 이 그림은 용광로에 불을 지필 풀무를 돌리는 물레방아와 함께 금속을 제련하는 과정을 보여 주고 있다.

◀ **독일 입장에서 서술** 뮌스터는 책의 많은 꼭지에서 독일의 역사와 풍경을 다루고 있다. 이 생생한 판화는 954년 독일의 다뉴브 남쪽을 침공한 헝가리인들에 맞서 신성로마제국 황제 오토 1세Otto I 편에서 싸우는 독일의 그리스도인들을 묘사하고 있다.

그림 속으로

의미를 풀어 줄 열쇠

▼ **육지 괴물과 바다 괴물** 이 도판은 1539년 스웨덴 학자 올라우스 마그누스Olaus Magnus가 제작한 지도 〈카르타 마리나 Carta Marina〉에 있는 것이다. 지도에 들어 있는 바다 괴물들의 목록이 대중의 상상력을 자극했으므로, 뮌스터는 6년 뒤 자신의 책에도 별도 목록을 포함시키는 것이 중요하다고 여겼다.

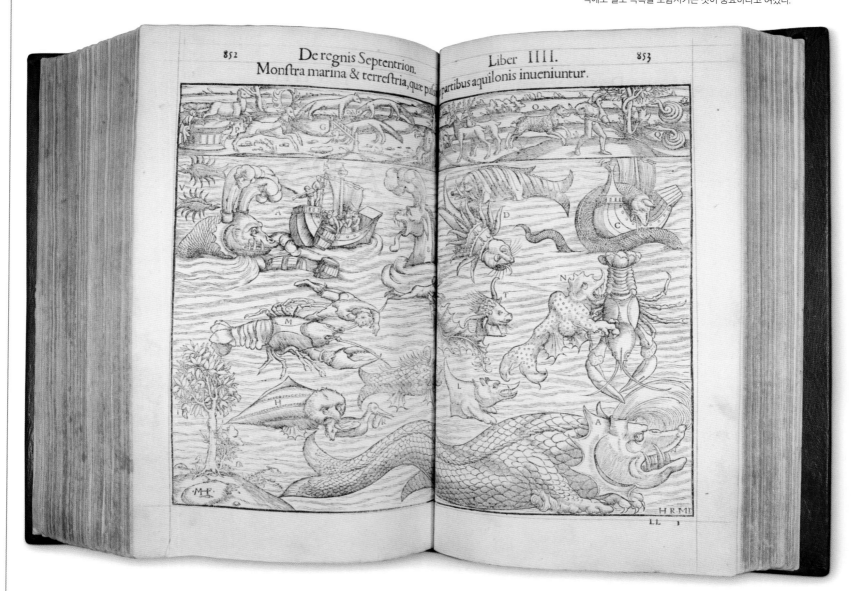

> 밤중에 바다와 뭍에 있는
> 진귀한 동물을 보면 놀랍기도 하고,
> 또한 바다 모습에 놀라기도 한다.

제바스티안 뮌스터. 《코스모그라피아》.

▶ **육지 생물** 육지 동물 중 뱀 같은 종류는 피하고, 순록·곰·담비·오소리 등 실제로 존재하는 동물 그림을 그렸다. 그러나 설명에는 비현실적인 것들도 있는데, 예를 들면 오소리를 기록한 부분에 "오소리 모피를 입는 사람들은 흔히 오소리 동물의 성격으로 변한다"라고 언급되어 있다.

▲ **바다뱀** 60~91미터 정도 되는 바다뱀들을 그렸는데, "특히 날씨가 평온할 때에는 배 주위를 감아돌고, 선원들을 해치며, 배를 가라앉히려고 한다"라고 기술했다. 여기서 가리키는 바다뱀의 정체는 고대부터 전설의 대상이 된 대왕오징어일 가능성이 크다.

▲ **심해 생물** 뮌스터는 노르웨이 동물과 스웨덴 동물을 암흑의 바다 생물과 육지 생물에 포함시켰다. 이 그림을 보면 분수공에서 물을 내뿜고 있는 바다 생물에게 잡히지 않으려고 대형 범선이 화물을 버리고 있는 장면도 있고, 선원 하나가 소총으로 그 괴물을 조준하고 있는 장면도 보인다. 고대에 고래 목격담을 기록한 이야기들이 바다 괴물의 존재에 대한 흥미를 불러일으켰던 것이다.

◀ **생물의 식별** 각 괴물에는 색인과 연관된 글자가 붙어 있다. 'N'에 대한 설명은 다음과 같다. "코뿔소와 비슷하게 생긴 부분이 있는 소름끼치는 짐승. 코와 등 부분이 뾰족하고, 바닷가재라 불리는 큰 게를 먹고 살며 길이는 3.6미터에 달한다."

예언집 Les Prophéties

1555년 ▪ 인쇄 ▪ 크기 및 분량 미상 ▪ 프랑스

노스트라다무스 Nostradamus

프랑스의 약제사, 의사, 점성술사였던 노스트라다무스는 1555년 예언서 《예언집》을 발표했다. 이 책은 미래의 일들을 예언한다고 주장한 사행시 353수를 수록하고 있다. 이 사행시들은 100년 단위로 묶어 정리하였는데, 나중에 나온 판들은 사행시를 더 추가하여 9세기 동안의 일을 총 942수에 담았다. 이 책이 처음 발표되었을 때의 반응은 다양했다.

예언이 진짜라고 믿었던 프랑스 귀족과 왕실에서는 매우 인기가 있었던 반면, 노스트라다무스가 미쳤거나 사기꾼이라고 생각한 사람들도 있었다. 노스트라다무스의 예언은 실제로 유죄 판결을 받은 적이 없었고, 그가 영적으로 감화되어 쓴 것이 아니라 오히려 '비판적 점성술'에 기초하여 쓴 것이라고 주장했는데도, 교회 사람들은 이를 악마의 소행이라며 호되게 비판했다.

노스트라다무스는 예언을 하기 위해 행성들의 미래 위치를 계산하고 과거에 유사한 행성 배열을 조사했다. 그러고 나서 수에토니우스Suetonius와 플루타르코스Plutarch 같은 고대 역사가들과 이전의 예언서들을 임의로 인용하면서 과거의 배열들과 기록된 사건들을 대조했다. 역사는 반복된다는 믿음으로 그는 미래에 대한 큰 그림을 만들어 냈다. 불가피하게 그의 예언들은 페스트, 화재, 전쟁, 홍수 같은 대규모 재해로 가득 차 있다. 전문적인 점성술사들은 그의 방법론을 강도 높게 비판했고, 점성술의 기본 실력조차 갖추지 못했다고 비난했다.

이런 비난에 맞서거나 이단 혐의에 대항하기 위해 노스트라다무스는 각종

> ### 미셸 드 노스트르담
> 1503~1566년
>
> 약제사와 의사로서 경력을 쌓은 뒤, 노스트라다무스는 점성술학에 기초한 예언서를 쓰기 시작했다. 저서 《예언집》과 그 안에 수록된 예언들로 유명하다.

라틴명 노스트라다무스로 더 잘 알려진 미셸 드 노스트르담은 프랑스 프로방스 지방의 생 레미에서 태어났다. 페스트가 발병하자 아비뇽대학에서 학사 학위 학업을 중단할 수밖에 없었고, 그 뒤 약초 치료법을 연구하는 데 시간을 보내다 결국에는 약제사가 되었다. 1530년대에는 의학 학위가 없었음에도 진료를 시작했고, 혁신적인 전염병 치료법으로 명성을 얻었다. 1547년 무렵부터 예언서를 쓰기 시작했고 프랑스 왕비인 카트린 드 메디치 Catherine de Médicis의 주목을 받아 왕자와 공주의 별점을 쳐 주었다. 말년에는 왕의 고문관이자 어의御醫가 되었다.

암호와 은유, 프로방스어, 고대 그리스어, 라틴어, 이탈리아어 같은 여러 언어들을 혼합하여 사용함으로써 예언의 의미를 의도적으로 애매하게 만들었다. 그 결과 해석의 여지가 많아 대부분의 것을 예언과 결부시켜 해석할 수 있다. 그런데도 열성분자들은 노스트라다무스의 예언이 나폴레옹의 등장부터 최근 미국의 도널드 트럼프 대통령 당선에 이르기까지 모든 것을 예언했다고 주장한다.

배경 지식

노스트라다무스는 1550년 역서曆書를 출간하기 시작했는데, 여기에는 점성술에 의한 예언, 기상 예보, 농작물 파종을 위한 조언들이 담겨 있었다. 출간한 역서가 성공을 거두자 부유한 사람들로부터 별점을 봐 달라는 주문이 쇄도하는 한편, 시의 형태로 좀 더 복잡한 예언을 써 보라는 권유를 받았다. 그렇게 사행시로 쓴 예언서가 《예언집》이다.

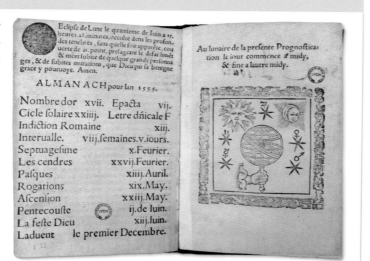

▶ **노스트라다무스는 죽을 때까지** 매년 발행되는 인기 있는 역서에 자신의 예측을 첨부했다. 본문 내용 중, '예언ALMANACH'은 상세한 예측이었던 반면, '징조Prognostication'나 '전조Presage'는 보편적 예측이었다.

> 이런 이유로
> 미래에 일어날 사건을
> 그대로 기록하지
> 못했고, 비밀스럽게
> 수수께끼처럼 묘사할
> 수밖에 없었다. 〞

노스트라다무스.
아들 체사레Cesare에게 보낸 편지. 1555년 3월.

LES VRAYES CENTURIES

ET PROPHETIES

De Maistre MICHEL NOSTRADAMUS.

CENTURIE PREMIERE.

1.

ESTANT assis, de nuict secret estu-
de,
Seul, reposé sur la selle d'airain ?
Flambe exigue, sortant de solitude
Fait proferer qui n'est à croire en
vain.

2.

La verge en main mise au milieu des branches,
De l'onde il moulle & le limbe & le pied,
Un peur & voix fremissent par les manches,
Splendeur divine, le devin pres s'assied.

3.

Quand la lictiere du tourbillon versée
Et feront faces de leurs manteaux couverts :
La republique par gens nouveaux vexée,
Lors blancs & rouges jugeront à l'envers.

4.

Par l'univers sera fait un Monarque,
Qu'en paix & vie ne sera longuement,
Lors se perdra la piscature barque,
Sera regie en plus grand detriment.

5.

Chassez seront sans faire long combat,
Par le pays seront plus fort grevez :
Bourg & Cité auront plus grand debat
Carcas, Narbonne, auront cœurs esprouvez.

6.

L'œil de Ravenne sera destitué,
Quand à ses pieds les aisles failliront,

A　　　　　　　　Les

◀ **기억하기 쉬운 소절**　프랑스 원어로 쓰이고 머리글자 'E'가 장식되어 있는 이 페이지는《예언집》의 첫 번째 세기 (사행시 100개)의 시작을 보여 주고 있다. 노스트라다무스의 예언 중 하나를 제외하고는 모든 예언들이 교차 운율이라고 알려진 ABAB 형태의 운율이다. 이처럼 단순한 운율을 사용하면 외우기가 쉽고, 독자들이 예언을 신탁이라고 믿게 만든다. 이 책은 노스트라다무스에게 명성과 행운을 가져다주었다. 현재까지 전 세계적으로 200여 판이 넘게 출간되어 왔고, 절판된 적은 거의 없다.

오뱅 코덱스Aubin Codex

1576년 ▪ 종이에 가죽 장정 ▪ 15.5cm x 13.4cm ▪ 81폴리오 ▪ 멕시코

크기

다수의 저자

《오뱅 코덱스》만큼 역사 속의 순간들을 유려하게 기록한 책도 없다. 이 책은 16세기 멕시코 원주민들이 쓰고 삽화까지 아름답게 그려 넣었으며, 제본은 유럽식으로 완성한 책이다. 책은 멕시코 사람들의 역사를 들려주고 있다. 스페인 사람들의 멕시코 도착, 뒤이어 그들과 함께 들어온 천연두 때문에 원주민들이 죽음을 당하는 등, 스페인 식민주의자들과 직접 마주치며 겪은 경험을 기록했다.

스페인에게 정복당하기 전 중남미 문명의 필사본은 나무껍질이나 짐승 가죽에 쓴 다음 접어서 보관하도록 제작되었다. 《오뱅 코덱스》는 유럽산 종이에 쓰고 붉은 가죽으로 장정했다는 점에서 기존의 필사본과는 다르다. 멕시코 원주민의 관점에서 쓰고 스페인 정복자의 형식으로 소개된 점을 보면, 멕시코가 자치 상태에서 가톨릭 규범을 따르는 유럽의 식민지로 바뀌어가는 과도기에 있었음을 알 수 있다.

식민 이전의 기록 양식에 따라 사건은 시각적으로 서술되어 있다. 책의 주요 부문 앞에는 전면 그림이 등장하고, 작은 그림문자는 날짜나 아스테카Azteca 왕조 인물의 이름과 정보를 전달하고 있다. 보충 텍스트는 중남미 민족들이 수백 년 동안 사용해 온 언어인 나우아틀어를 사용해 펜으로 썼다. 역사가들은 도미니코 수도회 선교사인 디에고 두란Diego Durán(1537~1588)의 지도를 받아 몇몇 저자가 글을 쓰고 삽화를 그린 것으로 추정하고 있다. 초기에 저자가 두란이라고 생각했음에도, 코덱스의 제목은 1830년에서 1840년까지 멕시코에 살면서 이 사본을 소유했던 프랑스 지식인 조셉 마리우스 알렉시스 오뱅 Joseph Marius Alexis Aubin(1802~1891)의 이름을 따서 붙였다.

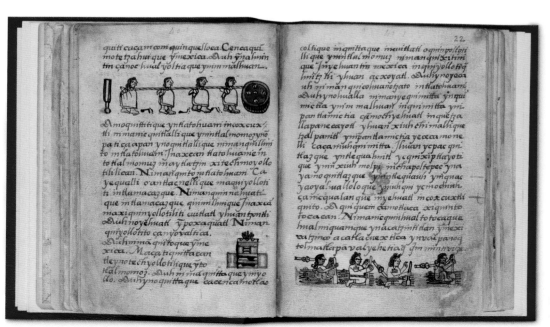

◀ **유일본** 《오뱅 코덱스》는 하나밖에 없다. 현존하는 유일한 사본은 런던 대영박물관에 소장되어 있다. 대부분의 지면이 그림문자로 채워져 있지만, 전쟁과 같은 좀 더 복잡한 사건들은 글로 자세히 설명했다.

> 이 책은 아스틀란이라는 곳에서 온
> 멕시코인들의 역사 기록이다.

《오뱅 코덱스》.

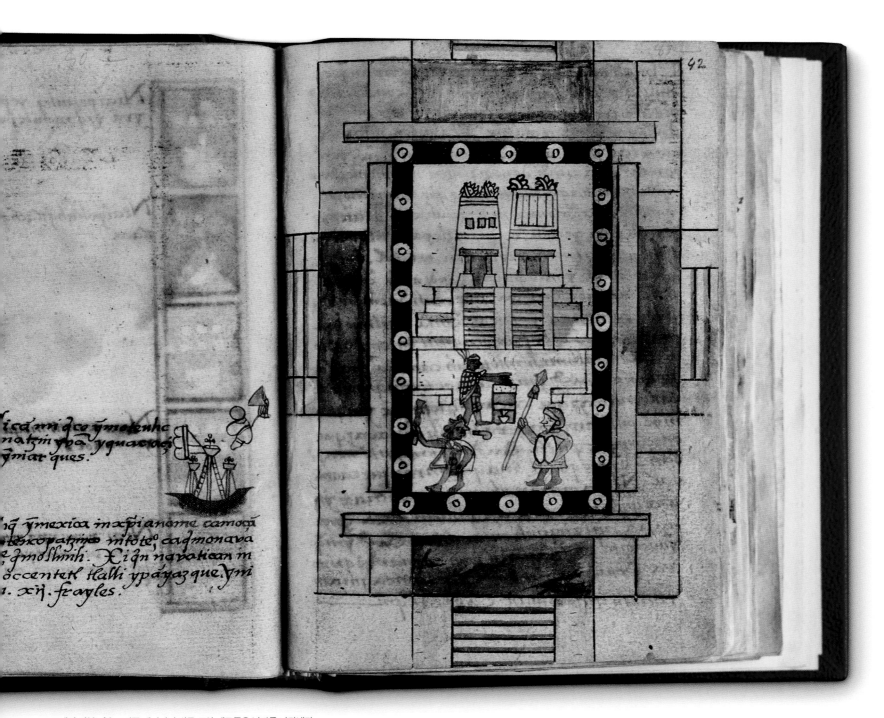

▲ **스페인 정복 서술** 왼쪽 페이지의 벽돌 모양 세로줄은 날짜를 나타낸다.
아래에서 두 번째 기록은 스페인 선박의 도착을 언급하고 있다. 오른쪽 페이지
그림은 고대 도시 테노치티틀란에 있는 템플로 마요르의 쌍둥이 사원 계단에서
대치하고 있는 아즈텍Aztec 전사와 스페인 병사를 묘사하고 있다.

세부 내용

▶ **진홍색** 《오뱅 코덱스》에 사용된 주된 색상 가운데 하나인 적갈색 색조 아나토 annatto는 작은 그림문자의 배경색으로 이용되었다. 립스틱 트리라고 불리는 자생나무 아치오테 나무의 씨로 만든 이 색조는 16세기 멕시코 필사본에서 흔히 볼 수 있다. 아나토는 천 염색에도 쓰였으며, 현재에도 식용 색소로 사용하고 있다.

▼ **사건 기록** 이 페이지의 텍스트와 그림은 중요한 사건들을 기록하고 있다. 태양 그림은 일식에 대한 설명 옆에 배치되어 있는데, 일식이 일어난 동안 "모든 별들이 나타나고 악사야카친Axayacatzin이 죽었다"라고 쓰여 있다. 푸른 옷을 입고 황금 옥좌에 앉아 있는 인물은 티소시카친Tizozicatzin인데, 권좌를 잡은 이듬해에 7대 '틀라토아니(선출직 황제)', 즉 통치자가 되었다.

▶ **원형 상징물** 이 책의 중요한 특징은 아스테카 왕조 시대 통치자들의 명부를 작성한 데 있다. 각 통치자 옆의 파란색 동그라미는 집권한 햇수를 나타낸다. 왼쪽 인물은 식민지 정부 아래 초대 황제였던 디에고 데 알바라도 우아니친Diego de Alvarado Huanitzin이다.

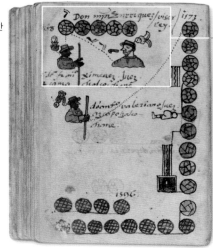

▶ **전면 그림** 이 삽화는 멕시코인이 1325년, 새로운 제국의 수도 테노치티틀란을 세운 이야기의 초창기 부분을 보여 준다. 텍스코코 호수 위의 섬에 건설된 테노치티틀란은 아즈텍 제국의 팽창에 거점 역할을 했는데, 백년초 선인장 위에 앉아 뱀을 잡아먹고 있는 독수리로 표현되었다. 선인장, 뱀, 독수리 등은 멕시코의 문장紋章에 지속적으로 등장하는 요소들이다.

▼ **삽화들** 양식화된 그림들은 텍스트에 기록된 내용을 설명한다. 오른쪽 위에서 아래로 내려가며 설명한 사건들을 열거하자면 다음과 같다. 대주교의 사망, 흑인 노예들의 포획, 배가 다닐 운하 건설, 위령 기도, 수도사의 매장, 목재를 이용한 교회 건설, 성직자 도착 등이다.

관련 문헌

유럽의 식민지가 되기 전 수백 년 동안 중남미 원주민들은 역법, 천문 관측, 의식 집행 등과 같은 정보를 기록하기 위해 회화와 상형문자를 활용하는 귀중한 전통을 발전시켰다. 코덱스라고 불리는 이 문헌들은 아코디언 형태로 이어 붙인 나무껍질 피륙 낱장으로 구성되어 있다. 《드레스덴 코덱스*Dresden Codex*》는 이런 형태의 코덱스 중 가장 뛰어난 표본이며 현존하는 가장 오래된 마야 문명의 사본이기도 하다. 이 코덱스의 기원에 대해서는 알려진 바가 거의 없지만 대략 1200년에서 1250년 사이의 것으로 추정한다. 아메리카 대륙에서 자취를 감췄다가 1739년 독일 드레스덴왕립도서관이 빈의 개인 소장자로부터 사들이면서 모습을 드러냈다.

▲ **《드레스덴 코덱스》**는 양면으로 인쇄된 39장으로 구성되어 있다. 평평하게 펼쳐 놓으면 길이가 3.5미터에 이른다.

마술의 폭로The Discoverie of Witchcraft

1584년 ■ 인쇄, 목판화 삽화 수록 ■ 17.2cm x 12.7cm ■ 696쪽 ■ 잉글랜드

크기

레지널드 스콧Reginald Scot

마술을 범죄로 인식하던 시절에 저술 활동을 한 레지널드 스콧은 마녀나 마법은 비이성적이고 비기독교적이라는 신념을 옹호하면서 마술의 존재 자체를 반박하는 작품을 발표하여 큰 논란을 불러일으켰다. 출간되는 순간 이단으로 몰릴 수 있었으므로, 이 책은 과격하고 급진적인 폭로물로 볼 수 있다. 스콧은 로마 가톨릭교회가 과대망상을 조장하며 마녀사냥을 부추기고 있다고 비난했고, '마녀'라고 자백한 사람들이나 마법을 목격했다고 증언한 사람들이 사실은 심리적 장애를 겪고 있는 것이라고 생각했다.

책은 총 16권으로 되어 있다. 스콧은 앞부분에서 마법에 대한 당대의 믿음을 개략적으로 설명한 뒤 그것들의 오류를 조목조목 반박했다. 이어지는 장에서는 그 당시에 흔하게 성행하던 마법 뒤에 숨은 원리들을 설명하면서 마술의 속임수를 다루었으므로, 이 책은 마술 역사상 최초로 쓰인 기록으로 간주한다. 《마술의 폭로》는 뒤에 잉글랜드의 제임스 1세James I로 등극한 스코틀랜드의

제임스 6세James VI가 1597년에 쓴 논문 《악마 숭배Daemonologie》에서 비난을 받았다. 이 책의 많은 사본들이 1603년 즉위한 제임스 1세의 명령에 따라 불태워진 것으로 추정되는데, 남아 있는 사본은 매우 드물지만 그래도 널리 읽혔다. 셰익스피어가 《맥베스Macbeth》에서 마녀들을 묘사한 부분도 이 작품의 영향을 받은 것으로 보일 정도다.

레지널드 스콧

1538~1599년

지방의 중산층이었던 레지널드 스콧은 역사의 한 획을 그은 문제작 《마술의 폭로》로 유명하다. 《마술의 폭로》에서 마법과 마술에 대해 많은 사람들이 품고 있던 생각들을 반박하였다.

가정교사 교육을 받은 스콧은 열일곱 살에 옥스퍼드 하트홀칼리지에 입학했지만 졸업했다는 기록은 없다. 두 번 결혼했으며 가족의 영지를 관리하는 데 전념했다. 1년 동안 하원의원으로 봉직했고 대법관을 지냈다. 스콧은 영국성공회 소속이기는 했지만 '사랑의 가족Family of Love'이라는 종파에 가입했는데, 이들은 악마는 신체가 아닌 심리 상태에 영향을 미친다고 가르쳤다. 이러한 가르침 덕분에 스콧은 마법에 대해 의구심을 품고 이 책을 쓰게 되었다.

세부 내용

▶ **목 자르기 마술** 16세기 마술사들이 즐겨 했고 오늘날에도 성행하는 마술의 속임수는 사람의 목을 '자르는' 것이었다. 《마술의 폭로》에서 스콧은 마술 속임수의 민낯을 까발렸는데, 구멍을 뚫어 놓은 탁자 아래에 제2의 인물이 자리 잡고 있는 모습을 목판화로 보여 주고 있다. 밀가루와 황소 피로 뒤범벅이 된 '잘린 머리'가 구멍에서 튀어나와 관중에게 놀라움과 즐거움을 안겨 준다.

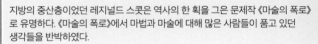

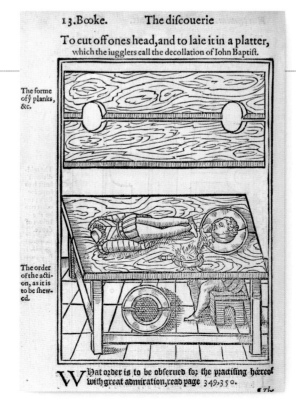

▲ **목판화 장식** 그림의 'T'자처럼 꽃과 잎으로 장식한 머리글자는 모든 장이 시작할 때마다 나타난다. 다른 많은 목판화들(순전히 장식용인 것도 있고, 교육적인 것도 있다), 장식적인 고딕 서체, 머리글자들 덕분에 이 책은 내용 면에서 통찰력이 있으면서 시각적으로도 매력적인 작품이다.

> 하지만 이제까지 어떤 마법을 전해 듣거나
> 생각했더라도, 나는 그것이 모두 거짓이라고
> 감히 맹세한다. …

레지널드 스콧. 《마술의 폭로》.

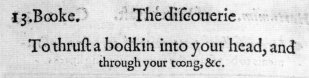

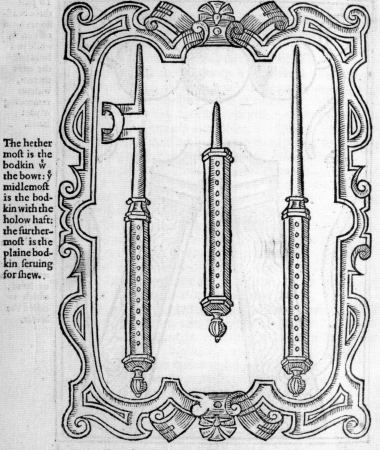

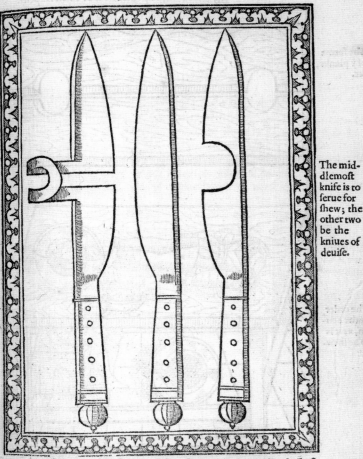

▲ **밝혀진 속임수**　542년 헨리 8세Henry VIII(1491~1547)가 마법은 물론 마술까지
금지시키는 법률을 통과시켰음에도 속임수 마술은 여전히 성행했다. 스콧은
마술사들이 착시와 현란한 손기술로 청중을 속이는 방법에 대해 분명하게 기록했고,
그러한 속임수를 쉽게 이해하도록 삽화까지 첨부했다. 스콧은 접히는 칼날이나, 해당
신체 부위를 감싸도록 탈부착이 가능한 칼날이 달린 '단도'나 송곳을 사용함으로써
칼에 찔린 것 같은 착각을 일으킨다는 사실을 보여 주고 있다.

돈키호테 Don Quixote

1605년(1권), 1615년(2권) ■ 인쇄 ■ 14.8cm x 9.8cm ■ 668쪽(1권), 586쪽(2권) ■ 스페인

크기

미겔 데 세르반테스 사아베드라 Miguel de Cervantes Saavedra

1605년과 1615년에 두 권으로 출간된 《돈키호테》는 흔히 최초의 '근대' 소설로 평가 받는다. 계급, 도덕성, 인권 등의 주제를 다루며 당시 다른 소설에서는 볼 수 없는 독특한 방식으로 유머, 공상, 폭력뿐 아니라 사회 비평까지 두루 다루었다.

세르반테스는 1권의 소유권을 마드리드의 출판업자 프란시스코 데 로블레스Francisco de Robles에게 팔았는데, 그는 더 큰 이익을 볼 요량으로 초판본 대부분을 신세계에 수출했지만 배가 난파하는 바람에 모두 유실되고 말았다. 이러한 난관에도 《돈키호테》는 발표와 동시에 즉각적인 성공을 거두었고, 곧이어 프랑스어, 독일어, 이탈리아로 번역되었다. 최초의 영문판은 1620년에 출간되었다. 그때 이후로 이 작품은 60개 이상의 언어로 번역되어, 3천 판 가까이 출판되었다. 《돈키호테》는 계속하여 끊임없이 해석되고 있다. 기사도 이야기를 너무 많이 읽어 정신이 나간 스페인의 늙은 하급 귀족이 주인공인데, 그는 자신을 편력기사라고 생각하여 농부 산초 판사Sancho Panza를 종자로 거느리고 세상의 불의를 바로잡겠다며 말을 타고 스페인 전역을 돌아다닌다. 상상 속의 사랑 둘치네아Dulcinea의 환영에 힘을 받아 열심히 일을 벌이지만 그 결과는

미겔 데 세르반테스 사아베드라

1547~1616년

미겔 데 세르반테스 사아베드라는 스페인 최고의 작가로 꼽히며, 그가 창조한 인물 돈키호테로 매우 유명해졌다. 돈키호테는 스페인 문학이 낳은 가장 유명한 인물일 것이다.

세르반테스는 마드리드 부근에서 태어났는데, 유년 시절은 알려진 바가 거의 없다. 1569년에 이탈리아로 이주했는데, 1년 뒤에 나폴리 근처의 스페인 보병연대에 입대했다. 1571년에는 레판토해전에 참전했다가 부상을 입어 왼쪽 팔을 쓸 수 없게 되었다. 1575년에서 1580년까지는 알제리의 해적들에게 잡혀 억류되어 있었다. 우여곡절 끝에 스페인으로 돌아간 뒤 하찮은 일을 하며 문학작품을 썼지만 성공작이 없어 곤궁하고 괴로운 생활이 이어졌다. 걸작 《돈키호테》 1권을 발표하여 성공을 거두기까지 25년이라는 세월이 걸렸다. 그리고 2권을 발표한 지 채 1년도 안 된 1616년에 사망했다.

희극적이면서도 비극적이다. 굴욕을 당한 돈키호테는 모든 꿈을 잃고 자신이 이제껏 환영을 쫓았음을 시인할 수밖에 없게 된다.

예술 형식으로서의 소설 발전에 《돈키호테》가 끼친 영향은 지대하다. 이 작품이 없었다면 19세기와 20세기에 디킨스와 제임스 조이스, 귀스타브 플로베르Gustave Flaubert와 어니스트 헤밍웨이Ernest Hemingway 같은 작가들의 소설 작품이 나왔다고 상상하기란 불가능하다.

세부 내용

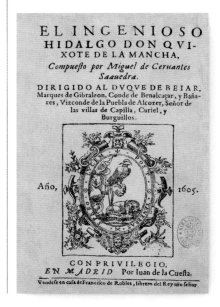

◀ 장식 삽화 돈키호테와 산초 판사가 삽화로 잘 표현되기는 했어도 초기 판에는 이 두 사람과 그들의 영웅적 행위는 나오지 않는다. 목판화 삽화들은 1605년 마드리드 초판에 나온 이 속표지의 정교한 문장紋章처럼 장식 부분, 그리고 시작과 끝 페이지에 쓰였다.

▶ 차례 페이지 옆에서 보듯이 목차 면은 책 끝에 등장하며 4부로 나뉜 54개 장을 열거하고 있다. 주요 이야기 말고도 '한가한 독자들'에게 세르반테스 자신이 이 소설을 쓴 이유를 설명하는 머리말도 들어가 있다.

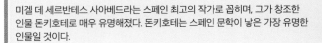
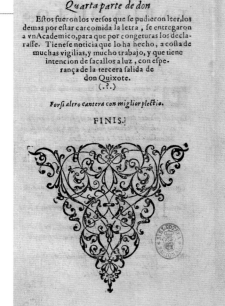

Nunca sereys de alguno reprochado,
Por home de obras viles, y soezes.
Seran vuessas fazañas los joezes,
Pues tuertos desfaziendo aueys andado,
Siendo vegadas mil apaleado,
Por follones cautiuos, y rahezes.
Y si la vuessa linda Dulzinea,
Dessaguisado contra vos comete,
Ni a vuessas cuytas muestra buen talante.
En tal desman vuesso conorte sea,
Que Sancho Pança fue mal alcaguete,
Necio el, dura ella, y vos no amante.

DIALOGO ENTRE BABIECA, y Rozinante.

SONETO.

B. Como estays Rozinante tan delgado?
R. Porque nunca se come, y se trabaja.
B. Pues que es de la ceuada, y de la paja?
R. No me dexa mi amo ni vn bocado.
B. Andà señor que estays muy mal criado.
  Pues vuestra lengua de asno al amo vltraja,
R. Asno se es de la cuna a la mortaja,
  Quereyslo ver, miraldo enamorado.
B. Es necedad amar? R. Nó es gran prudencia.
B. Metafisico estays. R. Es que no como.
B. Quexaos del escudero. R. No es bastante.
  Como me he de quexar en mi dolencia,
  Si el amo, y escudero, o mayordomo,
  Son tan Rozines como Rozinante.

PRI-

Fol.1

PRIMERA PARTE DEL INGENIOSO
hidalgo don Quixote de la Mancha.

Capitulo Primero. Que trata de la condicion, y exercicio del famoso hidalgo don Quixote de la Mancha.

EN Vn lugar de la Mancha, de cuyo nombre no quiero acordarme, no ha mucho tiempo que viuia vn hidalgo de los de lança en astillero, adarga antigua, rozin flaco, y galgo corredor. Vna olla de algo mas vaca que carnero, salpicon las mas noches, duelos y quebrãtos los Sabados, lantejas los Viernes, algun palomino de añadidura los Domingos: consumian las tres partes de su hazienda. El resto della concluian, sayo de velarte, calças de velludo para las fiestas, con sus pantuflos de A lo

▲ 장식 머리글자 《돈키호테》의 기사도적 배경은 각 장 시작 부분의 장식 머리글자에 반영되어 있는데, 이는 그 시기 중세 문헌들의 특징이었다.

Fol.1

CAPITVLO PRIMEro de lo que el Cura, y el Barbero passaron con don Quixote cerca de su enfermedad.

CVENTA Zide Hamete Benengeli en la segunda parte desta Historia, y tercera salida de don Quixote, que el Cura, y el Barbero se estuuierõ casi vn mes sin verle, por no renouarle, y traerle à la memoria las cosas passadas. Pero no por esto dexaron de visitar à su sobrina y â su ama, encargandolas, tuuiessen cuenta con regalarle, dandole a comer cosas confortatiuas, y apropiadas para el coraçon, y el celebro, de donde procedia (segun buen discurso) toda su mala ventura. Las quales dixeron, que assi lo hazian, y lo harian cõ la voluntad, y cuydado possible: porque echauan de ver, que su señor, por momentos yua dando muestras de estar en su entero juyzio; de lo qual re A cibieron

◄ 2권 1권이 나오고 10년 뒤에 발표되었음에도 《돈키호테》 2권은 1권과 시각적으로 유사하다. 사진에서 보듯이 장이 시작되는 부분의 장식 머리글자와 목판화 장식이 1권과 상당히 유사하다.

배경 지식

《돈키호테》의 인기는 대단해서 그의 모험을 생생하게 표현해 줄 삽화가 들어간 판의 필요성이 대두되었다. 삽화가 최초로 등장한 것은 1657년 야코프 사베리 Jacob Savery가 인쇄한 네덜란드 번역본인데, 소설 속 극적인 장면을 묘사한 판화 24점이 수록되었다. 이어서 다른 판들도 삽화를 수록하기 시작했는데 매번 주인공의 생김새는 달랐다. 그러던 것이 1860년대에 와서 상황이 바뀌었다. 유명 화가이자 판화가인 귀스타브 도레Gustave Doré의 삽화를 실은 프랑스판이 돈키호테와 동료 인물들의 정신과 개성을 너무도 잘 포착했으므로 그들의 외모는 모든 독자들 사이에 그렇게 굳어졌다.

▶ 귀스타브 도레가 그린 1863년 삽화는 모험을 찾아 떠나는 돈키호테와 뚱뚱한 종자 산초 판사를 묘사하고 있다.

킹 제임스 성경King James Bible

1611년 ■ 인쇄 ■ 44.4cm x 30.5cm ■ 2,367쪽 ■ 잉글랜드

크기

번역위원회Translation Committee

스코틀랜드의 제임스 6세가 잉글랜드의 제임스 1세로 통합 군주가 된 1603년에는 영어본 성경이 다섯 종이나 있었지만 영국 국교회의 승인을 받은 것은 두 개뿐이었다. 하나는 잉글랜드의 헨리 8세가 승인한 《대성경Great Bible》(1539)이었고, 다른 하나는 엘리자베스 1세 시대에 번역된 《비숍 성경Bishop's Bible》(1568)이었는데, 이것은 너무 모호하게 쓰여서 거의 사용하지 않았다. 《제네바 성경Geneva Bible》(1560)이 더 큰 인기를 누렸지만 당국의 승인을 받지 못했고, 반왕정주의자들의 주석으로 가득 차 있었다.

제임스 1세는 쉽고도 정확하면서, 다툼의 소지가 있는 각주는 뺀 성경을 편찬하여 분열된 왕국을 통합하고 싶어 했다. 그래서 1604년 1월, 햄튼 코트 궁으로 주교들과 학자들을 불러 모아 새로운 성경을 펴내도록 명령했다. 옥스퍼드, 케임브리지, 런던에 근거를 둔 학자

50명으로 꾸린 번역위원회는 여섯 그룹으로 나뉘어 히브리어·아람어·그리스어 문헌은 물론, 1525년에 틴들이 번역한 영어 성경을 활용하여 각자 맡은 부분을 작업했다. 그룹마다 맡은 부분의 번역을 끝내면 크게 소리 내어 읽으며 검증했다. 그런 다음 가장 잘된 것을 검토위원회로 보냈다. 《킹 제임스 성경》의 영향력이 오랫동안 지속된 이유는 이렇게 탄생한 산문이 매 주일 전 세계 교회에서 낭독되며 좌중을 휘어잡는 아름다움이 있었기 때문이다.

영국 모든 성공회교회와 가톨릭교회의 전례 및 신성한 국가 행사에 사용토록 한 왕명에 따라 1611년 최종 출간된 《킹 제임스 성경》 초판은 로버트 베이커Robert Baker가 인쇄했다. 이 초판 일반본 가격은 10실링, 가죽 장정본은 12실링이었다. 오늘날까지 이 성경은 가장 널리 배포되어 현재까지 60억 부가 발행되었고, 세계에서 가장 영향력 있는 종교 문헌 가운데 하나가 되었다.

◀ 제임스 왕에게 바치는 헌사 《킹 제임스 성경》의 모든 판에는 번역자들이 쓴 헌사가 포함되어 있다. 이는 대체로 인문주의 학자인 로테르담의 데시데리위스 에라스뮈스 Desiderius Erasmus가 쓴 1560년의 《제네바 성경》에 들어간 헌사를 기초로 하고 있다. 헌사는 왕에게 바치는 감사이기도 하지만, 동시에 성경의 권위를 왕과 결부시키고 있기 때문에 강력한 정치적 행위이기도 했다. 출판사가 헌사를 빼고 인쇄해도 좋다고 허용된 것은 20세기 들어서였다.

▶ 또렷한 표현 교회 낭독용으로 기획된 이 성경은 색을 넣지 않았다. 텍스트는 옛 '고딕체'로 표현되어 무게감과 권위가 느껴질 뿐 아니라 또렷하여 읽기가 쉽다. 각 장의 시작 부분에 있는 요약은 전체 텍스트와 구별할 수 있도록 수수한 로마체를 사용했다.

> 성경이 직접 말해 준다고 느낄 정도로
> 모든 평민들까지도 이해할 수 있기를 바란다.

1611년판《킹 제임스 성경》서문.

CHAP. XV.

...ound, and accused before Pi-
...n the clamour of the common
...derer Barabbas is loosed, and
...vp to be crucified: 17 hee is
...hornes, 19 spit on, and moc-
...eth in bearing his crosse: 27
...ene two theeues, 29 suffreth
...reproches of the Iewes: 39
...y the Centurion, to bee the
43 and is honourably bu-

...ed * straightway in the
...orning the chiefe Priests
...de a consultation with
...e Elders and Scribes,
...d the whole Councell,
...us, and caried him a-
...ered him to Pilate.
...te asked him, Art thou
...e Iewes? And hee an-
...to him, Thou sayest it.
...hiefe Priests accused him
...? : but hee answered no-

...late asked him againe,
...rest thou nothing? be-
...y things they witnesse a-

...as yet answered nothing,
...marueiled.
...hat Feast he released vn-
...soner, whomsoeuer they

...re was one named Ba-
...h lay bound with them
...insurrection with him,
...mitted murder in the in-

...ultitude crying alowd,
...him to doe as he had euer
...n.

...te answered them, say-
...t I release vnto you the
...wes?
...knew that the chiefe
...uered him for enuie.)
...hiefe Priests mooued the
...ee should rather release
...o them.
...te answered, and said a-
...n, What will yee then
...vnto him whom ye call
...e Iewes?
...ried out againe, Cruci-
...ilate saide vnto them,

why, what euill hath hee done? And
they cried out the more exceedingly,
Crucifie him.

15 ¶ And so Pilate, willing to con-
tent the people, released Barabbas vn-
to them, and deliuered Iesus, when he
had scourged him, to be crucified.

16 And the souldiers led him away
into the hall, called Pretorium, and they
call together the whole band.

17 And they clothed him with pur-
ple, and platted a crowne of thornes,
and put it about his head,

18 And beganne to salute him, Haile
King of the Iewes.

19 And they smote him on the head
with a reed, and did spit vpon him, and
bowing their knees, worshipped him.

20 And when they had mocked him,
they tooke off the purple from him, and
put his owne clothes on him, and led
him out to crucifie him.

21 * And they compell one Simon
a Cyrenian, who passed by, comming
out of the country, the father of Alexan-
der and Rufus, to beare his Crosse. *Matth.27.32.

22 And they bring him vnto the
place Golgotha, which is, being inter-
preted, the place of a skull.

23 And they gaue him to drinke,
wine mingled with myrrhe : but he re-
ceiued it not.

24 And when they had crucified
him, they parted his garments, casting
lots vpon them, what euery man
should take.

25 And it was the third houre, and
they crucified him.

26 And the superscription of his ac-
cusation was written ouer, THE KING
OF THE IEWES.

27 And with him they crucifie two
theeues, the one on his right hand, and
the other on his left.

28 And the Scripture was fulfilled,
which sayeth, * And hee was numbred
with the transgressours. *Esay 53.12.

29 And they that passed by, railed
on him, wagging their heads, and say-
ing, Ah thou that destroyest the Tem-
ple, and buildest it in three dayes,

30 Saue thy selfe, and come downe
from the Crosse.

31 Likewise also the chiefe Priests
mocking, said among themselues with
the Scribes, He saued others, himselfe
he cannot saue.

32 Let Christ the King of Israel
descend now from the Crosse, that we
may

---

may see and beleeue : And they that
were crucified with him, reuiled him. *Mr.27.46.

33 And when the sixt houre was
come, there was darkenesse ouer the
whole land, vntill the ninth houre.

34 And at the ninth houre, Iesus
cryed with a loude voice, saying, *Eloi,
Eloi, lama sabachthani? which is, being
interpreted, My God, my God, why
hast thou forsaken me?

35 And some of them that stood by,
when they heard it, said, Behold, he cal-
leth Elias.

36 And one ranne, and filled a spunge
full of vineger, and put it on a reed, and
gaue him to drinke, saying, Let alone,
let vs see whether Elias will come to
take him downe.

37 And Iesus cryed with a loude
voice, and gaue vp the ghost.

38 And the baile of the Temple
was rent in twaine, from the top to the
bottome.

39 ¶ And when the Centurion which
stood ouer against him, saw that hee so
cryed out, and gaue vp the ghost, hee
said, Truely this man was the Sonne
of God.

40 There were also women loo-
king on afarre off, among whom was
Mary Magdalene, and Mary the mo-
ther of Iames the lesse, and of Ioses,
and Salome: *Luke 8.3.

41 Who also when hee was in Ga-
lile, * followed him, and ministred vnto
him, and many other women which
came vp with him vnto Hierusalem.

42 ¶ *And now when the euen
was come, (because it was the Prepa-
ration, that is, the day before the Sab-
bath) *Mat.27.57.

43 Ioseph of Arimathea, an ho-
nourable counseller, which also waited
for the kingdome of God, came, and
went in boldly vnto Pilate, and craued
the body of Iesus.

44 And Pilate marueiled if he were
already dead, and calling vnto him the
Centurion, hee asked him whether hee
had beene any while dead.

45 And when he knew it of the Cen-
turion, he gaue the body to Ioseph.

46 And hee bought fine linnen, and
tooke him downe, and wrapped him in
the linnen, and laide him in a sepulchre,
which was hewen out of a rocke, and
rolled a stone vnto the doore of the se-
pulchre.

47 And Mary Magdalene, and

Mary the mother of Ioses beheld
where he was laide.

CHAP. XVI.

1 An Angel declareth the resurrection of Christ
to three women. 9 Christ himselfe appea-
reth to Mary Magdalene: 12 to two going
into the countrey: 14 then, to the Apo-
stles, 15 whom he sendeth foorth to preach
the Gospel: 19 and ascendeth into heauen.

AND When the Sabbath
was past, Mary Magda-
lene, and Mary the mo-
ther of Iames, and Sa-
lome, had bought sweete
spices, that they might come and an-
oint him.

2 *And very early in the morning,
the first day of the weeke they came vnto
the sepulchre, at the rising of the sunne: *Luk.24.1
ioh.20,1.

3 And they said among themselues,
Who shall roll vs away the stone from
the doore of the sepulchre?

4 (And when they looked, they saw
that the stone was rolled away) for it
was very great.

5 *And entring into the sepulchre,
they sawe a young man sitting on the
right side, clothed in a long white gar-
ment, and they were affrighted. *Iohn 20.11.

6 And hee sayth vnto them, Be not
affrighted: ye seeke Iesus of Nazareth,
which was crucified: he is risen, hee is
not here: behold the place where they
laide him.

7 But goe your way, tell his disci-
ples, and Peter, that hee goeth before
you into Galile, there shall ye see him,
* as he said vnto you. *Mat.26.32.

8 And they went out quickely, and
fledde from the sepulchre, for they trem-
bled, and were amazed, neither sayd
they any thing to any man, for they
were afraid.

9 ¶ Now when Iesus was risen ear-
ly, the first day of the weeke, *he appea-
red first to Mary Magdalene, *out of
whom he had cast seuen deuils. *Iohn 20.14.
*Luke 8.2.

10 And she went and told them that
had beene with him, as they mourned
and wept.

11 And they, when they had heard
that he was aliue, and had beene seene
of her, beleeued not.

12 *After that, he appeared in ano-
ther forme *vnto two of them, as they
walked, and went into the countrey. *Luke 24.13.

13 And they went and tolde it vnto
the residue, neither beleeued they them:

F　I4　¶ *Af

세부 내용

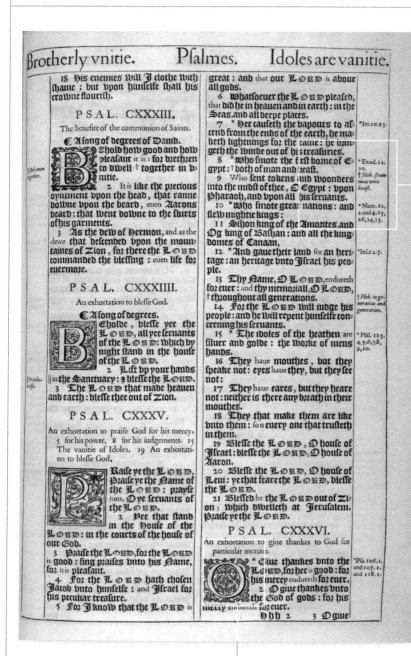

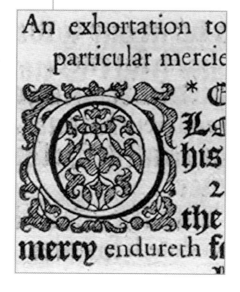

▶ **장식 머리글자** 《킹 제임스 성경》은 모셔 두고 숭배하기 위해서가 아니라 실제로 읽기 위한 책으로 기획되었다. 그림에서 보듯이, 각 절 또는 시편이 시작할 때마다 머리글자를 단순한 검정 선으로 우아하게 장식하였기에 글자의 위치를 쉽게 찾을 수 있었다.

◀ **〈시편〉** 기도와 찬가 150편을 모은 〈시편〉은 히브리인들이 하느님과의 관계를 표현할 때 사용하였다. 이 〈시편〉은 《킹 제임스 성경》에서 가장 오랫동안 살아남은 부분이다. 20세기 중반 현대의 성경이 새로 도입된 뒤에도, 교회에서는 그 서정적 아름다움 때문에 〈시편〉만은 킹 제임스 판을 계속 사용하고 있다.

▲ **난외주** 성경 번역자들은 주석이나 주해를 짧게 달았으므로, 독자들은 오로지 성경 텍스트에만 집중할 수 있었다. 그리스어나 히브리어로 된 원문의 단어나 구문이 쉽게 번역되지 않을 경우에만 예외적으로 주석을 달았다. 위 그림에서 보듯이, 새 번역에 대한 간단한 설명을 여백에 써 넣었다.

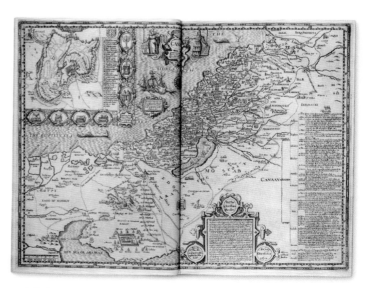

▲ **성지 지도 펼침면** 존 스피드John Speed가 그린 이 성지 지도는 《킹 제임스 성경》에 실린 몇 안 되는 삽화 가운데 하나다. 이 지도는 장식용이 아니라 성경 속 이야기에 나오는 장소들을 독자들에게 알려 주기 위해 삽입되었다. 이 지도가 포함된 초판은 단 200부 정도만 현존하는 것으로 알려져 있다.

▼ **하느님으로부터 그리스도에 이르기까지** 성경의 맨 앞에는 성부 하느님으로부터 내려온 조상 가계도 (아래 그림)와 성자 그리스도까지 내려간 가계도(오른쪽 그림)가 30여 페이지에 걸쳐 실려 있다. 예수의 아버지가 요셉이 아니라 성령이라는 사실을 해명하기 위해 〈루카복음〉의 주장을 활용했다. 즉 요셉의 가계도가 아니라 마리아의 가계도를 따름으로써 예수 혈통은 아담과 이브에서 유래한 것으로 되었다.

▼ **가계도의 완성** 이는 그리스도를 아담과 이브까지 연결하는 가계도의 마지막 페이지다. 요나, 욥, 룻, 아브라함, 사라, 다윗, 솔로몬, 들릴라, 골리앗, 모세 등과 같은 잘 알려진 성경 속 인물을 포함하여 총 1,750명의 이름이 열거되어 있다. 다른 그림과 마찬가지로, 가계도는 17세기에 유행한 양식인 도해로 표현하였다.

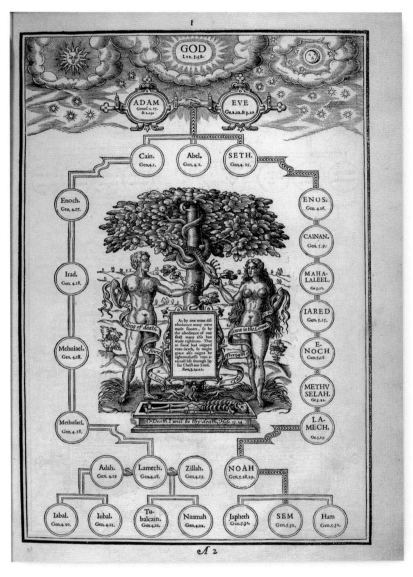

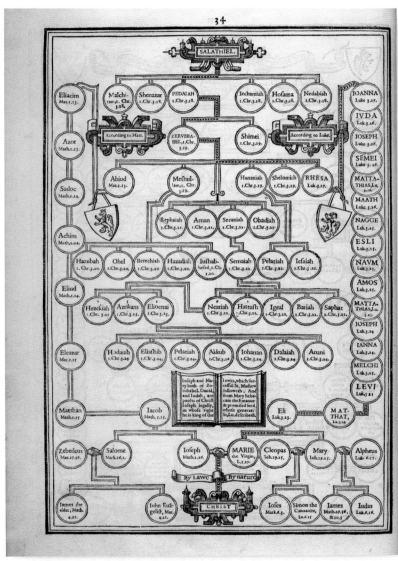

관련 문헌

종교개혁이 성공하려면 일반인들이 읽을 수 있는 언어로 된 성경을 마련해야 했다. 1395년 존 위클리프John Wycliffe는 (라틴어 사본을 바탕으로) 최초의 영어 성경을 만들었다. 1525년에 윌리엄 틴들 William Tyndale도 영어로 번역했지만 그리스어와 히브리어 성경을 보고 옮긴 것이었다. 두 성경 모두 번역하는 것이 불경하다고 생각한 교회로부터 금지 당했지만, 《틴들 성경》은 영국 최초의 '공인' 성경인 1539년 헨리 8세의 《대성경》의 기초가 되었다. 칼뱅주의 학자들이 1560년에 새로운 번역본인 《제네바 성경》을 출간하자, 엘리자베스 시대의 교회는 1568년 교회의 신학을 반영한 공인 성경인 《비숍 성경》을 펴내며 맞섰다.

▶ **《제네바 성경》** 인기를 누렸지만 여백에는 반왕정주의자들이 단 난외주가 가득했다. 윌리엄 셰익스피어가 희곡 작품에 많이 인용한 성경이 바로 이 《제네바 성경》이다.

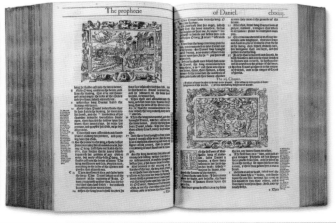

아이히슈테트의 정원Hortus Eystettensis

1613년 ■ 동판 활판 인쇄, 수작업 채색 ■ 57cm x 46cm ■ 도판 367점 ■ 독일

크기

바실리우스 베슬러Basilius Besler

367점의 미려한 도판으로 이루어진 17세기 초의 가장 뛰어난 식물지《아이히슈테트의 정원》은 대주교 영주 요한 콘라트 폰 게밍겐Johann Konrad von Gemmingen(1561~1612)이 뉘른베르크 부근 아이히슈테트에 있는 빌리발트스부르크 궁전 주위에 건설한 정원의 화보집花譜集이다. 1600년 무렵에는 유원지가 유행이었는데, 특히 요한 콘라트는 자신의 정원을 자랑스러워했다. 그래서 1601년 그는 뉘른베르크의 약제사인 바실리우스 베슬러에게《아이히슈테트의 정원》출판을 감독하도록 주문했다. 화가들이 요한 콘라트의 정원에서 가장 멋진 표본을 드로잉으로 그려 내면 10명으로 구성된 조판공 팀이 동판에 그림을 전사했다.

이전의 화보집들은 약용과 요리용 약초들을 중심으로 거칠게 그렸기 때문에 수록한 식물이 정확히 무엇인지 알기도 힘들었으며, 《아이히슈테트의 정원》이 선보인 심미적 속성도 하찮게 여겼다. 이 책은 1613년에 두 가지 판본으로 출간되었다. 하나는 앞면에 흑백 도판을 싣고 뒷면에 텍스트를 실었다. 다른 하나는 텍스트 지면과 삽화 지면을 분리시켜 식물학 도판을 손으로 채색했다. 당초 예산은 3천 플로린이었지만 이 작품의 최종 제작비는 17,920플로린이었을 것으로 추정한다. 채색 사본이 나오자 주문이 쇄도했는데, 초판본이 300부뿐이었기 때문이기도 했다. 그래서 책값은 한 부당 500플로린으로 급등했다(당시 뉘른베르크에 있는 웅장한 저택이 2천5백 플로린 정도였다). 요한 콘라트는 책이 완성되는 것을 보지 못한 채 1612년에 사망했지만, 이 작품의 웅대함과 아름다움은 그가 당시 가장 위대한 식물학 후원자였음을 입증하는 유산이 되었다.

▶ **상세한 묘사** 다섯 종의 접시꽃을 보여 주는 이 페이지의 세부도를 보면《아이히슈테트의 정원》의 삽화가 매우 뛰어나다는 것을 알 수 있다. 여기에 나오는 식물은 보통 인후통 약제로 활용되었으므로 약제사인 베슬러에게는 친숙한 식물이었을 것이다.

얼마 전, 작고 수수한 내 정원에 있는 모든 것을
스케치로 남기도록 주문했습니다.

요한 콘라트 폰 게밍겐 대주교 영주. 바이에른 공작 빌헬름 5세Wilhelm V에게 보내는 편지. 1611년 5월 1일.

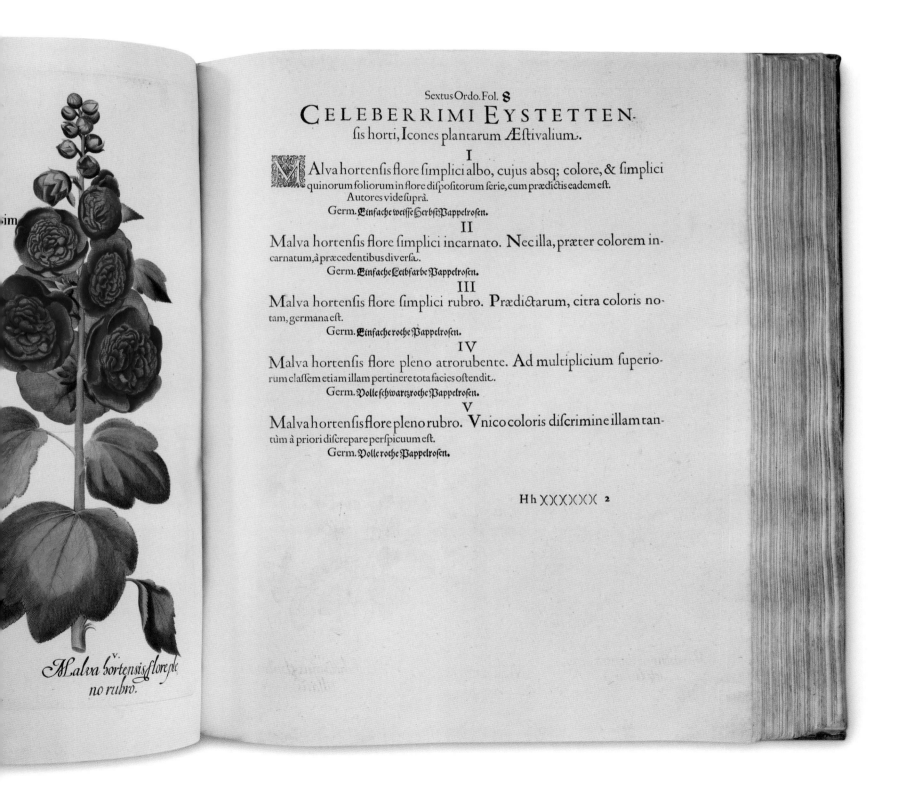

Sextus Ordo. Fol. 8

CELEBERRIMI EYSTETTEN-
sis horti, Icones plantarum Æstivalium.

I

Malva hortensis flore simplici albo, cujus absq; colore, & simplici quinorum foliorum in flore dispositorum serie, cum prædictis eadem est. Autores vide suprà.

Germ. Einfache weisse Herbst Pappelrosen.

II

Malva hortensis flore simplici incarnato. Nec illa, præter colorem incarnatum, à præcedentibus diversa.

Germ. Einfache Leibfarbe Pappelrosen.

III

Malva hortensis flore simplici rubro. Prædictarum, citra coloris notam, germana est.

Germ. Einfache rothe Pappelrosen.

IV

Malva hortensis flore pleno atrorubente. Ad multiplicium superiorum classem etiam illam pertinere tota facies ostendit.

Germ. Volle schwartzrothe Pappelrosen.

V

Malva hortensis flore pleno rubro. Vnico coloris discrimine illam tantùm à priori discrepare perspicuum est.

Germ. Volle rothe Pappelrosen.

Hh)()()()()(2

V.
Malva hortensis flore ple no rubro.

세부 내용

▲ **문장** 《아이히슈테트의 정원》 책 속표지에는
아치 위로 대주교 영주의 문장紋章이 있다. 문장 양
옆에는 로마의 농업의 여신 케레스와 꽃의 여신
플로라를 나타내는 인물이 있다. 아치 밑부분에는
솔로몬 왕과 페르시아의 키루스 대제가 보이고, 그
옆에는 이 책에 실린 몇 안 되는 아메리카산 식물인
멕시코 용설란이 보인다.

▲ **실물 크기의 이미지** 이 작품은 당시 판형으로는 가장 큰 로열판
(63.5cm x 50.8cm)으로 인쇄했다. 덕분에 거의 실물 크기에 가깝게,
전례 없이 매우 섬세하게 표현했다. (왼쪽에서 오른쪽으로) 스페인
크로커스, 네덜란드 크로커스, 스페인 붓꽃, 터키터번나리가 보인다.
당시 식물 삽화를 그리는 관례대로 뿌리도 그렸다.

▼ **정교한 채색** 잎의 윤곽선을 보여 주는 데 사용한 다양한 톤의 노란색은 높은 수준의 예술성과 정확성은 물론 미적 감각까지도 드러낸다.

▼ **꼼꼼한 묘사** 책 크기가 커서 식물의 세세한 특징까지 훌륭하게 묘사할 수 있었다. 아래에 보이는 세부도는 해바라기 중앙의 작은 꽃들로 이루어진 둥근 화관 모습을 보여 준다.

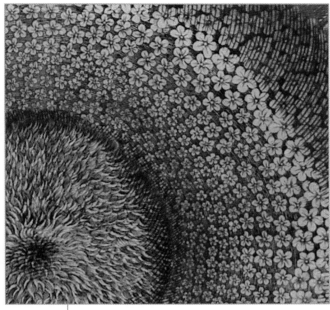

◀ **계절성** 《아이히슈테트의 정원》은 대략 계절별로 배열되어 있어, 겨울에서 시작해 가을로 끝난다. 이 해바라기는 책에서 가장 큰 〈여름 식물〉 편에 나온다.

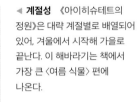

▼ **크로스 해칭** 이 줄기 세부도는 세밀화 기법의 전형적 방법인 섬세한 크로스 해칭을 음영처럼 사용했다.

Flos Solis maior.

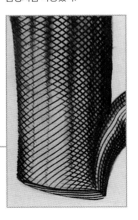

배경 지식

베슬러의 《아이히슈테트의 정원》은 스위스의 식물학자 콘라트 게스너Conrad Gesner(1516~1565)로부터 시작해 요아킴 카메라리우스Joachim Camerarius the Younger(1534~1598)로 이어지는 식물 드로잉의 전통에 의거하고 있다. 아마도 요아킴은 빌리발트스부르크의 정원을 설계하는 데 도움을 주었을 것이다.

이 책은 목판화에서 동판으로 넘어가는 중요한 과도기에 간행되었다. 베슬러는 아이히슈테트에서 뉘른베르크에 있는 화실로 매주 꽃들을 실어 보냈고, 화실에서는 그 꽃들을 스케치했다. 그 스케치 그림들은 빌헬름 킬리안 Wilhelm Killian과 조판공 10명이 팀을 이루어 동판에 섬세하게 식각한 뒤, 게오르크 마크Georg Mack 같은 노련한 삽화가가 1년 정도 손으로 채색하여 한 권으로 완성하였다.

《아이히슈테트의 정원》에 수록된 식물 667종 가운데 독일에서 자생하는 것들은 절반 정도뿐이다. 나머지 3분의 1은 지중해에서, 10퍼센트는 아시아(튤립이 유명하다)에서, 5퍼센트 정도는 아메리카 대륙에서 들여왔다.

▲ **이 양귀비를 포함하여**, 뉘른베르크의 화가 제바스티안 셰델 Sebastian Schedel이 《아이히슈테트의 정원》에 싣기 위해 그린 채색 스케치들은 셰델의 《월력Calendarium》이라는 책으로 편찬되었다.

건축과 투시도법 전집
Tutte l'opere d'architettura, et prospetiva

1537~1575년(기록), 1619년(수록본) ■ 인쇄 ■ 25.5cm x 18.5cm ■ 243쪽 ■ 이탈리아

크기

세바스티아노 세를리오Sebastiano Serlio

총 7권으로 발표한 《건축과 투시도법 전집》은 르네상스 시대에 출간한 가장 영향력 있는 건축 이론서이다. 이탈리아어로 쓰인 이 책이 다른 언어로 번역되고 난 뒤에는 유럽에서 가장 많은 연구 대상이 되었다. 세바스티아노 세를리오는 건축가로서의 업적은 크지 않지만, 최초의 실용적 건축 안내서인 《건축과 투시도법 전집》을 썼다. 옆 그림에 보이는 책은 가장 널리 사용된 판이다.

세를리오의 《건축과 투시도법 전집》 이전에 르네상스 건축에 대한 주요 저작으로는 피렌체의 건축가 레온 바티스타 알베르티Leon Battista Alberti가 1485년에 쓴 《건축론Dei re aedificatoria》(전 10권)이 있었다. 이 책은 권위가 있기는 했지만 라틴어로 쓰인 데다 이론적이고 삽화가 거의 없다. 반면에 세를리오는 근본적으로 다른 방식을 취했다. 그의 책은 쉽게 설명한 텍스트에 상세한 그림을 곁들임으로써 설계자, 시공자, 장인들이 필요로 하는 것들을 다루었다. 복사해서 쓸 수 있는 모형을 제시하거나, 흔히 맞닥뜨리는 설계

세바스티아노 세를리오

1475~1554년

세바스티아노 세를리오는 서구 건축 발전에 커다란 영향을 미친 건축 이론서로 유명한 이탈리아의 건축가이다. 그러나 정작 본인의 건축물은 그다지 큰 영향력을 갖지 못했다.

이탈리아 볼로냐에서 태어난 세를리오는 아버지의 작업장에서 원근법 화가로 훈련받았다. 1514년에는 건축을 공부하기 위해 로마로 이주했다. 후에 로마와 베네치아에서 건축업에 종사했지만 《건축과 투시도법 전집》을 집필하는 데 많은 시간을 할애했다. 1541년 세를리오의 작품에 관심을 가졌던 프랑스 왕 프랑수아 1세는 파리 외곽 퐁텐블로에 있는 왕궁 재건에 필요한 이탈리아 디자인 팀의 자문단 일원으로 세를리오를 합류시켰다. 퐁텐블로에서의 작업과 방대한 정보를 담고 있는 자신의 저작을 통해 세를리오는 고전 건축의 원칙들을 프랑스와 북유럽으로까지 전파했다.

문제를 어떻게 해결할 것인지 등 실용적인 요소도 들어 있다. 일곱 권이 순서대로 발표되지 않고 제1권과 제2권에 해당하는 책이 세 번째, 네 번째로 출간되었다. 그러나 완결판은 르네상스 시대 사람들이 고전 건축의 탁월함을 확고하게 믿고 있음을 보여 준다.

세부 내용

▶ **필생의 역작** 《건축과 투시도법 전집》 각 권을 단계적으로 쓰고 발표하는 동안, 세를리오는 이탈리아와 프랑스에서 건축가로 활동하고 있었다. 제6권과 제7권은 그의 사후에 출간되었다. 옆 그림에서 보듯이 속표지가 호화로운 제1권(1545)은 고전 건축의 본질, 그중에서도 특히 기하학 법칙과 투시도법을 살펴보고 있다. 그림 속 고전 기둥의 완벽한 대칭은 고대 그리스와 로마에 매혹된 르네상스 시대의 특성을 드러낸다. 실제로 그로부터 250년 동안 가장 중요한 유럽의 건축물들은 그리스 로마 양식에 따라 설계되었다.

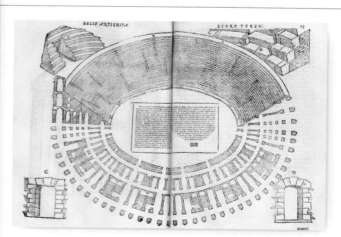

▲ **건축 계획도** 1세기 무렵의 이탈리아 베로나 원형 경기장 계획도가 매우 상세하게 표현되어 있는 것을 보면, 세를리오가 고전 양식에 몰두했음을 알 수 있다. 그는 고대 건축물 유적지와 로마의 건축가 비트루비우스가 쓴 《건축 10서De Architectura》(기원전 27?)에서 건축에 대한 지식을 얻었다.

▼ **고전과 그리스도교회의 만남** 르네상스 시대 건축가가 상상력을 한껏 발휘하는 데 가장 큰 주제는 바로 교회였다. 그 목적은 고전의 선례를 그리스도교식으로 활용할 수 있는 방법을 찾는 것이었다. 삽화에 나와 있는 대칭적인 '그리스식 십자가' 건물이 이상적인 해결책이라 생각했지만, 교회의 현실적 요구에 맞추기에는 불가능한 것으로 결론이 났다.

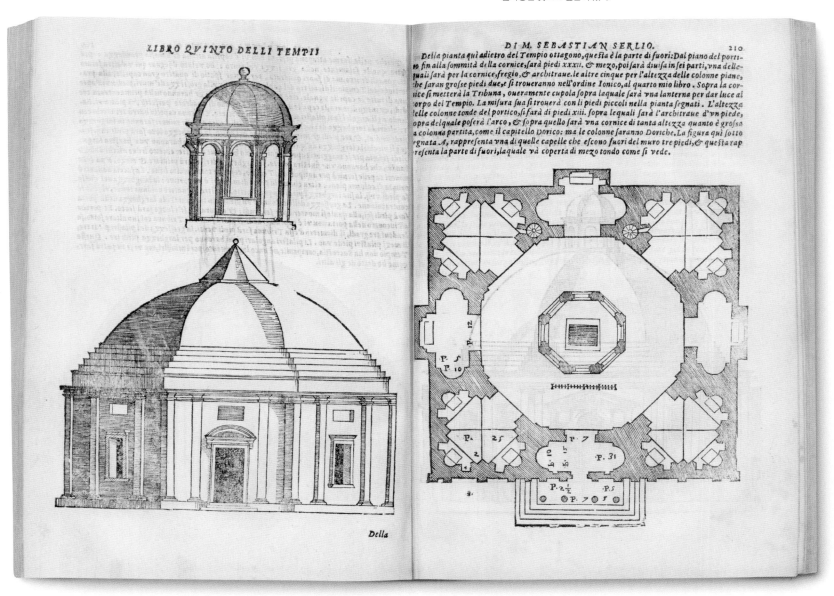

LIBRO QVINTO DELLI TEMPII

DI M. SEBASTIAN SERLIO.   210.

Della

▲ **복합 양식의 기둥** 세를리오는 기둥이 복잡해지는 정도에 따라 토스카나식, 도리아식, 이오니아식, 코린트식, 복합 양식(위 그림) 등 다양한 양식의 고전 기둥 표본 그림을 삽입했다. 세를리오는 이탈리아의 고대 유적지를 직접 찾아 이러한 양식들을 연구했는데, 《건축과 투시도법 전집》은 기둥 형태에 따라 고전 건축의 주요 양식을 체계적으로 소개한 최초의 작품이었다.

… 무엇인가를 저술한다는 것은 어렵다. 책에서보다는 실물을 보고 배울 수 있는 것이 더 많다.

세바스티아노 세를리오.

윌리엄 셰익스피어의 희극, 역사극, 비극Mr. William Shakespeares Comedies, Histories, & Tragedies

1623년 ■ 아이작 자가드와 에드워드 블런트 인쇄 ■ 33cm x 21cm ■ 약 900쪽 ■ 존 헤밍과 헨리 콘델 편찬 ■ 영국

크기

윌리엄 셰익스피어William Shakespeare

《퍼스트 폴리오*First Folio*》로도 알려져 있는 이 작품은 윌리엄 셰익스피어의 작품 37편 가운데 하나만 빼고 모두 수록한 첫 정식 작품집이다. 이 작품의 중요성은 절대적이다. 셰익스피어가 사망한 지 7년 뒤 이 작품이 나올 무렵 발표된 희곡은 17편뿐이었는데, 그나마도 대부분 해적판이었다. 《윌리엄 셰익스피어의 희극, 역사극, 비극》이 없었다면 〈맥베스〉와 〈템페스트 Tempest〉를 비롯하여 당시까지 인쇄본으로 발표되지 않았던 희곡들은 영영 유실되었을 것이다. 셰익스피어 희곡집의 결정판이라는 점 외에 이 책은 셰익스피어라는 걸출한 극작가가 문학사에 끼친 영향을 기념하려는 시도이기도 했다. 그래서 판형도 작품의 목적만큼이나 웅장했다. 셰익스피어와 동시대 사람인 벤 존슨Ben Johnson에 따르면 이 책의 목적은 셰익스피어를 "어느 한 시대가 아닌 모든 시대"의 작가로 소개하는 것이었다.

윌리엄 셰익스피어

1564~1616년

셰익스피어는 영어권에서 가장 위대한 작가이며, 모든 시대를 통틀어 가장 위대한 극작가라고 할 수 있다. 1590년에서 1613년 사이에 적어도 37편의 희곡을 썼고, 추가로 몇 작품은 공동 집필했다.

초기 생애에 대해서는 알려진 바가 거의 없다. 1582년 스트랫퍼드어폰에이번에서 앤 해서웨이Anne Hathaway와 결혼했고 세 자녀를 두었다. 런던에서 그의 존재가 처음으로 언급된 것은 극작가로서 성공을 거둔 1592년 무렵이었다. 그는 엘리자베스 1세 여왕(1533~1603) 앞에서 공연하는 궁 내무장관 극단 단원이 되었는데, 1599년에는 극단이 런던의 글로브 극장으로 옮겨 갔다. 1613년 극장이 화재로 전소되자 셰익스피어는 런던을 떠나 스트랫퍼드어폰에이번으로 귀향했다.

《윌리엄 셰익스피어의 희극, 역사극, 비극》은 영어로 출판된 책 가운데 가장 중요하고, 많은 사람들이 찾는 작품일 것이다. 대략 750부가 인쇄된 것으로 추정하는데, 그중 235부가 현존하며, 온전한 상태의 책은 40부밖에 안 된다.

세부 내용

▶ **뒤늦은 추가**　차례에는 35편만 열거되어 있다. 1602년 무렵 쓰여 마지막으로 인쇄된 36번째 작품 〈트로일러스와 크레시다Troilus and Cressida〉는 마지막 순간에 겨우 포함되었기 때문에 차례 면에 실리지 못했다. 희극, 역사극, 비극 세 범주로 희곡을 나눈 것은 이 책《윌리엄 셰익스피어의 희극, 역사극, 비극》이 처음이었고, 그 뒤 그의 작품들은 이 방식으로 분류하고 있다.

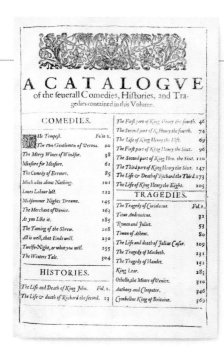

▶ **최초 발표**　〈템페스트〉는 셰익스피어 단독으로 1610년 무렵 쓴 마지막 작품들 가운데 하나로 추정하고 있지만, 《윌리엄 셰익스피어의 희극, 역사극, 비극》을 통해 처음으로 발표됐다. 비극적인 요소도 있지만 희극으로 분류된 표제어에 제일 먼저 올라 있다.

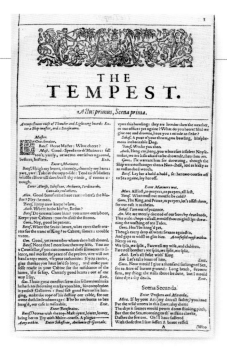

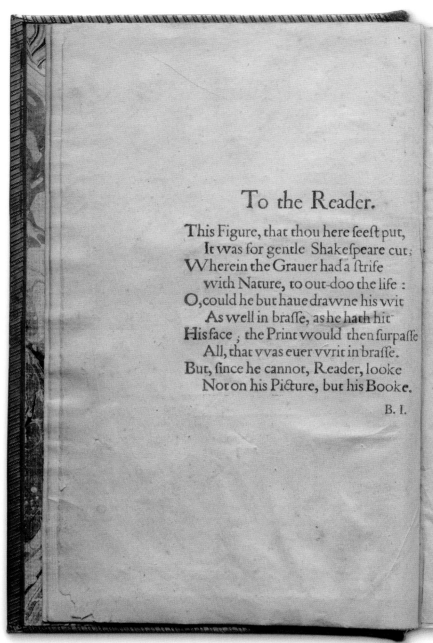

To the Reader.

This Figure, that thou here seeſt put,
It was for gentle Shakeſpeare cut;
Wherein the Grauer had a ſtrife
with Nature, to out-doo the life :
O, could he but haue drawne his wit
As well in braſſe, as he hath hit
His face ; the Print would then ſurpaſſe
All, that vvas euer vvrit in braſſe.
But, ſince he cannot, Reader, looke
Not on his Picture, but his Booke.

B. I.

Mr. WILLIAM
SHAKESPEARES
COMEDIES,
HISTORIES, &
TRAGEDIES.

Publiſhed according to the True Originall Copies.

Martin Droeſhout ſculpſit London.

LONDON
Printed by Iſaac Iaggard, and Ed. Blount. 1623.

배경 지식

셰익스피어가 사망한 지 400년이 넘었지만 그의 작품이 시대에 뒤떨어지거나 매력이 반감되었다는 평가는 없다. 지금도 전 세계에서 연구·상연되고 있으며, 새로운 영어판과 번역본이 간행되고 있다. 오늘날까지 가장 대담한 판 가운데 하나는 독일의 크라나흐 프레스Cranach-Presse가 펴낸 《햄릿Hamlet》이다. 1928년 독일어로 처음 출간되었고, 2년 뒤에 영어로도 나왔는데, 여백에는 셰익스피어가 원전으로 삼았을 두 이야기, 12세기 북유럽 민간설화와 16세기 프랑스 이야기를 원어와 번역한 요약문으로 실었다. 에드워드 고든 크레이그Edward Gordon Craig의 인상적인 목판화 삽화 80점도 실려 있다.

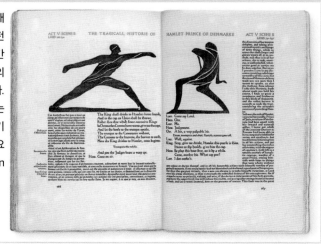

▶ 크라나흐 프레스의 1930년 판 《햄릿》 수제 종이에 대담한 이미지와 우아한 서체로 표현되었으며, 300부 한정 수작업 인쇄본으로 제작되었다.

▲ 실제 셰익스피어에 가까운 모습 속표지에 실린 마틴 드뢰샤우트Martin Droeshout가 제작한 셰익스피어 판화 초상화로, 셰익스피어와 가장 닮았다고 인정되고 있는 그림 두 점 가운데 하나다. 드뢰샤우트가 셰익스피어를 개인적으로 알지는 못했지만 《윌리엄 셰익스피어의 희극, 역사극, 비극》의 편집자인 존 헤밍John Heminge과 헨리 콘델Henry Condell 두 사람이 셰익스피어의 초상화로 인정한 것으로 보아 드뢰샤우트가 잘못 그리지는 않았을 것이다.

두 우주 체계에 대한 대화Dialogo sopra i due massimi sistemi del mondo

1632년 ■ 인쇄 ■ 21.9cm x 15.5cm ■ 458쪽 ■ 이탈리아

크기

갈릴레오 갈릴레이|Galileo Galilei

이 책은 사람들의 우주관을 완전히 바꾸어 놓은 작품이다. 《두 우주 체계에 대한 대화》에서 이탈리아 수학자 갈릴레오 갈릴레이(1564~1642)는 지구가 태양 주위를 돈다고 주장한 코페르니쿠스의 우주관(1541)과 지구를 우주의 중심에 둔 프톨레마이오스의 전통적 견해를 비교했다.

학자들의 언어인 라틴어가 아니라 이탈리아어로 쓴 갈릴레오의 책에서는 허구의 인물 셋이 나흘 동안 상상 속에서 대화를 나눈다. 살비아티Salviati는 코페르니쿠스의 견해를 옹호하고, 심플리시오Simplicio는 프톨레마이오스의 견해를 대변하며, 사그레도Sagredo는 중립적 입장인데, 결국에는 살비아티에게 설득 당한다. 코페르니쿠스가 지동설을 앞서 주장하긴 했지만, 갈릴레오는 자신이 직접 관측한 결과에 근거하여 이 작품을 썼다. 수많은 관점들을 제시하면서 지구가 태양 주위를 돈다는 가능성을 거부하는 사람들을 조롱하고 있다.

갈릴레오는 이러한 주장 때문에 코페르니쿠스의 이론을 반대하던 가톨릭교회와 계속 충돌했다. 1633년 교회는 갈릴레오를 '이단이 심각하게 의심된다'고 판단했고, 갈릴레오는 로마로 불려가 자신의 견해를 철회하도록 강요받은 뒤 가택에 연금되었다. 책은 바티칸의 금서 목록에 올랐고, 1835년까지 철회되지 않았다. 수정본《밀물과 썰물, 조수에 대한 대화 The Dialogue on the Tides》는 1741년 가까스로 교회의 승인을 받았다.

◀ 권두 삽화 갈릴레오의 상상 속 코페르니쿠스, 아리스토텔레스, 프톨레마이오스의 토론 장면을 스테파노 델라 벨라Stefano della Bella가 묘사한 판화이다. 갈릴레오의 후원자인 토스카나 대공에게 바친다는 문구도 보인다.

▶ 행성과 항성 지도 갈릴레오는 31점의 목판화와 도해를 제시하면서 코페르니쿠스의 이론이 어떻게 들어맞는지 설명했다. 사흗날의 토론에 나오는 이 부분은 태양 주위를 도는 목성과 지구의 궤도를 보여 준다.

◀ 초판의 속표지 대공에게 바친다는 말이 또다시 나오며, 갈릴레오를 비범한 수학자로 묘사하고 있다. 이 책은 피렌체에서 지오반니 바티스타 란디니Giovanni Battista Landini가 인쇄했는데, 그의 가문을 상징하는 문장인 '맞물려 돌고 있는 물고기 세 마리'가 묘사되어 있다.

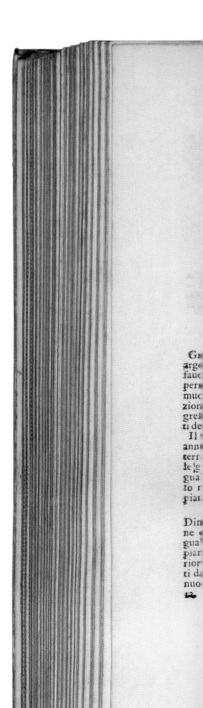

나는 코페르니쿠스의 견해를
직접·간접으로 옹호해 왔지만, 그의 전철을 밟게 될까 봐 두려워
지금껏 발표할 엄두를 내지 못했습니다.

갈릴레오 갈릴레이. 케플러에게 보낸 편지. 1597년.

Dialogo terzo

diremo noi dell'apparente mouimento de i pianeti tanto
forme, che non solamente bora vanno veloci, & hora più
di, ma taluolta del tutto si fermano;& anco dopo per mol-
spazio ritornano in dietro? per la quale apparenza salua-
introdusse Tolomeo grandissimi Epicicli, adattandone vn
vno a ciaschedun pianeta, con alcune regole di moti incō-
uenti, li quali tutti con vn semplicissimo moto della terra
olgono via. E non chiamereste voi Sig. Simpl. grandissi-
o assurdo, se nella costruzion di Tolomeo, doue a ciascun
neta sono assegnati proprij orbi, l'vno superior all'altro,
ognasse bene spesso dire, che Marte, costituito sopra la sfera
Sole, calasse tanto, che rompendo l'orbe solare sotto a quello
ndesse, & alla terra più, che il corpo solare si auuicinasse, e
co appresso sopra il medesimo smisuratamente si alzasse? E
r questa, & altre esorbitanze dal solo, e semplicissimo mo-
mēto annuo della terra vengono medicate.

Queste stazioni regressi, e direzioni, che sempre mi son
se grandi improbabilità, vorrei io meglio intendere, come
cedano nel sistema Copernicano.

Voi Sig. Sagredo le vedrete proceder talmente, che questa
a coniettura dourebbe esser bastante a chi non fusse, più che
teruo, ò indisciplinabile, a farlo prestar l'assenso a tutto il
manente di tal dottrina. Vi dico dunq; che nulla mutato
mouimēto di Saturno di 30. anni, in quel di Gioue di 12.
quel di Marte di 2. in quel di Venere di 9. mesi, e in quel di
ercurio di 80. giorni incirca, il solo mouimento annuo del-
terra tra Marte, e Venere, cagiona le apparenti inegualità
moti di tutte le 5. stelle nominate. E per facile, e piena in-
ligenza del tutto ne voglio descriuer la sua figura. Per tan-
supponete nel centro O. esser collocato il Sole, intorno al
ale noteremo l'orbe descritto dalla terra co'l mouimēto an-
o BGM. & il cerchio descritto vgr. da Gioue intorno al-
le il 12. anni sia questo bgm. e nella sfera stellata inten-
mo il Zodiaco yus. In oltre nell'orbe annuo della terra prē-
remo alcuni archi eguali BC.CD.DE.EF.FG.GH.HI.
K.KL.LM. e nel cerchio di Gioue noteremo altri archi pas-
i ne' medesimi tempi, ne' quali la terra passa i suoi, che sieno
cd.de.ef.fg.gb.hi.ik.kl.lm. che saranno a proporzione cia-
eduno minor di quelli notati nell'orbe della terra, si come il
ouimento di Gioue sotto il Zodiaco è più tardo dell'annuo.
                                    Suppo-

Del Galileo.   339

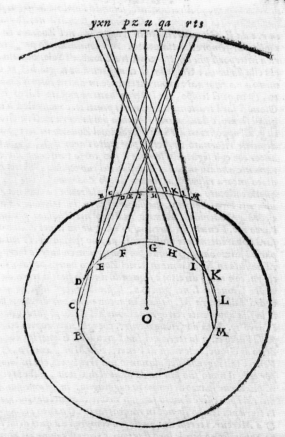

Supponendo hora, che quando la terra è in B. Gioue sia in b.
ci apparirà a noi nel Zodiaco essere in p. tirando la linea retta
Bbp. Intendasi hora la terra mossa da B. in c. e Gioue da b.
in c. nell'istesso tempo; ci apparirà Gioue esser venuto nel Zo-
                                    diaco

베이 시편집Bay Psalm Book

1640년 ■ 인쇄 ■ 17.4cm x 10.4cm ■ 153쪽 ■ 미국

크기

리처드 매더Richard Mather

영국령 북아메리카에서 인쇄된 최초의 책으로 알려진
《베이 시편집》은 〈시편〉을 번역한 책으로, 영국 성공회에
반대하는 프로테스탄트 집단을 위해 만들었다. 1620년
잉글랜드를 떠난 이들은 아메리카 대륙에 도착해
매사추세츠 플리머스에 정착했다. 잉글랜드에서 종교적
박해를 받은 필그림 파더스Pilgrim Fathers(종교의 자유를
찾아 미국에 처음 도착한 청교도를 일컫는다)는 종교적
관용을 찾아 식민지들을 항해하고 다녔다. 그들은 매사추세츠에서
특히 〈시편〉을 강조하는 예배 형식을 확립했는데, 찬가가 들어 있는 〈시편〉은
유대인들의 성경과 그리스도인들의 구약성경에 나온다.

이주자들은 원래의 히브리어 성경에 더 가깝게 번역한 새로운 〈시편〉 번역본이
필요했다. 그래서 번역자 30명에게 새로운 번역판을 주문했고, 현재 《베이
시편집》으로 알려진 《온전한 시편집》이 탄생한 것이다. 이 책은 익숙한 가락에
맞춰 노래할 수 있는 리드미컬한 운율로 가득한 〈시편〉이었다. 한편 1761년에
출간된 개정판은 현대의 언어 관점에서 보면 세련된 맛이 떨어져 오늘날에는
사용하지 않는다. 《베이 시편집》은 영국령 북아메리카에 이주자들이 정착한 지
20년이 지난 시기에 인쇄된 세 번째 문헌이다. 인쇄공이 미숙련공인 탓에

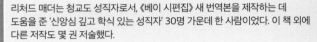

리처드 매더

1596년경~1669년

리처드 매더는 청교도 성직자로서, 《베이 시편집》 새 번역본을 제작하는 데
도움을 준 '신앙심 깊고 학식 있는 성직자' 30명 가운데 한 사람이었다. 이 책 외에
다른 저작도 몇 권 저술했다.

리처드 매더는 랭커셔에서 태어나 성공회(미국에서는 감독 교회)에서 서품을 받았다. 당시
는 영국에서 프로테스탄티즘 분파가 여러 갈래로 발전하던 혼란스러운 시대였다. 매더는
1634년 요크의 대주교가 정한 전례 규정을 따르지 않는다는 이유로 정직 당했다. 이듬해
그는 아내 캐서린 홀트Katherine Holt와 네 아들을 데리고 영국을 떠나 신세계로 이민 갈
것을 결정했고, 드디어 미국 매사추세츠 도체스터에 정착했다. 매더는 열정적인 설교자였
으며 히브리의 〈시편〉을 《베이 시편집》으로 옮기는 작업 중 가장 많은 부분을 책임지며 번
역자들을 지원했다. 뉴잉글랜드에 정착한 각 교회가 독립 자치의 원칙으로 운영되던 조합
교회제 초기에 매더는 새로운 공동체를 위한 규율에 대해 글을 여러 편 썼다.

책에는 전체적으로 오류가 많으며, 초판 가운데 현존하는 사본은 11부뿐인
것으로 알려져 있다. 2013년에는 1640년에 발간된 《베이 시편집》이 영국의
소더비 경매에서 낙찰되었는데, 그 가격이 무려 14,165,000달러나 되었다.

세부 내용

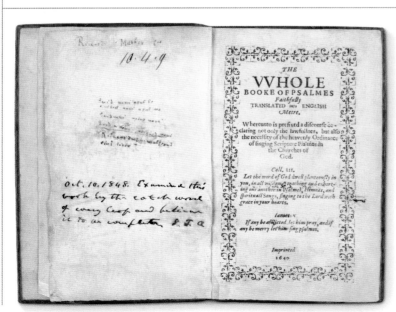

◀ **오자들** 초판은 인쇄가 어설퍼 오자가
많았다. 활자가 고르지 못했고, 구두점도
제멋대로였으며, 단어의 행갈이가 틀린
부분도 있었다. 1640년 초판은 298쪽
분량에 1,700부를 찍었고, 추가로
26차례에 걸쳐 소량씩 인쇄했다.

▶ **운율** 초판에서는 운율을 다듬지 않고
시가들을 옮겼다. 작가들은 시적
완성도보다는 원문을 충실하게 번역하는
데 주안점을 두었다.

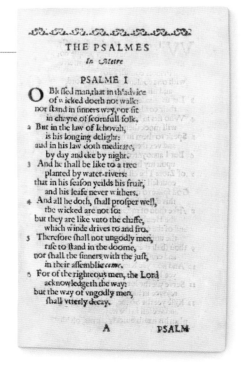

▼ 번호 붙인 시 각 시가는 해당 성경 구절에 맞추어 번호를 붙였다. 곁들인 악보가 없었기 때문에 음악가들은 운율에 맞는 적절한 곡조를 선택해야 했다.

PSALM xl1.

mercifull unto mee;
heale thou my foule,because that I
have finned againft thee.
5 Thofe men that be mine enemies,
with evill mee defame:
when will the time come hee fhall dye,
and perifh fhall his name?
6 And if he come to fee *mee*,hee
speaks vanity: his heart
fin to it felfe heaps, when hee goes
forth hee doth it impart.
(2)
7 All that me hate,againft mee they
together whifper ftill:
againft me they imagin doe
to mee malicious ill.
8 T*hus doe they fay* some ill difeafe,
unto him cleaveth fore:
and *feing now* he lyeth downe,
he fhall rife up noe more.
9 Moreover my familiar freind,
on whom my truft I fet,
his heele againft mee lifted up,
who of my bread did eat.
10 But Lord me pitty, & mee rayfe,
that I may them requite.
11 By this I know affuredly,
in mee thou doft delight:
For o're mee triumphs not my foe.
12 And mee, thou doft mee ftay,
in mine integrity;& fet'ft

mee

PSALME xl1, xl11.

mee thee before for aye.
13 Bleft hath Iehovah Ifraels God
from everlafting *been*,
alfo unto everlafting:
Amen, yea and Amen.

THE

SECOND BOOKE.

PSALME 42

To the chief muſician, *Maſchil*, for the
Sonnes of Korah.

Like as the Hart panting doth bray
after the water brooks,
even in fuch wife o God, my foule,
after thee panting looks.
2 For God, even for the liuing God,
my foule it thirfteth fore:
oh when fhall I come & appeare,
the face of God before.
3 My teares haue been unto mee meat,
by night alfo by day,
while all the day they unto mee
where is thy God doe fay.
4 When as I doe in minde record
thefe things, then me upon
I doe my foule out poure, for I
with multitude had gone:
With them unto Gods houfe I went,
with voyce of joy & prayfe:

I with

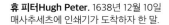

… 이제 인쇄소가 생겼으니 뭔가 특별한 것을 제작해야 한다. …

휴 피터Hugh Peter. 1638년 12월 10일
매사추세츠에 인쇄기가 도착하자 한 말.

제작 기술

영국령 북아메리카에 인쇄기를 최초로 들여온 사람은 조지프 글로버Joseph Glover라는 목사였는데, 1638년 아내와 자식 다섯을 데리고 영국을 떠나 미국으로 올 때 중고 인쇄기를 가져왔다. 글로버는 항해 중 사망하였고, 부인은 매사추세츠에서 사업을 시작하면서 죽은 남편의 조판 기술자 스티븐 다예Stephen Daye를 고용했다. 그는 거의 문맹에 가까웠다. 그들이 처음 받은 주문 중에는 새로 번역된 《베이 시편집》도 있었다.

초기 인쇄기는 목재 인쇄기로, 잉크와 종이를 사용했다. 활자면에 유성 잉크를 칠한 다음 거꾸로 놓고 나사를 돌려 지면에 압력을 가하면 종이에 잉크가 흡수되었다. 인쇄가 된 지면은 마를 때까지 걸어 두었다.

▲ **중고 활자 이중 트레이를 갖춘** 인쇄기와 잉크, 다량의 종이가 잉글랜드에서 선적되었다.

기타 목록: 1450~1649

우신 예찬 Moriae Encomium

데시데리위스 에라스뮈스 Desiderius Erasmus

네덜란드(1511년)

라틴어 에세이 《우신 예찬》은 16세기 인문주의학자이자 지성인이었던 에라스뮈스(1469~1536)의 작품이다. 어리석음의 여신 모리아를 화자話者로 등장시켜 선동적이고 풍자적인 유머로 삶의 즐거움을 찬양하고 신학자와 성직자, 가톨릭 교리를 비판한다. 에라스뮈스는 토머스 모어 경을 위해 이 에세이를 썼다. 이 작품은 폭발적인 인기를 누렸는데, 그가 살아 있는 동안에만 라틴어 36판

외에 프랑스어, 독일어, 체코어 번역본이 나왔다. 교황 레오 10세Leo X와 시스네로스 추기경도 즐겨 읽었다고 한다. 그러나 에라스뮈스가 죽고 20년이 지난 뒤 바티칸의 금서 목록에 올랐다가 1930년에 해제되었다.

▼ 다 코스타 시도서 Da Costa Hours

시몬 베닝 Simon Bening

벨기에(1515년)

플랑드르 브뤼주 출신의 유명한 필사본 채식사 시몬 베닝(1483~1561)의 《다 코스타 시도서》의 제목은, 이 작품을 의뢰하였을 뿐만 아니라 책에 수록된 문장紋章의 주인인 포르투갈 가문 이름을 따서 붙인 것이다. 이 필사본에는 삽화가 풍부하게 수록되어 있는데, 특히 다채로운 풍경과 세밀하게 그린 초상화, 열두 달 전면 월력이 포함된 세밀화 121점이 자랑이다. 1세기 전에 나온 《베리 공작의 호화로운 시도서》(64~69페이지 참조) 이래로 이와 유사한 작품은 찾아볼 수가 없다. 이 작품은 베닝의 초기 필사본 가운데 하나로, 화려한 채식은 베닝의 탁월한 재능을 잘 보여 준다. 그는 심지어 전통적 모형으로 작업할 때에도 재해석하고 새롭게 꾸며 가면서 독창적인 작품을 창작했다. 아버지인 알렉산더 베닝Alexander Bening에게서 채식 기술을 배운 그는 벨기에에서 발전한 필사본 채식 예술 운동인 겐트 브뤼주 학파Ghent-Bruges School가 전성기를 구가했을 때 활동했고, 그의 작품은 유럽에서 명성을 떨쳤다. 그러나 인쇄기의 출현으로 필사본 채식은 쇠락의 길을 걷기 시작했고, 베닝의 죽음으로 겐트 브뤼주 학파도 막을 내렸다.

유토피아 Utopia

토머스 모어 Thomas More

잉글랜드(1516년)

이 허구의 작품은 영국의 정치가이자 법률가인 토머스 모어(1478~1535) 경의 가장 유명한 책이다. 모어는 대서양에 위치한 가상의 섬을 그리고 있는데, 그곳 사람들은 평화, 종교적 관용, 평등, 공동 소유, 안락사를 옹호하는 사회에서 조화롭게 살아간다. 모어는 그 섬을 '어디에도 존재하지 않는다'는 뜻의 그리스어 'ou-topos'에서 가져와 '유토피아'로 불렀다. 모어는 《유토피아》를 통해 종교개혁 직전의 유럽 사회를 강력히 비판하였다. 독실한 로마 가톨릭 신자였던 모어는 관용에 대해 책에 등장하는 사람들과는 대조적인 견해를 갖고 있었지만, 《유토피아》는 발표되자 대단한 인기를 누렸고, 덕분에 모어는 당대 최고의 인문주의자로 자리 잡았다. 모어가 유토피아를 완벽한 상징으로 만들 의도는 없었는지 모

르지만, 그 뒤 '유토피아'라는 단어는 이상적인 사회나 장소의 대명사가 되었다. 모어의 허구 속 유토피아는 그로부터 진화한 유토피아 소설에 의해 오히려 퇴색하였다.

천체의 회전에 관하여
De Revolutionibus orbium coelestium

니콜라우스 코페르니쿠스
Nicolaus Copernicus

독일(1543년)

폴란드의 천문학자 니콜라우스 코페르니쿠스(1473~1543)의 획기적인 이 작품은 그가 사망하기 직전 뉘른베르크에서 출간되었다. 이 책은 16세기의 저작 가운데 가장 중요하면서도 많은 논쟁을 불러일으켰다. 코페르니쿠스는 지구를 비롯해 다른 모든 행성들이 태양을 중심으로 돈다는 '지동설'을 주장했다. 이러한 견해는 그때까지 받아들여지던 프톨레마이오스의 '천동설(지구를 우주의 중심으로 보는 이론)'에 도전하는 것이었으므로 철학자, 과학자, 신학자들 사이에 논쟁의 불을 지폈다. 코페르니쿠스는 이 책을 교황 바오로 3세Pope Paul III에게 헌정했지만 70년이 지난 뒤 바티칸 당국은 금서로 지정하고 해제하지 않았다. 한편 코페르니쿠스의 이론으로 교회가 부활절 주일의 날짜를 정확히 계산할 수도 있었으므로 완전히 유죄 판결을 내리지는 않았다. 《천체의 회전에 관하여》는 인류가 태양계를 보는 방식을 완전히 바꾸어 놓았으며, 나아가 갈릴레오(130~131페이지 참조)와 아이작 뉴턴(142~143페이지 참조)의 연구로 이어져 근대 천문학의 토대를 마련했다.

동물지 Historia Animalium

콘라트 게스너 Conrad Gesner

스위스(1~4권: 1551~1558년, 5권: 1587년)

《동물지》는 스위스의 박물학자이자 의학박

《다 코스타 시도서》에 나오는 세밀화. 5월을 묘사했다.

사인 콘라트 게스너(1516~1565)의 광범위한 자연사 연구서다. 원래는 전 4권으로 취리히에서 발표되었지만 사후인 1587년에 제5권이 출간되었다. 《동물지》는 새롭게 발견한 종들을 포함하여 모든 동물을 다룬 완벽한 개론서로서 동물이 민화, 신화, 예술, 문학에서 어떤 위치를 차지하고 있는지 자세히 설명하고 있다.

게스너의 저작은 고대 그리스의 아리스토텔레스와 대 플리니우스의 문헌 같은 고전 출처뿐 아니라 당대의 연구도 활용했음을 알 수 있다. 무려 4,500페이지에 달하는 이 방대한 저작에는 놀라울 정도로 어마어마한 양의 삽화가 실려 있다. 이는 스트라스부르크의 루카스 샨Lucas Schan이 대부분 제작한 목판화로 대략 1천여 장 정도 된다. 《동물지》는 요약본이 1563년에 출간되고, 영문판은 1607년에 나오는 등 모든 르네상스 자연사 저작물 가운데 가장 인기를 누렸으며 널리 읽히는 책이 되었다. 그러나 게스너가 프로테스탄트였기 때문에 그의 견해가 편견에 사로잡혔을 거라고 생각한 교황 바오로 4세Paul IV(재위: 1555~1559)는 그의 책을 바티칸 금서 목록에 올렸다.

건축 4서
I Quattro Libri Dell'Architettura

안드레아 팔라디오Andrea Palladio

이탈리아(1570년)

이탈리아의 건축가 안드레아 팔라디오(1508~1580)가 쓴 《건축 4서》는 르네상스 시대에 건축물 설계와 건축에 대한 가장 성공적이고 영향력 있는 작품이며, 팔라디오는 서양 건축에서 매우 중요한 인물이 되었다. 그는 고대 궁전과 옛 신전의 순수성과 단순함을 강조한 건축을 주장하였고, 자신의 이름을 따서 팔라디오 건축 양식이라 불리게 된 운동의 창시자였다. 전 4권으로 발간한 이 책에는 팔라디오가 직접 그린 드로잉을 본떠 제작한 목판 삽화가 다수 실려 있다. 그의 고전 양식은 곧 인기를 끌었고 전 유럽에서 당대의 설계자와 시공자들이 그의 양식을 받아들였다. 팔라디오는 주로 베네치아 공화국의 뛰어난 건축물을 많이 맡았지만, 그를 가장 유명하게 만든 것은 바로 이 책이다.

수상록Essais
미셸 드 몽테뉴Michel de Montaigne

프랑스(1580년)

작가이자 철학자인 몽테뉴(1533~1592)는 프랑스 르네상스 말기에 가장 중요한 인물로, '수필(에세이)'을 새로운 문학 장르로 확립했다고 평가 받고 있다. 그의 모든 문학작품, 철학 작품 들은 1572년에 쓰기 시작한 107편의 글을 모은 《수상록》(원제 'Essais'는 '시도'라는 뜻이지만 영어로는 '에세이'로 알려져 있다)에 수록되어 있다. 몽테뉴는 이 작품에서 방대한 주제를 다루었으며, 새롭고 근대적인 글쓰기 방식 및 사고방식을 보여 줌으로써 높은 인기를 누렸다. 몽테뉴는 꽤 많은 내용을 수정하거나 덧붙이면서도 수정 전의 텍스트는 절대 삭제하지 않았다. 자신의 견해가 시간이 흐르면서 발전하는 모습을 기록으로 남기길 원했기 때문이다. 그의 작품은 위대한 작가, 철학가, 신학자 들에게 많은 영향을 주었다.

동물의 심장과 혈액의 운동에 대한 해부학적 연구
Exercitatio Anatomica de Motu Cordis et Sanguinis in Animalibus

윌리엄 하비William Harvey

독일(1628년)

영국 왕 제임스 1세의 궁정 의사였던 윌리엄 하비(1578~1657)는 생리학에 대한 기념비적 작품 《동물의 심장과 혈액의 운동에 대한 해부학적 연구》를 라틴어로 썼다. 처음에는 프랑크푸르트에서 출간되어 매년 열리는 도서전에 소개되었고 영어판은 1653년에 나왔다. 총 17장으로 구성된 72쪽짜리 이 논문은 인간의 혈액이 몸 안의 단일 조직 안에서 순환한다는 하비의 획기적 발견을 정리한 것이다. 당시는 혈액이 흐르는 것이 아니라 두 개의 다른 조직 안에서 생성되었다가 흡수된다고 생각하던 때였다. 실험으로 하비는 심장에서 나온 혈액의 양이 흡수되기에는 너무 많다는 사실을 밝히고, 혈액이 폐쇄된 단일 조직 안에서 순환한다고 주장했다. 책에는 혈관 외에도 심장 구조가 자세히 묘사되어 있다. 사람들은 그의 발견을 믿지 않

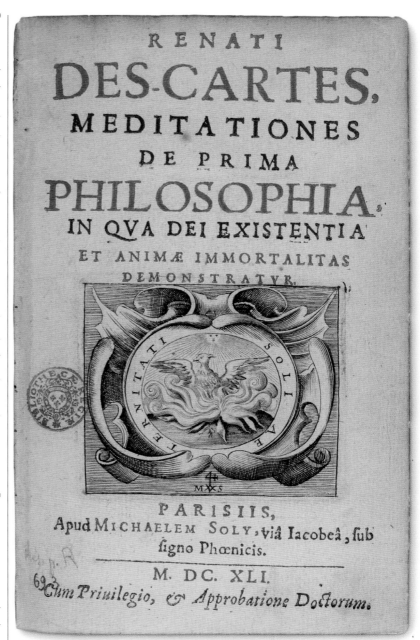

르네 데카르트의 《제1철학에 대한 숙고》 초판 속표지.

았지만, 그가 사망할 무렵에는 혈액이 순환한다는 이론이 결국 정론이 되었다. 하비의 이 책은 생리학 연구에 중요한 영향을 미쳤고, 결국에는 수혈도 가능해졌다.

▲ 제1철학에 대한 숙고
Meditationes de Prima Philosophia

르네 데카르트René Descartes

프랑스(1641년)

'신의 존재와 영혼의 불멸성에 대한 논증'이라는 부제가 있는 데카르트(1596~1650)의 저서 《제1철학에 대한 숙고》는 역사에 한 획을 긋는 철학서이다. 라틴어로 초판이 발간된 이 작품은 과학 발전이 교회의 가르침을 위협하고 있던 시기에 쓰였다. 그는 이 책에서 과학과 종교 사이의 간극을 메우려고 과학 이론의 철학적 근거를 제시했다. 이 과정에서 데카르트는 기존에 용인되던 아리스토텔레스 철학의 지혜를 버렸고, 결국 많은 사람들로부터 혁명적이라는 낙인이 찍혔다. 바티칸 당국은 그의 견해가 위험하다고 생각하여 1663년에 이 책을 금서 목록에 올렸다. 그럼에도 큰 인기를 누렸던 이 작품은 근대 서구 철학의 기초를 놓은 것으로 평가 받았고, 데카르트는 '근대 철학의 아버지'로 불리게 되었다.

1650~1899

CHAPTER 4

마이크로그라피아Micrographia

1665년 ▪ 인쇄 ▪ 30.3cm x 19.8cm ▪ 246쪽 ▪ 잉글랜드

크기

로버트 훅Robert Hooke

1665년에 발표한 로버트 훅의 선구적 작품

《마이크로그라피아》는 '현미경 연구'(현미경을 통해 미세한 물체를 관찰하는 것)와 관련하여 세계 최초로 나온 책이다.

훅은 현미경으로 곤충, 미생물, 무생물을 연구했고, 자신이 관찰한 것을 세밀하고 정확하게 기록했다. 그의 과학적 발견은 친구인 크리스토퍼 렌 경Sir Christopher Wren(1632~1723)의 도움으로 그린 놀라운 삽화들로 《마이크로그라피아》에 생생히 재현되어 있다. 어떤 것은 너무 커서 접어 넣어야 할 정도로 큰 동판화들은 이 책의 가장 주목할 만한 특징이다.

이 책 《마이크로그라피아》는 훅이 코르크나무 단면을 연구하면서 밝혀낸 식물 세포도 기록했다.

현미경이 발명되기 전에 과학자들은 자세하게 볼 수는 없었으므로, 식물 세포 발견의 기록은 과학 연구를 위한 새로운 초석이 되었다.

이 외에도 훅은 빛의 파동 이론과 먼 행성 관측 등 여러 분야를 다루었다. 《마이크로그라피아》는 전에는 결코 보이지 않던 미소微小 세계를 드러내는 과학적 관찰의 걸작이었으므로 대중에게 미친 영향은 막대했다. 위대한 일기 작가 새뮤얼 페피스Samuel Pepys(1633~1703)가 이 놀라운 삽화들에 경탄을 금치 못하며 밤을 꼬박 샐 때가 많았다는 기록도 있다.

이 책은 1660년 런던에서 창립된 영국 국립과학학술원인 왕립학회에서

처음으로 발매한 출판물로, 현장의 과학자들에게 현미경으로 들여다본 미지의 세계를 멋진 삽화로 소개하며 일약 베스트셀러가 되었다.

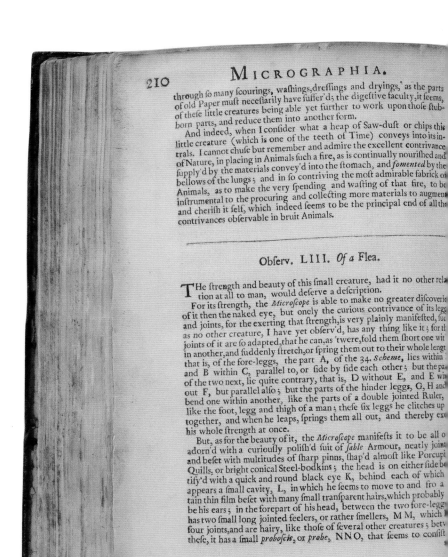

로버트 훅

1635~1703년

로버트 훅은 과학자, 건축가, 발명가, 자연철학자였다. 그는 여러 과학 분야에 중요한 공헌을 하였고 1660년에는 훅의 법칙으로도 잘 알려진 탄성의 법칙을 발견했다.

옥스퍼드의 크라이스트처치에서 과학을 공부한 훅은 런던에 정착하였다. 왕립학회의 창립 회원이었고, 1662년에는 실험실 관장이 되었다. 2년 뒤에는 런던 그레샴칼리지의 기하학 교수가 되었다. 훅의 관심 분야는 다양했다. 탄성에 대한 연구로 훅의 법칙을 도출해 냈고, 화석이 한때 살아 있던 생물이었음을 분명히 밝혀냈다. 천문학에 매료되어 망원경 축조를 돕기도 했던 그는 1666년 런던 대화재 이후에는 재건축을 총괄하기 위한 런던시 감독관에 크리스토퍼 렌 경과 함께 임명되었다. 훅이 감독한 건물 중에는 그리니치에 있는 왕립천문대와 베들레헴 왕립병원이 있다. 그는 유복하게 살다가 67세에 사망했다.

▼ **상세한 세부도** 벼룩을 확대해 그린 훅의 유명한 접지摺紙 동판화는 크기가 30cm × 46cm로서 책에 실린 삽화 중 가장 크다. 독자들은 작은 생물에는 익숙하지만 그것을 이 정도로 크게 그린 그림은 보지 못했으므로, 출간 즉시 사람들의 이목을 끌었다. 이처럼 작은 곤충을 확대해 제시함으로써 훅은 미시 세계의 가능성, 즉 매우 작은 생물의 구조를 더 세밀하게 연구할 수 있는 가능성이 있음을 각인시켰다. 당시에는 치명적인 흑사병을 비롯해 17세기 영국에서 만연한 여러 전염병의 일반적인 원인이 아주 작은 기생충이라는 사실을 아무도 알지 못했다.

현미경 덕분에
너무 작아서 연구하지 못할 것은
더 이상 없다.
이제 새로이 발견한
물질계가 있다.

로버트 훅, 《마이크로그라피아》.

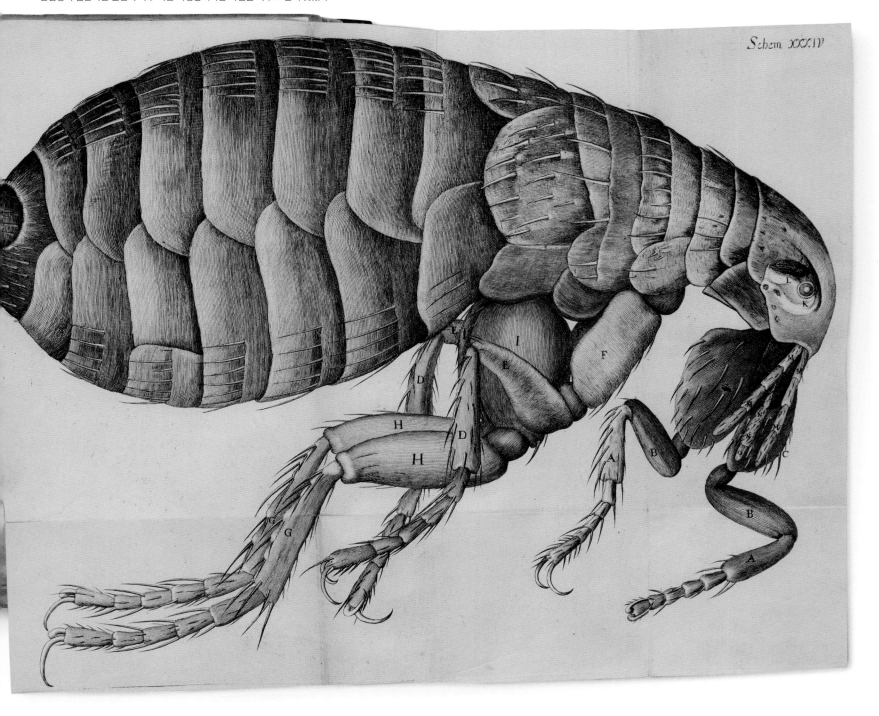

세부 내용

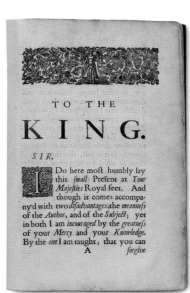

▲ **왕에게 바치는 헌사** 훅은 (그 무렵의 관례에
따라) 《마이크로그라피아》를 당시 군주인 찰스
2세Charles II(1630~1685)에게 헌정했다.
크리스토퍼 렌 경이 그린 현미경 속 곤충
그림들을 본 왕은 왕립학회와 접촉하여 현미경
연구에 대한 삽화 책을 만들라고 요청했다. 렌이
바빴던 까닭에 그 일을 맡게 된 훅은 책을 왕에게
헌정하였고, 이를 계기로 다른 귀족들로부터도
재정적 도움을 받을 기회가 많아졌다.

▶ **접지한 삽화들** 사람의 머리카락을
움켜쥐고 있는 이蝨를 표현한 세밀화가 가히
충격적이다. 이 그림은 책의 크기에 맞추느라
네 번이나 접었다. 이는 17세기 일상에서 흔히
볼 수 있는 생물이었지만, 이렇게 자세히 묘사된
적은 한 번도 없었다.

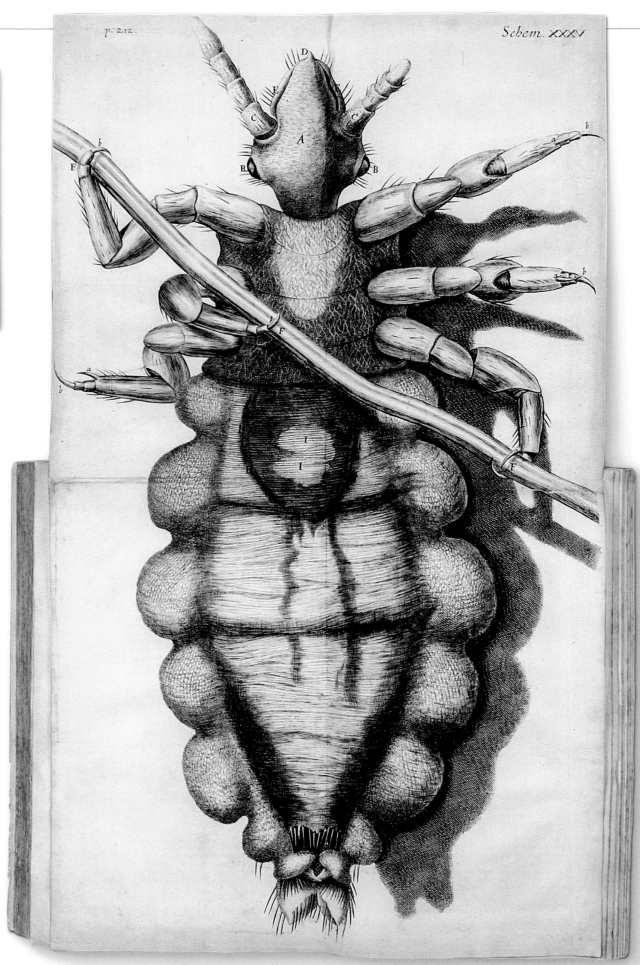

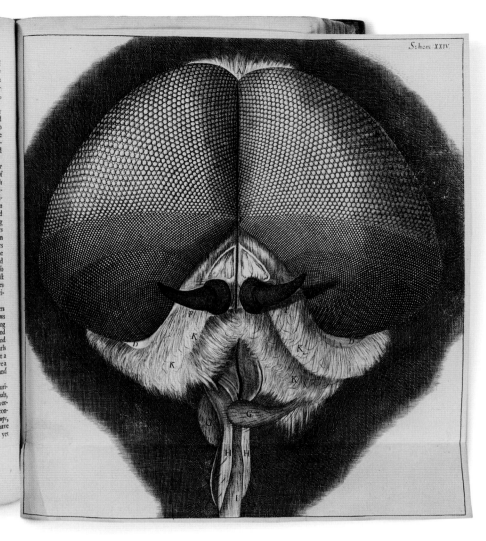

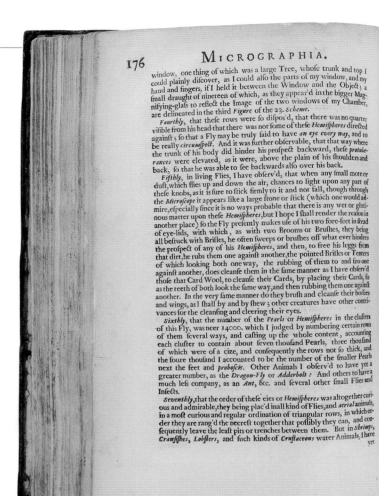

▲ **정교한 부식 동판술** '회색 꽃등에'의 머리를 그린 삽화는 훅의 관찰이 얼마나 꼼꼼한지 보여 준다. 훅은 정밀도를 높이려고 부식 동판술을 이용했다. 이 기법은 동판에 밀랍 등의 내산성 방식제를 입힌 뒤 금속 바늘로 형태를 새기면 그 선을 따라 밑의 금속이 노출된다. 그런 다음 판을 산성액에 담그면 노출된 금속 부위에 산성액이 통과하면서 이미지가 동판 위에 새겨진다. 그런 뒤 잉크를 묻혀 종이 위에 그림을 인쇄하면 된다.

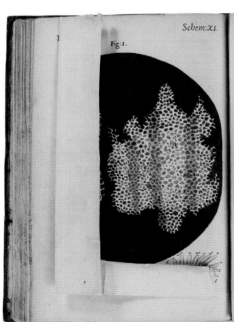

▲ **이미지 더하기** 책의 사본에 삽화들을 삽입하는 일은 한 부 한 부씩 수작업으로 진행했다. 먼저 삽화를 손으로 접은 다음 풀을 발라 페이지에 부착했다. 이 작업에 시간이 많이 소요된 탓에 책값이 상승했다. 훅은 《마이크로그라피아》에서 미모사 푸디카 잎사귀에 대한 연구를 그림으로 보여 주었다. 특이한 이 식물은 자극에 쉽게 반응하여 움츠러드는 것으로 보아 촉감에 '예민한' 것처럼 보인다.

자연철학의 수학적 원리
Philosophiæ Naturalis Principia Mathematica

1687년 ■ 인쇄 ■ 24.2cm x 20cm ■ 506쪽 ■ 영국

크기

아이작 뉴턴Issac Newton

온 시대를 통틀어 가장 영향력 있는 과학 저작 중 하나로 평가 받는 아이작 뉴턴(1643~1727)의 《자연철학의 수학적 원리》는 어찌 보면 학문적 논쟁에서 탄생했다고 볼 수 있다. 뉴턴의 세 가지 운동 법칙뿐 아니라 만유인력의 이론을 수학 용어로 풀어놓은 이 획기적 작품은 많은 반박을 받아 온 코페르니쿠스의 세계관(134페이지 참조)을 확실히 입증하며 논쟁에 종지부를 찍었다.

뉴턴이 이 책을 쓰게 된 계기는 1684년 행성 궤도의 특성을 두고 로버트 훅 (138페이지 참조)과 영국의 천문학자 에드먼드 핼리Edmund Halley(1656~1742) 사이에 벌어진 논쟁 때문이었다. 이 과정에서 훅은 자신의 주장을 입증하지 못한 채 이론만 제시했다. 핼리는 수학자이자 물리학자인 친구 뉴턴에게 자문을 구했고, 뉴턴은 이미 그 문제를 풀었다고 주장했다. 뉴턴은 석 달 뒤 핼리에게 짤막하게 쓴 〈물체의 운동에 대하여De motu corporum〉를 보낸 뒤, 이 문서를 계속 다듬어 일반 독자들이 이해할 수 있게 정리했다. 그러나 초고를 확장하여 완성한 《자연철학의 수학적 원리》 제1권을 1686년 왕립학회에 제출하자, 훅은 '중력gravity'이라고 불릴 그 개념은 자신이 생각해 낸 것이라고 주장했다. 그에 맞서 뉴턴은 제3권을 치밀한 논리로 무장한 수학적 저서로 발전시켰다. 핼리가 감독하고 왕립학회의 기금을 받은 이 작품은 출간되기까지 3년이 걸렸다. 《자연철학의 수학적 원리》는 과학계의 대걸작으로 250~400부 정도의 소량만 인쇄했음에도, 뉴턴에게 즉시 큰 명성을 안겨 주었다.

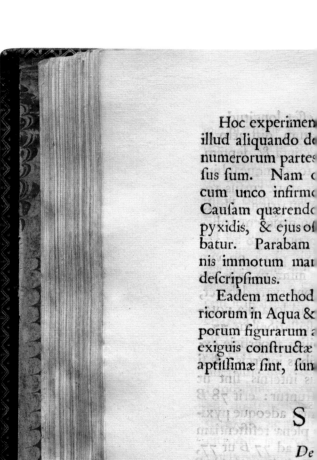

Hoc experimen
illud aliquando de
numerorum partes
sus sum. Nam c
cum unco infirm
Causam quærendo
pyxidis, & ejus of
batur. Parabam
nis immotum mar
descripsimus.

Eadem method
ricorum in Aqua &
porum figurarum a
exiguis constructæ
aptilimæ sint, sun

S

De

Pressio non propa
ubi particulæ Fluidi
Si jaceant partic
pressio directe pro
particula e urgebit
sitas f & g oblique,
non sustinebunt pre
ciantur a particuli
quatenus autem ful
ticulas fulcientes ; &

관련 문헌

독일 출신 천문학자 요하네스 케플러Johannes Kepler(1571~1630)가 1609년 행성의 운동을 설명하는 법칙을 발견했을 때 학자들은 궤도의 모양을 결정짓는 힘을 설명하려고 애썼다. 프랑스의 철학자 르네 데카르트는 1644년에 발표한 《철학의 원리 Principia Philosophiæ》에서 태양계의 물리적 작용에 대한 포괄적 설명을 제시하고자 했다. 다른 힘에 의해 틀어지지 않는 한, 물체의 움직임은 직선 그대로 유지된다는 그의 견해를 뉴턴은 제1운동 법칙으로 받아들였다. 그러나 뉴턴은 데카르트가 '소용돌이'라고 부른 입자 무리들에 의해 행성의 궤도가 유지된다고 주장한 부분에 대해서는 비판했다.

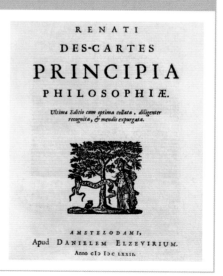

RENATI
DES-CARTES
PRINCIPIA
PHILOSOPHIÆ.

Ultima Editio cum optima collata , diligenter
recognita, & mendis expurgata.

AMSTELODAMI,
Apud DANIELEM ELZEVIRIUM.
Anno cIɔ Iɔc LXXII.

▶ **데카르트의 《철학의 원리》는** 형이상학, 철학, 물리학, 수학을 동원하여 우주에 대한 지식을 정리한 것이다.

뉴턴은 데카르트의 소용돌이 우주론을 비판하고 그것을
증명해 보임으로써 모든 난제들을 해결해 버렸다.

크리스티안 하위언스 Christaan Huygens. 《자연철학의 수학적 원리》에 대한 언급. 1688년.

▼ **상세한 도해** 뉴턴의 《자연철학의
수학적 원리》에는 그의 수학적 추론을
설명하는 도해가 곁들여져 있다. 제2권에
실린 이 페이지는 비스듬한 각도에 있던
입자들(왼쪽 페이지)이나 장애물(오른쪽
페이지)에 의해 바뀌지만 않는다면 물리적
힘은 직선으로 움직인다는 것을 보여 주고
있다.

354]

i memoriter. Nam charta, in qua
intercidit. Unde fractas quafdam
..oria exciderunt, omittere compul-
o tentare non vacat. Prima vice,
n, pyxis plena citius retardabatur,
..od uncus infirmus cedebat ponderi
s obfequendo in partes omnes flecte-
..m firmum, ut punctum fufpenfio-
..nc omnia ita evenerunt uti fupra

..imus refiftentiam corporum Sphæ-
..o, inveniri poteft refiftentia cor-
..fic Navium figuræ variæ in Typis
..nferri, ut quænam ad navigandum
..vis tentetur.

T. VIII.

Fluida propagato.

Theor. XXXI.

..luidum fecundum lineas rectas, nifi
.. jacent.

..d, e in linea recta, poteft quidem
..a ad e; at
..oblique po-
..læ illæ *f* & *g*
..tam, nifi ful-
..bus *h* & *k*;
..remunt par-
..fuftinebunt preffionem nifi fulcian-
tur

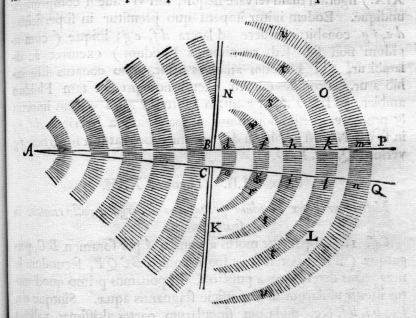

[355]

..tur ab ulterioribus *l* & *m* eafque premant, & fic deinceps in in-
finitum. Preffio igitur, quam primum propagatur ad particulas
quæ non in directum jacent, divaricare incipiet & oblique pro-
pagabitur in infinitum; & poftquam incipit oblique propagari, fi
inciderit in particulas ulteriores, quæ non in directum jacent, ite-
rum divaricabit; idque toties, quoties in particulas non accurate
in directum jacentes inciderit.　Q. E. D.

Corol. Si preffionis a dato puncto per Fluidum propagatæ pars
aliqua obftaculo intercipiatur, pars reliqua quæ non intercipi-
tur divaricabit in fpatia pone obftaculum.　Id quod fic etiam

demonftrari poteft.　A puncto *A* propagetur preffio quaqua-
verfum, idque fi fieri poteft fecundum lineas rectas, & obftacu-
lo *N B C K* perforato in *B C*, intercipiatur ea omnis, præter par-
tem Coniformem *A P Q*, quæ per foramen circulare *B C* tranfit.
Planis transverfis *d e, f g, h i* diftinguatur conus *A P Q* in frufta

X x 2　　　　&

자연의 체계Systema Naturae

1735년 ■ 인쇄 ■ 크기 미상 ■ 11쪽 ■ 네덜란드

카롤루스 린나이우스Carolus Linnaeus

판형은 크지만 겨우 11페이지에 불과한 소책자 《자연의 체계》는 스스로를 라틴명 카롤루스 린나이우스로 부른 스웨덴의 식물학자 칼 린네가 쓴 작품이다. 이 책에서 린네는 생물의 분류법을 발표했다.

이 책은 총 13판이 인쇄되었는데, 매번 내용이 증가하여 12판(린네 자신이 직접 감독한 마지막 판)에 이르러서는 2,400페이지로 늘어났다. 분류법은 매우 효율적인 것으로 입증되었고 오늘날에도 과학자들이 사용하고 있다.

책이 발간될 당시 다른 자연과학자들도 생명을 분류하려고 애쓰고 있었지만 린네의 계층적 분류법은 탁월할 만큼 단순하여 다른 분류법을 압도했다. 그는 자연계를 광물계·식물계·동물계의 세 가지 계界로 나누고, 생물은 문門·강綱·목目·과科·속屬·종種으로 분류하였다.

1735년 초판에서 린네는 거의 모든 식물이 동물과 똑같이 생식 기관과 번식 기관을 갖고 있으며, 이 생식 기관들은 구조 차이를 알기 쉬우므로 식물을 분류하는 데 활용할 수 있다고 주장했다. 린네는 꽃을 피우는 모든 식물을 수술(꽃가루를 만드는 남성 번식 기관)의 길이와 개수에 따라 23개 강으로 나누고, 다시 암술(배주를 만드는 여성 번식 기관)의 개수에 따라 목으로 하위 분류했다.

또한 모든 종에 라틴식 이명법二名法을 부여했다. 예를 들면, 그가 가장 좋아한 식물인 린나이아 보레알리스(린네풀)에서 보듯이 앞에는 속의 이름(린나이아)을, 뒤에는 종의 이름(보레알리스)을 적었다. 1735년 초판에서는 이러한 이명법을 오로지 식물에만 사용했지만, 이후 판에서는 동물로까지 확대했다. 생전에 린네는 8천 종에 달하는 식물뿐 아니라 많은 동물에도 이름을 붙였는데, 인간을 나타내는 과학 명칭인 호모 사피엔스Homo sapiens라는 용어를 만든 장본인이기도 하다.

카롤루스 린나이우스

1707~1778년

칼 린네는 오늘날 모든 과학자들이 생물에 붙이는 라틴식 이명법을 고안해 낸 스웨덴의 식물학자이다. '생물 분류학의 아버지'로 평가 받는 그는 생물과 환경의 관계와 생태학 연구의 선구자이기도 하다.

칼 린네는 남부 스웨덴 스텐브로훌트에서 성직자의 아들로 태어났다. 열성적인 원예가이기도 했던 아버지로부터 식물에 대한 지식을 배웠다. 교육 과정에 식물·광물·동물 약제법도 포함시킨 웁살라대학에서 의학 공부를 시작했지만 학위는 네덜란드에서 마쳤다. 네덜란드에 있는 동안 린네는 1735년 《자연의 체계》로 발표한 생식 기관에 따른 식물 분류법을 구상했다. 1738년 스웨덴으로 돌아와 의업에 종사하다 1741년 웁살라대학의 식물학 교수가 되었다. 웁살라대학에 재직하는 동안 전 세계로 파견한 제자들이 보내온 표본으로 식물원을 세웠다. 린네는 《식물의 종Species Plantarum》(1753)을 비롯하여 자신이 고안한 분류법을 활용한 다른 책들도 펴냈다. 1757년 기사 작위를 받으면서 칼 폰 린네라는 이름을 썼다. 1778년 웁살라에서 사망했고, 시의 대성당에 묻혔다.

> 사물은 체계적으로 분류하고
> 적절한 이름을 부여함으로써 식별할 수 있다. … 그것이 바로
> 우리 학문의 기초이다.

칼 폰 린네, 《자연의 체계》.

LINNÆI REGNUM ANIMALE.

III. AMPHIBIA
Corpus nudum, vel squamosum. Dentes molares nulli: reliqui semper. Pinnæ nullæ.

SERPENTIA.

Testudo.	Corpus quadrupedum, caudatum, tecta munitum.
Rana.	Corpus quadrupedum, cauda destitutum, squamis carens.
Lacerta.	Corpus quadrupedum, caudatum, squamosum.
Anguis.	Corpus apodum, teres, squamosum.

Amphibiorum Classem ulterius continuare noluit benignitas Creatoris; Ea enim si tot Generibus, quot reliquæ Animalium Classes comprehendunt, gauderet; vel si vera essent quæ de Draconibus, Basiliscis, ac ejusmodi monstris exfigiarographi fabulantur, certe humanum genus terram inhabitare vix posset.

PARADOXA

Hydra corpore anguino, pedibus duobus, collis septem, & totidem capitibus, alarum expers, asservatur Hamburgi, similitudinem referens Hydræ Apocalypticæ a S. Joanne Cap. XII. & XIII. descriptæ...

IV. PISCES.
Corpus apodum, pinnis veris instructum, nudum, vel squamosum.

PLAGIURI. **CHONDROPTERYGII, BRANCHIOSTEGI.** **ACANTHOPTERYGII.** **MALACOPTERYGII.**

Thrichechus.
Catodon.
Monodon.
Balæna.
Delphinus.
Raja.
Squalus.
Acipenser.
Petromyzon.
Lophius.
Cyclopterus.
Ostracion.
Balistes.
Gasterosteus.
Zeus.
Cottus.
Trigla.
Trachinus.
Perca.
Sparus.
Labrus.
Mugil.
Scomber.
Xiphias.
Gobius.
Gymnotus.
Muræna.
Blennius.
Gadus.
Pleuronectes.
Ammodytes.
Coryphæna.
Echeneis.
Esox.
Salmo.
Osmerus.
Coregonus.
Clupea.
Cyprinus.
Cobitis.
Syngnathus.

V. INSECTA.
Corpus crusta ossea cutis loco tectum. Caput antennis instructum.

COLEOPTERA. **HEMIPTERA.** **ANGIOPTERA.** **APTERA.**

Blatta.	Gryllus.	Pediculus.
Dytiscus.	Lampyris.	Pulex.
Meloe.	Formica.	Monoculus.
Forficula.	Cimex.	Acarus.
Notopeda.	Notonecta.	Araneus.
Mordella.	Nepa.	Cancer.
Curculio.	Scorpio.	Oniscus.
Baceros.	Papilio.	Scolopendra.
Lucanus.	Libellula.	
Scarabæus.	Ephemera.	
Dermestes.	Hemerobius.	
Cassida.	Panorpa.	
Chrysomela.	Raphidia.	
Coccionella.	Apis.	
Gyrinus.	Ichneumon.	
Necydalis.	Musca.	
Attalabus.		
Cantharis.		
Carabus.		
Cicindela.		
Leptura.		
Cerambyx.		
Buprestis.		

VI. VERMES.
Corporis Musculi ab una parte basi cuidam solidæ affixi.

REPTILIA. **TESTACEA.** **ZOOPHYTA.**

Gordius.
Tænia.
Lumbricus.
Hirudo.
Limax.
Cochlea.
Nautilus.
Cypræa.
Haliotis.
Patella.
Dentalium.
Concha.
Lepas.
Tethys.
Echinus.
Asterias.
Medusa.
Sepia.
Microcosmus.

▲ **분류표** 게오르크 에흐레트Georg Ehret가 그린 이 대형 도표에서 린네는 동물계를 네발짐승, 조류, 양서류(파충류 포함), 어류, 곤충, 벌레의 여섯 강으로 나누었다. 또한 유니콘과 피닉스가 포함된 신화 속 동물들인 파라독사 강을 추가했다. 강은 추가로 분류되었는데, 예를 들면 네발짐승은 인간처럼 생긴 영장류와 개, 고양이, 곰 등과 같은 야생동물로 나누었다. 10판에서 린네는 아리스토텔레스의 용어를 받아들여 네발짐승을 포유류로 바꾸었다.

백과전서L'Encyclopédie......
des Sciences, des Arts et des Metiers

1751~1772년 ■ 인쇄 ■ 26.5cm x 39.5cm ■ 28권, 텍스트 18,000쪽 ■ 프랑스

크기

드니 디드로Denis Diderot와 장 달랑베르Jean D'Alembert 편집

《백과전서》만큼 세상에 심오한 영향을 끼친 책은 없다. 인간의 지식을 최초로 완벽하게 정리한 이 방대한 작품은 미래가 인류애와 이성에 달려 있다는 계몽주의 사상으로 사람들을 이끄는 데 출간 목적이 있었다.

이 작품은 처음에는 1728년 영국의 에프라임 체임버스Ephraim Chambers가 쓴 획기적 작품 《백과사전Cyclopaedia》의 프랑스어 번역본으로 시작되었다. 그러나 드니 디드로와 수학자인 장 달랑베르(1717~1783)가 편집을 맡으면서 볼테르Voltaire(1694~1778)와 장 자크 루소 Jean-Jacques Rousseau(211페이지 참조) 같은 당대의 위대한 사상가가 포진한 저술가 150여 명이 집필에 참여하는 방대한 작품으로 확대되었다. 《백과전서》에서 디드로와 달랑베르는 세상에 대해 알려진 모든 것을 한데 모은 뒤 그 정보들을 〈기억〉·〈이성〉·〈상상〉의 세 범주로 나누었다. 이로써 너무 방대하거나 또는 너무 소소해서 실을 수 없는 주제도 없었고, 그 결과 '절대군주제'와 '무관용' 같은 큰 개념은 물론 '잼 만들기' 같은 일상적 집안일도 다룰 수 있었다.

《백과전서》의 민주주의적 메시지는 탐욕스럽게 지식을 독점하고, 누군가는 타인을 통치할 권리를 갖고 있다는 사상을 옹호한 가톨릭교회 예수회에 의도적으로 도전했다. 그러나 검열관과의 마찰을 피하려고 교회와 국가에 대한 비판은 눈에 띄지 않는 항목 안에 숨겨 놓았다. 그럼에도 1759년 루이 15세Louis XV(1710~1774)가 금서로 지정했으므로 집필진은 숨어서 글을 쓰고, 디드로는 도판집(백과전서에 삽입된 도판만으로 이루어진 책으로 금서로 지정되지 않았다)만 인쇄하라고 의뢰할 수밖에 없었다. 그 뒤에도 디드로는 작업을 계속 총지휘하여, 1772년에는 총 7만 2천 항목과 삽화 3천 점이 실린 28권을 완결했다.

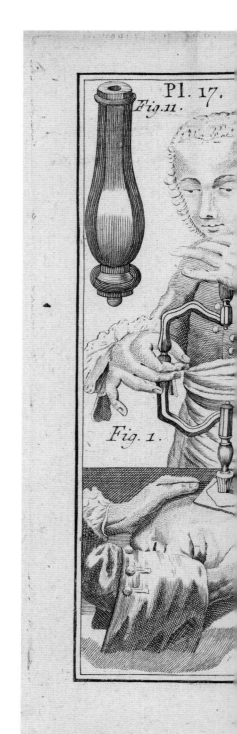

드니 디드로

1713~1784년

드니 디드로는 프랑스 철학자이자 18세기의 위대한 작가 가운데 한 사람이다. 《백과전서》를 편찬하는 데 일생을 바쳤다.

칼(刀) 제작공의 아들 디드로는 예수회에서 교육을 받고 사제가 되라는 부모의 뜻과 달리 《운명론자 자크Jaques the Fatalist》 같은 희곡과 소설을 썼다. 정치적 견해 때문에 핍박을 받다가 1749년에는 《맹인서간Letter on the Blind》에서 종교를 공격했다는 이유로 투옥되었다. 《백과전서》를 제작하여 근대 사상의 형성가라는 명성을 얻었다. 디드로의 곤궁한 처지를 전해들은 러시아의 대제 예카테리나 2세가 그를 1773년 상트페테르부르크로 초청하여 둘은 깊은 대화를 나누었다. 말년에 병에 걸려 여제가 마련해 준 파리의 호화 아파트에서 숨을 거두었다.

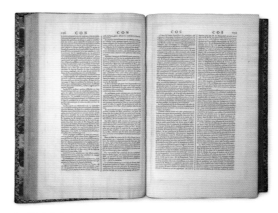

▲ 검열의 흔적 미국의 수집가 더글러스 고든Douglas Gordon은 이 독특한 '제18권'을 1933년에 구입했다. 그는 검열 흔적이 있는 항목의 교정쇄에 관심을 가졌는데, 그중 46개 항목은 디드로가 쓴 것이었다. 이 책의 전 소장자는 《백과전서》의 출판인 앙드레 르 브르통André Le Breton인 것으로 추정한다.

《백과전서》의 목적은
지구상에 흩어져 있는 지식들을 모두 모아 …
후손들이 더 많은 것을 깨우쳐
좀 더 고결하고 행복하게 살도록 하는 데
있다.

드니 디드로, 《백과전서》 5권 '백과전서' 정의.

▼ **지식의 범주**　《백과전서》는 지식을 세 가지
주요한 범주, 즉 〈기억〉·〈이성〉·〈상상〉으로 나누었다.
〈기억〉은 역사를 다루는 데 반해, 〈이성〉은 철학에,
〈상상〉은 시에 집중한다. 〈이성〉은 다시 물리학, 수학,
논리학으로 나누고, 나아가 내과의학과 외과의학을
포함시켜 분류하였다. 아래 사진은 외과 수술 도구들,
그리고 환자의 두개골을 뚫고 있는 외과의를 보여
주고 있다.

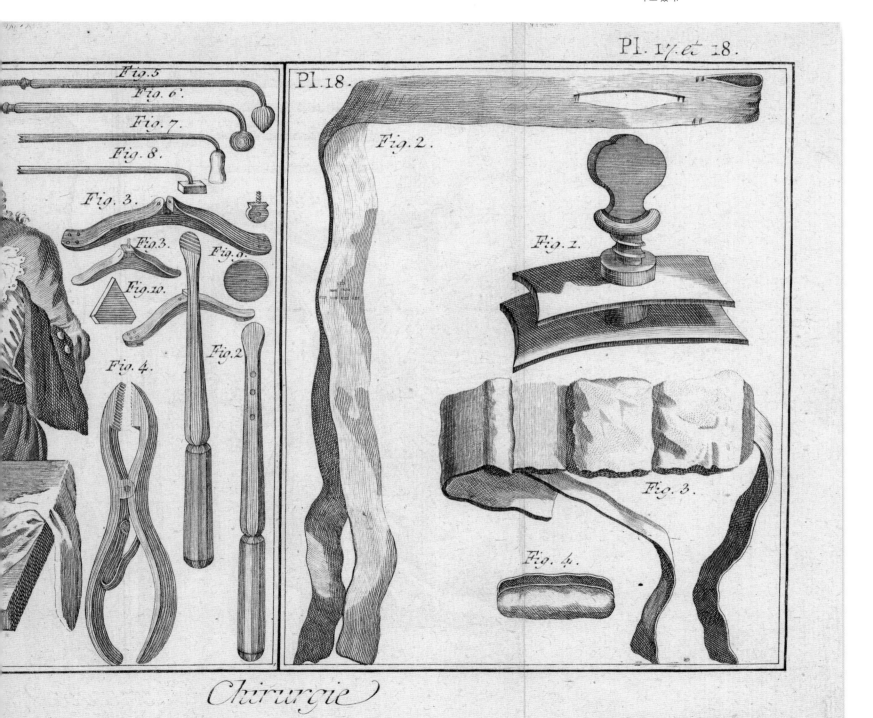

Chirurgie

세부 내용

◀ 계몽주의 정신이 반영된 삽화 《백과전서》의 권두 삽화는 프랑스의 판화가 샤를 니콜라 코솅Charles-Nicolas Cochin(1715~1790)이 1764년에 그렸는데, 책에서 지식의 범주를 나누는 방식을 형상화했다. 한가운데에는 진리를 의인화한 인물을 배치했고, 상상과 이성은 그 옆에 배치하였으며, 기억, 기하학, 시를 의인화한 인물들은 아래에 두었다. 계몽주의는 미신과 편견보다 진리가 우월하다고 선포했는데, 바로 이 부분이 교회에 커다란 도전을 제기한 셈이 되었다. 의미심장하게도, 이 그림은 베일을 쓴 진리가 그 위에 있는 이성과 철학으로부터 빛을 받고 있는 반면, 신학은 그저 진리의 하녀들 가운데 하나라는 것을 보여 주고 있다. 디드로는 이 그림을 "매우 독창적으로 구성된 작품"이라고 평가했다.

▼ 직업을 묘사한 그림들 〈기억〉 부문의 불꽃 표제에 실린 이 삽화들은 《백과전서》의 전형적 형식을 보여 주고 있다. 윗부분에는 장인의 작업장 장면이 묘사되어 있으며, 아랫부분에는 일에 쓰이는 작업 도구들을 열거해 놓았다. 편집자들은 직업을 생생하게 소개하기 위해 작업장을 실제로 방문했다고 주장했지만, 이 장면은 작업장의 혼란스러운 실제 모습과는 달리 깨끗하고 평온하게 묘사되어 있다.

▼ 정교한 삽화들 도판집 11권은 독자들이 정보를 용이하게 얻게 하려고, 총 17권으로 이루어진 본서의 항목을 보충하는 그림과 해설로 구성된 확장판이다. 〈상상〉 부문에 나오는 아래의 도판은 평면도와 해당 분류 번호를 활용하여 오케스트라 악기를 구성하는 이상적 편성을 보여 준다. 음악 관련 항목을 간단히 요약하기 위해 편집자는 독자들이 이해할 수 있게 악보 삽화를 넣어야 했다.

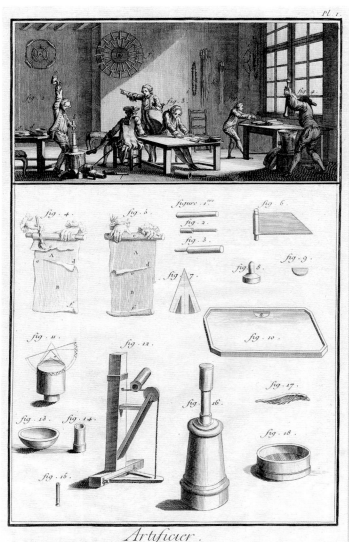

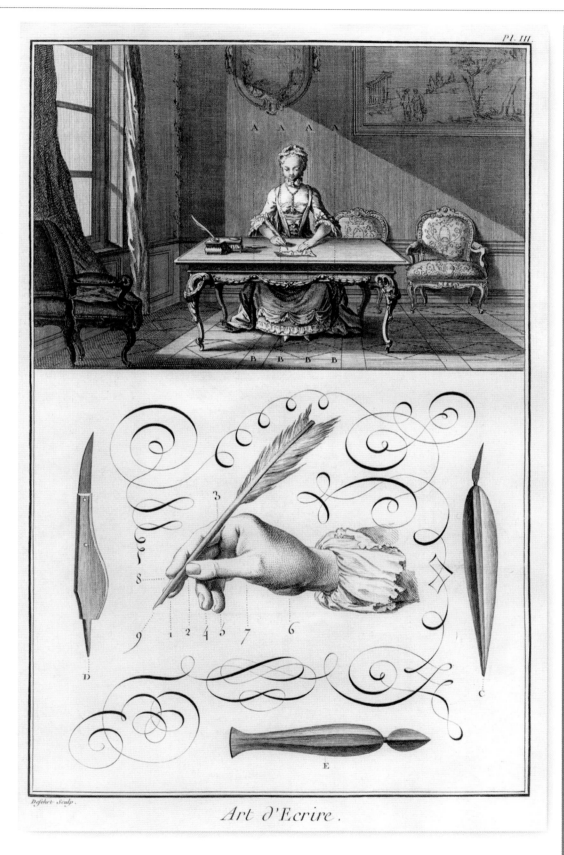

Art d'Ecrire.

▲ **도판 디자인** '젊은 숙녀의 필기 자세'를 묘사하고 있는 〈이성〉
부문의 이 도판은 직업을 묘사한 도판과 같은 방식을 따르고 있다.
《백과전서》에 직접 글을 쓴 루이 자크 구시에Louis-Jacques Goussier가
디자인한 도판만 900개가 넘는다. 대부분 항목을 먼저 쓰고 도판은
이후에 그렸다.

관련 문헌

《브리태니커 백과사전Encyclopaedia Britannica》을
흔히 세계에서 가장 오래된 사전으로 여기고 있지만, 실제
로는 에프라임 체임버스의《백과사전》보다 40년이나 늦
게 나왔다. 체임버스의《백과사전》은 1728년에 출간되어
디드로의《백과전서》에 마중물 역할을 했다. 1768년《브
리태니커 백과사전》초판이 발간되었을 당시《백과전서》
는 완결되지 못한 채 작업이 계속되고 있었다. 그러나 체
임버스의《백과사전》은 1740년 체임버스 사후 예외적으
로 1778년에 한 차례 재발행되고 더 이상 지속되지 못한
데 반해,《브리태니커 백과사전》은 오늘날까지도 계속 발
행되고 있는 가장 오래된 영어 백과사전이다.

《브리태니커 백과사전》은 계몽주의 운동에서 중요한 역
할을 한 스코틀랜드 에든버러 출신 인쇄업자 콜린 맥파커
Collin Macfarquhar와 조판공 앤드루 벨Andrew Bell
의 창의적 역작이다. 초판은 두툼한 소책자로 제작되었는
데, 독자들이 구독료를 지급하고 받아 보았다. 매주 발행
되던 주간호들을 A~B, C~L, M~Z 세 권으로 묶어 펴냈다.
텍스트 편집을 맡은 젊은 학자 윌리엄 스멜리William
Smellie는 정보를 얻는 데 당대의 위대한 사상가들을 활
용했다. 초판은 대단한 성공을 거두었고 1783년이 되자
벌써 2판을 찍으라는 요구가 쇄도했다.

《브리태니커 백과사전》은 계속 증보하여 15판을 정식 발
간했고, 19세기가 끝나갈 무렵에는 어느 주제든 이 사전
이 절대 권위를 갖고 있다고 생각할 만큼 위상이 높아졌
다. 1933년부터《브리태니커 백과사전》은 모든 항목을
정기적으로 수정·보완하는 '지속적 개정' 정책을 취했다.
2010년의 마지막 인쇄본은 총 32권에 달했는데, 지금은
디지털 형식으로만 제작되고 있다.

▲ **이 페이지들은** 1800년대 말에 나온《브리태니커 백과사전》
초판에 수록된 것들이다. 당시는 각 분야의 권위자들이 집필한
덕분에《브리태니커 백과사전》의 평판은 절정에 달했다. 제임스
클러크 맥스웰James Clerk Maxwell과 토머스 헉슬리Thomas
Huxley가 과학에 대해 쓴 항목들도 있다.

영어 사전A Dictionary of the English Language

1755년 ■ 인쇄 ■ 43.2cm x 30.5cm ■ 2,300쪽 ■ 영국

크기

새뮤얼 존슨Samuel Johnsonn

1755년 4월에 발간된 새뮤얼 존슨의 두 권짜리《영어 사전》은 영국 문헌 역사상 최고의 역작이라고 할 만하다. 표준 영어 사전을 만들려는 런던의 출판계와 서점계의 주도로 시작된 이 책은 점차 증가하는 식자층의 요구에 부응하기 위해 철자와 용법의 표준을 합의하였다.

당대의 과학적 발견만큼이나 엄밀하게 언어를 정의하고 해석하겠다는 목적을 띤 이 야심찬 계획은 계몽주의와 이성의 시대적 요구, 즉 급속하게 팽창하는 지식의 세계를 체계적으로 정리해야 할 필요성과 맞아 떨어졌다. 그 결과 출간된 이 책은 존슨 혼자서 오롯이 이루어 낸 불후의 업적이 되었다.

《영어 사전》은 저자의 놀라운 해박함을 과시하며 사전 편찬의 기준을 새로이 정립했다. 이 책은 사전의 배열법과 그 이유를 밝히고, 낱말의 어원을 설명하며, 정확한 의미를 정의했다. 게다가 정의를 설명하는 데 총 114,000건이 넘는 방대한 인용문을 예시했다. 셰익스피어, 존 밀턴John Milton, 존 드라이든John Dryder, 알렉산더 포프Alexander Pope 등 주로 존슨이 존경한 작가들의 문장을 인용했다. 그의 표현을 빌리면 이들은 문학이야말로 영국의 '가장 큰 자랑거리'라고 굳건히 믿게 만든 작가들이었다.

이 사전은 제작하는 데 9년밖에 걸리지 않았지만 매우 꼼꼼하고 광범위하며 정확하다. 그 결과 170년 넘게 가장 권위 있고 유일한 영어 사전의 위상을 지켜 왔으며, 1928년에 이르러서야 열 권으로 된《옥스퍼드 영어 사전The Oxford English Dictionary》에게 그 자리를 넘겨 주었다.

새뮤얼 존슨

1709~1784년

새뮤얼 존슨(흔히 존슨 박사라고 불린다)은 영국 작가이자 비평가로, 역사에 한 획을 그은 작품《영어 사전》으로 18세기 가장 위대한 인물 가운데 한 사람이 되었다.

존슨은 보잘것없는 신분 출신이었다. 잉글랜드의 소도시인 리치필드에서 가난한 서점상의 아들로 태어났고 어려서부터 병약했다. 중등교육을 받은 뒤 1778년 옥스퍼드대학교에 진학했지만 학비가 부족해 중도에 그만둘 수밖에 없었다. 먹고 살기 위해 런던에서 기자 생활을 했고, 20대 중반에 25살 연상의 여인과 결혼했다. 여러 번 파산 직전까지 갔으므로 그의 가능성은 어두워 보였지만 재능만은 확실했다. 자기 글과 다른 이들의 글을 이해하는 능력이 뛰어나 탁월한 저술 능력을 갖추고 있었다. 점차 필력으로 명성을 쌓았고 결국에는《영어 사전》집필을 의뢰받기에 이르렀다. 이러한 만만치 않은 도전으로 그는 런던 문필계에서 인기 작가의 반열에 올랐다.《영어 사전》을 성공적으로 마무리했다는 점 외에도, 존슨의 특별한 업적은 풍부한 느낌을 갖춘 개성을 사전에 불어 넣었다는 점에 있다. 1784년 웨스트민스터 사원에 안장된 존슨은 영국 문학계의 거목으로 우뚝 섰다.

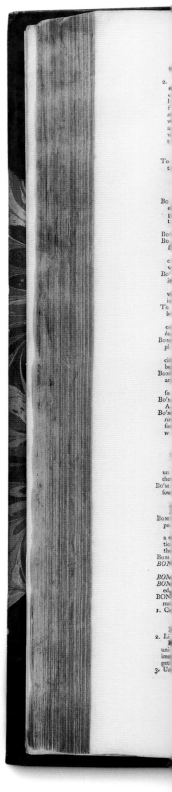

◀ **묵직한 대작** 두 권으로 나누어 출간된《영어 사전》은 내용 못지않게 크기도 주목할 만하다. 학식으로 일군 놀라운 성과물이기도 한 이 사전은 역사상 가장 유명한 사전 중 하나가 되었다.

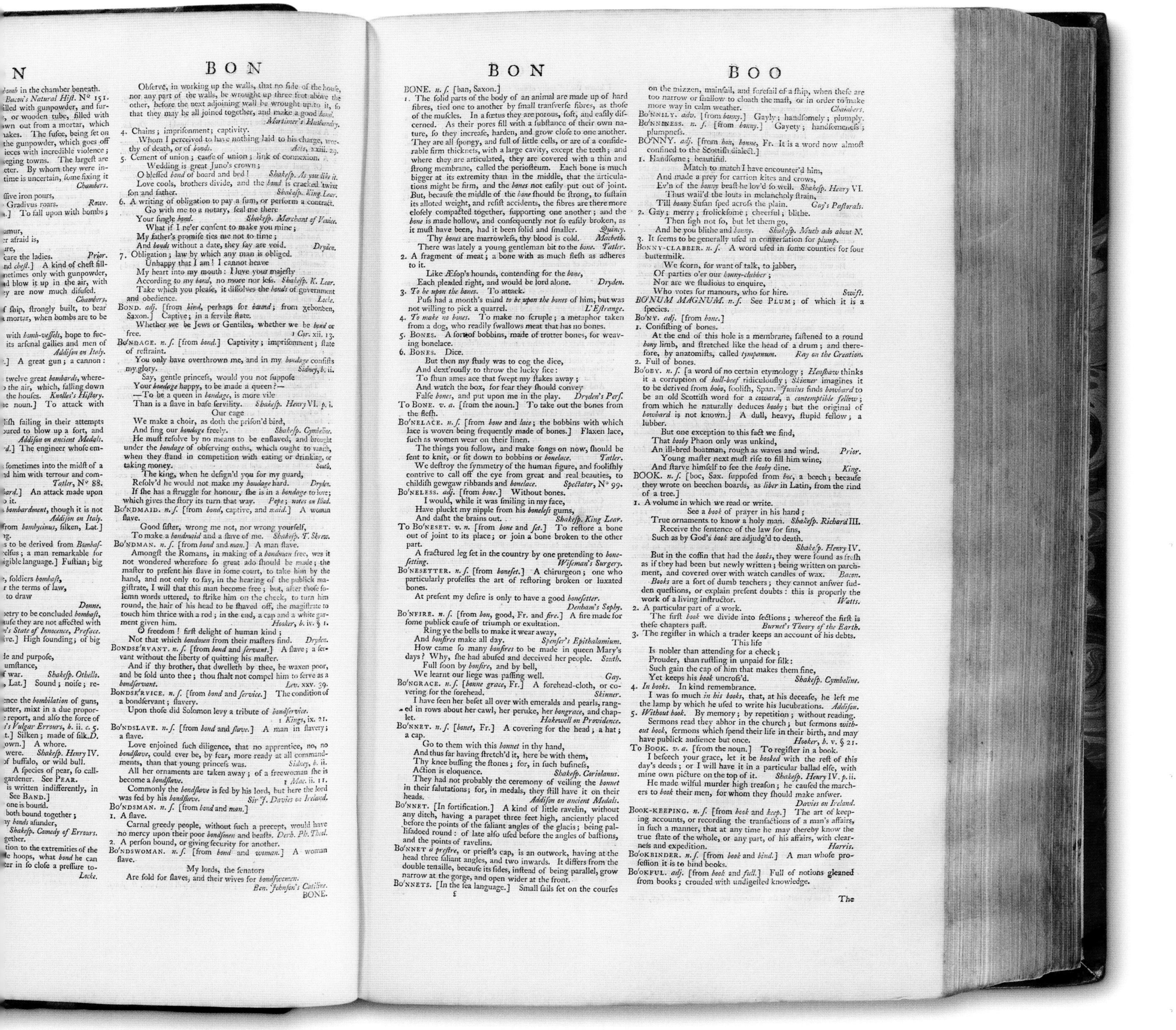

BON · BON · BOO

[Column 1 — partial, cut off at left edge]

...bomb in the chamber beneath.
Bacon's Natural Hift. N° 151.
...illed with gunpowder, and fur-
... or wooden tube, filled with
... own out from a mortar, which
...akes. The fufee, being fet on
...the gunpowder, which goes off
...ieces with incredible violence;
...ieging towns. The largeft are
...eter. By whom they were in-
...time is uncertain, fome fixing it
                    Chambers.
...five iron pours,   *Rowe.*
... *Gradivus* roars.
...] To fall upon with bombs.

...care the ladies.   *Prior.*
...nd cheft.] A kind of cheft fill-
...netimes only with gunpowder,
...d blow it up in the air, with
...y are now much difufed.
                    Chambers.
...f fhip, ftrongly built, to bear
...a mortar, when bombs are to be

...with bomb-veffels, hope to fuc-
...arfenal gallies and men of
...   *Addifon on Italy.*
...] A great gun; a cannon:

...twelve great bombards, where-
...the air, which, falling down
...the houfes. *Knolles's Hiftory.*
...noun.] To attack with

...lifh failing in their attempts
...oured to blow up a fort, and
...   *Addifon on ancient Medals.*
...he engineer whofe em-

...fometimes into the midft of a
...nd him with terrour and com-
...   *Tatler,* N° 88.
...ard.] An attack made upon

...bombardment, though it is not
...from *bombycinus,* filken, Lat.]
...es to be derived from *Bambaf-*
...celfus; a man remarkable for
...igible language.] Fuftian; big

...etry to be concluded bombaft,
...ufe they are not affected with
...'s *State of Innocence,* Preface.
...ive.] High founding; of big

...and purpofe,
...umftance,
...e.   *Shakefp. Othello.*
...Lat.] Sound; noife; re-

...the bomilation of guns,
...utter, mixt in a due propor-
...report, and alfo the force of
...'s *Vulgar Errours,* b. ii. c. 5.
...t.] Silken; made of filk. D.
...own.] A whore.
...were.   *Shakefp. Henry IV.*
...of buffalo, or wild bull.
...A fpecies of pear, fo call-
...gardener. See PEAR.
...written indifferently, in
...   See BAND.
...one is bourid.
...both bound together;
...y bonds afunder,
...   *Shakefp. Comedy of Errours.*
...gether.
...the extremities of the
...e hoops, what bond he can
...er in fo clofe a preffure to-
...   *Locke.*

[Column 2 — BON]

Obferve, in working up the walls, that no fide of the houfe, nor any part of the walls, be wrought up three feet above the other, before the next adjoining wall be wrought up to it, fo that they may be beft joined together, and make a good bond. *Mortimer's Hufbandry.*

4. Chains; imprifonment; captivity.
Whom I perceived to have nothing laid to his charge, worthy of death, or of bonds.   *Acts,* xxiii. 29.

5. Cement of union; caufe of union; link of connexion.
Wedding is great Juno's crown,
O bleffed bond of board and bed! *Shakefp. As you like it.*
Love cools, brothers divide, and the band is cracked 'twixt fon and father.   *Shakefp. King Lear.*

6. A writing of obligation to pay a fum, or perform a contract.
Go with me to a notary, feal me there
Your fingle bond.   *Shakefp. Merchant of Venice.*
What if I ne'er confent to make you mine!
My father's promife ties me not to time;
And bonds without a date, they fay are void.   *Dryden.*

7. Obligation; law by which any man is obliged.
Unhappy that I am! I cannot heave
My heart into my mouth: I love your majefty
According to my bond, no more nor lefs. *Shakefp. K. Lear.*
Take which you pleafe, it diffolves the bonds of government and obedience.   *Locke.*

BOND. adj. [from bind, perhaps for bound; from gebonden, Saxon.] Captive; in a fervile ftate.
Whether we be Jews or Gentiles, whether we be bond or free.   I Cor. xii. 13.

BO'NDAGE. n.f. [from bond.] Captivity; imprifonment; ftate of reftraint.
You only have overthrown me, and in my bondage confifts my glory.   *Sidney,* b. ii.
Say, gentle princefs, would you not fuppofe
Your bondage happy, to be made a queen?—
—To be a queen in bondage, is more
Than is a flave in bafe fervility.   *Shakefp. Henry VI.* p. i.
Our cage
We make a choir, as doth the prifon'd bird,
And fing our bondage freely.   *Shakefp. Cymbeline.*
He muft refolve by no means to be enflaved, and brought under the bondage of obferving oaths, which ought to vanifh, when they ftand in competition with eating or drinking, or taking money.   *South.*
The king, when he defign'd you for my guard,
Refolv'd he would not make my bondage hard.   *Dryden.*
If fhe has a ftruggle for honour, fhe is in a bondage to love; which gives the ftory its turn that way.   *Pope's notes on Iliad.*

BO'NDMAID. n.f. [from bond, captive, and maid.] A woman flave.
Good fifter, wrong me not, nor wrong yourfelf,
To make a bondmaid and a flave of me.   *Shakefp. T. Shrew.*

BO'NDMAN. n.f. [from bond and man.] A man flave.
Amongft the Romans, in making of a bondman free, was it not wondered wherefore fo great alfo fhould be made; the mafter to prefent his flave in fome court, to take him by the hand, and not only to fay, in the hearing of the publick magiftrate, I will that this man become free; but, after thofe folemn words uttered, to ftrike him on the cheek, to turn him round, the hair of his head to be fhaved off, the magiftrate to touch him thrice with a rod; in the end, a cap and a white garment given him.   *Hooker,* b. iv. § 1.
O freedom! firft delight of human kind,
Not that which bondmen from their mafters find.   *Dryden.*

BONDSE'RVANT. n.f. [from bond and fervant.] A flave; a fervant without the liberty of quitting his mafter.
And if thy brother, that dwelleth by thee, be waxen poor, and be fold unto thee; thou fhalt not compel him to ferve as a bondfervant.   Lev. xxv. 39.

BO'NDSERVICE. n.f. [from bond and fervice.] The condition of a bondfervant; flavery.
How did Solomon levy a tribute of bondfervice.
                    I Kings, ix. 21.

BO'NDSLAVE. n.f. [from bond and flave.] A man in flavery.
Love enjoined fuch diligence, that no apprentice, no, no bondflave, could ever be, by fear, more ready at all commandments, than that young princefs was.   *Sidney,* b. ii.
All her ornaments are taken away; of a freewoman fhe is become a bondflave.   I Mac. ii. 11.
Commonly the bondflave is fed by his lord, but here the lord was fed by his bondflave.   *Sir J. Davies on Ireland.*

BO'NDSMAN. n.f. [from bond and man.]
1. A flave.
Carnal greedy people, without fuch a precept, would have no mercy upon their poor bondfmen and heads. *Derb. Ph. Left.*
2. A perfon bound, or giving fecurity for another.

BO'NDSWOMAN. n.f. [from bond and woman.] A woman flave.
My lords, the fenators
Are fold for flaves, and their wives for bondfwomen.
                    Ben. Johnfon's Catiline.
                              BONE.

[Column 3 — BON]

BONE. n.f. [ban, Saxon.]
1. The folid parts of the body of an animal are made up of hard fibres, tied one to another by fmall tranfverfe fibres, as thofe of the mufcles. In a fætus they are porous, foft, and eafily difcerned. As their pores fill with a fubftance of their own nature, fo they increafe, harden, and grow clofe to one another. They are all fpongy, and full of little cells, or are of a confiderable firm thicknefs, with a large cavity, except the teeth; and where they are articulated, they are covered with a thin and ftrong membrane, called the periofteum. Each bone is much bigger at its extremity than in the middle, that the articulations might be firm, and the bones not eafily put out of joint. But, becaufe the middle of the bone fhould be ftrong, to fuftain its allotted weight, and refift accidents, the fibres are more clofely compacted together, fupporting one another; and the bone is made hollow, and confequently not fo eafily broken, as it muft have been, had it been folid and fmaller.   *Quincy.*
Thy bones are marrowlefs, thy blood is cold.   *Macbeth.*
There was lately a young gentleman bit to the bone.   *Tatler.*

2. A fragment of meat; a bone with as much flefh as adheres to it.
Like Æfop's hounds, contending for the bone,
Each pleaded right, and would be lord alone.   *Dryden.*

3. To be upon the bones. To attack.
Pufh had a month's mind to be upon the bones of him, but was not willing to pick a quarrel.   *L'Eftrange.*

4. To make no bones. To make no fcruple; a metaphor taken from a dog, who readily fwallows meat that has no bones.

5. BONES. A fort of bobbins, made of trotter bones, for weaving bonelace.

6. BONES. Dice.
But then my ftudy was to cog the dice,
And dext'roufly to throw the lucky fice:
To fhun ames ace that fwept my ftakes away;
And watch the box, for fear they fhould convey
Falfe bones, and put upon me in the play.   *Dryden's Perf.*

To BONE. v.a. [from the noun.] To take out the bones from the flefh.

BO'NELACE. n.f. [from bone and lace.] the bobbins with which lace is woven being frequently made of bones.] Flaxen lace, fuch as women wear on their linen.
The things you follow, and make fongs on now, fhould be fent to knit, or fit down to bobbins or bonelace.   *Tatler.*
We deftroy the fymmetry of the human figure, and foolifhly contrive to call off the eye from great and real beauties, to childifh gewgaw ribbands and bonelace. *Spectator,* N° 99.

BO'NELESS. adj. [from bone.] Without bones.
I would, while it was fmiling in my face,
Have pluckt my nipple from his bonelefs gums,
And dafht the brains out.   *Shakefp. King Lear.*

To BO'NESET. v.n. [from bone and fet.] To reftore a bone out of joint to its place; or join a bone broken to the other part.
A fractured leg fet in the country by one pretending to bonefetting.   *Wifeman's Surgery.*

BO'NESETTER. n.f. [from bonefet.] A chirurgeon; one who particularly profeffes the art of reftoring broken or luxated bones.
At prefent my defire is only to have a good bonefetter.
                    Denham's Sophy.

BO'NFIRE. n.f. [from bon, good, Fr. and fire.] A fire made for fome publick caufe of triumph or exultation.
Ring ye the bells to make it wear away,
And bonfires make all day.   *Spenfer's Epithalamium.*
How came fo many bonfires to be made in queen Mary's days? Why, fhe had abufed and deceived her people.   *Scith.*
Full foon by bonfire, and by bell,
We learnt our liege was paffing well.   *Gay.*

BO'NGRACE. n.f. [bonne grace, Fr.] A forehead-cloth, or covering for the forehead.   *Skinner.*
I have feen her befet all over with emeralds and pearls, ranged in rows about her cawl, her peruke, her bongrace, and chaplet.   *Hakewell on Providence.*

BO'NNET. n.f. [bonet, Fr.] A covering for the head; a hat; a cap.
Go to them with this bonnet in thy hand,
And thus far having ftretch'd it, here be with them,
Thy knee buffing the ftones; for, in fuch bufinefs,
Action is eloquence.   *Shakefp. Coriolanus.*
They had not probably the ceremony of veiling the bonnet in their falutations; for, in medals, they ftill have it on their heads.   *Addifon on ancient Medals.*

BO'NNET. [In fortification.] A kind of little ravelin, without any ditch, having a parapet three feet high, anciently placed before the points of the faliant angles of the glacis; being pallifadoed round: of late alfo ufed before the angles of baftions, and the points of ravelins.

BO'NNET a preftre, or prieft's cap, is an outwork, having at the head three faliant angles, and two inwards. It differs from the double tenaille, becaufe its fides, inftead of being parallel, grow narrow at the gorge, and open wider at the front.

BO'NNETS. [In the fea language.] Small fails fet on the courfes

[Column 4 — BOO]

on the mizzen, mainfail, and forefail of a fhip, when thefe are too narrow or fhallow to cloath the maft, or in order to make more way in calm weather.   *Chambers.*

BO'NNILY. adv. [from bonny.] Gayly; handfomely; plumply.

BO'NNINESS. n.f. [from bonny.] Gayety; handfomenefs; plumpnefs.

BO'NNY. adj. [from hain, bonne, Fr. It is a word now almoft confined to the Scottifh dialect.]
1. Handfome; beautiful.
Match to match I have encounter'd him,
And made a prey for carrion kites and crows,
Ev'n of the bonny beaft he lov'd fo well. *Shakefp. Henry VI.*
Thus wail'd the louts in melancholy ftrain,
Till bonny Sufan fped acrofs the plain.   *Gay's Paftorals.*
2. Gay; merry; frolickfome; cheerful; blithe.
Then figh not fo, but let them go,
And be you blithe and bonny. *Shakefp. Much ado about N.*
3. It feems to be generally ufed in converfation for plump.

BONNY-CLABBER. n.f. A word ufed in fome counties for four buttermilk.
We fcorn, for want of talk, to jabber,
Of parties o'er our bonny-clabber;
Nor are we ftudious to enquire,
Who votes for manours, who for hire.   *Swift.*

BO'NUM MAGNUM. n.f. See PLUM; of which it is a fpecies.

BO'NY. adj. [from bone.]
1. Confifting of bones.
At the end of this hole is a membrane, faftened to a round bony limb, and ftretched like the head of a drum; and therefore, by anatomifts, called tympanum.   *Ray on the Creation.*
2. Full of bones.

BO'OBY. n.f. [a word of no certain etymology; Henfhaw thinks it a corruption of bull-beef ridiculoufly; Skinner imagines it to be derived from boue, foolifh, Span. Junius finds bowbard to be an old Scottifh word for a coward, a contemptible fellow; from which he naturally deduces booby; but the original of howbard is not known.] A dull, heavy, ftupid fellow; a lubber.
But one exception to this fact we find,
That booby Phaon only was unkind,
An ill-bred boatman, rough as waves and wind.   *Prior.*
Young mafter next muft rife to fill him wine,
And ftarve himfelf to fee the booby dine.   *King.*

BOOK. n.f. [boc, Sax. fuppofed from boc, a beech; becaufe they wrote on beechen boards, as liber in Latin, from the rind of a tree.]
1. A volume in which we read or write.
See a book of prayer in his hand,
True ornaments to know a holy man. *Shakefp. Richard III.*
Receive the fentence of the law for fins,
Such as by God's book are adjudg'd to death.
                    Shakefp. Henry IV.
But in the coffin that had the books, they were found as frefh as if they had been but newly written; being written on parchment, and covered over with watch candles of wax.   *Bacon.*
Books are a fort of dumb teachers; they cannot anfwer fudden queftions, or explain prefent doubts: this is properly the work of a living inftructor.   *Watts.*
2. A particular part of a work.
The firft book we divide into fections; whereof the firft is thefe chapters paft.   *Burnet's Theory of the Earth.*
3. The regifter in which a trader keeps an account of his debts.
This life
Is nobler than attending for a check;
Prouder, than ruftling in unpaid for filk:
Such gain the cap of him that makes them fine,
Yet keeps his book uncrofs'd.   *Shakefp. Cymbeline.*
4. In books. In kind remembrance.
I was fo much in his books, that at his deceafe, he left me the lamp by which he ufed to write his lucubrations.   *Addifon.*
5. Without book. By memory; by repetition; without reading.
Sermons read they abhor in the church; but fermons without book, fermons which fpend their life in their birth, and may have publick audience but once.   *Hooker,* b. v. § 21.

To BOOK. v.a. [from the noun.] To regifter in a book.
I befeech your grace, let it be booked with the reft of this day's deeds; or I will have it in a particular ballad elfe, with mine own picture on the top of it.   *Shakefp. Henry IV.* p. ii.
He made wilful murder high treafon; he caufed the marchers to book their men, for whom they fhould make anfwer.
                    Davies on Ireland.

BOOK-KEEPING. n.f. [from book and keep.] The art of keeping accounts, or recording the tranfactions of a man's affairs, in fuch a manner, that at any time he may thereby know the true ftate of the whole, or any part, of his affairs, with clearnefs and expedition.   *Harris.*

BO'OKBINDER. n.f. [from book and bind.] A man whofe profeffion it is to bind books.

BO'OKFUL. adj. [from book and full.] Full of notions gleaned from books; crouded with undigefted knowledge.
                                                  The

▲ **알파벳 순으로 정렬**   이 펼침면은 존슨의 1755년 판 《영어 사전》 원본에 실린 부분인데 본문 내용은 한 면당 2단으로 정렬되어 있다. 이듬해에는 축약본이 발표되었는데, 존슨의 풍부한 인용문들은 빼 버리고 내용을 3단으로 좁게 배치했다. 총 42,773항에 이르는 사전의 모든 정의는 존슨 자신이 일일이 직접 썼고, 정의들을 알파벳순으로 정리하여 옮겨 적는 보조적 업무만 남의 도움을 받았다.

> 보이는 곳마다
> 정리해야 할 난제와 규정해야 할 모호한 것들이
> 쌓여 있었다.

새뮤얼 존슨. 《영어 사전》 서문. 1755년.

세부 내용

DICTIONARY

OF THE

ENGLISH LANGUAGE:

IN WHICH

The WORDS are deduced from their ORIGINALS,

AND

ILLUSTRATED in their DIFFERENT SIGNIFICATIONS

BY

EXAMPLES from the best WRITERS.

TO WHICH ARE PREFIXED,

A HISTORY of the LANGUAGE,

AND

AN ENGLISH GRAMMAR.

BY SAMUEL JOHNSON, A.M.

IN TWO VOLUMES.

VOL. I.

Cum tabulis animum censoris sumet honesti :
Audebit quæcunque parum splendoris habebunt,
Et sine pondere erunt, et honore indigna ferentur.
Verba movere loco ; quamvis invita recedant,
Et versentur adhuc intra penetralia Vestæ :
Obscurata diu populo bonus eruet, atque
Proferet in lucem speciosa vocabula rerum,
Quæ priscis memorata Catonibus atque Cethegis,
Nunc situs informis premit et deserta vetustas.   HOR.

LONDON,
Printed by W. STRAHAN,
For J. and P. KNAPTON ; T. and T. LONGMAN ; C. HITCH and L. HAWES ;
A. MILLAR ; and R. and J. DODSLEY.
MDCCLV.

LOVE. n. f. [from the verb.]
1. The paffion between the fexes.
    Hearken to the birds love-learned fong,
    The dewie leaves among !   Spenfer.
    While idly I ftood looking on,
    I found th' effect of love in idlenefs.   Shakfp.
    My tales of love were wont to weary you ;
    I know you joy not in a love difcourfe.   Shakfp.
    I look'd upon her with a foldier's eye,
    That lik'd, but had a rougher tafk in hand
    Than to drive liking to the name of love.   Shakfp.
    What need a vermil-tinctur'd lip for that,
    Love-darting eyes, or treffes like the morn ?   Milt.
    Love quarrels oft in pleafing concord end,
    Not wedlock treachery, endang'ring life.   Milton.
    A love potion works more by the ftrength of charm
    than nature.   Collier.
    You know y' are in my power by making love.
                                              Dryden.
    Let mutual joys our mutual truft combine,
    And love, and love-born confidence be thine. Pope.
    Cold is that breaft which warm'd the world
    before,
    And thefe love-darting eyes muft roll no more. Pope.
2. Kindnefs ; good-will ; friendfhip.
    What love, think'ft thou, I fue fo much to get ?
    My love till death, my humble thanks, my prayers ?
    That love which virtue begs, and virtue grants.
                                              Shakfpeare.
    God brought Daniel into favour and tender love
    with the prince.   Daniel.
    The one preach Chrift of contention, but the
    other of love.   Philippians.
    By this fhall all men know that ye are my difci-
    ples, if ye have love one to another.   John.
    Unwearied have we fpent the nights,
    Till the Ledean ftars, fo fam'd for love,
    Wonder'd at us from above.   Cowley.
3. Courtfhip.
            Demetrius
    Made love to Nedar's daughter Helena,
    And won her foul.   Shakfpeare.
    If you will marry, make your loves to me,
    My lady is befpoke.   Shakfpeare.
    The enquiry of truth, which is the love-making or
    wooing of it ; the knowledge of truth, the pre-
    ference of it ; and the belief of truth, the enjoying
    of it, is the fovereign good of human nature. Bacon.
4. Tendernefs ; parental care.
    No religion that ever was, fo fully reprefents the
    goodnefs of God, and his tender love to mankind,
    which is the moft powerful argument to the love of
    God.   Tillotfon.
5. Liking ; inclination to : as, the love of
    one's country.
    In youth, of patrimonial wealth poffeft,
    The love of fcience faintly warm'd his breaft. Fent.
6. Object beloved.
    Open the temple gates unto my love.   Spenfer.
    If that the world and love were young
    And truth in every fhepherd's tongue ;
    Thefe pretty pleafures might we move,
    To live with thee, and be thy love.   Shakfpeare.
    The banifh'd never hopes his love to fee. Dryden.

▲ 속표지   책의 나머지 부분과 달리, 속표지는 적색과 흑색으로 인쇄하였다. 시인 지망생에게 들려주는 로마 시인 호라티우스Horace의 《서간시Epistles》에서 가져온 라틴어 인용문이 포함되어 있다. 《영어 사전》은 최고급 재질의 종이에 인쇄하였는데, 총 1,600 파운드가 들어간 제지 비용은 존슨이 저술비로 받은 금액보다도 많았다.

▲ 방대한 인용문   존슨이 114,000건이 넘는 인용문을 포함시킬 수 있었던 것은 놀라운 기억력과 문학작품에 대한 광범위한 지식 덕분이었다. 《영어 사전》 을 편찬하면서 존슨은 500명이 넘는 작가들의 책을 2천 권 이상 읽었다고 한다.

OA'TMEAL. n. f. [panicum.] An herb.
Ainsworth.

OATS. n. f. [aten, Sax.] A grain, which in England is generally given to horses, but in Scotland supports the people.

It is of the grass leaved tribe; the flowers have no petals, and are disposed in a loose panicle: the grain is eatable. The meal makes tolerable good bread. Miller.

The oats have eaten the horses. Shakspeare.

It is bare mechanism, no otherwise produced than the turning of a wild oatbeard, by the insinuation of the particles of moisture. Locke.

For your lean cattle, fodder them with barley straw first, and the oat straw last. Mortimer.

His horse's allowance of oats and beans, was greater than the journey required. Swift.

OA'TTHISTLE. n. f. [oat and thistle.] An herb. Ainsw.

DEOPPILA'TION. n. f. [from deoppilate.] The act of clearing obstructions; the removal of whatever obstructs the vital passages.

Though the grosser parts be excluded again, yet are the dissoluble parts extracted, whereby it becomes effectual in deoppilations. Brown.

DEO'PPILATIVE. adj. [from deoppilate.] Deobstruent.

A physician prescribed him a deoppilative and purgative apozem. Harvey.

DEOSCULA'TION. n. f. [deosculatio, Lat.] The act of kissing.

We have an enumeration of the several acts of worship required to be performed to images, viz. processions, genuflections, thurifications, and deosculations. Stillingfleet.

▲ 짓궂은 정의 존슨은 자신을 문학의 권위자라고 주장하면서도 독자들을 놀리는 것을 즐겼다. 예를 들면, 사전 편찬자를 조롱하듯 "해롭지 않지만 따분한 일을 반복하는 사람"이라고 정의했다. 또한 위 사진에서 보듯이 '귀리'라는 항목에는 "잉글랜드에서는 일반적으로 말에게 주지만 스코틀랜드에서는 사람들이 먹는 곡식"이라는 도발적인 정의를 내렸다.

▲ 이상한 누락 존슨의 《영어 사전》이 흥미로운 점은 예를 들면, '지폐Banknote', '금발의 Blond', '포트Port(항구의 뜻이 아니라 포트와인을 말함)' 같은 보통 낱말들을 많이 누락한 것이다. 또한 위에서 보듯이 존슨이 '입 맞추는 행위'라고 정의한 'Deosculation'처럼 일반 독자들은 알기 어려운 생소한 낱말들도 많이 삽입했다.

RES

▲ 축약본 1755년 존슨의 초판 《영어 사전》은 위압적인 크기는 물론 4.1파운드라는 터무니없는 가격 때문에 판매가 저조했다. 그 결과 30년 동안 겨우 6천 부가 팔리는 데 그쳤다. 위 그림에 보이는 축약본은 정가가 10실링으로 책정되어 훨씬 많은 독자층이 구입하였다.

관련 문헌

최초의 영어 사전은 13세기에 발간되었는데, 처음에는 프랑스어, 스페인어, 라틴어의 뜻을 이해하기 위한 용도였다. 영어로만 된 첫 사전이자 알파벳순으로 구성된 사전은 1604년 로버트 코드리Robert Cawdrey가 펴낸 《알파벳순 단어 목록A Table Alphabetical》으로 2,543단어가 등재되어 있다.

《영어 사전》을 편찬하고 발행하게 된 주요 동기는 지식을 집대성하려는 18세기의 욕구였다. 1807년 미국의 사전 편찬자 노아 웹스터Noah Webster(1758~1843)는 미국어의 체계를 세울 목적으로 《미국 영어 사전An American Dictionary of the English》을 쓰기 시작했다. 독특하게도 '차우더Chowder' 같은 미국 단어를 최초로 수록한 이 사전은 표제어가 7만 개에 달해 존슨의 《영어 사전》을 훨씬 능가했고, 웹스터가 '미국 학문과 교육의 아버지'로 평가 받는 데 크게 기여했다.

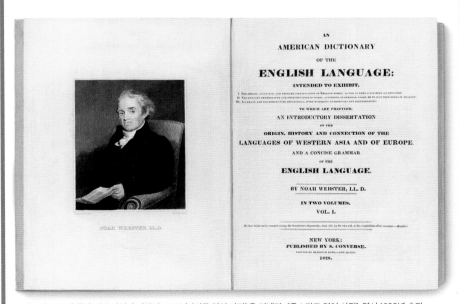

▲ 웹스터는 22년 동안 편찬 작업에 매달려 1828년 《미국 영어 사전》을 펴냈다. 《옥스퍼드 영어 사전》 역시 1928년 초판 10권이 발간되기까지 62년의 작업 기간이 소요되었다.

전원시, 농경시, 아이네이스 Bucolica, Georgica et Aeneis

1757년 ■ 존 배스커빌 인쇄 ■ 30cm x 23cm ■ 432쪽 ■ 영국

크기

베르길리우스Vergilius

타이포그래피 전문가이자 인쇄업자인 존 배스커빌 John Baskerville의 야심찬 첫 인쇄작 베르길리우스의 《전원시, 농경시, 아이네이스》는 서체와 디자인의 걸작으로 유명하다. 예약으로 구독할 수 있었던 이 책이 대단한 성공을 거둘 수 있었던 이유는 고대 로마의 시인 베르길리우스의 작품을 다루었다는 점이다. 역사상 가장 위대한 시인으로 꼽히는 베르길리우스는 1600년대 말 시인 존 드라이든(1631~1700)이 라틴어 원전을 영어로 옮기면서 재발견되었다.

존 배스커빌은 출판 역사에 한 획을 그은 인물이다. 그는 제조업으로 자수성가하기 전에 장식 서체와 석공 일을 배웠는데, 이때 습득한 기술을 이 책의 디자인과 조판에 적용했다. 배스커빌은 기술과 창의성 면에서 생산의 모든 공정을 감독했다. 기존 서체를 거부하고 개발자인 자신의 이름을 따서 배스커빌체로 알려진 세련되고 우아한 글꼴을 개발했다. 본문 레이아웃에서는 넓은 여백과 넉넉한 자간 여백을 활용하여 가독성을 높였다. 제지 표면이 부드러워 손수 개발한 글꼴을 섬세하게 표현할 수 있다는 장점 때문에 제임스

와트먼James Whatman의 우브 페이퍼wove paper(촘촘한 그물눈이 비치는 고급 용지)를 선호했다. 와트먼이 공급하는 양으로는 필요 부수의 절반만 인쇄할 수 있었으므로 나머지는 전통적인 레이드 페이퍼laid paper(대중적으로 사용된 용지)에 인쇄했다. 또한 두 제지 모두 유광 처리를 했다.

베르길리우스

기원전 70~기원전 19년

고대 로마의 가장 위대한 시인인 푸블리우스 베르길리우스 마로Publius Vergilius Maro는 목축업자의 아들로 태어났다. 그가 지은 서사시들은 서구 문학에 지대한 영향을 미쳤다.

베르길리우스의 아버지는 아들이 법률가 교육을 받기를 원했다. 수줍음 많고 생각이 깊었던 베르길리우스는 크레모나와 밀라노에서 교육을 받은 뒤 로마로 가서 법률, 수사학, 철학을 공부했다. 그러나 그의 관심 분야는 시였다. 함께 수학한 친구 옥타비아누스는 나중에 아우구스투스 황제가 되어 베르길리우스의 충실한 후원자가 되었다. 베르길리우스가 쓴 많은 서사시에는 이탈리아 전원에 대한 애정이 녹아 있고, 그로 인해 상류층뿐 아니라 일반 대중으로부터도 사랑을 받았다. 유명한 작품들로는《전원시》,《농경시》, 마지막 작품이자 유고작인 로마의 건국 이야기《아이네이스》가 있다. 열병으로 사망한 뒤 베르길리우스는 국민 영웅이 되었고 학교에서는 그의 작품을 가르쳤다. 다른 시인들에게 커다란 영향을 미쳤고, 오비디우스, 단테, 밀턴을 비롯한 많은 시인들에게 영감을 주었다.

세부 내용

PUBLII VIRGILII

MARONIS

BUCOLICA,

GEORGICA,

ET

AENEIS.

BIRMINGHAMIAE:
Typis JOHANNIS BASKERVILLE.
MDCCLVII.

◀ **단순한 스타일** 당시의 전형적인 속표지와 달리 배스커빌의 작품은 극도로 단순했다. 책 제목, 저자, 출판사, 출판일, 출판 도시 외에는 상세한 정보를 생략했는데, 오늘날까지도 여전히 이 방식이 쓰이고 있다.

P. VIRGILII MARONIS

AENEIDOS

LIBER SECUNDUS.

P. VIRGILII AENEIDOS LIB. II. 130

▲ **획기적인 활자체** 배스커빌은 일찍이 장식 서체에 관심이 많았고 글자 도안을 오랫동안 해 온 덕에 자신의 첫 책에 사용할 활자체를 개발할 수 있었다. 배스커빌 서체는 모서리가 날카롭고 선은 둥글며, 널찍한 모양이 특징이다. 새로운 글꼴을 찍기에 기존의 인쇄기는 적합하지 않았으므로 배스커빌은 잉크가 종이에 닿자마자 마르도록 인쇄기를 개조했다. 종이가 인쇄된 뒤에도 울지 않도록 더 걸쭉하고 윤이 나는 검정 잉크를 개발했다.

242 *P. VIRGILII AENEIDOS LIB. VI.*

    Scrupea, tuta lacu nigro, nemorumque tenebris:
    Quam super haud ullæ poterant impune volantes
240 Tendere iter pennis: talis sese halitus atris
    Faucibus effundens supera ad convexa ferebat:
    Unde locum Graii dixerunt nomine Aornon.
    Quatuor hic primum nigrantes terga juvencos
    Constituit, frontique invergit vina sacerdos:
245 Et summas carpens media inter cornua setas,
    Ignibus imponit sacris libamina prima,
    Voce vocans Hecaten, cœloque Ereboque potentem.
    Supponunt alii cultros, tepidumque cruorem
    Suscipiunt pateris. ipse atri velleris agnam
250 Aeneas matri Eumenidum magnæque sorori
    Ense ferit; sterilemque tibi, Proserpina, vaccam.
    Tum Stygio Regi nocturnas inchoat aras,
    Et solida imponit taurorum viscera flammis,
    Pingue superque oleum fundens ardentibus extis.
255 Ecce autem, primi sub lumina Solis et ortus,
    Sub pedibus mugire solum, et juga cœpta moveri
    Silvarum, visæque canes ululare per umbram,
    Adventante Dea. Procul, o, procul este profani,
    Conclamat Vates, totoque absistite luco:
260 Tuque invade viam, vaginaque eripe ferrum:
    Nunc animis opus, Aenea, nunc pectore firmo.
    Tantum effata, furens antro se immisit aperto.
    Ille ducem haud timidis vadentem passibus æquat.
    Di, quibus imperium est animarum, umbræque silen-
265 Et Chaos, et Phlegethon, loca nocte silentia late; (tes,
    Sit mihi fas audita loqui: sit numine vestro
    Pandere res alta terra et caligine mersas.
    Ibant obscuri sola sub nocte per umbram,

                      Perque

▲ **세밀한 삽화**　이 작품집에 수록된 세밀한 도판 일곱 개 가운데 하나인 이 작품은 영웅 아이네이스를 묘사하고 있다. 저승과 마주한 아이네이스는 갑옷을 입고 어머니가 준 방패를 들고 있다. 인쇄 과정에서 윤기가 나는 잉크를 사용하여 빛의 느낌을 살렸다.

◀ **지도에 표시된 여정들**　속표지 앞에 접혀 삽입된 이탈리아와 그리스 지도는 《아이네이스》의 배경이다. 표시된 부분은 영웅 아이네이스의 여정인데, 트로이 전사였던 그는 이탈리아로 건너가 로마를 세운 시조가 되었다.

내가 펴낸
베르길리우스의
작품이
이토록
좋은 호응을
받으니 대단히
만족스럽다.

존 배스커빌.

트리스트럼 샌디 Tristram Shandy

1759~1767년 ■ 인쇄 ■ 16.4cm x 10.4cm ■ 1,404쪽 ■ 영국

크기

로렌스 스턴 Laurence Stern

소설을 쓰고 구성하고, 심지어 인쇄하는 방법에 대한 기존 관념을 통쾌하게 뒤엎은 재미있는 걸작 《신사 트리스트럼 샌디의 생애와 의견*The Life and Opinions of Tristram Shandy, Gentleman*》(약칭 《트리스트럼 샌디》)은 오늘날까지도 소설과 그것을 읽는 행위의 본질에 대해 끊임없이 의문을 던지고 있다. 8년이 넘는 동안 아홉 권으로 나뉘어 출간된 이 소설은 줄거리가 불연속적으로 연결이 되고 인쇄 디자인의 한계를 뛰어넘는 재미있는 활자와 시각적 장식을 취함으로써 독자들을 희롱한다. 로렌스 스턴은 '나쁜' 단어에는 줄표나 별표로 표시하여, 겉으로는 조심스러운 느낌을 주면서도 오히려 그 말에 관심을 집중시켰다. 또한 인쇄본의 익숙한 구조를 완전히 뒤엎어, 한 페이지 전체를 완전히 빈 여백으로 두거나 검정이나 대리석 무늬로 채워 넣기도 했다.

소설은 샌디가 자신의 독특한 존재에 대해 들려주는 허구적 자서전이다. 그러나 정돈되고 직선적인 플롯은 생략되고, 이야기의 주제도 끊겼다가 제멋대로 다시 시작한다. 장들은 건너뛰었다가 나중에 불쑥 나타나기도 하고, 빠뜨린 부분이 있다는 것을 밝히기도 한다. 페이지를 매기는 것도 뒤죽박죽이다. 스턴과 샌디는 독자들에게도 이야기에 참여하라고 주기적으로 호소한다.

제1권에서 샌디는 자기 삶이 언제 정확히 시작되었는지 규정하기 어렵다는 것을 깨닫는다. 그 뒤로 그의 이야기는 계속 다양한 주제를 다루고 시간을 앞뒤로 오가느라 옆길로 새며 끊임없이 주절거린다. 이야기 속에 이야기가 등장하고, 자기 자신과 다른 등장인물들의 견해들을 표현하기에 급급해 '실질적 행위'는 뒤로 미루어진다. 제3권에 이르러서도 샌디는 여전히 태어나지 않았다. 그의 생애에 대한 자세한 내용은 기이한 그의 가족, 주로 아버지와 퇴역군인인 토비 삼촌의 생각과 행위를 통해 드러날 뿐이다. 《트리스트럼 샌디》는 출간되자마자 대단한 성공을 거두었다. 오늘날 이 작품은 포스트모던 문학의 선구작으로 평가 받는다.

로렌스 스턴

1713~1768년

아일랜드 태생의 소설가 로렌스 스턴은 20년 동안 성공회 시골 교구 사제로 봉직한 뒤 1759년 《트리스트럼 샌디》 1권 출간으로 일약 문학계의 저명인사가 되었다.

아일랜드에서 어린 시절을 보내고 군인인 아버지를 따라 옮겨 다닌 뒤 1724년에는 교육을 받기 위해 잉글랜드 북부 요크셔로 갔다. 그 뒤 케임브리지대에 입학하여 1737년에 졸업했다. 이듬해 영국 성공회에서 사제로 서품 받고 요크 부근 서턴온더포레스트의 교구 사제가 되었다. 1741년 엘리자베스 럼리Elizabeth Lumley와 결혼하여 딸 하나를 두었는데, 그의 불성실로 결혼생활은 행복하지 않았다. 스턴은 1759년 요크의 교회 인사들을 풍자한 《정치 이야기A Political Romance》의 출간으로 문학계의 주요 인물로 부상했다. 이 책은 즉각적인 논쟁을 불러일으켰으므로 사제로서의 직분도 사실상 끝이 났다. 같은 해 자비로 출간한 《트리스트럼 샌디》 첫 두 권을 발표했는데, 이로써 유럽의 유명인사가 되었고 큰돈을 벌었으며, "생계가 아니라 명예를 위해 글을 쓰겠다"던 오랜 야망을 이루었다. 불치병인 결핵에 걸려 스턴은 따뜻한 기후를 찾아 1762년 해외로 갔다. 그 여행은 여행기와 허구가 기묘하게 뒤섞인 마지막 소설 《프랑스와 이탈리아 풍류 여정기A Sentimental Journey Through France and Italy》(1768)의 소재가 되었다. 그는 이 작품이 출간된 지 한 달 만에 사망했다.

▼ **검정 페이지** 아마도 《트리스트럼 샌디》의 많은 편집 디자인 기교 중 가장 유명하고 악명 높은 부분은 제1권에서 중요하지 않은 등장인물 파슨 요릭Parson Yorick의 죽음을 알리는 검정 페이지일 것이다. 이러한 착상은 충격적인 동시에 돌발적인데, 문학 형식인 소설이 갑자기 추상적 시각물로 변주되었다.

[74]

[75]

CHAP. XIII.

IT is so long since the reader of this rhapsodical work has been parted from the midwife, that it is high time to mention her again to him, merely to put him in mind that there is such a body still in the world, and whom, upon the best judgment I can form upon my own plan at present, --- I am going to introduce to him for good and all: But as fresh matter may be started, and much unexpected business fall out betwixt the reader and myself, which may require immediate dispatch; ----- 'twas right to take care that the poor woman should not be lost in the mean time; ---because when she is wanted we can no way do without her.

I

이게 다 뭔 소리지?

엘리자베스 샌디. 《트리스트럼 샌디》 9권.

DEDICATION.

I beg your Lordſhip will forgive me, if, at the ſame time I dedicate this work to you, I join Lady Spencer, in the liberty I take of inſcribing the ſtory of *Le Fever* in the ſixth volume to her name; for which I have no other motive, which my heart has informed me of, but that the ſtory is a humane one.

I am,
　　My Lord,
　　　Your Lordſhip's
　　　　Moſt devoted,
And moſt humble Servant,

LAUR. STERNE.

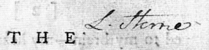

THE
LIFE and OPINIONS
OF
TRISTRAM SHANDY, Gent.

CHAP. I.

IF it had not been for thoſe two mettleſome tits, and that madcap of a poſtilion, who drove them from Stilton to Stamford, the thought had never entered my head. He flew like lightning——there was a ſlope of three miles and a half——we ſcarce touched the ground——the motion was moſt rapid ——moſt impetuous—'twas communicat-

Vol. V.　　B　　　ed

▲ **저자의 서명** 소설의 인기가 대단했으므로 해적판이 나돌기 시작했다. 자신의 상업적 권리를 보호하기 위해 스턴은 제5권 초판과 재쇄본, 7권과 9권 초판본의 모든 책들에 서명을 넣었다. 이렇게 함으로써 스턴은 1만 3천여 부에 대해 진본임을 보증했다.

세부 내용

▲ 독특한 대리석 무늬 (1761년 제4권과 함께 출간된) 제3권 중간쯤에서 스턴은 특히 정교하고도 색다른 시각적 유희를 벌이고 있다. 샌디는 '책 중의 책'이 아주 독특하며, 그 독특함을 대리석 무늬가 그려진 페이지로 '표현'했다고 주장한다. 소설 원본에서는 각 그림을 수작업으로 그려, 똑같은 것이 하나도 없을 것이다. 왼쪽페이지의 본문은 옆에 있는 그림 페이지의 역할이 무엇인지 말해 보라고 독자들을 자극하고 있다.

▶ 가장 짧은 장 스턴의 소설에서 장난치듯 종잡을 수 없는 구성의 전형적 특성은 바로 다른 권에 있는 장들을 바꿔치는 것이다. 옆 사진에서 보듯이 8권의 제27장이 7권에 삽입된 상태로 출간되었다. 이 장은 전체 소설에서 가장 짧은 장으로, 전혀 이치에 맞지 않는 10단어짜리 한 문장으로 구성되어 있다. "My uncle Toby's Map is carried down into the kitchen(토비 아저씨의 지도가 부엌으로 쓸려 내려갔다)."

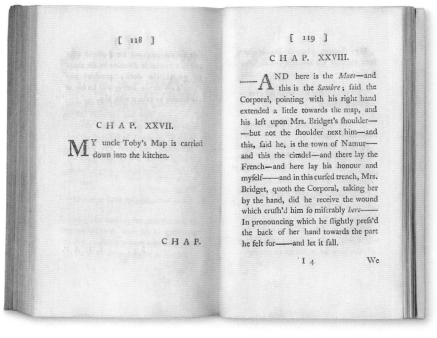

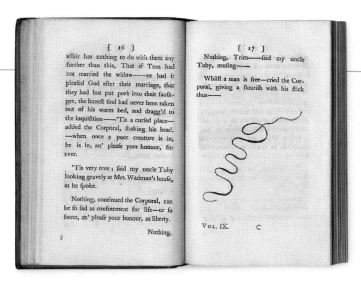

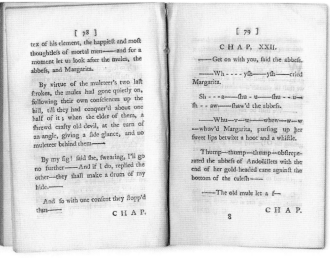

◀ **시각 언어**　때때로 스턴은 의미를 전달하기 위해 단어에 그래픽 요소를 덧입히길 좋아했는데 이는 시대를 앞선 혁신이었다. 뱀처럼 휘갈겨 쓴 이 부호는 토비 아저씨의 충성스러운 하인이자 전직 군인인 트림 하사가 자신의 들쭉날쭉한 결혼 생활에 대해 일언반구도 없이 곤봉만 휘두르고 있는 모습을 표현한 것이다.

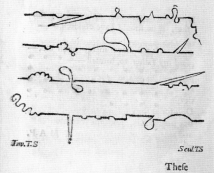

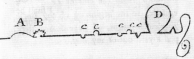

▲ **파격적인 텍스트**　책 전반에 걸쳐 단어들을 생략하거나, 온 지면을 별표로 채우거나 빈칸으로 남겨 둘 때도 있었고, 이상한 각주가 등장하기도 한다. 길이가 다양한 반각과 전각 규칙들은 중요한 구두점이나 참을 수 없는 기다림을 나타내는 데 이용하였다. 샌디에 대해서는 거의 말해 주는 것이 없어 가뜩이나 이해하기 어려운데 텍스트를 암호처럼 보이게 함으로써 더 어렵게 만들고 있다.

◀ **플롯 전개 노선**　이 부분은 샌디의 두서없는 스토리텔링의 특성을 매우 잘 보여 주는데, 첫 다섯 권에서 전개된 줄거리 노선을 그래픽으로 표현하고 있다. 때때로 직선으로 쭉 나아갔다가, 후퇴했다가, 샛길로 빠졌다가 막다른 곳에서 막히기도 한다. 이 전개 노선은 이야기와 샌디의 삶이 직선이 아닌 다른 모습으로 펼쳐질 것임을 보여 준다.

배경 지식

《트리스트럼 샌디》가 기교를 부린 농담 소설인지, 소설 기법에 진지하게 의도한 바가 있는지 의문이 생긴다. 18세기 중반 유럽에서는 소설의 대중성과 세련미가 차츰 확장되었지만, 인위적인 구성 측면에서만 그랬다. 소설이 자랑하는 리얼리즘은 오로지 지면 안에서만 존재할 뿐이었다. 스턴이 거둔 가장 분명한 성과는 소설은 제멋대로이며 무질서로 가득한 인간 존재의 혼란스러움을 절대 반영할 수 없다는 인식일 것이다.
그의 해결책은 세상만큼이나 혼란스럽고 해결 방법도 없는 우스꽝스러운 작품을 만드는 것이었다. 그것은 형식 구조가 없기 때문에 엄밀히 말해서 리얼하다고 할 수 있다. 《트리스트럼 샌디》에 대한 평가는 늘 엇갈려 왔다. 영국의 존경받는 작가이자 비평가인 존슨 박사(150페이지 참조)는 1776년 이 책이 너무 특이해서 진지하게 다룰 가치가 없다는 의미로 "이상한 것은 오래 가지 않는다"라고 했다. 철학자 아르투르 쇼펜하우어는 이 작품이 위대한 4대 소설로 꼽힐 만하다고 주장했다. 19세기에는 대체로 어릿광대 같고 무의미하다는 비판을 받았지만 20세기 들어와 재평가되며 버지니아 울프, 제임스 조이스 등 여러 작가들에게 깊은 영향을 미쳤다. 이 책은 그러한 작품들의 원조격이라고 할 만하다.

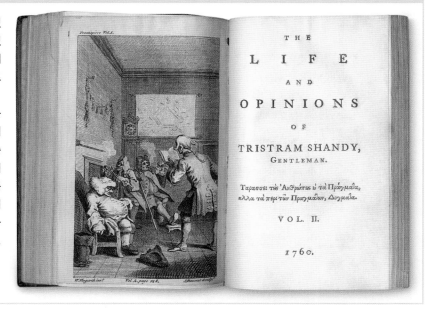

▶ **딱 어울리게도 스턴은** 1760년 《트리스트럼 샌디》에 들어갈 최초 삽화들을 그릴 삽화가로, 결점이 있거나 아둔한 사람들을 기록한 유명 판화가 윌리엄 호가스William Hogarth를 선택했다.

이솝 우화 Fables in Verse

1765년 ■ 존 뉴베리 인쇄 ■ 10.6cm x 7.2cm ■ 144쪽 ■ 영국

크기

이솝 Aesop

교훈적 이야기 모음인 《이솝 우화》는 2천 년이 넘는 동안 사람들의 입에서 입으로 전해지며 끝없이 재해석되었다. 실존 인물이었는지조차 확실치 않지만 이솝은 기원전 5, 6세기 무렵 그리스 로마 세계에 살던 그리스 노예로 추정된다. 725편이 넘는 우화들은 구전된 것들이며 때로는 잔인하고 우스꽝스럽지만 간결하면서도 정곡을 찌르는 진실을 드러낸다. 또한 동물 캐릭터를 활용하여 탐욕·기만·권력·인내 등과 같은 인간의 특성을 표현했는데, 이러한 장치는 전 문화권과 세대를 아우르는 상상력을 포착했다. 그 결과 그의 사후에 생겨난 우화들조차 그의 것으로 추정하기도 한다.

고대에는 그러한 이야기들이 사람들의 인성을 키우는 데 도움이 되었다. 이솝 우화 모음집은 이미 기원전 4세기에 만들어졌는데, 웅변가 팔레론의 디미트리우스Demetrius of Phaleron(기원전 350~기원전 280)가 웅변가와 대중 연설가를 위한 교본 형태로 제작했다. 그의 문헌은 중세시대에 나온 수많은 이본異本의 토대가 되었다. 르네상스 시대에는 《이솝 우화》에 나온 이야기들을 학교에서 가르쳤고, 15세기에 구텐베르크 인쇄술이 발명되자 가장 먼저 출간 작품 목록에 올랐다. 최초로 독일에서 간행된 초판은 《에소푸스 Esopus》라고 불렸는데 1476년경에 나타났다. 그 뒤 25년이 안 되어 150개가 넘는 판본이 쏟아져 나왔다. 이 이야기들은 곧 전 세계로 퍼졌고, 지금은 거의

존 뉴베리

1713~1767년

런던에 기반을 둔 출판업자 존 뉴베리는 어린이 책을 처음으로 출판한 사람들 중 한 명이었다. 그는 재미있고 유익한 문학을 출간하여 어린 세대의 흥미를 채워 주려고 했다.

1713년 버크셔에서 태어난 존 뉴베리의 출판 경력은 윌리엄 카넌William Carnan이 발행한 레딩 지역 최초 주간지 《레딩 머큐리Reading Mercury》에 1730년 취직하면서 시작되었다. 1740년 레딩에서 출판업을 시작해 런던으로 옮긴 후 어린이 도서로 사업을 확장했다. 최초의 어린이 책으로 평가 받고 있는 《작고 귀여운 포켓 북》은 1744년에 펴냈는데, 시와 격언을 수록한 이 책은 밝은 색 표지를 사용했다. 1765년에는 《이솝 우화》를 발간했고, 학생들은 학교에서 교훈시들을 자주 암기해야 했다. 미국에서는 그가 어린이 문학에 기여한 점을 기념해 뉴베리상을 제정하여 매년 시상하고 있다.

모든 언어의 번역본이 출간되었다.

오늘날 《이솝 우화》는 주로 동화로 간주되고 있는데, 그렇게 된 데에는 존 뉴베리John Newbery의 1765년 판(이 책에 소개된 판)에 어느 정도 원인이 있다. 뉴베리는 어린이 독자들이 흥미를 느낄 것이라고 생각하는 부분만 골라 우화들을 다시 썼다. 이 책은 〈이솝의 삶〉으로 시작하여 몇 가지 일화를 소개한 다음, 삽화를 곁들인 운문체 우화 38점을 수록한 〈동물들의 대화〉로 끝맺는다.

세부 내용

◀ **교육적인 내용** 뉴베리는 서문에서 "신중함과 도덕이라는 가르침이 좀 더 성숙해지는 데 도움이 될 것"이며 수록한 이야기들이 교육을 위해 계획된 것임을 분명히 밝히고 있다. 어린이들이 책을 보면서 '교훈'을 얻고 '성찰'을 할 수 있게 레이아웃하였다.

▶ **말하는 동물들** 책은 〈동물들의 대화〉로 끝맺고 있는데, 이 부분은 인간과 동물의 행동이 유사하다는 점에 착안하여 풀어낸 짧고 교훈적인 이야기들이다.

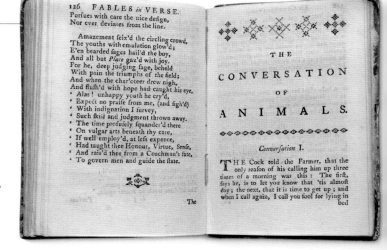

▼ **도덕 지침서**　널리 알려진 〈개미와 배짱이〉 이야기를 묘사한 이
페이지에서 보듯이 뉴베리는 우화 38편에 전부 목판 삽화를 곁들였다.
말하는 곤충이 나오는 이러한 우화에 어린이들은 쉽게 흥미를 느끼는데,
이 이야기는 근면과 나태를 대조적으로 보여 주는 고전적 우화이며,
독자들에게 미래를 대비하라고 충고한다.

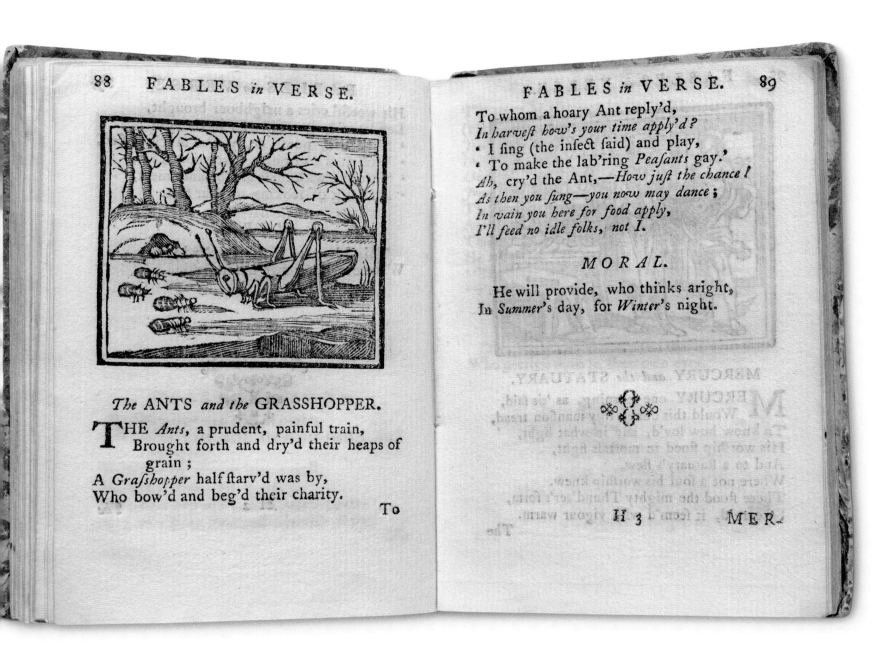

아주 소박한 음식도 맛있게 먹는 사람처럼, 그는 소소한 사건들을 가지고
큰 진리를 가르쳐 준다.

티아나의 아폴로니오스Apollonius of Tyana. 이솝에 대한 언급. 기원전 1세기.

국부론 The Wealth of Nations

1776년 ■ 인쇄 ■ 28.3cm x 22.5cm ■ 1,097쪽 ■ 영국

크기

애덤 스미스 Adam Smith

《국가의 부의 본질과 원인에 관한 고찰An Inquiry into the Nature and Causes of the Wealth of Nations》, 줄여서《국부론》이라 부르는 이 책은 1776년 출간되어 선풍을 일으켰다. 최초의 근대적 경제학 교과서라는 의미 외에도, 국가의 부富는 금이나 땅의 보유량이 아니라 제약이 없는 자유 시장과 자유 무역의 운용으로 얻은 산물로 측정된다는 혁명적 사상이 핵심 내용이다. 애덤 스미스는 자유 시장이 비효율을 걷어 내는 동시에 적극성은 북돋운다고 주장했다. 이 과정의 핵심은 이기심이다. 자유 시장에서 개인의 이익을 극대화함으로써 국가의 전체적인 부도 증가한다는 것이다.

이 책의 영향력은 대단했으며, 실제로 자유 시장 경제의 탄생을 부추겼다. 그전까지 사람들은 교역이라고 하면 한쪽 당사자가 상대방을 희생시켜 무엇인가를 얻는 것이라고 생각했지만, 스미스는 거래 당사자 양쪽 모두 이익을 얻을 수 있다고 주장했다. 이러한 개념은 근대 경제학의 근간을 형성했고,《국부론》은 고전의 반열에 올랐다. 실제로 이 책이 구상한 개념들은 '고전학파' 경제학을 형성했다. 두 권으로 구성된《국부론》은 시기상으로도 적절한 때에 출간되었는데, 그 무렵 영국은 교역 및 제조가 크게 증가하는

애덤 스미스

1723~1790년

애덤 스미스는 사회철학자이자 정치경제학자였다. 흔히 '자본주의의 바이블'이라 불리는《국부론》으로 잘 알려져 있다.

스코틀랜드에서 태어난 스미스는 글래스고대학과 옥스퍼드대학에서 공부했고, 1751년부터는 글래스고대학에서 가르치기 시작했다. 1764년에는 열여덟 살 된 버클루Buccleuch 공작의 개인교사가 되었다. 공작을 데리고 2년 동안 유럽 대장정에 나선 스미스는 주로 프랑스에서 유럽 최고의 사상가들과 교류했다. 그들 중에는 중농주의자로 알려진 경제학자 집단도 있었는데, 이들 중농주의자들은 프랑스의 무분별한 지출을 우려하고 있었다. 스미스는 그들의 주장에 깊은 인상을 받았지만 제조업과 무역의 가능성을 일축한 부분에 대해서는 동의하지 않았다. 이 잘못된 부분에 대한 진지한 답변이《국부론》이었다. 스코틀랜드 계몽주의의 선구적 인물 애덤 스미스 덕분에 에든버러는 유럽에서 가장 역동적인 지식의 중심지가 되었고, 스미스는 근대 경제학의 아버지로 널리 평가 받고 있다.

산업혁명기에 막 접어들고 있었기 때문이다. 그리고 빠르게 번영을 달성한 영국(과 뒤이은 모든 자본주의 사회들)은 대체로 스미스가 강력하게 옹호한 자유주의 경제의 산물이었다.

세부 내용

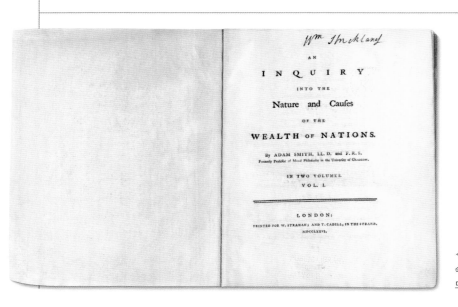

◀ **속표지** 1776년 런던에서 발행한 초판의 속표지이다. 저자 애덤 스미스가 글래스고대학 도덕철학 교수를 역임했다고 밝히고 있다.

▲ **증보판** 이 책의 초판은 510페이지와 587 페이지의 두 권으로 발표되었다. 목차 페이지에서 보듯이, 책을 부部로 나눈 뒤 다시 장章으로 나누었다.

모든 경제학 중에서 가장 중요하면서도 실질적인 제안이 담긴 작품이다.

조지 조지프 스티글러George Joseph Stigler. 미국 경제학자.

120　THE NATURE AND CAUSES OF

BOOK I.

profit rifes or falls. Double interest is in Great Britain reckoned, what the merchants call, a good, moderate, reasonable profit; terms which I apprehend mean no more than a common and ufual profit. In a country where the ordinary rate of clear profit is eight or ten per cent. it may be reasonable that one half of it fhould go to interest wherever bufinefs is carried on with borrowed money. The stock is at the rifk of the borrower, who, as it were, infures it to the lender; and four or five per cent. may in the greater part of trades, be both a fufficient profit upon the rifk of this infurance, and a fufficient recompence for the trouble of employing the stock. But the proportion between interest and clear profit might not be the fame in countries where the ordinary rate of profit was either a good deal lower, or a good deal higher. If it were a good deal lower, one half of it perhaps could not be afforded for interest; and more might be afforded if it were a good deal higher.

In countries which are faft advancing to riches, the low rate of profit may, in the price of many commodities, compenfate the high wages of labour, and enable thofe countries to fell as cheap as their lefs thriving neighbours, among whom the wages of labour may be lower.

THE WEALTH OF NATIONS,　**121**

CHAP. X.

Of Wages and Profit in the different Employments of Labour and Stock.

CHAP. X.

THE whole of the advantages and difadvantages of the different employments of labour and stock muft, in the fame neighbourhood, be either perfectly equal or continually tending to equality. If in the fame neighbourhood, there was any employment either evidently more or lefs advantageous than the reft, fo many people would crowd into it in the one cafe, and fo many would defert it in the other, that its advantages would foon return to the level of other employments. This at leaft would be the cafe in a fociety where things were left to follow their natural courfe, where there was perfect liberty, and where every man was perfectly free both to chufe what occupation he thought proper, and to change it as often as he thought proper. Every man's interest would prompt him to feek the advantageous and to fhun the difadvantageous employment.

PECUNIARY wages and profit, indeed, are every where in Europe extreamly different according to the different employments of labour and stock. But this difference arifes partly from certain circumftances in the employments themfelves, which, either really, or at leaft in the imaginations of men, make up for a fmall pecuniary gain in fome, and counter-balance a great one in others; and partly from the policy of Europe, which nowhere leaves things at perfect liberty.

VOL. I.　R　THE

▲ **장과 절** 각 장章은 더 작은 절節들로 나뉘었다. 예를 들면, 위 그림 오른쪽 페이지는 제10장을 보여 주는데, 각기 다른 종류의 일자리에서 얻을 수 있는 임금과 이윤을 소개하는 것으로 시작한다. 그리고 나서 첫 절은 이로 인해 발생하는 불평등에 중점을 두고 있다.

◀ **표와 도표** 스미스는 종종 도표와 계산 수치를 텍스트 중간에 삽입했다. 이것들은 그의 주장을 명확히 설명하고 입증하는 데 활용되었다. 옆 그림에 보이는 도표는 밀의 연간 가격을 비교한 것이다.

인간의 권리 Rights of Man

1791~1792년 ■ 인쇄 ■ 크기와 분량 미상 ■ 영국

토머스 페인 Thomas Paine

프랑스혁명이 일어난 지 2년 뒤 영국계 미국인이자 정치 선전가인 토머스 페인은 자신의 정치적 비전을 담아《인간의 권리》를 썼는데, 2부로 된 이 소책자는 큰 선풍을 일으켰다. 페인은 당시로서는 상당히 급진적인 견해를 피력했다. 그의 주장에 따르면 정부는 시민의 자유, 안전, 공평한 기회를 보장하며 시민의 천부적 권리와 공민권을 보호할 책임이 있다. 그리고 만일 정부가 시민들의 그러한 권리를 지키는 데 실패한다면 국민이 정부를 전복해도 잘못된 것이 아니라고 주장했다.

《인간의 권리》는 페인이 열렬히 지지한 프랑스혁명을 역사적으로 서술할 목적에서 시작했다. 그러나 아일랜드의 정치가 에드먼드 버크Edmund Burke가 1790년에 발표한 책에서 민중 봉기를 비난하고 군주제를 옹호하자, 페인은 황급히 원고를 고쳐 썼다. 《인간의 권리》에서 페인은 버크의 견해를 정면으로 반박하면서 자신의 주장을 선동적으로 서술하였다. 이 책은 프랑스혁명의 원칙들을 찬양했고, 귀족들의 특권을 비난하며, 세습군주제를 뛰어 넘는 대의 민주 공화정을 옹호했다. 1792년에는《인간의 권리》2부가 나왔는데, 여기에서는 광범위한 개혁안을 제시했다. 페인은 하급 계층이 감내하기 힘든

경제적 곤궁을 완화하고 그들의 공민권을 지원하기 위해 사회보장제도를 도입하라고 영국 정부에 요구했다. 그가 제시한 비전에는 무상교육, 노령연금, 실업자들을 위한 공공사업 등이 포함되어 있고, 모든 재원은 가난한 이들에게 유리하게 작용하는 누진세로 조달하도록 되어 있다.

《인간의 권리》는 대단한 성공을 거두어 20만 부가량 판매되었고, 오늘날에는 근대 자유민주주의의 초석을 다진 문헌으로 평가 받고 있다. 그러나 당시에는 정부 당국의 간담을 서늘케 한 저작이었다. 2부가 발표된 뒤 이 책은 판매 금지를 당했고, 프랑스로 도망친 페인은 영국에서 군주제 종식을 옹호했다는 혐의로 궐석재판을 받았으며, 1792년 12월에 유죄가 확정되어 추방령이 선고되었다.

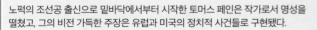

토머스 페인

1737~1809년

노퍽의 조선공 출신으로 밑바닥에서부터 시작한 토머스 페인은 작가로서 명성을 떨쳤고, 그의 비전 가득한 주장은 유럽과 미국의 정치적 사건들로 구현됐다.

노동자 가문에서 태어난 페인은 기본적인 공교육만을 받았다. 열세 살에는 아버지와 함께 범선의 돛을 고정시키는 데 쓰이는 밧줄을 만들기 시작했다. 그 후 몇몇 직업을 전전했으나 성공하지 못했다. 1772년에는 노동자를 위해 더 나은 임금과 조건을 주장하는 정치 팸플릿을 인쇄한 뒤 소비세 징수관 자리에서 해고당했다. 1774년 페인은 벤저민 프랭클린을 만났는데, 그에게서 대서양을 건너 새로운 삶을 시작해 보라는 권유를 받았다. 페인은 13개 식민지 주들이 영국으로부터 독립하는 문제로 논쟁중이던 아메리카에 도착했다. 1776년 미국 독립을 옹호하는, 열정적이면서도 합리적 주장이 담긴 소책자《상식Common Sense》을 펴내었는데, 이 책은 50만 부가 팔려 영국으로부터의 독립을 추구하는 세력에 큰 도움을 주었다. 1787년 페인은 영국으로 돌아가 그곳에서《인간의 권리》를 썼다. 프랑스에서 집필한 후속작《이성의 시대The Age of Reason》(1794)는 기성 종교에 대한 공격이 무신론으로 오해받아 많은 지지자들을 잃었다. 말년에는 미국에서 빈곤에 시달리다 생애를 마쳤다.

RIGHTS OF MAN:

BEING AN

ANSWER TO MR. BURKE's ATTACK

ON THE

FRENCH REVOLUTION.

BY

THOMAS PAINE,

SECRETARY FOR FOREIGN AFFAIRS TO CONGRESS IN THE
AMERICAN WAR, AND
AUTHOR OF THE WORK INTITLED COMMON SENSE.

LONDON:
PRINTED FOR J. JOHNSON, St PAUL's CHURCH-YARD.
MDCCXCI.

[110]

of the Rights of Man, as the bafis on which the new conftitution was to be built, and which is here fubjoined.

DECLARATION OF THE RIGHTS OF MAN AND OF CITIZENS,

By the National Assembly of France.

" The Reprefentatives of the people of France formed into a National Affembly, confidering that ignorance, neglect, or contempt of human rights, are the fole caufes of public misfortunes and corruptions of government, have refolved to fet forth, in a folemn declaration, thefe natural, imprefcriptible, and unalienable rights : that this declaration being conftantly prefent to the minds of the members of the body focial, they may be ever kept attentive to their rights and their duties: that the acts of the legiflative and executive powers of government, being capable of being every moment compared with the end of political inftitutions, may be more refpected : and alfo, that the future claims of the citizens, being directed by fimple and inconteftible principles, may always tend to the maintenance of the conftitution, and the general happinefs.

" For thefe reafons, the National Assembly doth recognize and declare, in the prefence of the Supreme Being, and with the hope of his bleffing and favour, the following *facred* rights of men and of citizens :

' I. Men

[111]

' I. Men are born and always continue free, and ' equal in refpect of their rights. Civil diftinctions, ' therefore, can be founded only on public utility.

' II. The end of all political affociations is the pre-' fervation of the natural and imprefcriptible rights ' of man ; and thefe rights are liberty, property, ' fecurity, and refiftance of oppreffion.

' III. The nation is effentially the fource of all fo-' vereignty ; nor can any INDIVIDUAL, or ANY ' body of men, be entitled to any authority which ' is not exprefsly derived from it.

' IV. Political Liberty confifts in the power of ' doing whatever does not injure another. The ' exercife of the natural rights of every man, has ' no other limits than thofe which are neceffary ' to fecure to every *other* man the free exercife of ' the fame rights; and thefe limits are determinable ' only by the law.

' V. The law ought to prohibit only actions ' hurtful to fociety. What is not prohibited by ' the law, fhould not be hindered ; nor fhould any ' one be compelled to that which the law does ' not require.

' VI. The law is an expreffion of the will of ' the community. All citizens have a right to ' concur, either perfonally, or by their reprefenta-' tives, in its formation. It fhould be the fame to ' all, whether it protects or punifhes ; and *all* ' being equal in its fight, are equally eligible to all ' honours, places, and employments, according to ' their different abilities, without any other diftinc-' tion than that created by their virtues and talents.

P 2　　' VII. No

▲ **《인간의 권리 1부》** 페인은 매력적이면서도 직설적인 문체를 개발해 모든 계층의 사람들이 자신의 사상을 쉽게 이해할 수 있게 만들었다.
《인간의 권리》 1, 2부는 사진에서 보듯이 남성들만의 권리에 집중했다. 그래서 페인과 동시대 여성인 매리 울스턴크래프트Mary Wollstonecraft(212페이지 참조)는 《여성의 권리 옹호 A Vindication of the Rights of Women》라는 책을 통해 여성의 동등한 권리를 옹호하는 주장을 폈다.

◀ **부제 '프랑스혁명에 대한 에드먼드 버크의 공격에 답함'** 페인은 속표지에 《인간의 권리》를 쓰는 동기를 명확히 밝혔다. 부제가 말해 주듯이 이 책은 프랑스혁명을 비판한 사람들에게 보내는 반박문 형식을 취하고 있다. 특히, 그가 표적으로 삼은 것은 아일랜드의 정치가 에드먼드 버크의 《프랑스혁명에 대한 고찰Reflection on the Revolution in France》이라는 보수적 소책자였다.

배경 지식

프랑스혁명(1787~1799)은 절대군주제와 귀족 및 성직자를 위한 봉건적 특권이라는 오랜 전통에 젖어 있던 유럽 여러 나라들을 충격에 빠뜨렸다. 특히 1792년 프랑스의 왕정 폐지는 정치 평론가들과 갈라진 여론 사이에 격렬한 논쟁을 점화시키며 영국에 일대 소동을 일으켰다. 혁명을 지지하는 사람들은 민주정체로의 변화를 주장한 반면, 반대하는 사람들은 영국의 헌법이 군사적 압제의 혼란과 위협으로부터 시민을 보호한다고 주장했다.
혁명의 토대 중 하나는 인간의 자유 원칙을 정리한 17개 항목으로 이루어진 〈인간과 시민의 권리 선언(인권선언)〉이었다. 이 중 가장 중요한 항목은 1번인데, 모든 인간은 평등하고 자유롭게 태어났으며 사유재산을 소유하고 압제에 저항할 기본권 등을 부여받았다고 밝히고 있다. 이 선언은 1789년에 새로운 프랑스 공화국 헌법의 근간으로 채택되었지만, 그 시대 여성들은 여기에 열거된 대부분의 권리로부터 철저히 배제되었다.

Exercice des Droits de l'Homme à du Citoyen Français

▶ **1792년의 이 판화는** 왕정주의자의 시각에서 프랑스혁명을 묘사한 것으로, 귀족을 공격하는 평민을 보여 줌으로써 혁명의 자유 원칙들을 비웃고 있다.

순수의 노래와 경험의 노래Songs of Innocence and of Experience

1794년 ▪ 수작업 인쇄, 판화 수록 ▪ 18cm x 12.4cm ▪ 54도판 ▪ 영국

윌리엄 블레이크William Blake

크기

윌리엄 블레이크의 가장 유명한 작품으로 풍부한 삽화를 곁들인 이 시집은 문학적으로도 예술적으로도 높은 평가를 받는다. 원래는 별개의 책 두 권으로 출간되었지만, 유년 시절의 순수함과 성장기의 타락상을 나란히 보여 줄 목적에서 블레이크 본인이 1794년에 한데 묶어 세트로 펴냈다.

블레이크는 자신의 시에서는 텍스트와 삽화 사이에 긴밀한 연관이 있어야 한다는 것을 알았고, 그래서 각각의 의미들을 층을 쌓듯이 연결하면 통합된 전체가 창조되리라고 생각했다. 시집을 만들기 위해 그는 동판 하나에(168페이지 참조) 텍스트와 이미지를 한데 결합하는 새로운 인쇄 기법을 개발했다. 음각을 새기고, 수작업 인쇄를 마친 뒤 색상이나 텍스트 또는 시의 배열에 변화를 주었고, 한 권 한 권 일일이 손으로 채색하였기에 어느 하나도 똑같은 작품이 없었다.

이러한 제작 과정은 손이 많이 가고 제작비가 비쌌으므로 그가 살아 있는 동안에는 한정된 부수만 배포하였다. 처음에는 가족들과 친구들에게 선물로 주었으나, 나중에는 상업적으로 판매하기로 결심한다.

작고 다채로운 형식 때문에 어린이 책처럼 보이지만 작품 내용은 수준이 높다. 수록된 시들은 비판적이고 파괴적이며, 교회의 역할에 대해, 그리고 사회에 의문을 제기하고 있다. 출간 당시에는 별 주목을 받지 못했다가, 20세기 초에 들어와서야 블레이크의 업적은 인정받기 시작했다.

윌리엄 블레이크

1757~1827년

화가이자 시인인 윌리엄 블레이크는 생전에는 인정받지 못했지만, 오늘날에는 영국 낭만주의 시대의 중요한 시인으로 평가 받는다.

블레이크는 어려서부터 예술에 재능을 보여 열두 살에 판화 제작 견습을 시작했고, 스물한 살에는 판각사 자격을 갖추었다. 1779년에는 런던 왕립미술원 회원이 되었고 자신만의 독특한 스타일을 발전시켰다. 1782년에는 캐서린 바우처Catherine Baucher와 결혼했고, 이듬해에는 첫 시를 발표했다. 신심이 깊은 그리스도교인이었지만 제도화된 종교와, 사회에 통제적 영향력을 미치는 교회에 강력하게 반대했다.

블레이크는 작품에 영감을 주는 환시幻視를 보았다고 주장했으며, 상상의 세계도 실제 세계만큼이나 현실적이고 확실하다고 생각했다. 이런 생각을 하게 된 것은 스웨덴의 철학자이자 신비가 에마누엘 스베덴보리Emmanuel Swedenborg(1688~1772)의 가르침에 영향을 받았기 때문이다. 블레이크의 작품에는 이러한 교회관과 정치적 급진주의가 깃들어 있었지만, 당시에는 독자들에게 호응을 얻지 못했다. 직업적으로 성공을 거두지 못하자 낙담하여 은둔 생활에 들어갔지만, 삶이 끝나는 순간까지 작품 활동은 지속했다. 삽화를 곁들인 〈창세기 서〉 원고를 완성하지 못한 채 1827년에 사망했다.

▶ **예술적 이중성** 속표지는 작품 전체를 관통하는 이중성을 보여 주는데, '인간의 대조적인 마음 상태 두 가지 보여 주기'라는 부제로 요약된다. 오른쪽 페이지 부제 밑에 있는 그림은 불길이 치솟는 가운데 에덴동산에서 쫓겨난 아담과 이브, 즉 순수의 상실을 묘사하고 있다. 왼쪽 페이지의 목가적 장면에서는 자유롭게 날아다니는 벌거숭이 소년을 올려다보는 피리 부는 사나이가 보인다.

42

The Tyger

Tyger Tyger, burning bright,
In the forests of the night:
What immortal hand or eye,
Could frame thy fearful symmetry?

In what distant deeps or skies,
Burnt the fire of thine eyes!
On what wings dare he aspire!
What the hand, dare seize the fire!

And what shoulder, & what art,
Could twist the sinews of thy heart?
And when thy heart began to beat,
What dread hand? & what dread feet?

What the hammer? what the chain,
In what furnace was thy brain?
What the anvil? what dread grasp.
Dare its deadly terrors clasp!

When the stars threw down their spears
And water'd heaven with their tears:
Did he smile his work to see?
Did he who made the Lamb make thee

Tyger, Tyger burning bright
In the forests of the night:
What immortal hand or eye,
Dare frame thy fearful symmetry?

◀ **어두운 체험** 어두운 분위기를 자아내는 이
삽화는 작품집 가운데 가장 사랑받는 시 〈호랑이〉에
나온 '호랑이'의 숨은 악의를 표현한 것이다.
블레이크는 호랑이의 위풍당당함에 감탄하여 계속
질문을 던진다. 실제로 호랑이를 본 독자는 거의 없을
테지만 호랑이가 힘과 권력을 상징한다는 것은 알고
있다. 시인의 의도를 짐작케 하는 단서는 맨 마지막
줄에 나온다. 온순한 양을 창조한 하느님이 난폭한
호랑이도 창조했을까?

세부 내용

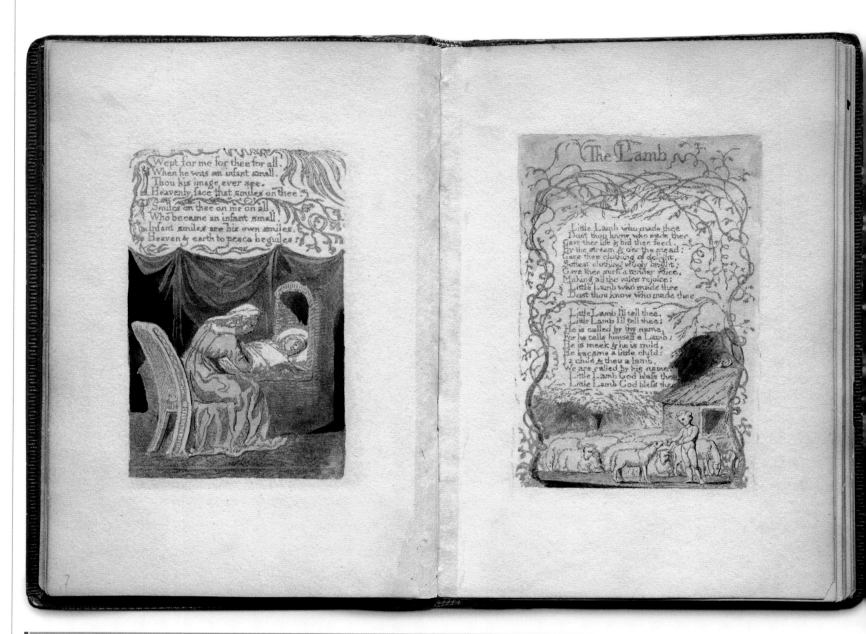

기술에 대하여

16세기에서 19세기 초까지 삽화가 들어간 책들은 인쇄기 두 대로 인쇄하였다. 첫 번째 인쇄기로는 돋을새김된 납판을 이용하여 텍스트를 인쇄하고, 두 번째 인쇄기로는 남은 여백과 텍스트 주위에 동판화를 추가로 인쇄했다. 블레이크의 혁신은 한 과정만으로 찍어 냈다는 데 있다. 글과 삽화를 거꾸로 작성한 뒤, 텍스트와 삽화를 '내산 도료'를 사용하여 인쇄용 동판에 덧입혔다. 그다음 동판에 산성 물질로 처리하면 다른 부분은 녹아내리지만 도료를 바른 부분은 용해되지 않은 채 도드라진다. 그러면 동판에 잉크를 여러 겹 바른 뒤, 전통적인 롤링 인쇄기에 판을 걸쳐 놓고 종이를 그 위로 굴려 인쇄하는 것이었다.

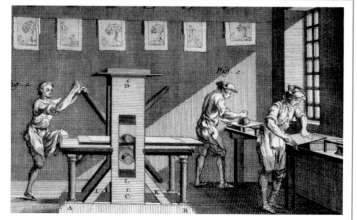

▲ **그림 속 인쇄소에서는** 일꾼 하나가 인쇄를 준비하고 있으며, 또 다른 일꾼이 동판에 잉크를 바르는 동안 소년 하나가 롤링 인쇄기의 손잡이를 돌리고 있다.

▲ **고요한 아름다움** 《순수의 노래》에 수록된 〈자장가〉 및 〈어린 양〉의 텍스트와 삽화에는 평온함이 깃들어 있다. 〈자장가〉는 아기 예수를 상징하는 잠든 아기에게 불러 주는 자장가이며, 요람에 누워 있는 아기를 바라보는 어머니가 등장한다. 〈어린 양〉에서는 아이가 하느님의 어린 양인 예수를 표현하며 순수하고 순한 양처럼 묘사되어 있다. 작가는 아이를 창조한 이가 누구인지 알고 있느냐고 물은 뒤 하느님이라고 알려 준다. 전원에 살고 있는 아이의 평온한 환경을 암시하듯 밝고 선명한 황토색을 썼다.

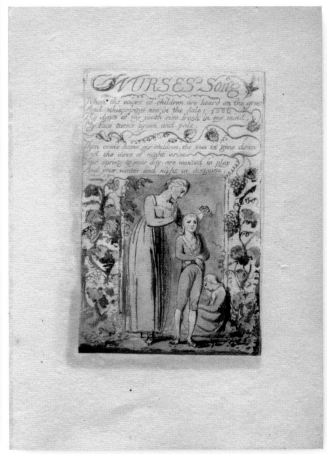

◀▼ 대조를 이루는 짝 《순수의 노래》에 수록된 시 중에는 《경험의 노래》에 같은 제목으로 나오는 시들이 있다. 예를 들면, 《순수의 노래》에 나오는 〈보모의 노래〉(왼쪽 그림)는 아이들에게 "나가서 어둠이 찾아들 때까지 놀라"고 즐겁게 말하는 반면, 《경험의 노래》에 나오는 〈보모의 노래〉(오른쪽 그림)는 아이들에게 집에 돌아오라고 명령한다. 그림도 이를 반영하듯, 원을 지어 뛰어 노는 아이들의 모습과 부루퉁한 소년의 머리를 빗겨 주고 있는 보모의 모습이 대조적이다.

◀ 풍경을 담은 권두 삽화 권두 삽화는 양떼와 남자 하나, 날개 달린 아기 천사로 구성된 목가적 풍경을 담고 있다. 《경험의 노래》 권두 삽화인 이 그림에서 손을 맞잡은 두 인물 (남자와 아기 천사)은 어린 시절의 자유로움은 억제해야 한다는 것을 표현한 것이다. 그렇지 않다면 어린 시절의 순수함은 평생 짊어져야 할 부담감이라는 사실을 표현한 것일 수도 있다.

▶ 밀접한 관련 《순수의 노래》에서 〈환희라는 아이〉의 텍스트는 이 시의 주제인 모자 관계의 자연스러운 아름다움을 암시하고 있고, 텍스트 주위를 덩굴식물이 에워싸고 있다. 시는 어머니와 갓난아기 사이에 주고받는 대화로 읽힌다. 꽃 안에 아늑하게 자리 잡고 있는 아기는 스스로 행복하게 밝히고 있다. "내 이름은 환희야."

▲ 하느님의 축복 〈환희라는 아이〉에서는 천사가 어머니와 아이를 돌보는 모습으로 등장하는데, 모성애가 하느님의 축복을 받고 있음을 암시하듯 세 인물 모두 밝은 금빛 윤곽선으로 그리고 있다.

북미의 새Birds of America

1827~1838년 ▪ 인쇄 ▪ 99cm x 66cm ▪ 87회로 나뉘어 발행된 실물 크기 인쇄물 435점 ▪ 미국

크기

존 제임스 오듀본John James Odubon

북미에 사는 새들을 손으로 직접 그린 존 제임스 오듀본의 19세기 걸작 《북미의 새》는 1827년에서 1838년까지 인쇄물 시리즈로 발간되었다. 책에는 실물 크기로 인쇄한 497종의 새들이 실려 있는데, 각 새마다 자연 서식지에 있는 모습 그대로 매우 섬세하고 정확하게 묘사되어 있다. 높이가 거의 1미터에 육박하며, 네 권으로 구성된 책은 이제껏 출판된 책 가운데 가장 판형이 크다. 원전은 손으로 새긴 동판화에서 복제한 파스텔화와 수채화 삽화를 절묘하게 합쳐 인쇄했다. 당시 간행된 야생동물 관련 책들은 대체로 배경을 여백으로 비워 두었지만, 오듀본은 그림마다 배경을 세밀하게 그려 넣어 독자들이 새들의 서식지가 어떤 모습인지 알 수 있게 했다.

이 책은 문화사 및 조류사에 공헌한 것 못지않게 예술적 가치 또한 크다.

미국에 서식하는 사실이 알려지지 않았던 새들을 찾아내기도 했으며, 수록된 새들 가운데 여섯 종이 현재 멸종된 것으로 추정되고 있으므로, 이 책은 중요한 역사적 기록을 남기기도 한 셈이다. 책을 만들면서 오듀본은 새로운 25종과 12개의 아종亞種을 발견했다. 《북미의 새》는 완성하는 데 12년 가까이 걸렸으며, 삽화들이 다 들어 있는 온전한 세트는 120점만 현존한다.

▼ **가장 큰 책** 《북미의 새》의 원본은 크기가 99cm x 66cm나 되는 엘리펀트배倍 형지型紙* 폴리오 수제 종이에 인쇄하였다. 그림에서 보듯이 우엉 줄기를 먹고 있는 캐롤라이나 앵무새는 오듀본이 그린 멸종한 새 여섯 종 가운데 하나다.

* 27×40 인치 크기의 대형 종이.

커가던 무렵, 나의 열망은 자연에 대해 잘 알고 싶은
것뿐이었다.

존 제임스 오듀본.

▼ **실물 크기의 그림들**　오듀본의 후원 독자들은 매달 수작업한
채색 판화가 들어 있는 양철 상자를 받았는데, 그 안에는 갖가지
크기의 새들이 그려져 있었다. 아래 그림의 대백로는 백로과
중에서도 가장 큰 종이다. 오듀본은 실물 크기를 화폭에 담기
위해 대백로를 목이 구부러진 모습으로 그렸다.

PLATE CCLXXXI

세부 내용

▲ **생동감 넘치는 삽화들** 이 삽화는 텍스트에서 찬탄한 트럼펫고니의 우아함과 위엄 있는 모습을 잘 포착했다. 삽화 제작은 런던의 제판사 로버트 헤이벌 Robert Havell 부자가 맡았다. 삽화가 작업 라인에 놓이면 채색가들이 다양한 기법을 활용하여 특정 부분을 여러 색으로 칠했다.

◀ **인쇄 효과** 고니 깃털에 있는 흰색과 밝은 부분은 날개의 형태를 강조하는 반면, 음영 부분은 3차원 효과를 더한다. 애쿼틴트 기법aquatint(부식 동판화 제판 기법으로, 동판에 닿는 산의 농도와 시간을 조절하여 다양한 느낌을 낸다)이 더해져 물에 잠긴 부분이 녹색 그러데이션으로 표현되어 물결이 일렁이는 느낌뿐 아니라 투명한 효과마저 준다.

▼ **작업 준비** 책에 있는 모든 그림은 죽은 새를 그린 것이다. 오듀본은 표본의 날개 형태를 조사하고 몸체와 날개 폭을 쟀다. 아래에 있는 흰매 같은 종류의 그림은, 작업에 들어가기 전 새를 목재 틀에 핀으로 꽂아 자세를 고정시킨 다음 그려야 며칠 동안 정교하게 그릴 수 있다.

▲ **자연 서식지** 사진이 발달하기 전 시대에 오듀본은 그림에 상세한 배경을 넣고 채색하여 그림을 완성하였다. 위에 있는 그림의 물고기 사체와 함께 있는 흰머리수리처럼, 새만 그린 것이 아니라 자연환경 서식지에 있는 새들을 묘사했다. 이는 눈으로 잘 볼 수 없는 모습이었지만 자연스러운 광경이었다. 오듀본은 150명이나 되는 화가들을 고용하여 이러한 배경 그림들을 그렸다. 그중 50점은 조수인 조지프 메이슨Joseph Mason이 그렸다.

존 제임스 오듀본

1785~1851년

존 제임스 오듀본은 미국의 자연과학자이자 조류학자, 화가였다. 북미의 새들을 그린 세밀화로 가장 잘 알려져 있다. 방대하고도 야심찬 작품 《북미의 새》를 펴내는 데 온 생애를 바치다시피 했다.

자연과학자이자 화가인 존 제임스 오듀본은 당시 프랑스령이던 산토도밍고(현재의 아이티)에서 태어났다. 어렸을 때 프랑스로 건너갔고 그곳에서 자연에 대한 사랑을 키웠다. 열여덟 살에 펜실베이니아로 이주하여(나폴레옹 전쟁에 징집되는 것을 피하려는 이유도 있었다), 가짜 여권을 만들어 준 아버지와 함께 필라델피아 외곽에서 살았다. 피비딱새의 발에 은실을 묶어 새들의 이동을 밝혀내는 조류표지법을 북미에서는 처음으로 시행했다. 사업에 뛰어들었으나 실패했고, 1808년 루시 베이크웰Lucy Bakewell과 결혼한 뒤에는 자연 관찰에 전념했다.

1820년 오듀본은 북미의 모든 새들을 그리겠다는 일생일대의 프로젝트에 착수한다. 총 한 자루와 그림 도구들을 챙겨 미시시피 강을 따라 새를 찾아다녔으며, 한 번 나가면 몇 달 동안 작업이 이어졌다. 적당한 새가 눈에 띄면 잡은 뒤 정확하고 꼼꼼하게 그렸다. 하지만 출판 준비는 순조롭지 못했다. 미국에서 충분한 자금 확보에 실패하자, 1826년 반쯤 완성된 책의 고객을 찾아 영국으로 건너갔다. 결국 미국, 영국, 프랑스에서 출판 자금을 지원할 부유한 후원자들을 찾았다(후원자들 중에는 영국 왕 조지 4세George IV와 미국의 앤드루 잭슨Andrew Jackson 대통령도 있었다). 미국으로 돌아온 오듀본은 1841년 가족과 함께 뉴욕으로 이주하여 살다가, 1851년 1월 27일 숨을 거두었다.

▶ **틀에 맞추기** 아메리카 홍학처럼 키가 1.5미터나 되는 종을 실물 크기로 그리는 일은 만만치 않았다. 홍학을 도판의 크기에 맞추기 위해 목을 구부리고 다리는 접은 모습으로 그렸다.

▼ **배경 세부도** 목을 쭉 내밀고 한쪽 다리로 선 자세를 취한 전형적인 모습의 이 새를 비롯하여 배경에 있는 홍학들의 움직임이 생동감 있게 표현되었다. 오듀본은 여러 마리를 함께 그려 홍학이 무리지어 사는 새임을 나타냈다.

점을 사용하여 단어와 음악, 간단한 악보를 작성하는 방법 Procedure for Writing Words, Music and Plainsong in Dots

1829년 ■ 종이에 돋을새김 ■ 28.5cm x 22cm ■ 32쪽 ■ 프랑스

크기

루이 브라유Louis Braille

스무 살의 나이에 루이 브라유는《점을 사용하여 단어와 음악, 간단한 악보를 작성하는 방법》을 발표하여 자신 같은 시각장애인의 삶을 획기적으로 바꾸어 줄 읽기와 쓰기 수단을 선보였다. 파리에서 교육을 받은 그는 발랑탱 아우이Valentin Haüy의 돋을새김 글자법을 사용하여 읽는 법(쓰는 법은 제외)을 배웠다. 1821년 브라유는 샤를 바르비에Charles Barbier 대위의 '야전 문자' 암호를 알게 된다. 프랑스 육군 장교인 바르비에는 1808년 손가락 끝으로 '읽는' 암호들을 사용하여 병사들이 전쟁터에서도 소리 내지 않고 교신할 수 있는 체계를 발명했다. 야전 문자에 감화된 브라유는 배우기 쉽고 쓰기도 가능한, 자신만의 단순화한 체계를 만들기로 결심한다. 그 뒤 바르비에의 체계를 개선하여 독특한 '단위' 또는 활자 부호를 개발했는데, 돋을새김한 여섯 점자를 사용하여 각 단위를 손가락 끝으로 '읽을' 수 있게 했다. 그는 활자는 물론, 숫자, 구두점을 두루 포함하여 이들을 10개씩 묶은 9개 '문자군'으로 분류했다. 그리고 1829년에는 수학과 음악용 점자 부호까지

루이 브라유

1809~1852년

다섯 살 때 시각을 잃은 루이 브라유는 장애를 극복하고 자신의 이름을 따서 명명한 브라유 점자법을 발명하여 시각장애인들도 읽고 쓰기가 가능하게 만들었다.

파리 외곽 소도시에서 태어난 브라유는 지방학교에서 교육을 받은 뒤 열 살에 파리에 있는 왕립 맹아학교에 장학금을 받고 입학했다. 이 학교의 설립자인 발랑탱 아우이가 고안한 돋을새김 문자를 활용하여 읽는 법을 배웠다. 열아홉 살에는 같은 학교의 교사이자 음악가로 임명되었다. 그의 점자법이 미처 인정을 받기도 전인 43세에 폐결핵으로 사망했지만, 현재는 파리 팡테옹에 안장되어 있다. 오늘날에는 프랑스의 국민 영웅으로 추앙받고 있다.

추가하여 책을 출간했다. 책은 젖은 종이에 목판을 대고 눌러서 알파벳이 양쪽 지면에 돋을새김으로 올라오도록 인쇄했다. 이 책은 이 놀라운 점자법을 전 세계에 소개하여 수많은 시각장애인들이 읽고 쓸 수 있게 했다.

세부 내용

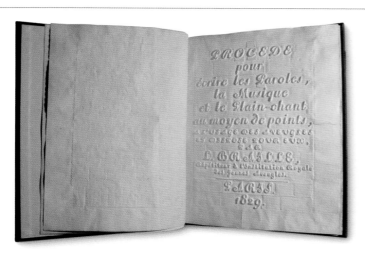

▲ **초판** 책은 브라유의 새 '점자'법을 옮겨 쓰기 위해서 아우이의 돋을새김 활자들을 사용하여 인쇄해야 했다. 아우이의 글자를 이용해 쓴 《점을 사용하여 단어와 음악, 간단한 악보를 작성하는 방법》, 즉 프랑스어 제목 'Procédé pour Ecrire les Paroles, la Musique et le Plain-chant au moyen de points'가 보인다.

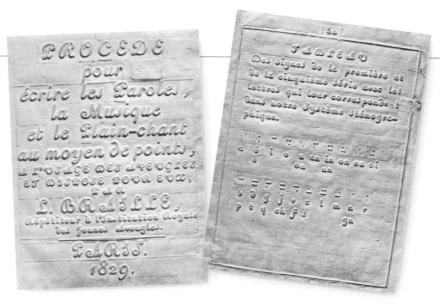

▲ **첫 페이지와 마지막 페이지** 왼쪽에 있는 속표지는 인쇄 시 돋을새김하였기에 불룩한 글자들이 선명하게 보인다. 오른쪽의 마지막 페이지에는 브라유의 새로운 점자법에 쓰인 해당 점자와 줄표, 활자 일람표가 실려 있다. 1837년에 인쇄된 두 번째 판부터는 줄표가 빠졌다.

> 시각장애인도 평등하게 대우 받아야 하며, 이를 실현할 수 있는 방법은
> 바로 의사소통이다.

루이 브라유.

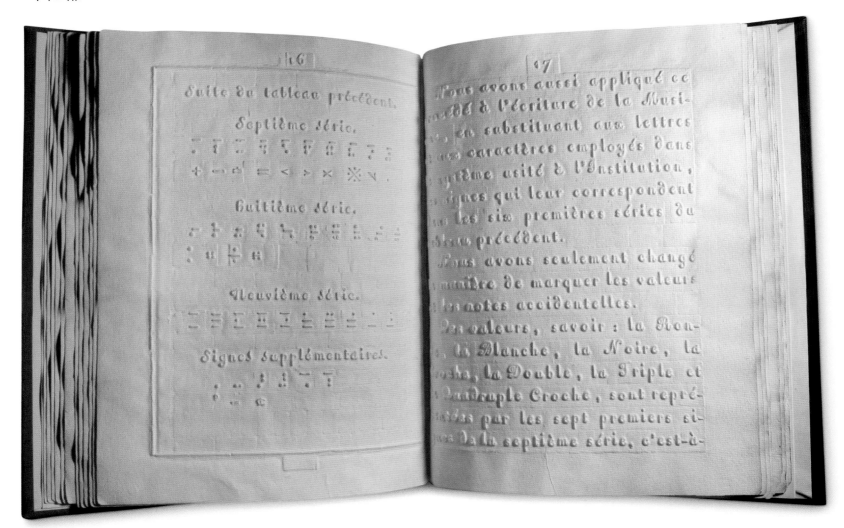

▲ **설명을 곁들인 브라유의 문자들**　위 그림의 16페이지는 수학 및 음악과 관련이 있는 제7문자군, 제8문자군, 제9문자군의 점자 부호를 보여 주고 있다. 오른쪽 페이지에는 이 점자 부호들의 사용법을 설명해 놓았다.

▲ **바르비에 대위에게 전하는 감사의 말**　이 서문에서 브라유는 자신이 바르비에의 작품으로 점자법을 개발했다고 언급하고 있는데, 바르비에의 문자 20개로는 프랑스어에 있는 모든 단어를 쓰기에 충분치 않았다. 이 초판본은 겨우 여섯 부만 현존한다.

배경 지식

브라유가 사망하고 2년 뒤인 1854년, 프랑스는 브라유의 점자법을 시각장애인용 점자법으로 채택했다. 또한 1878년 시각장애인들을 위한 세계 회의에서는 전 세계 시각장애인들의 의사소통 수단으로 브라유 점자법을 채택했다. 이 점자법은 적용성이 우수하다고 입증되었는데, 러시아어와 폴란드어 같은 슬라브 계통 언어들뿐 아니라 주요 아시아 언어용으로 개발된 변형본도 만들었다. 또한 단순성 덕분에 브라유 타자기의 대량 생산도 가능해졌다. 그러나 최근에는 오디오북과 디지털 기술의 발전으로 브라유 점자법 사용이 점차 줄고 있다.

▲ **인쇄업자들은 19세기에 브라유 인쇄기를 개발하기** 시작했다. 이 인쇄기는 1920년대의 것이다.

배데커 여행 안내서 Baedeker guidebooks

1830년대부터 ■ 인쇄 ■ 초기 판본 16cm x 11.5cm ■ 페이지 수 다양 ■ 독일

크기

카를 배데커 Karl Baedeker

1840년대부터 1914년까지 독일 출판사 배데커는 세계적으로 인기 있는 여행 안내서를 제작했는데, 이 분야를 창시한 것은 아니었지만 그전과는 다른 완전히 혁신적인 것이었다.

1828년에 다른 출판사가 펴낸 라인강 계곡 여행 안내서 판권을 1835년에 사들인 설립자 카를 배데커는 실용적이면서도 사용자 친화적인 배데커 여행 안내서를 제작해 명성을 얻었다. 그는 기존 안내서들이 다룬 지역의 역사와 명소에 여행 방법과 숙박 안내 등 혁신적 내용을 덧붙였다. 시리즈로 간행된 베데커 안내서의 핵심 독자층은 새로운 부류의 관광객들이었다. 그들은 관광 안내인을 고용하기보다는 독자적으로 여행을 즐기는 사람들이었다. 1839년부터 배데커 여행 안내서 시리즈는 급속히 성장했다. 카를 배데커는 1859년에 사망할 때까지 유럽의 주요 관광지를 모두 소개하는 책자를 직접 펴냈다. 그의 사후에는 세 아들이 물려받아 시리즈를 계속 이어 나갔고, 꼼꼼한 조사를 바탕으로 한 텍스트, 상세한 항목 기재, 최신식 지도와 평면도, 관광지, 호텔·식당의 등급에 '별점' 매기기 등의 브랜드 특징은 그대로 유지되었다. 배데커 여행 안내서가 성공할 수 있었던 요인은 19세기 말 유럽에 대두한 여행

카를 배데커

1801~1859년

카를 배데커는 독일의 출판업자이자 서적 판매업자였고, 유명한 여행 안내서 시리즈를 통해 근대 여행 안내서의 원형을 확립했다.

배데커는 독일 에센(당시는 프러시아 지방)의 서적 판매업자 및 인쇄업자 가문에서 10남매의 장남으로 태어났다. 1817년 하이델베르크에서 공부한 뒤 다양한 서점에서 경력을 쌓고 1827년 코블렌츠에서 서점 및 출판업을 시작했는데, 권위 있는 여행 안내서 시장이 떠오르고 있음을 감지하고 기회를 놓치지 않았다. 배데커 안내서는 정확한 정보(상당수는 자신이 직접 조사했다)를 담고 있음을 강조했고, 기존 안내서들을 주기적으로 수정·보완했다. 마지막 20년 동안은 쉼 없이 안내서를 쓰고 개정하고 수정·보완하며 두루 여행하고 다녔다. 아들인 에른스트 Ernst, 카를 Karl, 프리츠 Fritz가 성공적으로 사업을 물려받아 배데커 시리즈를 확장했는데, 1914년 무렵에는 전 세계의 많은 지역을 다루었다.

대중화 바람이었다. 새로 부를 쌓은 중산층에게는 해외 여행을 할 수 있는 경제적 여유가 생겼을 뿐만 아니라, 새로운 철도와 증기기관선 덕분에 여행이 수월해졌던 것이다. 특히 이 책의 프랑스어판과 영어판이 출간된 뒤에는 여행 안내서 역시 이러한 관광 붐을 부추기는 역할을 했다. 1870년 무렵 배데커 시리즈는 특유의 빨간색 표지와 더불어 '여행 안내서'와 동의어가 되었다.

세부 내용

▲ **꼼꼼한 내용** 이 책 《로테르담에서 콘스탄츠까지의 라인강 The Rhine from Rotterdam to Constance》(1882)에서는 라인강의 모든 정보를 일람표로 보여 준다.

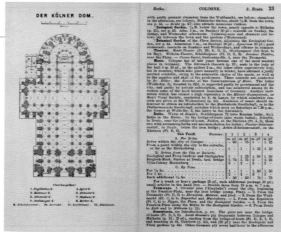

▲ **주요 관광지의 평면도** 배데커 여행 안내서는 역사적 사실을 방대하게 조사한 것으로도 유명했다. 위는 퀼른 대성당의 평면도인데, 배데커는 이곳을 "바라보는 모든 이들이 감탄을 자아낼 곳"이라고 언급하고 있다.

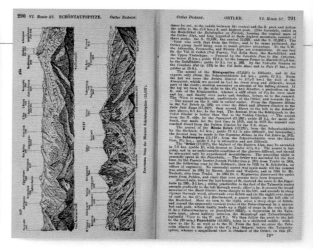

▲ **파노라마** 이 페이지에 등장하는 동부 알프스 그림은 손으로 정확하면서도 기술적으로 그린 전경인데, 사진이 발명되기 이전 시대에 제작된 초창기 여행 안내서의 버팀목이었다.

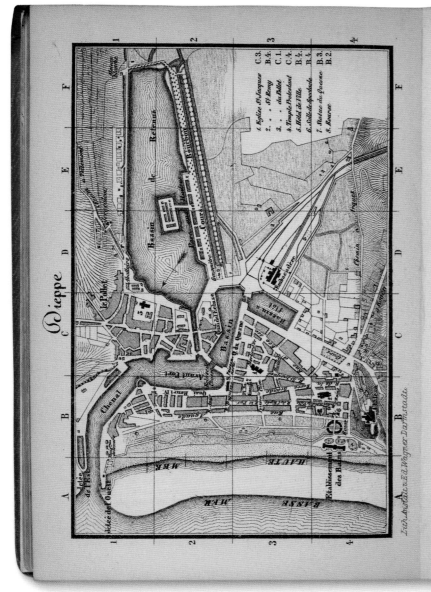

to Paris.   DIEPPE.   41. Route.   225

English fleet, then returning from an unsuccessful attack on Brest; an unequal contest which resulted in the total destruction of the town. The view from the summit, and especially from the lofty bridge, is very extensive, but beyond this the castle possesses nothing to attract visitors.

The church of **St. Jacques** (the patron saint of fishermen), in the *Place Nationale*, dates from the 14th and 15th centuries. The interior is, however, sadly disfigured. Near the church is the **Statue of Duquesne**, a celebrated admiral and native of Dieppe (d. 1687), who conquered the redoutable De Ruyter off the Sicilian coast in 1676. The Dutch hero soon after died of his wounds at Syracuse. Duquesne, who was a Calvinist, was interred in the church of Aubonne on the Lake of Geneva.

On market-days (Wednesdays and Saturdays) an opportunity is afforded to the stranger of observing some of the singular head-dresses of the Norman country-women.

The **Jetée de l'Ouest**, situated at the N.W. extremity of the town, forms an agreeable evening promenade, and with the opposite *Jetée de l'Est* constitutes the entrance to the harbour. Towards the S.E. the harbour terminates in the **Bassin de Retenue**, flanked by the *Cours Bourbon*, an avenue 3/4 M. in length, affording a retired and sheltered walk.

This basin contains an extensive **Oyster Park**, formerly one of the principal sources from which Paris derived its supplies. The oysters are first brought from the inexhaustible beds of *Cancale* and *Granville* to *St. Vaast* near Cherbourg, whence they are afterwards removed to Dieppe. Here they are 'travaillées', or dieted, so as materially to improve their flavour and render them fit for exportation. It has been observed that the oyster, when in a natural state, frequently opens its shell to eject the sea-water from which it derives its nourishment and to take in a fresh supply. In the 'park' they open their shells less frequently, and after a treatment of a month it is found that they remain closed for ten or twelve days together, an interval which admits of their being transported in a perfectly fresh state to all parts of the continent. Since the completion of the railway from Paris to Cherbourg, the oyster-park of Dieppe has lost much of its importance, and the metropolis now derives its chief supplies from a more convenient source. Contiguous to the oyster-park is a restaurant of humble pretensions, where the delicious bivalve (75 c. per dozen), fresh from its native element, may be enjoyed in the highest perfection.

Le Pollet, a suburb of Dieppe inhabited exclusively by sailors and fishermen, adjoins the Bassin de Retenue on the N. side. The population differs externally but little from that of Dieppe. It is, however, alleged that they are the descendants of an ancient Venetian colony, and it is certain that to this day they possess a primitive simplicity of character unknown among their neigh-

BÆDEKER. Paris. 3rd Edition.   15

▲ **선명한 레이아웃** 《배데커 여행 안내서》는 모든 여행 안내서 중 가장 신뢰할 만한 것으로 평가 받았는데, 다음과 같은 영국 시가 나올 정도였다. "왕과 정부는 실수할 수 있지만 배데커 씨는 절대 안 그렇다네." 《파리와 북프랑스 편*Paris and Northern France*》(1867)에 실린 이 페이지는 내용이 알차게 구성되어 있음을 잘 보여 준다. 관광지에 대한 설명만 한 것이 아니라 그 지역의 관습, 대처 방법, 팁 주기 요령까지 알려 준다.

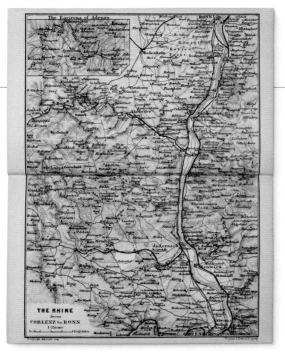

◀ **고품질의 지도** 안내서의 지도와 평면도는 지도 제작사가 만들어 낸 지도만큼이나 상세하고 정확했다. 대부분 컬러여서 읽기도 수월했으며, 더 큰 지도들은 접을 수도 있었다.

이 책은 여행자가 불쾌한 곳은 최대한 멀리 하고 … 홀로 걸어 다닐 수 있게 하였다.

칼 배데커. 《독일편*Germany*》 서문. 1858년.

픽윅 페이퍼스 Pickwick Papers

1836~1837년 ■ 인쇄 ■ 21.3cm x 12.6cm ■ 609쪽 ■ 영국

찰스 디킨스 Charles Dickens

크기

약칭 《픽윅 페이퍼스》로 알려진 《픽윅 클럽 사후 보고서 The Posthumous Papers of the Pickwick Club》는 찰스 디킨스의 첫 소설이다. 1836년 4월부터 1837년 11월까지 19권으로 분책되어 출간되었고, 1837년에는 두 권으로 묶어 재출간한 이 소설은 큰 반향을 불러일으키며 판매량에서 전례 없는 성공을 거두었다. 첫 권은 겨우 500부가 팔렸지만, 마지막 두 권은 4만 부가 판매되어 디킨스가 작가로서 확고히 자리 잡는

찰스 디킨스

1812~1870년

찰스 디킨스는 영어권에서 가장 유명하고 사랑받는 작가 가운데 한 사람이다. 여러 세대에 걸쳐 독자들을 사로잡은 수많은 인물들을 창조했다.

계기가 되었다. 그 뒤로 작품 활동을 계속하여 디킨스는 빅토리아 시대에 가장 유명하고 사랑받는 작가가 되었다.

이 책이 처음부터 소설로 기획된 것은 아니었다. 처음에 디킨스는 삽화가 로버트 세이무어Robert Seymour(1798~1836)가 그리는 스포츠 만화 시리즈에 지문을 붙여 달라는 의뢰를 받았다. 그러나 디킨스는 오히려 자신의 텍스트를 기본으로 하고 세이무어의 삽화를 곁들이는 방식을 제안했다. 2권이 나온 직후 세이무어가 자살하자, 나머지 이야기는 텍스트에 좀 더 비중이 실리며 해블롯 나이트 브라운Hablot Knight Browne(1815~1882)이 삽화를 맡았다. 그는 나중에 디킨스의 다른 작품 10권의 삽화도 그렸다.

빅토리아 말기의 잉글랜드를 생생하고 유쾌하게 그려 낸 이 작품은 대중을

1824년 아버지가 채무 관계로 구속되면서 열두 살 소년 디킨스는 구두약 공장에서 일을 해야만 했는데, 이는 일생 동안 지울 수 없는 경험이 되었다. 각고의 노력 끝에 1832년 정치부 기자로 일을 시작하여 금세 이름을 떨쳤고, 로버트 세이무어와 함께 《픽윅 페이퍼스》를 작업해 달라는 제안을 받았다. 1836년에 출간된 《픽윅 페이퍼스》는 디킨스가 소설가로서의 긴 여정을 시작하는 출발점이 되었다.

1836년 캐서린 호가스Catherine Horgath와 결혼하여 자녀를 열 명이나 두었지만, 여배우 엘렌 터넌Ellen Turnan을 사랑하여 1858년부터 아내와 별거했다. 소설과 희곡을 쓰는 일 외에도 잡지와 신문을 편집했고 몇몇 자선단체도 도왔다. 가난한 이들의 대변자였던 그는 막 눈뜨고 있던 사회적 양심에 중요한 역할을 한 독특한 인물 군상과 많은 장면들을 창조했고, 소설가이자 사회 비평가로서 동 시대의 유명한 인물이 되었다.

사로잡았다. 사회 모든 계층의 독자들이 픽윅 클럽 멤버 네 사람이 벌이고 다니는 엉뚱한 행각을 따라가며 소설을 즐겼다. 이 작품은 상냥한 새뮤얼 픽윅에 이끌려 영국 곳곳을 여행하는 친구들이 벌이는 모험들로 구성되어 있어 딱히 줄거리는 없지만, 삶과 유머로 가득 차 있다. 디킨스는 필명 '보즈Boz'로 작품을 발표했지만 《픽윅 페이퍼스》의 출간으로 확고한 명성을 쌓았고, 그걸 시작으로 40년간 많은 소설 작품을 발표하였다.

세부 내용

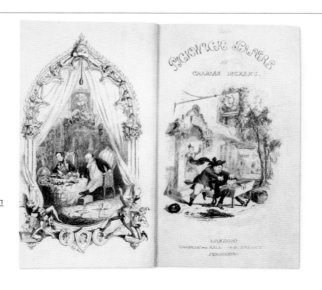

▶ 권두 삽화 및 속표지 첫 삽화가 세이무어 사후 로버트 버스Robert Buss 같은 여러 화가들이 물망에 올랐지만, 해블롯 브라운이 최종 선정되었고, 그의 그림들이 주로 사용되었다. 권두 삽화를 보면 샘 웰러 Sam Weller와 픽윅이 함께 신문을 보고 있다. 속표지에는 토니 웰러가 교구 사제인 미스터 스티긴스Mr Stiggins를 말 여물통에 넣고 '세례를 주는' 장면이 있다.

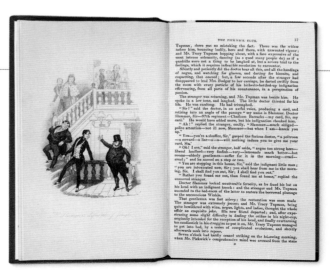

▲ 사랑의 라이벌 이 그림은 로버트 세이무어가 자살하기 직전에 그린 몇 안 되는 삽화 가운데 하나다. 군의관인 슬래머Slammer 박사가 자신이 따라다니던 부유한 과부를 유혹한 앨프레드 징글Alfred Jingle에게 결투를 신청하는 장면이다.

▼ **크리스마스 특별판** 크리스마스에 편승하여 출판업자들은 재빠르게 1836년 12월 31일 특별판을 발행했는데,
이를 위해 디킨스는 감상적인 작품을 썼다. 파티 참석자들이 식물 겨우살이 아래에서 입을 맞추는 미스터 와들
Wardle의 크리스마스 파티를 묘사한 브라운의 이 강판화 삽화는 매우 세밀하게 그려졌으며 익살스럽다. 브라운은
처음에는 세이무어의 스타일을 모방하여 그렸지만 나중에는 자신만의 스타일을 찾았다. 그의 그림 배경에는
우화적인 표현들이 자주 들어갔다.

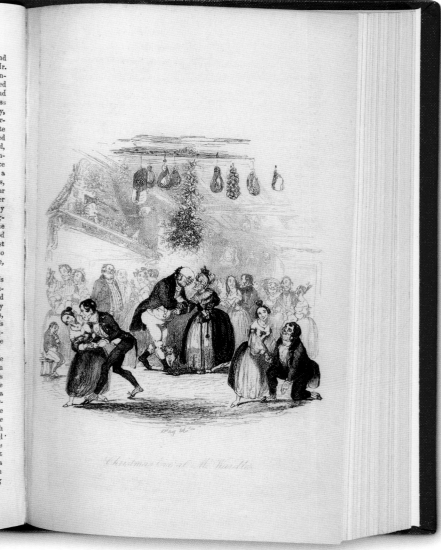

296   POSTHUMOUS PAPERS OF

branch of misletoe instantaneously gave rise to a scene of general and
most delightful struggling and confusion ; in the midst of which Mr.
Pickwick with a gallantry which would have done honour to a descen-
dant of Lady Tollimglower herself, took the old lady by the hand, led
her beneath the mystic branch, and saluted her in all courtesy and
decorum.   The old lady submitted to this piece of practical politeness
with all the dignity which befitted so important and serious a solemnity,
but the younger ladies not being so thoroughly imbued with a super-
stitious veneration of the custom, or imagining that the value of a salute
is very much enhanced if it cost a little trouble to obtain it, screamed
and struggled, and ran into corners, and threatened and remonstrated,
and did every thing but leave the room, until some of the less adven-
turous gentlemen were on the point of desisting, when they all at once
found it useless to resist any longer, and submitted to be kissed with a
good grace.   Mr. Winkle kissed the young lady with the black eyes,
and Mr. Snodgrass kissed Emily ; and Mr. Weller, not being particular
about the form of being under the misletoe, kissed Emma and the other
female servants, just as he caught them.   As to the poor relations, they
kissed everybody, not even excepting the plainer portion of the young-
lady visiters, who, in their excessive confusion, ran right under the
misletoe, directly it was hung up, without knowing it ! Wardle stood
with his back to the fire, surveying the whole scene, with the utmost
satisfaction ; and the fat boy took the opportunity of appropriating to
his own use, and summarily devouring, a particularly fine mince-pie,
that had been carefully put by, for somebody else.

Now the screaming had subsided, and faces were in a glow and curls
in a tangle, and Mr. Pickwick, after kissing the old lady as before-men-
tioned, was standing under the misletoe, looking with a very pleased
countenance on all that was passing around him, when the young lady
with the black eyes, after a little whispering with the other young ladies,
made a sudden dart forward, and, putting her arm round Mr. Pickwick's
neck, saluted him affectionately on the left cheek ; and before Mr. Pick-
wick distinctly knew what was the matter, he was surrounded by the
whole body, and kissed by every one of them.

It was a pleasant thing to see Mr. Pickwick in the centre of the
group, now pulled this way, and then that, and first kissed on the chin
and then on the nose, and then on the spectacles, and to hear the peals
of laughter which were raised on every side ; but it was a still more
pleasant thing to see Mr. Pickwick, blinded shortly afterwards with a
silk-handkerchief, falling up against the wall, and scrambling into cor-
ners, and going through all the mysteries of blindman's buff, with the
utmost relish for the game, until at last he caught one of the
poor relations ; and then had to evade the blind-man himself, which
he did with a nimbleness and agility that elicited the admiration and
applause of all beholders.   The poor relations caught just the people
whom they thought would like it ; and when the game flagged, got caught
themselves.   When they were all tired of blind-man's buff, there was a
great game at snap-dragon, and when fingers enough were burned with
that, and all the raisins gone, they sat down by the huge fire of blazing

Christmas Eve at Mr. Wardle's

백 년을 살면서
매년 소설을 세 편씩 쓴다
해도 결코
픽윅만큼
자랑스럽지
않을 것이다.

찰스 디킨스. 1836년 11월.

배경 지식

《픽윅 페이퍼스》는 19세기 소설에 즉각적이면서도 지속적으로 영향
을 끼쳤다. 처음에는 다달이 출간되었고, 매회 아슬아슬한 결말로 사
람들의 흥미를 불러일으켰으므로 독자도 점점 늘었다. 아울러 출판업
자들은 출간 비용을 절감할 수 있었다. 덕분에 매회 발행분은 1실링에
팔렸고 초록색 표지로 감쌌다. 책 안에 실린 광고로 출판업자들은 더
많은 이익을 남겼는데, 이 광고들은 빅토리아 시대의 영국을 들여다
볼 수 있는 멋진 창구 역할을 한다. 시리즈의 마감 시한을 맞추려면 대
단한 자기절제가 요구되었는데, 디킨스는 그 점에서는 탁월했다. 심
지어 뒷부분 열 권은 그다음 소설 《올리버 트위스트 *Oliver Twist*》를
이미 시작한 상태에서 썼다.

▶ **이 연재소설의 1837년 원본 표지에는** 처음에 제안되었던 주제인 스포츠(사냥과
낚시 포함)를 그린 부분도 있다. '보즈'는 디킨스의 필명이다.

성지 The Holy Land

1842~1849년 ▪ 석판화 ▪ 60cm x 43cm ▪ 247도판 ▪ 영국

크기

데이비드 로버츠David Roberts

1842년부터 발표하기 시작한 데이비드 로버츠의 걸작 《성지, 시리아, 이두메아, 이집트, 누비아 *The Holy Land, Syria, Idumea, Egypt and Nubia*》(약칭 《성지》)는 출판계에 일대 선풍을 일으켰다. 화려한 판형과 제목으로 다양하게 선보인 비슷한 종류의 그림들이 출판되면서 이 작품의 영향력은 더욱 커졌다. 이 기획이 큰 성공을 거둔 이유는, 근동의 이국적 매력을 깨달은 유럽인들을 깊이 매료시켰을 뿐 아니라 고도의 기술을 활용한 인쇄물의 수준이 워낙 뛰어났기 때문이다. 이 작품은 여러 사람의 협업으로 탄생했다. 화가인 데이비드 로버츠, 벨기에의 석판화가로서 판화를 제작한 루이 아그Louis Haghe, 거기에 여러 권을 출판하느라 재정적 위험을 떠안게 된 출판업자 프랜시스 문Francis Moon의 노력 덕분이었다.

로버츠는 1838년에 중동에 도착하여 11개월 동안 다양한 풍경들을 스케치하고 그림을 그렸다. 그림의 소재들이 어찌나 많았는지 '남은 평생 동안 그려도 될 만큼' 많았다. 루이 아그는 로버츠의 그림들을 석판화로 재현했다. 상당히 까다로운 이 인쇄 기법은 돌 위에 이미지를 거꾸로 전사하여 잉크를 바른 다음 뒤집어 인쇄하는 방식이다. 그렇게 나온 흑백의 이미지들을 손으로 일일이 채색했으므로 똑같은 작품은 하나도 없었다.

이 책은 대량 생산된 석판 인쇄의 위대한 표본으로서, 대중 매체의 등장을 알리는 전기가 되었다. 또한 빅토리아 시대의 사람들에게는 다른 세상에 대한 호기심을 불러일으키는 환상이기도 했다.

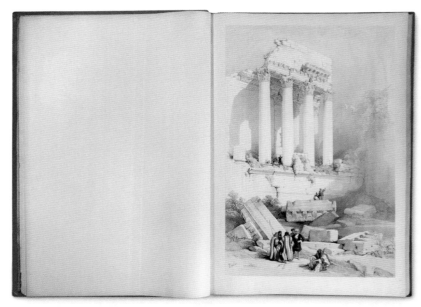

▲ **장정** 초기 예약 구독자들 중 다수가 책으로 엮은 도판을 선택했다.

▼ **심미적이고 정밀한 작품**　로버츠는 극적 감각을 타고난 인물이었다. 《성지》에 실린 이 유명한 그림은 자욱한 먼지와 모래 구름으로 뒤덮이기 전 뜨거운 사막 바람 '시뭄'('독이 든 바람'이라는 뜻)이 불고 있는 카이로 외곽 기자Giza의 스핑크스와 대신전 지구地區를 보여 준다. 거대한 태양은 곧 재앙이 임박했다는 느낌을 전한다.

세부 내용

▶ **로버츠의 스케치** 로버츠의 원작에 묻어나는 자연스러움을 보면 그가 대작들을 그려 본 경험이 있음을 알 수 있다. 그는 신전, 기념물, 인물 들을 272점의 수채화로 완성해 《성지》에 실었다. 이 장면을 보면 그의 대담한 스타일을 볼 수 있는데, 세밀하게 표현하지 않고도 풍경을 정확히 묘사하고 있다. 오렌지 빛깔은 대기의 열기를 드러내는 반면, 건물 꼭대기에서 반사되는 빛은 태양의 존재를 강조함으로써 열기를 더욱 강하게 전달하고 있다.

▶ **아그의 석판화** 아그는 석판화를 제작할 때 로버츠의 원작 스케치와 수채화를 정확히 전사하였다. 석판을 제작할 때 본래 기술을 발휘하는 것에 그치지 않고 선을 날카롭게 새겨 빛과 그림자 부분의 대비를 강조함으로써 더욱 더 섬세하게 표현했다. 그래서 로버츠의 원작에 맞추면서도 부족한 부분은 정확하게 보완했다. 이 풍경 그림에서 아그는 전경의 세부 내용을 세밀하게 표현하면서도 로버츠의 드로잉에 드러난 따뜻한 느낌은 그대로 살렸다.

데이비드 로버츠

1796~1864년

데이비드 로버츠는 왕성하게 활동한 영국 화가이자 왕립학회 회원이었다. 유화로도 어느 정도 성공을 거두었지만, 그가 명성을 얻게 된 계기는 이국의 풍경을 묘사한 작품들 덕분이었다.

스코틀랜드에서 태어난 로버츠는 미술 교육을 받지는 못했지만, 처음에는 스코틀랜드와 런던에서 무대 장치를 그리는 화가로 일했다. 1820년대부터 풍경화가로 자리 잡은 그는 프랑스, 북해 연안의 저지대 국가들, 스페인과 북아프리카로 이어지는 여행을 통해 건축물 그림의 거장으로서 명성을 굳혔다. 뛰어난 기술의 소유자이면서 고된 작업도 마다않은 그는 풍경화와 건물화 부문에서 분위기와 극적 효과를 전달할 수 있는 천부적 재능까지 갖췄다. 《성지》는 대성공이었다. 첫 예약자인 빅토리아 여왕이 구입한 사본은 왕실 소장품 목록에 지금도 올라가 있다. 1846년에서 1849년 사이에 펴낸 두 번째 작품인 총 3권의 《이집트와 누비아Egypt and Nubia》 역시 성공적이었다. 1859년에는 이탈리아를 그린 《고전, 역사, 그림의 본고장 이탈리아Italy, Classical, Historical and Picturesque》를 출간했다.

◀ **권두 삽화** 《성지》의 후속작인 《이집트와 누비아》의 권두 삽화로, 이집트 남단 누비아에 있는 기원전 13세기의 웅장한 아부심벨 대신전의 입구에서 거대한 입상을 바라보고 있는 여행객들을 그린 것이다. 책의 텍스트는 골동품 연구가인 윌리엄 브록든William Brockedon이 썼다.

▶ **화려한 장식** 로버츠가 나일 강의 하중도河中島 필래 섬에 있는 이시스 신전을 방문했을 때 그곳은 이미 이집트에서 가장 인기 있는 고고학 유적지였다. 로버츠는 그림 안에 누비아 부족 사람들을 그려 넣어 신전 주랑현관 기둥이 얼마나 거대한지를 강조하고 있다. 또한 화려한 파피루스 패턴과 연꽃 문양도 절묘하게 표현했다.

세부 내용

▶ **거장 예술가**   아그는 극적인 대비와 음영을 만들어 내기 위해 석판화 기법을 활용할 줄 알았고, 그런 그의 능력에 로버츠는 만족해 했다. 그의 말대로 "아그가 작품을 만들어 내는 뛰어난 방식에 대해서는 왈가왈부할 여지가 전혀 없다." 자칫 모래 빛깔로만 단조롭게 채워졌을 그림에 그림 속 인물들이 색감을 부여하고 있다.

▲ **강렬한 대비**   위 석판화의 세부도에서 바위 아랫부분은 짙은 음영으로, 햇빛을 받은 윗부분은 밝은 흰색으로 부각시킨 것을 보면 아그가 음영 표현의 전문가였음을 알 수 있다. 또한 인물을 그려 넣음으로써 입상이 얼마나 거대한지 느낄 수 있게 했다.

◀ **섬세한 필치**   이 석판화 세부도에는 입상 얼굴과 머리 장식을 흠잡을 데 없는 윤곽선으로 표현한 아그의 작업이 얼마나 섬세하고도 정확했는지 분명히 드러나 있다.

배경 지식

《성지》의 성공은 출판업자 프랜시스 문의 탁월한 재정 운영에 힘입은 바도 무시할 수 없다. 그러나 성공의 가장 큰 요인은 빅토리아 시대의 극적 변화상 두 가지를 꼽을 수 있다. 하나는 베일에 싸여 있던 미지의 세계에 대한 호기심이었다. 프랑스 화가들, 특히 장 오귀스트 도미니크 앵그르Jean-Auguste-Dominique Ingres(1780~1867)와 유진 들라크루아Eugéne Delacroix(1798~1863)는 이를 활용한 최초의 화가들이었다. 로버츠를 필두로 해서 영국의 화가들도 곧 뒤를 따랐으며 눈을 뗄 수 없을 정도로 강렬한 그림들에 대한 수요가 치솟았다. 두 번째 변화상은 바로 석판화였다. 석판화 기법은 18세기 말 독일에서 처음으로 등장했다. 석판화 lithography는 '돌'을 의미하는 고대 그리스어 리토스lithos와 '쓰다'를 의미하는 그라페인 graphein에서 유래했는데, 그 이유는 석판에 밀랍 크레용으로 이미지를 그렸기 때문이다. 사진이 널리 활용되기 직전인 이 시기에 이처럼 고품질의 모사는 처음이었다. '로버츠'와 '아그'라는 탁월한 장인들의 손이 빚어 낸 결과물은 깜짝 놀랄 만한 것이었다.

▶ **페트라 유적지를 그린**   이 그림에는 깎아지른 절벽 면에 새긴 웅장한 건축물이자 '보물'이라는 의미를 지닌 알카즈네(로버츠의 그림 제목에서는 '쿠스메'로 표기)로 이르는 협곡 입구가 보인다. 로버츠는 희미하게 보이는 거대한 바위, 작은 인물들뿐 아니라, 빛과 음영을 극단적으로 비교함으로써 경외감을 한껏 높였다.

▲ **낭만적 풍경** 로버츠의 작품은 유럽 낭만주의 풍경화 전통에 기반하고 있다. 이 사조에서는 감정을 전달하기 위해 자연 세계가 강조되고 드라마틱하게 표현되었다. 예루살렘의 전경 그림에서도 전면에는 아랍인을 그리고, 그 너머로는 흐릿한 도시를 표현함으로써 영국 대중의 상상력을 사로잡아 부유한 빅토리아 가문 사람들이 작품을 대량으로 구입하게 만들었다. 이런 걸작을 만들기 위해 아그는 꼬박 1개월을 들여 석판화를 완성했다.

이는 이제껏 봐 온
그 어떤 자연의 실제 모습보다도 뛰어난
충실하면서도 정성을 다한 작품이다.

존 러스킨. 《성지》에 대한 논평.

영국 해조류 사진집: 시아노타입 인화
Photographs of British Algae: Cyanotype Impressions

1843~1853년 ▪ 포토그램 ▪ 25.3cm x 20cm ▪ 411장 ▪ 영국

크기

애나 앳킨스Anna Atkins

식물학자 애나 앳킨스가 최초의 사진 삽화 책을 만들 무렵은 사진이 세상에 선보인 지 불과 몇 년 되지 않았을 때였다.《영국 해조류 사진집: 시아노타입 인화》는 해조류 사진 또는 포토그램 photogram(카메라를 쓰지 않고 감광 용지 위에 물체를 놓고 빛을 비추어 이미지를 만드는 기법) 모음집으로서 소개 서문이나 사진 문구를 제외하면 텍스트가 없다. 이 책은 정식으로 출판한 것이 아니라, 앳킨스가 1843년에서 1853년 사이에 소량을 손으로 직접 엮어 세 권으로 제작해 친구들에게 나누어 준 것이다.

앳킨스의 책은 삽화가 들어 있지 않았던 윌리엄 하비William Harvey(1811~1866)의 《영국 해조류 편람Manual of British Algae》(1841)의 부록으로 기획한 듯하다. 그런 까닭에 비록 이 책이 과학 분야에서 새로운 지평을 열지는 않았지만, 앳킨스가 최첨단 사진 기법(189페이지 참조)을 활용하여 만들어 낸 푸른 이미지들은 예술적으로 뛰어난 작품이 되었다. 그로부터 4년 전 루이 자크 망데 다게르Louis-Jacques-Mandé Daguerre(1787~1851)와 윌리엄 폭스 탤벗William Fox Talbot(1800~1877)이 각기 다게레오타입daguerreotype과 칼로타입calotype으로 알려진 사진 현상법을 최초로 개발하는 데 성공했다. 폭스 탤벗은 가족의 친구였으므로 앳킨스는 그에게서 칼로타입 현상법을 배웠다. 또 영국의 천문학자 존 허셜 John Herschel(1792~1871)에게서는 시아노타입 현상법을 배웠는데, 그는 앳킨스가 첫 책을 만들기 1년 전에 시아노타입cyanotype 현상법을 발명하였다.

앳킨스가 카메라로 사진을 찍었다는 증거는 없다. 자신의 책에 실린 시아노타입의 이미지를 만들려면 복잡한 과학적 처리 과정이 필요했을

애나 앳킨스
1799~1871년

애나 앳킨스는 식물에 대한 자신의 저서에 들어갈 표본 이미지를 시아노타입 기법을 활용하여 만듦으로써 사진술의 활용법을 개척했다. 미적 작품인 동시에 과학책이기도 한 해조류 책으로 널리 알려져 있다.

런던 식물학회의 초기 여성 회원인 애나 앳킨스는 영국의 아마추어 식물학자이자 과학 사진의 개척자다. 태어난 직후 어머니를 잃고 식물학자인 아버지 존 칠드런John Children의 손에 자랐다. 권위 있는 왕립학회 회원이었던 그는 딸에게 식물학에 대한 관심을 불어넣었고 당대의 뛰어난 과학자들을 소개해 주었다. 1825년 애나는 존 펠리 앳킨스John Pelly Atkins와 결혼했는데, 그는 곧 켄트 주 사법장관이 되어 켄트의 할스테드 플레이스로 거처를 옮겼다. 둘 사이에는 자식이 없었으므로 남편은 애나가 식물학에 관심을 쏟으며 시간을 보낼 수 있게 해 주었다. 시아노타입 현상법을 배운 애나는 그 기술을 활용하여 정확하고도 세밀한 식물의 이미지를 만들어 냈다. 1843년부터 1853년까지 해조류, 특히 해초를 엮은 사진첩을 제작했고, 친구인 앤 딕슨Anne Dixon과 함께 꽃과 양치류 모음집을 만들었을 뿐 아니라 그림 없이 텍스트로만 구성된 식물학 책들도 저술했다.

텐데도 해조류를 지면에 세심하게 배열해 냄으로써, 과학과 예술을 조화시켰다. 감광용지 위에 해조류를 올려놓고 햇빛에 노출시키자 해조류의 흐릿한 실루엣이 짙푸른 배경 위로 나타난 것이다. 그 결과물은 매우 독창적이었으므로 앳킨스의 책은 사진 예술에서 가장 중요한 이정표로 평가받고 있다.

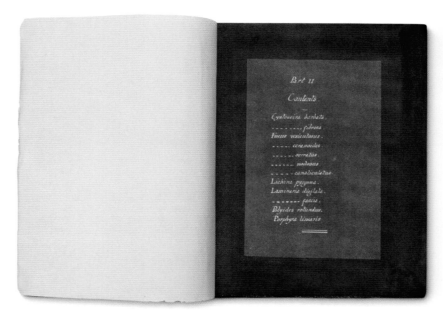

▶ **선구적 작품** 《영국 해조류 사진집: 시아노타입 인화》 1권은 1843년 10월에 제작했는데, 폭스 탤벗의 유명한 《자연의 연필The Pencil of Nature》보다 1년 앞서 나와 최초의 사진집이라는 명성을 얻었다. 앳킨스의 책 사본들은 매우 귀하여 열세 권밖에 없는데 그나마도 완전한 것은 하나도 없다. 시아노타입 인화법은 해초 삽화뿐 아니라 옆 페이지의 목차와 같은 페이지를 제작하는 데도 활용하였다.

> 해조류와 사상조류*의 미세하고도 많은
> 개체들을 정확히 그리기 어려웠으므로 나는 결국 …
> 허셜의 아름다운 시아노타입 인화법을 활용하기로 했다.

애나 앳킨스.《영국 해조류 사진집: 시아노타입 인화》서문.

* 絲狀藻類. 가는 실 모양을 이루고 있는 녹색의 세포 조류

▶ **예술성**　앳킨스가 식물에 대한 해박한 지식과 빼어난 예술 솜씨를 겸비했음이 책 구석구석에서 드러난다. 1843년 작품 중 하나로 지면에 소개된 이 아름다운 이미지는 갈조류를 표현한 것이다.

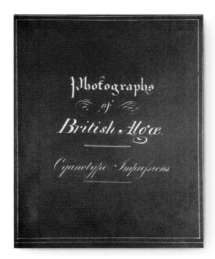

▲ **속표지**　우아한 손 글씨를 정성들여 새긴 속표지는 시아노타입 인화법을 활용하여 사진처럼 찍은 것이다. '시아노타입 인화'라는 부제가 붙은 것으로 보아 이 책이 예술 서적에 가깝다는 것을 알 수 있다.

▲ **예술적 양심**　서문에서 앳킨스는 시아노타입 인화법을 활용하여 책을 제작하게 된 이유를 언급하고 이 인화법을 개발한 존 허셜 경에게 감사의 말을 전하고 있다.

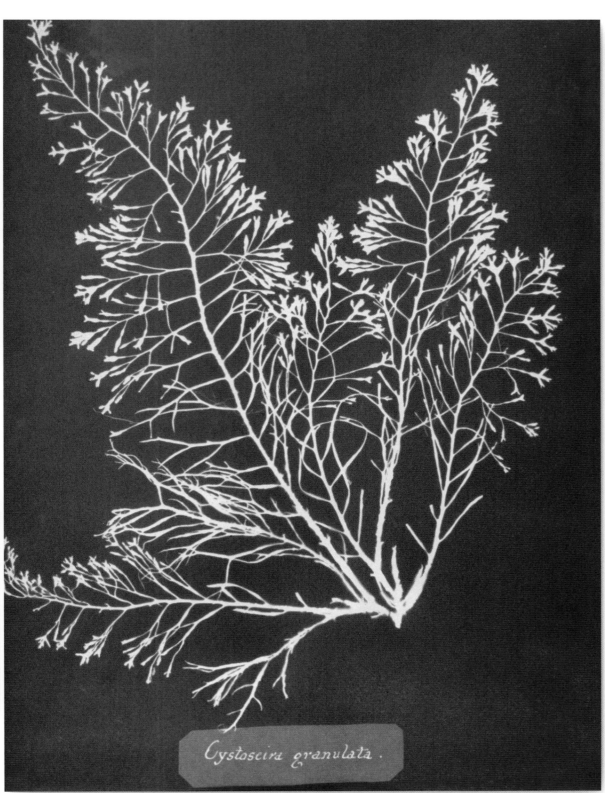

Cystoseira granulata.

세부 내용

Delesseria sanguinea.
(much cover'd with corallines)

◀ **세밀하게 포착** 1843년 작품집에 실린 이 홍조류 시아노타입은 앳킨스가 새로운 사진 인화법을 얼마나 빨리 숙달했는지 보여 준다. 심지어 현대의 사진작가들조차 미묘한 세부 모양을 이토록 정확하게 포착하기란 쉽지 않다.

Dictyota dichotoma in the young state, & in fruit.

▲ **예술적 접근법**　포자가 맺힌 어린 규조류를 표현한 이 작품은 앳킨스가 시아노타입으로 첫 작품을 만든 지 8년이 지난 1861년쯤 제작한 것으로, 그 무렵에는 인화법을 자유자재로 구사하고 있음을 보여 준다.

제작 기술

시아노타입은 영국의 과학자 존 허셜 경이 개발한 인화법으로, 카메라를 필요로 하지 않는다. 용지에 구연산암모늄과 페리시안화칼륨 혼합물을 바른다. 이미지를 만들어 내려면 그저 대상을 시아노타입 용지 위에 올려놓고 햇빛에 노출시키기만 하면 된다. 그런 다음 용지를 물에 씻어 내면 짙푸른 배경 위에 흰색 실루엣이 드러난다. 시아노타입은 내구성이 좋아서 선박에서 성당에 이르기까지 모든 것의 기술 평면도나 건축 평면도 사본을 만드는 표준 과정이 되었다. '청사진blueprint'이라는 용어는 시아노타입 평면도의 색이 푸른색이어서 유래한 말이다.

▲ **시아노타입 인화법은** 1836년 허셜이 제작한 〈레스터 스탠호프 부인Mrs. Leicester Stanhope〉이라는 그림처럼 초상화 제작에도 사용하였다.

Ectocarpus brachiatus.

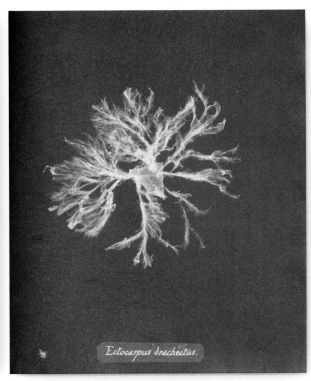

Ectocarpus brachiatus.

▶ **수정·보완**　앳킨스는 새로운 책을 만들 때 더 좋은 표본을 발견하면 이전 이미지를 빼고 최근 것이나 새로 인화한 것을 넣었다. 예를 들면 옆에 있는 참솜털Ectocarpus brachiatus의 도판은 나중에 오른쪽에 있는 훨씬 멋진 표본으로 대체되었다.

톰 아저씨의 오두막Uncle Tom's Cabin

1852년, 1853년 ■ 인쇄 ■ 19.2cm x 12cm ■ 312쪽, 322쪽 ■ 미국

크기

해리엇 비처 스토Harriot Beecher Stowe

'비천한 자들의 삶Life Among the Lowly'이라는 부제가 붙은《톰 아저씨의 오두막》은 원래 1851년 워싱턴의 신문인《내셔널 이러National Era》에 연재되었다. 이야기는 커다란 반향을 불러일으켰고, 이듬해 해밋 빌링스Hammatt Billings의 판화 삽화 여섯 점을 곁들여 책으로 출간되었다. 이 작품은 발매 첫해에만 미국에서 30만 부, 영국에서 100만 부가 팔렸고, 1853년에는 117장의 삽화가 들어간 2판이 나왔다. 그 결과 19세기에 성경 다음으로 많이 팔린 책이 되었다.

비처 스토는 열렬한 노예 폐지론자였고《톰 아저씨의 오두막》전체를 관통하는 주제는 19세기 미국을 첨예하게 갈라놓은 문제인 노예제도였다. 산업이 발달한 북쪽에서는 노예제도에 반대한 반면, 남쪽은 4백만 명이나 되는 노예에 의존하는 농업경제였기 때문에 노예제도를 열렬히 옹호했다. 이 작품으로 촉발되었을 양측의 갈등으로 1861년에 남북전쟁이 발발하였다. 1865년 승리를 거둔 북쪽은 노예를 해방했지만, 남북전쟁으로 62만 명이나 되는 사람들이 목숨을 잃었고 남쪽은 심각한 경제난에 빠졌다.

이 작품은 자칫 눈물샘을 자극하는 것으로 비쳐질 수 있으며, 신파조로

해리엇 비처 스토

1811~1896년

미국의 노예 폐지론자이자 작가인 해리엇 비처 스토는 처음에는 여성의 권리를 옹호하였고, 평생 불평등에 맞서 싸웠다.

비처 스토는 코네티컷에서 칼뱅주의 목사의 딸로 태어났다. 학업을 마친 뒤 언니가 세운 학교에서 학생들을 가르쳤고, 1832년에는 아버지를 따라 신시내티로 이주했다. 가르치는 일을 계속하다가 1836년에는 성직자이자 노예 폐지론자인 캘빈 엘리스 스토 Calvin Elis Stowe와 결혼했다. 신시내티에 살면서 노예제도의 가혹한 실상을 겪게 되자, 이에 반대하며 쓴 작품이《톰 아저씨의 오두막》이었다. 이 작품이 거둔 성공은 후속 작과 자서전을 비롯하여 이후에 나온 30여 권에 비할 바가 아니었다. 1886년 남편이 죽자 비처 스토의 건강도 점차 나빠졌으며, 말년에는 치매를 앓았다.

흐르기도 한다. 또한 일부 흑인 등장인물에 대한 묘사 때문에 많은 근대 학자들로부터 고상한 척한다거나 인종차별적인 면이 있다고 비난을 받기도 했다. 그럼에도 미국에서 노예들의 딱한 처지를 고발하고 노예제도를 폐지하는 데 도움이 되었다는 사실은 분명하다.《톰 아저씨의 오두막》은 자유를 기반으로 탄생한 나라 미국에 노예제가 존재하는 것에 분노한 사회적 양심이 낳은 작품이다.

세부 내용

LITTLE EVA READING THE BIBLE TO UNCLE TOM IN THE ARBOR.   Page 63.

▲ **톰 아저씨의 신앙**   책에서 핵심이 되는 부분은 톰의 선량한 두 번째 주인 오거스틴 세인트 클레어의 딸 에바와 톰의 만남이다. 비록 어린아이였지만 에바의 믿음으로 톰의 그리스도교 신앙은 확고해진다. 뒤이어 에바는 병을 앓다가 죽게 되고, 천국에 대한 환상으로 빛나는 그녀의 죽음은 책 말미에 이어질 톰의 순교와도 같은 죽음을 암시한다.

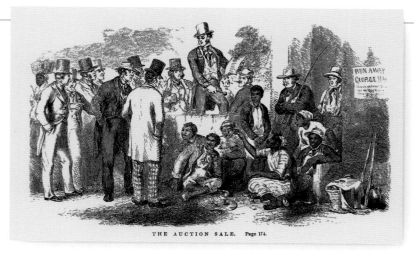

THE AUCTION SALE.   Page 174.

▲ **노예 소유**   남부의 플랜테이션 농장주들은 노예들을 말이나 다른 가축과 다를 바 없는 법적 자산으로 간주했다. 노예들은 인간으로서의 권리가 전혀 없었을 뿐 아니라 경매장에서 임의로 매매가 가능했다. 예를 들어, 톰은 두 번이나 팔리는데, 처음에는 세인트 클레어의 딸을 구한 뒤 그에게 사적 매매를 통해 그다음에는 위 그림에서 보듯이 경매장에서 레그리Legree에게 팔려 간다.

저는 그저 하느님께서 불러 주는 대로 받아 적었을 뿐입니다.

해리엇 비처 스토. 《톰 아저씨의 오두막》 집필 과정에 대한 설명.

Eliza comes to tell Uncle Tom that he is sold, and that she is running away to save her child.   Page 62.

▲ **톰의 첫 모습** 값비싼 두 권짜리 소설의 초판 판매를 촉진하기 위해 출판업자인 존 주잇John P. Jewett은 해밋 빌링스에게 전면 삽화 여섯 점을 의뢰했다. 그 첫 작품이 위의 그림으로, 톰의 주인인 아서 셸비Arthur Shelby가 자신이 진 빚을 갚기 위해 톰을 팔 것이라는 사실을, 노예 엘리자Eliza가 톰에게 말하는 장면이다. 그리고 우여곡절 끝에 톰은 잔인한 사이먼 레그리에게 팔려 간다.

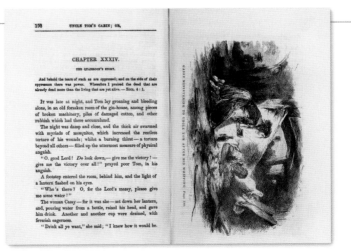

▲ **톰의 순교** 노예제도 반대 운동은 교회의 영향을 많이 받았다. 톰이 주인 레그리에게 죽을 만큼 맞은 것도 그의 깊은 신앙심 때문이었다. 이 삽화는 동료 노예인 캐시가 맞아서 아픈 톰에게 물을 주고 있는 장면인데, 심하게 맞은 톰은 결국 목숨을 잃는다.

배경 지식

《톰 아저씨의 오두막》이 발표되자 남부에서는 거센 비판이 터져 나왔다. 비처 스토는 플랜테이션 농장을 평생 방문한 적이 없을뿐더러, 친절한 백인이 철없는 흑인을 이끌어 주려는 선한 의도가 있는 노예제도 등 남부의 많은 것들을 근본적으로 오해하고 있다고 공격받았다. 이에 대한 변론의 성격으로 1853년 비처 스토는 원작의 내용을 뒷받침하는 정보의 출처를 밝혔다.

▶ 《톰 아저씨의 오두막 해설서A Key to Uncle Tom's Cabin》는 북부에서는 환영받았지만, 남부에서는 증오의 대상이었으며, 남북 간의 적의는 그칠 줄 모르고 지속되었다.

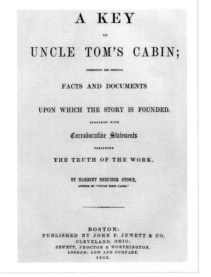

풀잎Leaves of Grass

1855년(초판) ■ 인쇄 ■ 29cm x 20.5cm ■ 95쪽 ■ 미국

크기

월트 휘트먼Walt Whitman

열두 편의 시가 수록된 월트 휘트먼의 시집《풀잎》은 95페이지밖에 안 되지만 미국 문학 발전에 지대한 영향을 주었다. 인류 지성사에 영향을 끼친 책들을 소개한《책과 인류의 지성Printing and the Mind of Man》은《풀잎》을 "미국의 제2독립선언이다. 1776년의 독립선언이 정치적인 것이었다면, 1855년의 이 작품은 지적인 독립선언이다"라고 평가했다.《풀잎》이 출간될 당시 36세였던 휘트먼은 문학계에 전혀 알려지지 않은 상태인 데다가, 심지어 책의 저자로 표기하지도 않았다(시 한 편에서는 자신의 이름을 밝혔지만). 그러나 이 시집은 미국 문학계뿐 아니라 영어를 사용하는 전 지역을 발칵 뒤집어 놓았다. 휘트먼은 자유분방하고 격정적인 데다, 구체적이고 감각적이며, 거칠고 근대적인, 완전히 새로운 시적 표현을 개척했다. 그의 시는 전통적으로 시적이라고 생각할 수 있는 어조나 내용은 의도적으로 피했다. 또한 독특한 서정성이 녹아 있긴 해도 형식에서조차 리듬이나 운율, 압운법 등은 따르지 않았다.

그럼에도 이 책이 미국과 보통의 미국인들을 노래했으므로, 제2차 세계대전 무렵 미국 정부는 미국을 위해 싸우고 있다는 사실을 잊지 말라는 의미에서 이 책을 병사들에게 한 부씩 나누어 주었다.

특히 이 책은 휘트먼 자신을 찬양했고, 세상의 모든 양상에 대한 자신의 강렬한

월트 휘트먼

1819~1892년

시인, 에세이 작가이자 언론인이었던 월트 휘트먼은 미국 문학계를 대변하는 가장 영향력 있는 인물이 되었지만, 살아 있을 때에는 괴짜 정도로밖에 평가 받지 못했다.

휘트먼은 뉴욕 롱아일랜드에서 8남매 중 하나로 태어났다. 유년 시절에는 매우 가난했으므로 변변찮은 여러 일을 전전하다 나중에는 인쇄업과 언론계에 종사했다. 자비로《풀잎》을 발표하면서 전통을 뒤엎는 급진적 모습을 보였다. 남북전쟁에 종군한 체험으로 전쟁에 대해 끔찍한 반감을 가졌다. 그 이후로《풀잎》을 계속 개정하는 데 평생을 바쳤다.

반응과 거기에 동화되어 가는, 세상에 대한 자신의 정체성을 노래했다. 처음 책이 나왔을 때 반응은 당혹스러워하는 사람으로부터 분노하는 사람에 이르기까지 천차만별이었다. 당대 미국 문학계의 거물 랠프 월도 에머슨Ralph Waldo Emerson(1803~1882)을 비롯해 소수의 평론가들만이 이 작품이 새로운 시의 미래일 뿐 아니라 의심할 여지없는 걸작임을 알아보았다.

휘트먼은 새로운 시를 지속적으로 추가하고 기존의 시도 계속 수정해《풀잎》을 증보하는 데 남은 생을 바쳤다. 그리하여 1881년 최종판에 수록된 시는 총 389편에 이르렀다. 휘트먼이라는 무명의 인물이 시에 대한 기존의 관념을 재정립한 것이다.

세부 내용

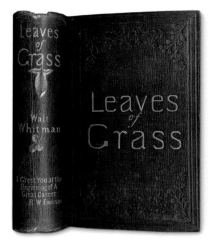

▲ 2판

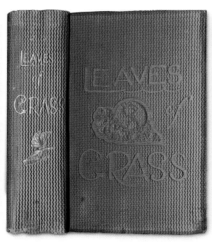

▲ 3판

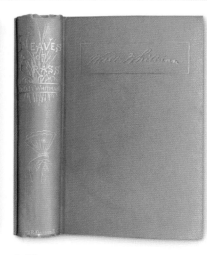

▲ 6판

◀ **시대의 변화**《풀잎》은 6판까지 발행되었는데, 각기 1855년, 1856년, 1860~1861년, 1867년, 1871~1872년, 1881~1882년에 나왔다. 처음의 두 판은 시의 자연적 특성을 반영하여 초록색 표지로 장정하였다. 2판의 책등에는 본인이 직접 디자인한 글꼴을 사용했다. 남북전쟁 직전에 인쇄된 3판은 머잖아 벌어질 유혈 사태를 암시하듯 붉은색 표지로 장정하였다. 노란색 표지로 장정한 6판은 가을을 연상케 하는데, 인생의 황혼기에 접어든 저자의 생각을 드러낸다.

▲ **저자의 사진** 《풀잎》 초판에 휘트먼이라는 저자의 이름은 밝히지 않았어도 사진은 실었다. 이 사진은 당시 일반적인 시인의 초상화와 달리 인습에 얽매이지 않은 모습이다. 휘트먼은 스스로 이렇게 주장했다. "나는 투박한 사람들 중 하나요, 우주이다."

◀ **자기 긍정** 1855년 판 《풀잎》에 나온 시의 첫 행에서 휘트먼은 이렇게 단언한다. "나는 나 자신을 찬양한다." 그것은 자랑이 아니라, 모든 미국인과 더불어 자신의 정체성을 확인하려는 일종의 시적 시도였다. 그는 또 미국인들에게도 자기처럼 정체성을 확인해 보라고 권유하고 있다. 단지 새로운 국가의 시민으로 만족하는 것이 아니라 인류의 한 구성원이 되라고 말이다.

CONTENTS.

◀ **관여** 인쇄업에 종사한 경력과 디테일에 강한 예리한 안목 덕분에 휘트먼은 늘 책의 디자인과 제작에 관여했다. 1860년 판의 목차 페이지에 반영된 그의 프로젝트가 '새로운 바이블의 위대한 구축'이 될 것으로 확신했다. 이 목차 페이지에는 성경의 분류법과 유사하게 각 시마다 번호를 붙여 그룹으로 묶어 놓았다.

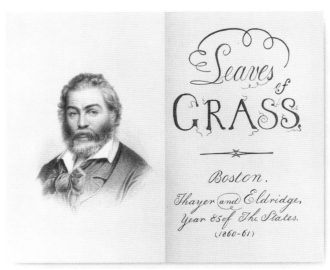

◀ **새로운 이미지** 1860년 판의 권두 삽화에 실린 사진을 보면 휘트먼은 평범한 미국인의 이미지를 버리고 바이런처럼 깃을 높이 세우고 크라바트*를 맨 모습으로 등장했다. 그는 제목의 'GRASS' 단어 뒤에 찍은 마침표에 꼬리를 그려 마치 정자처럼 보이게 만들었는데, 이는 출산과 성장이라는 이 책의 주제를 반영한 것이다.

* 폭이 넓은 넥타이.

종의 기원On the Origin of Species

1859년 ■ 인쇄 ■ 크기 미상 ■ 502쪽 ■ 영국

찰스 다윈Charles Darwin

찰스 다윈의 《종의 기원》 출판은 독실한 빅토리아 사회에 충격파를 던졌다. 그가 주장한 진화론은 커다란 물의를 일으켰고, 지구상의 모든 생명은 온전하게 창조되었으며 변하지 않는다고 생각하던 많은 사람들의 믿음을 부인했다. 책에서 다윈은 사람들이 널리 믿고 있던 신념에 의문을 제기하며 '자연 선택'이라는 과정에 의해 진화가 일어난다고 주장했다. 이는 신에 의해 세상이 창조되었다는 그리스도교의 견해에 대한 직접적인 도전이었다. 다윈 자신도 그리스도인으로서 이러한 견해와 싸웠는데, 노년에 이르러서는 급기야 자신을 불가지론자라고 말했다.

에든버러대학 의학부를 중퇴하고 케임브리지대학 신학부를 졸업했지만 1831년 말 무보수 지질학자로서 비글호를 타고 원정에 참여했다. 5년 동안의 항해 끝에 일반적인 생각처럼 종들은 고정된 것이 아니라 시간이 흐르면서 자연 선택을 통해 진화한다고 결론지었다. 다윈은 20년 넘게 씨름하며 이러한 개념을 공식화했고, "상세하고도 합리적인 주장을 소개하기 위해 사용할 수 있는 정보를 계속 축적하느라" 이론 발표를 미루고 있었다. 그러나 1858년 인류학자 앨프레드 러셀 월리스Alfred Russel Wallace가 같은 견해에 도달했다는 소식을 듣고는, 서둘러 논문을 정리하여 발표하지 않을 수 없었다. 정식 명칭이 《자연 선택에 의한 종의 기원에 대하여On the Origin of Species by Means of Natural Selection, 또는 the Preservation of Favoured Races in the Struggle for Life》인 저서는 1859년에 출간되었다. 초판 발행된 1,250부는 즉시 매진되었다. 내용을 덧붙이고 교정하여 1860년 1월에 3천 부를 추가로 인쇄했으며, 다윈 생전에만 여섯 판이 더 나왔다.

동물계에서 진화의 개념은 점차 인기를 얻었지만, 인간 역시 진화한다는 개념은 그리스도인들로부터 저항을 받았다(이 책은 교회와 과학이 분리되는 데 지대한 영향을 미쳤다). 1860년에 벌어진 한 논쟁에서 다윈은 식물학자 헉슬리T. E. Huxley의 열정적인 옹호를 받은 것 못지않게 옥스퍼드 대주교로부터 심한 비난을 받았다. 또한 성경을 꼭 끌어안은 채 그 자리에 참석한 비글호 선장 로버트 피츠로이Robert Fitzroy는 동료의 배신에 넋이 나갈 지경이었다.

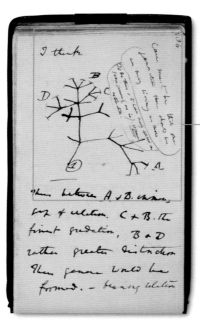

▲ **공책 B** 다윈은 공책에 A부터 N까지 이름을 붙여 자신이 관찰한 것을 기록했다. 이 부분은 공책 B 36페이지에 나오며 1837년 7월에 작성한 것이다.

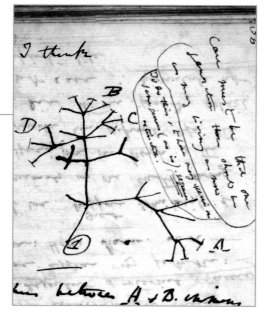

▲ **'진화 계통도'** 다윈의 공책에는 자신의 방식으로 그린 진화 계통도 도해와 스케치가 포함되어 있다. 이 계통도는 같은 과科나 속屬에 속한 종들 사이의 연관성을 설명하고 있다.

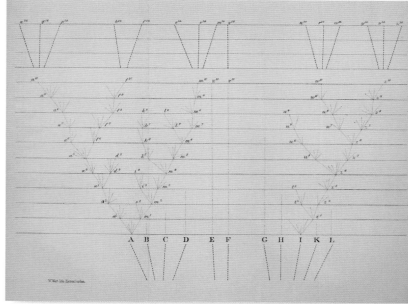

▲ **생명의 나무** 《종의 기원》 초판에 들어 있는 유일한 삽화로 다윈의 초기 도해(왼쪽)를 바탕으로 윌리엄 웨스트William West가 제작한 석판화이다. 여기 들어 있는 종들은 아래쪽에 A부터 L까지 표시했고 (서로 얼마나 다른지 보여 주기 위해 제각각 간격을 주었다) 오른쪽에 있는 로마 숫자 (I~XIV)는 수천 세대를 나타낸다.

ON

THE ORIGIN OF SPECIES

BY MEANS OF NATURAL SELECTION,

OR THE

PRESERVATION OF FAVOURED RACES IN THE STRUGGLE
FOR LIFE.

By CHARLES DARWIN, M.A.,

FELLOW OF THE ROYAL, GEOLOGICAL, LINNÆAN, ETC., SOCIETIES;
AUTHOR OF 'JOURNAL OF RESEARCHES DURING H. M. S. BEAGLE'S VOYAGE
ROUND THE WORLD.'

LONDON:
JOHN MURRAY, ALBEMARLE STREET.
1859.

The right of Translation is reserved.

" But with regard to the material world, we can at least go so far as this—we can perceive that events are brought about not by insulated interpositions of Divine power, exerted in each particular case, but by the establishment of general laws."

W. WHEWELL : *Bridgewater Treatise.*

" To conclude, therefore, let no man out of a weak conceit of sobriety, or an ill-applied moderation, think or maintain, that a man can search too far or be too well studied in the book of God's word, or in the book of God's works ; divinity or philosophy ; but rather let men endeavour an endless progress or proficience in both."

BACON : *Advancement of Learning.*

Down, Bromley, Kent,
October 1st, 1859.

▲ **초판** 러셀 월리스보다 앞서 출간하기로 결심한 다윈은 15만 5천 단어에 이르는 초안을 1859년 4월에 완성하여 10월에는 인쇄 교정지를 확인하고 있었다. 판화로 제작하려면 시간도 촉박했고 책값도 원래 책정한 15실링보다 비싸질 것이므로 디자인을 단순화했다. 이 책은 초판인데, 왼쪽 페이지에는 철학자 윌리엄 휴얼William Whewell과 프랜시스 베이컨Francis Bacon의 저작에서 가져온 인용문이 실려 있다.

> 모든 유기체의
> 발전으로 이어지는
> 총체적인 법칙은
> 번식하고, 변이하며,
> 가장 강한 것들은
> 살아남고
> 약한 것들은
> 도태한다는 것이다. "

찰스 다윈,《종의 기원》.

배경 지식

1831년 다윈은 '아마추어 자연과학자'로서 비글호HMS Beagle에 승선하여 대서양을 횡단하는 항해길에 올랐다. 이 탐사선은 남아메리카의 전 해안선을 탐험한 뒤 타히티, 오스트레일리아, 모리셔스, 희망봉을 경유하는 일주 항로를 계획했다. 항해하는 동안 다윈은 상세한 관찰 일지와 메모로 꽉 채운 770여 페이지의 일기를 썼다. 그는 화석과 여타 지질학 표본을 꼼꼼히 모으고, 뼈와 가죽과 사체 목록을 작성했다. 5년 뒤인 1836년 10월에 비글호가 영국으로 귀환하자, 다윈은 그동안 품었던 개념을 공식적으로 발전시키기 시작했다.

1. Geospiza magnirostris. 2. Geospiza fortis.
3. Geospiza parvula. 4. Certhidea olivasea.

▲ **1835년 가을** 비글호는 태평양에 있는 갈라파고스 군도를 방문했다. 이곳에서 다윈은 서로 다른 되새류 13종을 발견했다. 이들의 부리 형태가 모두 다른 것을 확인한 다윈은 구할 수 있는 먹이에 적응하여 독자적으로 진화했음을 깨달았다.

이상한 나라의 앨리스 Alice's Adventures in Wonderland

■ 1865년 ■ 인쇄 ■ 18.1cm x 12.1cm ■ 192쪽 ■ 영국

크기

루이스 캐럴Lewis Carroll

루이스 캐럴의 《이상한 나라의 앨리스》는 세계에서 가장 사랑받는 어린이 책 가운데 하나이며 난센스 문학 장르의 토대가 된 작품으로 평가 받는다. 초판에서는 영국의 삽화가 존 테니얼John Tenniel이 펜과 잉크로 그린 절묘한 펜화와 환상적인 이야기가 완벽히 어우러졌다. 그 뒤로도 수없이 많은 삽화가들이 앨리스의 이야기를 그렸지만 초판의 삽화만큼 대중의 상상력이나 호감을 사로잡지는 못했다.

캐럴은 토끼집에 떨어진 소녀 앨리스에 대한 이야기를 1862년 여름에 구상했다. 옥스퍼드대 크라이스트처치칼리지 학장의 딸들과 친했던 그는 그들 가족과 함께 뱃놀이를 했는데, 그때 들려준 이야기가 소녀들을 사로잡았다. 그 가운데 앨리스 리델Alice Liddell은 이야기에 푹 빠져 글로 써 달라고 간청하였다. 이에 캐럴이 작고 단정한 손글씨로 직접 글을 쓰고 37점의 스케치까지 그려 넣어 만드는 데 1년도 더 걸렸다. 1864년 11월, 앨리스는 마침내 "소중한 친구에게, 어느 여름날을 추억하며"라는 헌사가 들어 있는 90페이지짜리 완성본을 받았다. '앨리스의 땅속 모험Alice's Adventures Underground'이라는 제목에, 작가가 육필로 쓰고 그림까지 그린 이 유일한 필사본은 영국도서관이 보유한 가장 귀중한 보물 중 하나가 되었다. 필사본을 본 친구들이 출판을 권유하자 캐럴은 이야기를 늘리고, 재미있는 농담들을 추가한 뒤 제목도 《이상한 나라의 앨리스》로 바꾸었으며 삽화가로는

루이스 캐럴

1832~1898년

루이스 캐럴은 《이상한 나라의 앨리스》로 유명한 영국의 수학자이자 작가인 찰스 루트위지 도지슨Charles Lutwidge Dodgson의 필명이다.

11남매의 장남인 캐럴은 체셔에서 태어났지만 노스요크셔에서 10대를 보냈다. 놀이나 이야기를 자주 만들어 들려주면서 동생들을 즐겁게 해 주었다. 옥스퍼드대 크라이스트처치 칼리지의 수학 강사가 되었고, 어린이 책을 써서 필명을 날리기도 했다. 《이상한 나라의 앨리스》와 《거울 나라의 앨리스Through the Looking-Glass》는 캐럴이 말장난과 논리적 퍼즐을 얼마나 좋아하는지 보여 준다. 캐럴은 1861년 성직자로 서품을 받았지만 사제가 되지는 않았다. 또한 뛰어난 사진작가이기도 했다. 《이상한 나라의 앨리스》로 부와 명성을 얻었지만 이후의 작품들은 그다지 성공적이지 못했다. 1898년에 폐렴으로 사망했다.

잡지 《펀치Punch》에 풍자만화를 그리던 존 테니얼을 발탁했다. 작가인 캐럴의 정확한 지시와 스케치를 바탕으로 작업을 했지만, 테니얼의 숙련된 손끝에서 탄생한 삽화들은 캐럴의 환상적인 이야기를 잘 표현하면서도 자신만의 독특한 스타일을 살려 냈다. 1865년 초판이 출간된 이래 《이상한 나라의 앨리스》는 단 한 번도 절판된 적이 없었고, 강한 생명력을 가진 이 어린이 책은 오늘날에도 여전히 큰 인기를 누리고 있다.

◀ **좋아서 한 일** 친구들의 설득이 없었더라면 캐럴의 원고는 앨리스 자매들과 보낸 어느 여름날을 추억하는 기념물로 끝났을 것이다. 앨리스 리델이 캐럴의 앨리스에 영감을 주었을 수는 있지만 짧고 검은 직모를 보면(199페이지 참조), 앨리스는 《이상한 나라의 앨리스》의 모델은 분명히 아니었다.

▶ **완벽한 시각적 묘사** 루이스 캐럴의 자필 필사본은 이야기와 그림이 완벽하게 구현되었다는 점에서 주목할 만하다. 이 페이지는 앨리스가 고슴도치를 공으로, 타조를 배트로 이용하며 여왕과 크리켓을 하는 장면을 묘사한 것이다. 최종판 삽화에서 테니얼은 타조 대신 홍학을 넣어 엉뚱함을 배가시켰다.

때로는 아침 먹기 전에만도 황당무계한 여섯 가지를 믿었지.

여왕. 《이상한 나라의 앨리스》 중에서.

36

20 37.

than she expected : before she had drunk half the bottle, she found her head pressing against the ceiling, and she stooped to save her neck from being broken, and hastily put down the bottle, saying to herself "that's quite enough— I hope I sha'nt grow any more— I wish I hadn't drunk so much!"

Alas ! it was too late : she went on growing and growing, and very soon had to kneel down : in another minute there was not room even for this, and she tried the effect of lying down, with one elbow against the door, and the other arm curled round her head. Still she went on growing, and as a last resource she put one arm out of the window, and one foot up the chimney, and said to herself "now I can do no more — what will become of me?"

▲ 그림과 한데 엮은 이야기 그림과 텍스트를 한데 엮는 캐럴의 창의적 방식은 '수작업 사본'에서 효과를 극대화할 수 있었다. 왼쪽 그림은 마법의 약을 마시고 난 뒤 점점 커지는 앨리스를 보여 주고 있는데, 마치 텍스트를 옆으로 밀어 내는 것처럼 보인다. 오른쪽 그림에서는 커다란 머리가 바닥귀퉁이 쪽으로 눌려 있고 상대적으로 작은 발은 꼭대기를 향해 뻗고 있는 앨리스의 모습이 페이지 전면에 묘사되어 있다.

세부 내용

▲ **붉은색 표지**   캐럴은 어린이 독자들을 의식해서 맥밀런Macmillan 출판사가 늘 쓰던 초록색 표지 대신 붉은색 표지를 원했다. 그는 출판사에 그 이유를 이렇게 밝혔다. "예술적으로 최고는 아니겠지만 아이들 눈에는 가장 멋지게 보일 것입니다."

26 **49.**

and her eyes immediately met those of a large blue caterpillar, which was sitting with its arms fold-ed, quietly smoking a long hookah, and taking not the least notice of her or of anything else. For some time they looked at each other in silence : at last the caterpillar took the hookah out of its mouth, and languidly addressed her. "Who are you?" said the caterpillar. This was not an encouraging opening for a conversation : Alice replied rather shyly, "I— I hardly know, sir, just at present— at least I know who I was when I got up this morning, but I think I must have been changed several times since that." "What do you mean by that?" said the caterpillar, "explain yourself!" "I can't explain myself, I'm afraid, sir,"

▲ **원전의 등장인물들**   이 책에서 가장 인기 있는 등장인물인 애벌레는 버섯 위에 앉아 파이프를 피우는 모습으로 등장한다. 캐럴은 필사본에 자기 식대로 애벌레를 그렸는데, 구불구불 접힌 애벌레가 착시현상 때문에 가부좌를 튼 신비주의자처럼 보인다. 괴상하게 생긴 모습에 어울리게 애벌레는 알쏭달쏭한 말을 하며, 졸리고 나른한 어조로 앨리스에게 "너는 누구니?"라는 실존주의적 질문을 계속 던진다.

CHAPTER V.

ADVICE FROM A CATERPILLAR.

THE Caterpillar and Alice looked at each other for some time in silence : at last the Caterpillar took the hookah out of its mouth, and addressed her in a languid, sleepy voice.
"Who are *you?*" said the Caterpillar.

▲ **테니얼의 해석**   캐럴이 표현했던 애벌레를 테니얼은 자기 스타일대로 그렸는데, 시각적으로 여러 가지 해석이 가능한 애매한 모습이다. 머리는 언뜻 보면 코와 턱이 튀어나온 사람의 옆모습 같기도 하고 애벌레의 몸통 같기도 하다. 길게 늘여 돌돌 만 파이프 관은 전체적으로 신비감을 더한다. 테니얼은 캐럴의 명확한 지시를 받고 삽화들을 많이 그렸지만, 고전적 선 덕분에 그의 스타일은 금세 알아볼 수 있다.

▲ **모자 장수의 파티**   출간용 원고를 준비할 당시 캐럴은 '코커스 경주', '돼지와 후추', '미치광이 다과회' 같은 장면들을 추가함으로써 이야기를 많이 다듬었다. 특히 가장 유명한 '미치광이 다과회' 장면에서는 모자 장수와 3월 토끼가 앨리스에게 수수께끼 공세를 퍼붓는다.

130   WHO STOLE

make out at all what had become of it ; so, after hunting all about for it, he was obliged to write with one finger for the rest of the day ; and this was of very little use, as it left no mark on the slate.
"Herald, read the accusation !" said the King.
On this the White Rabbit blew three blasts

THE TARTS?   131

on the trumpet, and then unrolled the parch-ment scroll, and read as follows :—

"*The Queen of Hearts, she made some tarts,
    All on a summer day :
The Knave of Hearts, he stole those tarts,
    And took them quite away!*"

"Consider your verdict," the King said to the jury.
"Not yet, not yet!" the Rabbit hastily interrupted. "There's a great deal to come before that !"
"Call the first witness," said the King ; and the White Rabbit blew three blasts on the trumpet, and called out "First witness !"
The first witness was the Hatter. He came in with a teacup in one hand and a piece of bread-and-butter in the other. "I beg pardon, your Majesty," he began, "for bringing these in : but I hadn't quite finished my tea when I was sent for."
"You ought to have finished," said the King. "When did you begin?"
The Hatter looked at the March Hare, who had followed him into the court, arm-in-arm

◄ **선의 음각**   테니얼은 캐럴의 잉크 드로잉 원본을 심이 강한 연필을 이용하여 목판에 전사한 다음 댈지얼 Dalziel 형제가 새긴 목판으로 도금판을 만들었다. 여기에 잉크를 묻혀 인쇄하면 이 흰 토끼 그림처럼 테니얼이 그린 삽화의 세부 내용을 잘 살릴 수 있었다.

▼ **꼬리 이야기** 캐럴의 재치는 본문 디자인을 창의적으로 활용한 데서도 빛이 난다. 생쥐 이야기는 다층적 의미가 담긴 말장난이다. 영어로 발음이 같은 꼬리|tail에 대한 이야기|tale라는 말장난 외에도, 꼬리 모양으로 조판했으며, 이 시는 압운 시행 다음에 더 짧은 무운無韻 '꼬리' 시행이 오는 '미운시尾韻詩'다.

AND A LONG TALE.   33

so that her idea of the tale was something like
this :—" Fury said to a
          mouse, That he
            met in the
          house,
          'Let us
        both go to
        law: *I* will
          prosecute
            you. Come,
              I'll take no
                denial; We
                must have a
              trial: For
            really this
          morning I've
          nothing
          to do.'
          Said the
          mouse to the
          cur, 'Such
            a trial,
              dear Sir,
                With
              no jury
            or judge,
          would be
          wasting
          our
            breath.'
            'I'll be
          judge, I'll
            be Jury,
              Said
            cunning
          old Fury:
          'I'll
          try the
            whole
            cause,
            and
            condemn
            you
            to
            death."

                                    D

▲ **추가된 등장인물들** 짓궂게 활짝 웃고 있는 모습의 체셔 고양이는 필사본에는 없었지만 테니얼의 흑백 삽화를 곁들여 출판할 때 이야기를 확장하면서 추가한 것이다.

▲ **어린이용 판** 1890년 루이스 캐럴은 더 어린 독자들을 겨냥하여 축약본 《동화 앨리스The Nursery Alice》를 썼다. 그것은 캐럴의 표현을 빌리자면 "정답게 속삭이면서 책장이 닳도록 읽게 하기 위한" 책이었다. 이 책은 칼라 삽화가 들어간 최초 판이다.

앨리스가 말했다. "내가 미쳤는지 네가 어떻게 알아?" 그러자 고양이가 대답했다. "너는 미친 게 틀림없다니까. 제 정신이라면 이곳에 안 왔겠지.

앨리스와 체셔 고양이. 《이상한 나라의 앨리스》.

배경 지식

전문가들은 캐럴의 책에 등장하는 앨리스와 실제 인물 앨리스 리델 사이의 연관성을 두고 오랫동안 논쟁을 벌였다. 1852년 5월 4일에 태어난 앨리스 리델은, 캐럴이 이야기를 처음 구상한 추억의 뱃놀이에 언니 로리나와 에디스와 함께 나섰을 당시는 열 살이었다. 캐럴은 이 어린 친구를 좋아하여 거지 소녀 옷차림의 유명한 사진을 포함하여 여러 장의 사진을 찍어 주었다. 캐럴은 천성적으로 수줍음을 많이 타고 말을 더듬었으므로 아이들과 어울리는 것을 좋아했다. 1863년 앨리스의 어머니는 캐럴과 언쟁을 벌인 끝에 딸들을 보러 오지 못하게 막았다. 그러나 앨리스는 계속 책과 인연을 맺었다. 필사본과 인쇄본을 모두 앨리스에게 헌정한 캐럴은 《거울 나라의 앨리스》에 〈맑은 하늘 아래 배 한 척A Boat Beneath A Sunny Sky〉이라는 시를 삽입했는데, 이 시의 각 행 첫 글자를 합치면 그녀의 이름이 된다. 1865년 《이상한 나라의 앨리스》가 출간된 날로부터 1934년 여든두 살로 세상을 떠날 때까지 앨리스 리델은 작품 속 '진짜 앨리스'로 알려져 있었다. 그녀는 캐럴이 준 필사본 《앨리스의 땅속 모험》을 계속 지니고 있었지만, 1928년 상속세를 납부하느라 팔 수밖에 없었다.

▶ **까만 단발머리에** 날카로워 보이는 앨리스 리델은 테니얼의 삽화에 등장하는 긴 금발머리의 앨리스와는 다르게 보인다.

2

자본론Das Kapital

1867년, 1885년, 1894년 ▪ 인쇄 ▪ 크기 미상 ▪ 2,846쪽(총 3권) ▪ 독일

카를 마르크스Karl Marx

광범위하면서도 난해한 카를 마르크스의 정치·경제 이론서인《자본론》은 공산주의에 지적 토대를 제공했다. 역사서이면서 철학서지만 그 핵심에서는 경제학을 다루고 있는 이 작품은 마르크스가 인류의 운명이 될 것으로 예상한 체제의 청사진이었다. 마르크스는 산업화된 새로운 세계를 움직이는 경제체제인 자본주의는 끊임없는 역사 발전의 한 단계에 지나지 않으므로 불가피하게 다른 체제로 대체될 것이라고 주장했다.

텍스트의 주요 논점은 노동자 계급(프롤레타리아트)에 대한 착취였다. 마르크스는 프롤레타리아트가 의식 있는 계급으로 성장할수록 봉기하여 자본주의의 압제자들을 몰아 낼 것이라고 생각했다. 또한 자본주의는 스스로 붕괴할 씨앗을 그 안에 잉태하고 있으며, 모든 이의 이익을 우선하는 중앙집권화한 합리적인 계획경제 체제가 그 자리를 대신해 발전할 것이라고 주장했다. 새로운 체제는 특권과 복종이 더 이상 먹히지 않고, '각자 자신의 능력과 필요에 따라' 운영되는 사회주의 유토피아였다. 이러한 메시지는 거대한 사회적·산업적 변화(201페이지 참조)를 겪고 있던 시기에 사람들의 심금을 울렸고,《자본론》은 '노동 계급의 바이블'로 자리 잡았다.

책은 모두 3권으로 출간되었다. 마르크스 혼자 쓰고 1867년에 펴낸 제1권은 세

카를 마르크스

1818~1883년

독일의 유대인 부모에게서 태어난 카를 마르크스는 철학에 대한 열정이 넘치는 무신론자였다. 엥겔스와 합작하여 만들어 낸 정치·경제 이론은 그의 이름을 따서 마르크스주의라고 불렸다.

마르크스는 1830년 이후 유럽의 많은 지역을 휩쓴 정치적 혼란기의 산물이었다. 베를린 대학에서 5년 동안 법률과 철학을 공부하는 동안 인류가 격렬한 변화를 겪을 것이라고 주장한 게오르크 헤겔Georg Hegel(1770~1831)의 철학을 접했으며 언론인으로서 당대의 기성 정치와 문화를 비판한 글 때문에 프랑스, 독일, 벨기에 정부로부터 추방당했다. 1848년에는 프리드리히 엥겔스와 함께《공산당선언Communist Manifesto》을 공동 집필했다. 1849년에는 런던으로 옮겨가 그곳에서 여생을 보냈다.

권 중 그의 생전에 완성한 유일한 원고였다. 평생의 친구이며 편집을 맡았던 프리드리히 엥겔스Friedrich Engels(1820~1895)가 마르크스의 나머지 메모들과 자신이 연구한 것을 모아 1885년과 1894년, 제2권과 제3권을 발간했다.

마르크스의 영향력은 대단했다. 러시아혁명(1917)과 중국혁명(1949)은 마르크스주의에서 혁명의 정당성을 찾았다. 20세기 중반 무렵에는, 세계 인구의 절반이 자칭 마르크스주의 국가에서 살았다.

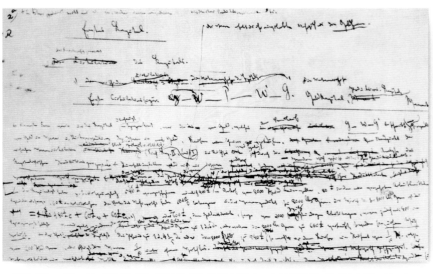

▲ **친필 메모** 마르크스는 책을 준비하는 동안 방대한 메모를 남겼다. 1865년 무렵에는 알아볼 수 없는 원고가 1,200페이지에 이르렀고, 출판할 수 있을 정도의 깔끔한 최종 원고로 다듬고 편집하는 데 꼬박 1년이 걸렸다.

▶ **제1권** 마르크스는《자본론》제1권에 〈자본의 생산 과정〉이라는 제목을 붙이고, 자본주의에 내재한 불평등을 강조하였다.

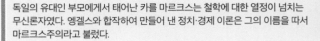

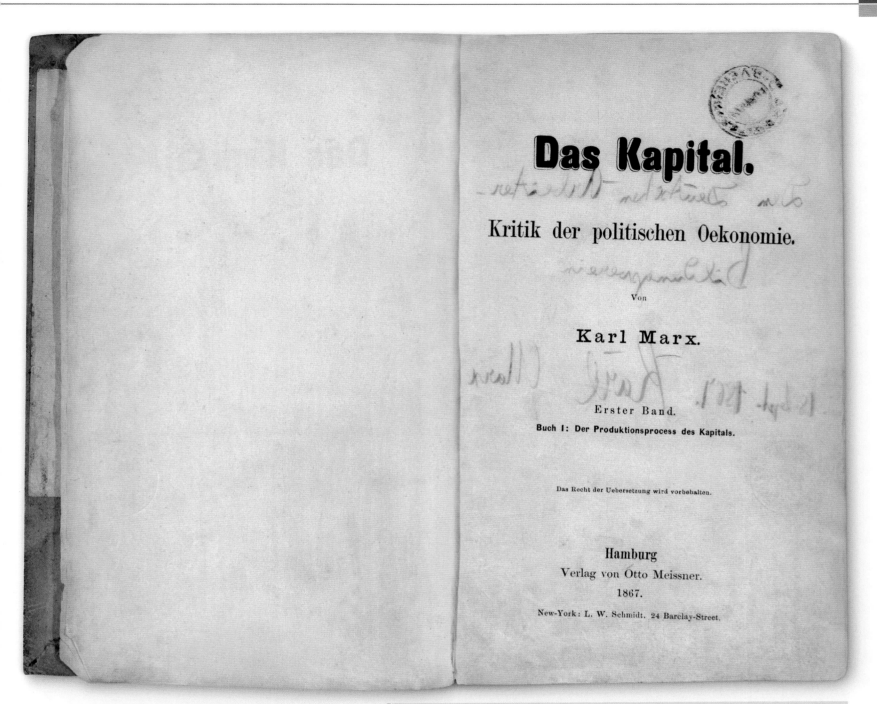

▲ **속표지** 이 페이지에 기록되어 있듯이 《자본론》은 이전에 엥겔스의 작품을 출판했던 오토 마이스너Otto Meissner가 독일의 함부르크에서 출간했다. 마르크스는 1866년에 원고를 넘겼고, 이듬해 소량인 1천 부만 인쇄하였다.

> 돈은 인간 노동과
> 삶을 소외시키는 정수이며,
> 인간이 돈을 숭배하면
> 할수록 돈은 점점 더 인간을
> 지배하게 된다. "

카를 마르크스, 《자본론》.

배경 지식

마르크스가 사회 격변기에 《자본론》 제1권을 쓴 곳은 대영박물관 열람실이었다. 산업혁명의 결과 노동자들은 가혹한 빈곤에 시달리는 반면, 자본가는 막대한 부를 쌓고 있었다. 마르크스는 자신이 '부르주아지'라고 부른 이 자본가 계급은 필연적으로 노동자들에 의해 전복될 것이라고 판단했다. 《자본론》이 나오기 전에도 마르크스는 혁명적 개념들을 많이 발표했다. 예를 들면 《공산당선언》(1848)(212페이지 참조)이 그러한데, 이 작품은 출간 당시에는 그다지 주목을 받지 못했다. 그러나 마르크스의 저작들은 20세기에 여러 혁명의 기폭제가 되었고 그의 사후 1백 년이 채 안 되어 스탈린과 마오쩌둥 등 세계의 독재자들은 마르크스주의라는 미명 하에 주민들을 통치했다.

▶ **속표지.** 러시아판 《자본론》(1872)이다. 검열 당국은 제정 러시아에서는 자본가들의 착취가 일어나지 않는다고 여겼으므로 이 작품이 문제가 되지 않는다고 판단했다.

초서 작품집The Works of Geoffrey Chaucer Now Newly Imprinted

1896년 ■ 켈름스콧 프레스 인쇄 ■ 43.5cm x 30.5cm ■ 564쪽 ■ 영국

크기

제프리 초서|Geoffrey Chaucer

제프리 초서의 작품을 모아 펴낸 이 책은 빅토리아 후기의 인쇄술을 잘 보여 주고 있으며 19세기 공예미술가 윌리엄 모리스William Morris(1834~1896)가 설립한 켈름스콧 프레스Kelmscott Press의 걸작이다.《켈름스콧 초서》로도 알려진 이 작품은 모리스 본인이 직접 디자인한 뛰어난 예술성을 갖춘 걸작으로, 화려한 장식과 방대한 삽화는 가히 독보적이다. 이 책에는 목판화 87점, 각기 다른 화려한 테두리 장식 14점, 개별 장식 프레임 18개, 커다란 장식 머리글자 26개가 수록되어 있다.

영국의 화가이자 모리스의 평생 친구였던 에드워드 번 존스Edward Burne-Jones(1833~1898)는 목판화 디자인뿐만 아니라 책 전체 진행 과정에서도 긴밀히 협력했다. 제목에는 모리스가 직접 개발한 트로이체를 사용한 반면, 본문 텍스트에는 더 작은 트로이체를 쓰고 검정과 붉은색으로 인쇄했다. 책은 모리스 자신이 디자인한 워터마크를 새긴 바첼러Batchelor 수제 종이에 인쇄했다.

고급 직물과 가구를 디자인했던 모리스는, 산업혁명 시대는 기계 인쇄로 인해 도서 인쇄본의 질이 떨어졌다고 생각하여 옛 기술을 되살리길 원했다. 그리하여 모리스가 선호한 노동집약적 수작업 인쇄 방식으로 책을 완성하기까지 4년이 걸렸고 막대한 제작비가 들어갔다. 제작비 때문에 더 이상 찍어 내는 것은 비경제적이었기에 모리스는 사전 판매로 단 425부만 인쇄했다.

모리스와 번 존스의 협력을 통해 모든 지면에 구현한 화려한 장식과 삽화의 수준은 책 디자인의 새로운 표준을 만들어 냈다. 그 결과《켈름스콧 초서》는 이제까지 발간된 책들 가운데 가장 아름다운 작품으로 꼽히고 있다.

제프리 초서

1343~1400년

위대한 시인 제프리 초서는 중세의 지방어에 불과했던 영어의 수준을 한 단계 끌어 올린 최초의 작가로 평가 받으며 영국 문학의 아버지로 이름을 떨쳤다.

초서는 런던에서 출생한 것으로 추정하지만, 정확한 일자와 장소는 알려져 있지 않다. 상인 가문 출신의 아버지는 런던에 기반을 둔 포도주 도매상이었다. 초서는 이너 템플에서 법률을 공부한 뒤 아버지의 연줄로 얼스터 백작부인인 엘리자베스 드 버그Elizabeth de Burgh의 시동이 되었다. 덕분에 초서는 궁정 사회에 발을 들여 놓았고, 이를 발판으로 관료, 외교가로 승승장구하게 된다. 가장 유명한 작품《캔터베리 이야기The Canterbury Tales》는 켄트로 이주한 뒤인 1380년대에 집필을 시작했는데, 24편의 이야기에 당대 영국 사회의 일그러진 모습을 그렸다. 그 무렵 흔히 사용했던 주류 문어인 프랑스어나 라틴어가 아니라 지방어에 불과한 영어로 썼다는 점 외에도, 이야기가 매우 다양하며 줄거리와 등장인물이 자연스럽다는 점에서 당대의 문학과는 달랐다. 서사시〈트로일러스와 크리세이드Troilus and Criseyde〉,〈새들의 의회Parlement of Foules〉,〈아스트롤라베에 대한 고찰Treatise on the Astrolab〉과 번역작 몇 편을 썼다.

▼ **장식 머리글자** 텍스트에 전체적으로 다양성과 흥미를 주기 위해 몇 가지의 머리글자를 디자인했다. 농도 짙은 독일제 검정 잉크로 인쇄한 정교한 장식 머리글자는 일반 텍스트 몇 줄을 차지했다.

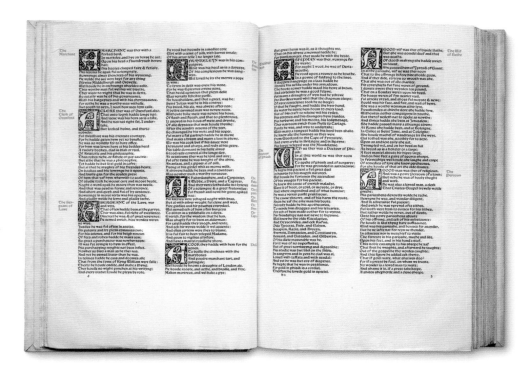

생전에 완성할 수만 있다면 이 작품은 온갖 디자인으로
가득 찬 작은 성당과 같을 걸세. 그리고 모리스야말로 세계에서
가장 위대한 장식의 거장이라네.

에드워드 번 존스. 찰스 엘리엇 노튼Charles Eliot Norton에게 보낸 편지. 1894년.

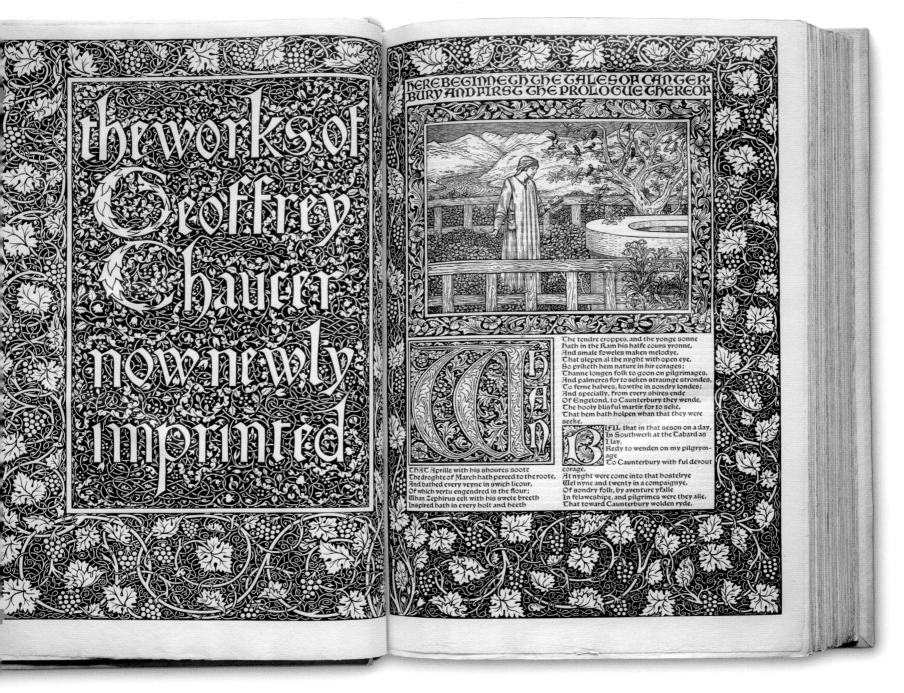

▲ **속표지**　정교한 테두리 장식이 들어 있는 이 펼침면을 보면 15세기 수작업 인쇄의 뛰어난
품질과 우아함을 되살리려던 모리스의 소망이 잘 드러난다. 모리스는 《켈름스콧 초서》를
자신이 손수 디자인한 꽃무늬 문양의 워터마크를 새긴 바첼러 수제 종이에 인쇄했는데, 이 종이는
린넨 조각으로 만든 것이다. 목재 펄프를 넣은 종이는 갈색으로 변하는 까닭에 쓰지 않았다.
반면에 린넨 조각으로 만든 종이는 그 선명함이 훨씬 오랫동안 유지되었다.

세부 내용

▼ **〈아스트롤라베에 대한 고찰〉** 초서의 주요한 첫 시 〈공작부인의 책The Book of Duchess〉 마지막 페이지(아래 왼쪽페이지)에 바로 이어서 나오는 작품이 〈아스트롤라베에 대한 고찰〉인데, 이 논문은 초기 글쓰기 기술을 보여 주는 중요한 표본이다. 논문을 시작하는 첫 페이지(아래 오른쪽페이지)는 화려한 테두리 장식이 본문과 삽화를 에워싸고 있다. 삽화에는 고대 그리스의 천체 관측기인 아스트롤라베를 들고 있는 남자와 그의 옷자락을 잡은 채 하늘을 올려다보고 있는 소년이 등장한다. 이는 아들 '루이스'에게 초서가 설명하고 있는 것이 과학임을 표현한 것이다.

▶ **꽃무늬 모티프** 모리스는 실물을 보고 꽃을 그린 것이 아니라 사진이나 책에 수록된 그림을 보고 모사했다. 영국의 많은 꽃들이 장식에 들어가 있다.

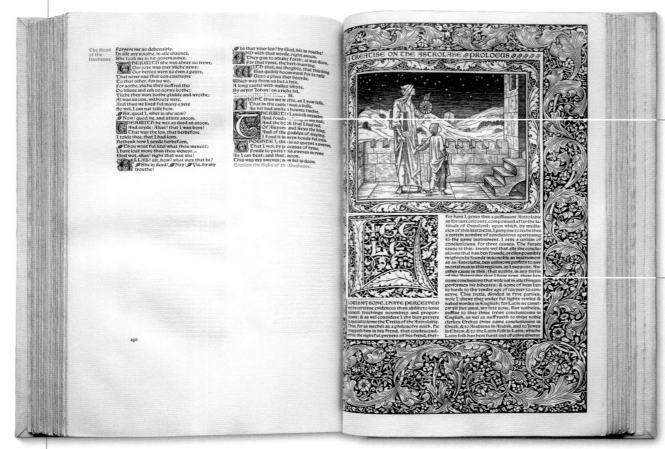

▼ **첫 단어** 그림 속 'LITTLE'이라는 단어에서 보듯이 복잡한 장식을 사용하여 문단의 첫 단어를 강조했다. 휘감은 나뭇잎, 꽃, 작은 열매가 글자를 둘러싸고 있다.

▲ **난외 표제** 페이지마다 텍스트 맨 위에 붉은색 잉크로 인쇄된 난외 표제가 있다. 독자의 관심이 책에 집중될 수 있게 단순히 제목만 반복하여 넣었다.

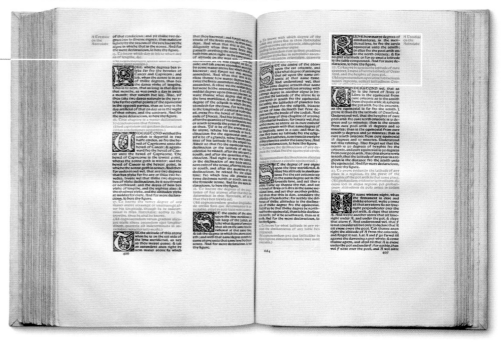

▶ **본문 디자인** 모리스는 초서 텍스트의 특성에 맞춰 활자체를 직접 디자인했다. 텍스트는 2단으로 배치하여 대부분 검정 잉크로 인쇄했는데, 간간이 짧은 문단은 붉은색으로 인쇄해 변화를 주기도 했다.

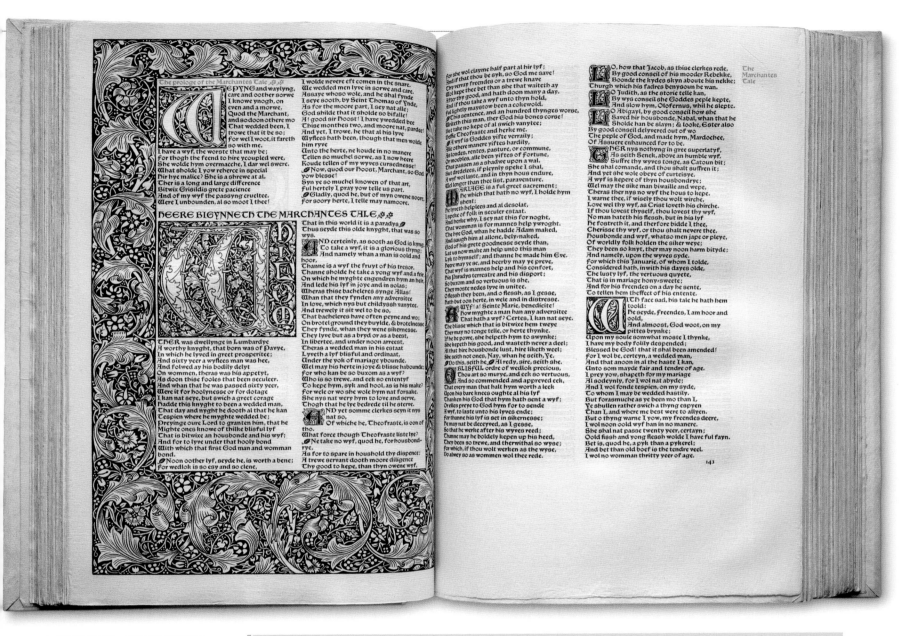

▲ **〈상인의 이야기〉** 《캔터베리 이야기》 중 한 편인 〈상인의 이야기〉는 풍자적이며 다른 이야기와 마찬가지로 그 시대 기준으로 보면 다소 외설적이기도 하다. 전체적으로 계속 등장하는 나뭇잎과 꽃 모티프로 장식한 널찍한 여백 안쪽에 텍스트를 배치했다. 서문 뒤에 나오는 이야기의 첫 머리글자는 가로는 한 단 전체, 세로는 19행을 차지한다. 각 문단이 시작되는 부분에는 세로 3행을 차지하는 작은 장식 머리글자를 사용했고, 인물의 대화가 시작되는 것을 표시하기 위해 본문 안에 작은 나뭇잎 문양을 넣었다.

배경 지식

15세기 화가 윌리엄 캑스턴William Caxton은 초서 의 첫 영어판 인쇄본을 제작했는데, 켈름스콧 프레스 에서 똑같은 작품을 펴낸 모리스도 이 작품의 영향을 받았다. 캑스턴은 유럽을 여행하던 중 활자를 이용하 여 책을 인쇄하는 것을 보고 1470년대 초반 쾰른 에 체류하면서 인쇄술을 배웠고, 1476년 런던으로 돌아온 뒤 웨스트민스터에 최초의 인쇄소를 세웠다. 초기에 《캔터베리 이야기》 초판과 2판을 펴냈는데, 2판에는 목판화 26점을 실었다. 영국에서 제작한 삽 화들은 캑스턴이 프랑스에서 보았던 목판화를 기반 으로 했다. 활자는 우아한 부르고뉴체를 사용했으며, 2판에서는 더 작은 활자를 사용해 한 페이지에 더 많 은 글자를 담았다. 모리스의 《켈름스콧 초서》에 영감 을 준 것은 삽화가 들어간 2판이다.

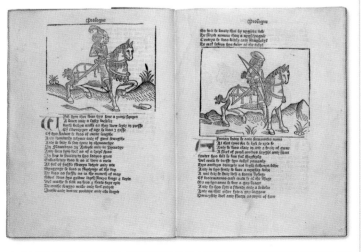

▲ 캑스턴의 2판에는 각 이야기가 시작될 때마다 말 탄 순례자들이 등장해 지면을 장식하고 텍스트에 활기를 불어 넣는다. 목판화는 지역의 화가가 제작했고 어떤 것은 한 번 이상 쓰기도 했다.

세부 내용

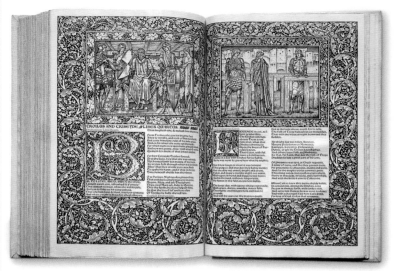

▲ 〈트로일로스와 크리세이드〉 이 작품은 트로이 전쟁을 배경으로 비극적인 사랑과 배신을 노래한 서사시다. 이 장면들은 에드워드 번 존스가 회원으로 활동했고 빅토리아 시대 영국에서 널리 유행한 라파엘 전파前派(19세기 중엽 영국에서 고대 또는 미켈란젤로나 티치아노를 모방하는 예술에 반발하여 라파엘로 이전으로 돌아갈 것을 주장한 예술 운동)를 연상시킨다.

제작 기술

그 무렵 차츰 확산되던 기계화와 산업화를 외면한 윌리엄 모리스는 참된 장인의 손 끝이 빚어 내는 아름다움과 기술을 소중히 여겼으므로, 켈름스콧 프레스에서 펴내 는 책들은 모두 전통적 기법을 활용하여 제작하려고 애썼다. 수작업으로 인쇄한 책 의 내지와 마찬가지로 겉표지 또한 손으로 제작했다. 산업혁명으로 제본마저 위협 받고 있었으므로 정교하게 장식된 《켈름스콧 초서》 초판본은 보편화하던 실용주의 방식에 대한 노골적 반발을 드러낸다. 장정은 돼지가죽으로 참나무 판지를 감싼 뒤 수작업 문양으로 장식했다. 이 기법은 부조로 돌출될 디자인 문양은 남겨 두고 배경 부분만 수공구手工具로 누르는 제작법이다. 이 작업은 런던 해머스미스에서 콥든 샌더슨T. J. Cobden-Sanderson이 운영하고 있던 도브스 제본소Doves Bindery 가 맡았다. 모리스와 마찬가지로 콥든 샌더슨도 예술 수공예 운동Arts and Crafts Movement에 활발히 참여했다. 이런 방식으로 《켈름스콧 초서》를 제작함으로써 그들은 단순히 유용한 물건이 아니라 그 자체로 예술 작품인 책을 만들겠다던 목표 를 확실히 이루어 냈다.

▲ 장정은 네 가지 스타일로 제작되었는데 돼지가죽으로 만든 것이 가장 고급스러웠다. 모리스는 초판본 48부를 도브스 제본소에 보내 흰색 돼지가죽으로 특별히 장정하게 했다. 복잡한 장식 문양을 새긴 뒤 흰색 돼지가죽 끈에 은 걸쇠를 매달아 마감했다.

▲ 대담한 디자인 이 테두리 장식은 모리스가 《켈름스콧 초서》를 디자인할 때 모방하려 했던 중세 필사본 장식을 연상시킨다. 번 존스는 총 87점이나 되는 연필 스케치를 밤늦게까지 작업하며 완성했다. 화가인 로버트 캐터슨 스미스Robert Catterson-Smith는 목판에 이미지를 새기기 전 전사하는 과정에서 인디언 잉크와 산화아연으로 만든 백색 안료를 사용하여 화려한 흑백 디자인을 만들어 냈다.

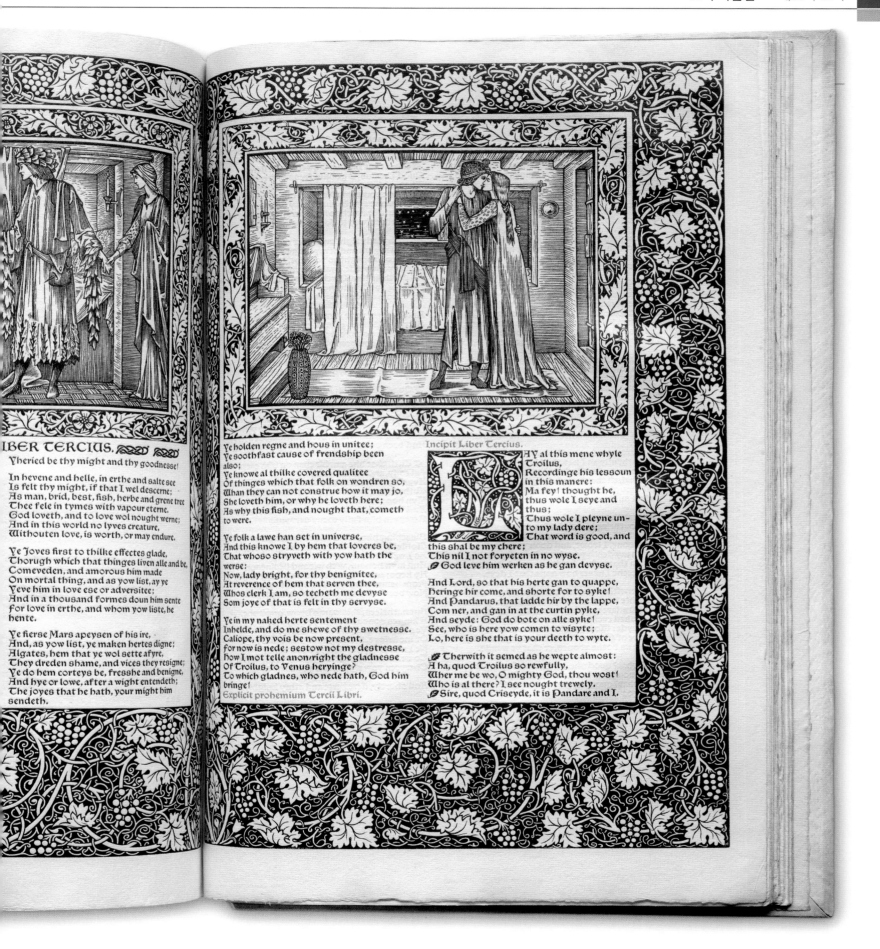

IBER TERCIUS. ❧
Yheried be thy might and thy goodnesse!

In hevene and helle, in erthe and salte see
Is felt thy might, if that I wel descerne;
As man, brid, best, fish, herbe and grene tree
Thee fele in tymes with vapour eterne.
God loveth, and to love wol nought werne;
And in this world no lyves creature,
Withouten love, is worth, or may endure.

Ye Joves first to thilke effectes glade,
Thorugh which that thinges liven alle and be,
Comeveden, and amorous him made
On mortal thing, and as yow list, ay ye
Yeve him in love ese or adversitee;
And in a thousand formes doun him sente
For love in erthe, and whom yow liste, he hente.

Ye fierse Mars apeysen of his ire,
And, as yow list, ye maken hertes digne;
Algates, hem that ye wol sette afyre,
They dreden shame, and vices they resigne;
Ye do hem corteys be, fresshe and benigne,
And hye or lowe, after a wight entendeth;
The joyes that he hath, your might him sendeth.

Ye holden regne and hous in unitee;
Ye soothfast cause of frendship been also;
Ye knowe al thilke covered qualitee
Of thinges which that folk on wondren so,
Whan they can not construe how it may jo,
She loveth him, or why he loveth here;
As why this fish, and nought that, cometh to were.

Ye folk a lawe han set in universe,
And this knowe I by hem that loveres be,
That whoso stryveth with yow hath the werse:
Now, lady bright, for thy benignitee,
At reverence of hem that serven thee,
Whos clerk I am, so techeth me devyse
Som joye of that is felt in thy servyse.

Ye in my naked herte sentement
Inhelde, and do me shewe of thy swetnesse.
Caliope, thy vois be now present,
for now is nede; sestow not my destresse,
how I mot telle anon-right the gladnesse
Of Troilus, to Venus heryinge?
To which gladnes, who nede hath, God him bringe!

Explicit prohemium Tercii Libri.

Incipit Liber Tercius.

AY al this mene whyle Troilus,
Recordinge his lessoun in this manere:
Ma fey! thought he, thus wole I seye and thus;
Thus wole I pleyne un-to my lady dere;
That word is good, and this shal be my chere;
This nil I not foryeten in no wyse.
God leve him werken as he gan devyse.

And Lord, so that his herte gan to quappe,
Heringe hir come, and shorte for to syke!
And Pandarus, that ladde hir by the lappe,
Com ner, and gan in at the curtin pyke,
And seyde: God do bote on alle syke!
See, who is here yow comen to visyte;
Lo, here is she that is your deeth to wyte.

Therwith it semed as he wepte almost:
A ha, quod Troilus so rewfully,
Wher me be wo, O mighty God, thou wost!
Who is al there? I see nought trewely.
Sire, quod Criseyde, it is Pandare and I.

던져진 주사위Un Coup de Dés

1897년(잡지), 1914년(책) ■ 인쇄 ■ 32cm x 25cm ■ 32쪽 ■ 프랑스

스테판 말라르메Stéphane Mallarmé

《던져진 주사위Un Coup de Dés》는 프랑스 상징주의 시인인 스테판 말라르메의 작품이다. 이 작품은 400년 전 르네상스 시기에 확립되었던 예술이 무엇인지에 대해 재정의한 19세기 말 서구 예술 혁명을 보여 주는 귀감이다. 그 근본적 변화는 프랑스에서 일어났지만 그 영향력은 곧 전 세계를 휩쓸었다.

이러한 혁명이 발전하는 데 말라르메보다 더 중요한 시인은 없었다. 사실주의와 자연주의를 거부한 그는 늘 알 수 없는 인간 존재를 설명하기 위해 꿈과 상징을 사용하여 시의 의미에 대한 새로운 인식을 불러 일으켰다. 말라르메는 소리가 의미 못지않게 중요한 역할을 하는 새로운 시적 언어를 지향했고 이것이 '상징주의'로 알려졌다. 게다가 시적 언어들을 지면에 정확히 배열함으로써 모호하여 끝없는 해석을 낳는 비선형 독서를 촉진했다. 말라르메의 이러한 방식은 엘리엇, 제임스 조이스, 에즈라 파운드 등 20세기의 수많은 시인들과 사상가들에게 지속적으로 영향을 미쳤다. 그러나 비프랑스어권 독자들에게 말라르메의 시는 여전히 난해한데, 시의 다층적 의미들을 번역하기란 거의 불가능하기 때문이다. 그의 시는 기존의 시보다는 추상 음악에 가깝다고 할 수 있다.

스테판 말라르메

1842~1898년

스테판 말라르메는 초현실주의와 입체주의 같은 많은 예술 운동에 영감을 불어 넣은 프랑스 상징주의의 주요 시인이었다. 파리 지성계의 중심인물이었던 그는 시 분야에서 상징주의 운동의 선구자였다.

파리 태생인 말라르메는 일찍부터 삶의 비애를 겪었다. 다섯 살 때에는 어머니를 여의었고, 10년 뒤에는 누이를, 그 직후에는 아버지를 잃었다. 런던에서 영어를 배우고 프랑스에서 교사가 되었다. 1863년에 결혼하여 두 아이를 두었다(아들 하나가 1879년 호흡기 질환으로 사망했다). 말라르메는 1871년 파리로 이주했고, 화요일마다 예이츠YB Yeats, 라이너 마리아 릴케Reiner Maria Rilke, 폴 베를렌Paul Verlaine 같은 인물들이 참여한 지식인 모임을 주최하여 유명해졌다(나중에 이 모임은 화요회로 알려진다). 말라르메 본인 역시 완전히 새로운 스타일의 시를 써서 상징주의 운동에 지대한 영향을 미쳤다.

《던져진 주사위》는 말라르메 생전에 극히 일부만 발표되었다. 그러나 텍스트의 정확한 레이아웃, 크기, 활자체가 표시되어 있는 교정지를 보면 그의 정확한 의도를 엿볼 수 있다. 1914년 판에서는 그의 지시가 거의 구현되지 않았지만, 오늘날 나오는 많은 판들은 말라르메의 의도에 좀 더 가깝게 편집되어 출간되고 있다.

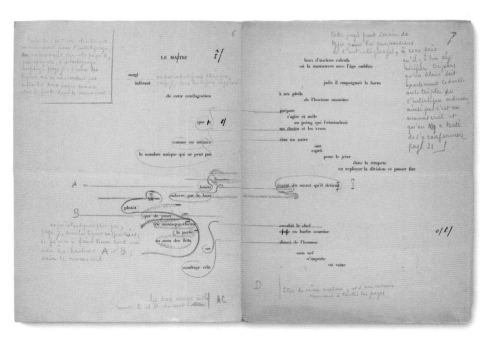

◀ **내용 위에 더해진 형태** 《던져진 주사위》의 놀랍고도 충격에 가까운 참신함은 시의 위치를 확정하지 않은 '불명확한 공간'뿐 아니라 말라르메가 심혈을 기울인 페이지 레이아웃만 봐도 알 수 있다. 초기에 그가 육필로 직접 고쳐 쓴 이 교정지를 보면 그의 의도가 확실히 드러난다.

▶ **형태와 크기** 1897년 5월 말라르메가 인쇄업자에게 넘긴 시의 교정지에는 옆 그림에서 보듯이 텍스트의 배열은 물론 활자 스타일과 크기까지 정확한 지시 사항이 담겨 있다. 작품을 음악 기보법 형식에 가깝게 하려는 것이 말라르메의 의도였다.

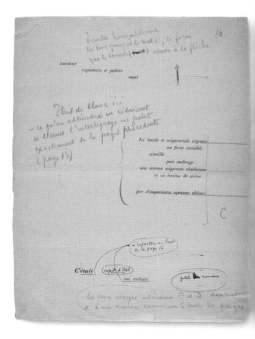

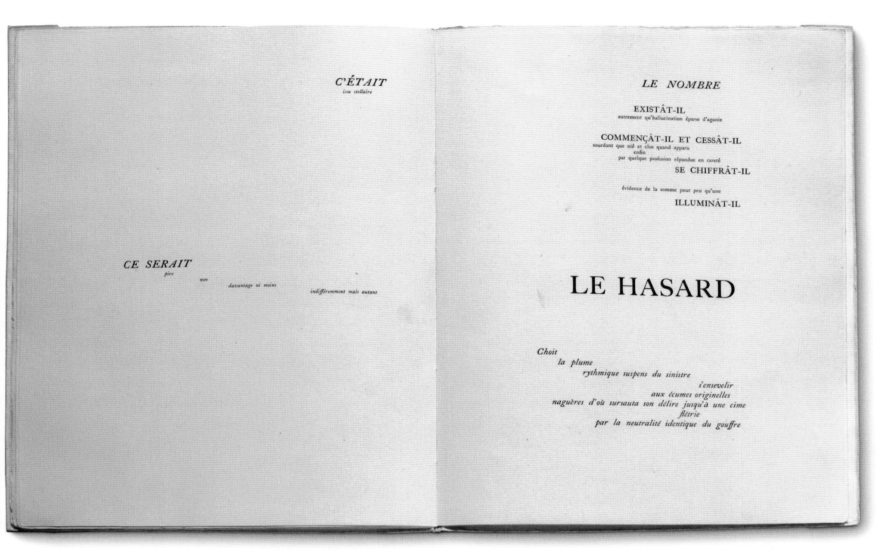

▲ **초판** 《던져진 주사위》는 1914년이 되어서야 책의 형식으로 선보였지만, 말라르메의 계획은 완전히 무시되었다. 그는 1897년 《코스모폴리스 *Cosmopolis*》 잡지에 게재된 시의 레이아웃 방식이 마음에 들지 않았고, 다음 '고급판'에서는 친구인 오딜롱 르동 Odilon Redon의 석판화와 자신의 정확한 본문 디자인이 제대로 구현되기를 바랐다.

◀ **음악적 단어** 말라르메의 목적 가운데 하나는 단어들이 음악과 마찬가지로 본질적으로는 소리에 지나지 않는다는 사실을 강조하는 것이었다. 그는 악보와 마찬가지로 이러한 '소리들'을 넓은 여백, 또는 자신의 표현을 빌리자면 '둘러싼 침묵'으로 에워쌌다.

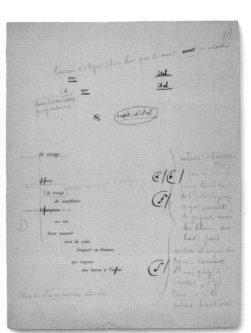

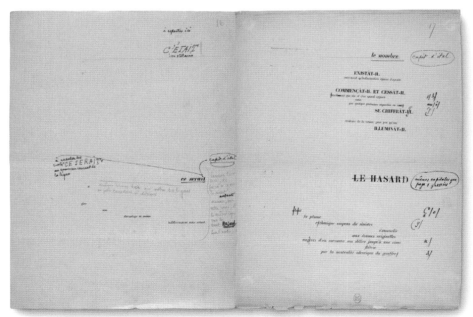

▲ **여백** 말라르메는 이 시를 구성하는 단어 714개를 22개 펼침면에 자연스럽게 배열한 효과가 주위의 여백으로 인해 잘 드러나길 원했다. 레이아웃 그 자체가 추상으로, 말라르메 자신도 모르는 사이에 현대적 지면을 만들어 낸 셈이다.

기타 목록: 1650~1899

에티카 Ethica

베네딕트 데 스피노자
Benedict de Spinoza

네덜란드(1677년)

이 철학 논문은 근대 초기 네덜란드의 급진적 철학자 베네딕트 데 스피노자(1632~1677)의 가장 위대한 저작으로 인정받고 있다. 스피노자 사망 직후 출간된 《에티카》는 신, 자연, 인간 사이의 관계에 대한 기존의 철학적 사고에 의문을 제기한 대담한 형이상학적·윤리적 철학서이다. 스피노자는 텍스트를 평범한 산문 대신 공리(진리로 인정되며, 다른 명제를 증명하는 전제가 되는 원리), 정의, 명제, 논증의 형태를 취한 '기하학적 방식'으로 소개했다. 스피노자의 논문은 이러한 복잡하면서도 논리적인 구성을 통해 가톨릭교회를 비판했다. 그 결과 모든 작품이 바티칸 금서 목록에 올랐고 스피노자는 그의 출신인 유대인 사회에서도 쫓겨났다. 《에티카》는 조지 엘리엇George Eliot이라는 필명을 쓴 작가 메리 앤 에반스Mary Anne Evans(1819~1880)가 1856년 처음으로 영어 번역본을 발표했다.

통치론
Two Treatises of Government

존 로크 John Locke

영국(1689년)

정치 철학자 존 로크(1632~1704)의 이 획기적 작품은 처음에는 익명으로 발표되었다. 두 개의 논문으로 소개된 이 작품은 근대 정치적 자유주의의 초석이자 정치이론사에서 가장 영향력 있는 작품이라는 평가를 받는다. 〈제1론〉에서는 왕권신수설을 반박했고, 〈제2론〉에서는 공공의 선을 위해서만 정부에 법을 집행하는 도덕적 책무를 부과하며, 문명화된 사회 구조의 윤곽을 그렸다. 《통치론》은 영국의 정치적 대 격변기인 1679년부터 1680년까지 집필하여 탈고했지만, 1688년 명예혁명으로 가톨릭 왕 제임스 2세가 네덜란드의 프로테스탄트 오라녜 공 윌리엄William of Orange에게 쫓겨난 뒤에야 발표했다. 로크는 자신의 작품이 명예혁명의 정당성에 근거를 주었다고 주장했다. 《통치론》은 또한 유럽의 계몽주의와 미국 헌법에도 영향을 미쳤다고 평가받는다. 영국 계몽주의의 선구자로 평가 받는 그의 또 다른 저서로는 《인간오성론》이 있다.

▼ 윤달 서 Sefer Evronot

엘리저 벤 야코프 벨린
Eliezer Ben Jaakov Bellin

독일(1716년, 수록 본)

《윤달 서》는 유대인의 태음태양력 안내서 용도로 제작된 아름다운 채식 필사본이다. 이 달력에 따르면 각 월은 달月에 의해 결정되고, 한 해는 태양에 의해 결정된다. 유대인 공동체가 정확한 날짜에 종교적 책무를 치르려면 천문학에 정통한 전문가가 개입해야 했다.

이렇게 윤달 계산(달력에 며칠을 산입하는 것)을 돕기 위해 이 책을 편찬했는데 평판이 매우 좋았다. 1614년 초판이 나왔고, 19세기가 될 때까지 몇 판이 더 발간됐다. 1722년 독일의 오펜바흐에서 나온 5판부터는 다이어

궁도를 보여 주는 삽화들. 《윤달 서》 1716년 판에 수록된 사자자리(왼쪽)와 처녀자리(오른쪽).

그램과 볼벨레라고 하는 복잡한 동심원 회전 원판으로 만든 그림이 들어갔다.

사회계약론Du Contrat Social/ 에밀Émil, ou de L'Éducation/ 고백록Les Confessions

장 자크 루소Jean-Jacques Rousseau

프랑스(1762년, 1782년, 1789년)

이 작품들은 스위스 태생의 프랑스 철학자이자 작가인 장 자크 루소(1712~1778)의 가장 중요한 세 저작이다. 《사회계약론》과 《에밀》은 1762년에 출간되었고, 1769년에 완성한 그의 자서전 《고백록》은 1782년에 1부가 1789년에는 2부가 출간되었다.

《사회계약론》은 프랑스혁명(1789~1799) 발발에 영향을 미쳤다고 평가 받는 정치 철학서다. 루소는 사회가 구성원들의 집단의지의 산물이며, 법은 그 집단의지集團意志의 지지를 받을 경우에만 구속력을 가진다고 주장했다. 루소는 이러한 주장을 통해 사회의 전통적 질서에 도전했다.

《에밀》은 사회와 문명의 영향에 물들지 않은 채 홀로 배워야 하는 소년들의 학습 체계를 탐구한 선구적인 논문이다. 소설과 교훈적·도덕적 에세이가 혼합된 이 작품은 교육 및 양육 방식의 개혁을 요구한다는 점에서 급진적이었고, 또한 청소년기가 끝날 무렵까지는 종교 교육을 해서는 안 된다고 주장했다. 《에밀》은 파리와 제네바에서 판매 금지되었고 처음 발표되었을 때에는 공개적으로 분서焚書를 당하기도 했다. 그럼에도 널리 읽히게 되면서 프랑스혁명 이후 프랑스는 물론 유럽 여러 나라의 교육 개혁에 커다란 영향을 미쳤다.

루소가 말년에 오랫동안 프랑스와 스위스에서 숨어 지내야 할 만큼 이 두 권의 책은 프랑스 의회를 격분하게 만들었다. 그러나 프랑스혁명이 일어난 뒤 루소는 국민적 영웅으로 추앙받았다.

《고백록》은 2부로 나뉜 자전적 작품으로 각 부는 6권으로 구성되어 있고, 루소의 일생에서 53세까지 다루고 있다. 1권에서 6권까지는 1767년에 완성되어 1782년에 출간되었다. 7권에서 12권까지는 1770년에 완성되었지만 1789년이 되어서야 발표했다. 이 시대에도 자전적 책들이 없었던 것은 아니었지만 모두 종교적 논의의 관점에서 쓴 것들이었다. 루소의 글은 어렸을 때부터의 경험과 느낌을 파헤쳤으며, 성인이 된 자아의 인격을 설명하기 위해 훌륭한 행동뿐 아니라 잘못마저 가감 없이 드러냈다.

로마제국 쇠망사
The History of the Decline and Fall of the Roman Empire

에드워드 기번Edward Gibbon

영국(1권: 1776년, 2~3권: 1781년, 4~6권: 1788~1789년)

영국의 역사가이자 학자인 에드워드 기번(1737~1794)의 이 역사서는 로마제국의 절정기부터 비잔틴 제국의 몰락에 이르기까지 서구 문명의 궤적을 추적하고 있다. 기번은 드라마틱하면서도 우아한 문학 양식으로 글을 썼고, 출처인 원전 자료를 광범위하게 언급한 것으로 유명하다. 이러한 기법은 이후 역사 저술가들에게 귀감이 되었다.

기번은 이 책에서 로마인들이 도덕적으로 타락했다고 주장했는데, 그것이 로마제국을 몰락시킨 원인이라고 생각했기 때문이다. 또한 야만족에게 무관심했고, 그 결과 그들에게 정복당했던 이유로 그리스도교의 대두를 꼽았다. 비록 작품은 큰 호평을 받았지만, 그리스도교 교회에 대한 회의적 태도는 비판을 받았다.

상식Common Sense

토머스 페인Thomas Paine

미국(1776년)

영국의 정치 활동가 토머스 페인이 익명으로 발표한 이 선동적인 소책자는 영국 정부로부터 독립을 주장하던 아메리카 동부 연안의 13개 식민지 사람들에게 각성을 촉구하는 글이었다.

이 책은 미국 역사에 가장 큰 영향을 끼친 간행물이며, 식민지에서 일어났던 동요를 미국독립혁명(1765~1783)으로 바꾸어 놓았다는 평가를 받는다.

페인의 산문은 어조가 열정적이며 대중적이었으므로 그의 책을 읽은 사람들은 정치

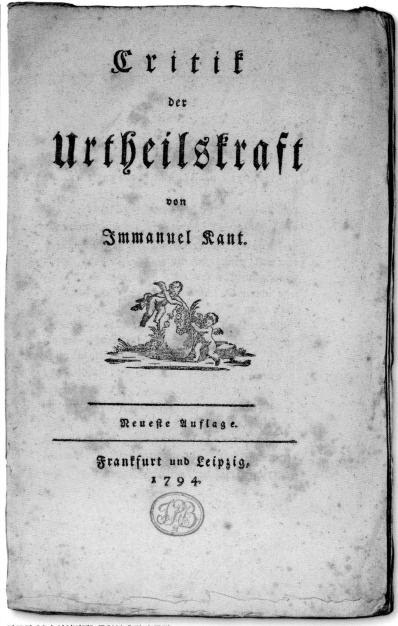

칸트의 《순수이성비판》 독일어 초판 속표지.

지도자들과 하나가 되어 단결하였다. 《상식》은 혁명에 대한 출판물 가운데 가장 널리 읽힌 작품으로, 당시 대략 50만 부가 팔렸을 것으로 추정한다.

순수이성비판
Kritik der Reinen Vernunft

임마누엘 칸트Immanuel Kant

독일(1781년)

독일 철학자 임마누엘 칸트(1724~1804)가 쓴 형이상학에 대한 이 논문은 철학사에서 가장 중요한 작품으로 꼽힌다. 난해하고 복잡한 이 저작은 10년에 걸친 작업의 소산이다. 그러나 내용이 너무 어려웠으므로, 칸트는 2년 뒤 작품이 잘못 해석될 여지를 없애기 위해 이해하기 쉬운 안내서를 써야 했다.

칸트의 텍스트는 계몽주의 시대의 핵심이었던 두 학파, 합리주의(이성이 지식의 근간이라고 주장한다)와 경험주의(지식은 오로지 경험을 통해서만 얻을 수 있다고 주장한다)를 근본적으로 발전시켰다.

지식과 윤리에 대한 이 획기적 이론서는 완전히 새로운 철학 사고의 분파를 열었다. 뒤이어 1788년에 《실천이성비판Kritik der praktischen Vernunft》, 1790년에 《판단력비판Kritik der Urteilskraft》을 발표했기 때문에 《순수이성비판》은 칸트의 제1비판으로 불리기도 한다.

사드 후작의 문제작 《미덕의 불운》 초판.

달해 간다. 헤겔은 임마누엘 칸트처럼 이상주의자였지만 인류 발전에 대한 접근법은 칸트의 철학과 달랐다. 《정신현상학》은 혁신적 개념을 탐구하는 복잡한 철학논문이었는데, 단지 철학의 영역뿐 아니라 신학이나 정치학 같은 다른 분야에서도 커다란 영향을 미친 것으로 입증되었다.

모르몬 경Book of Mormon

조지프 스미스Joseph Smith

미국(1830년)

《모르몬 경》은 1830년 미국의 설교가 조지프 스미스(1805~1844)가 뉴욕에서 창설한 예수그리스도 후기성도교회의 경전으로 인정받고 있다. 《모르몬 경》에 나오는 텍스트에 따르면 '개량된 이집트어'라 칭하던 글씨를 새긴 황금판에서 유래했다고 한다. 스미스는 한 천사가 자신에게 금판을 건네주었고, 하느님의 도움으로 자기가 그 글을 영어로 번역했다고 주장했다. 스미스가 원래 썼다는 필사본은 1880년대까지 돌벽 안에 봉인되어 있다가 상당수가 파괴되었고, 나머지는 현재 예수그리스도 후기성도교회 기록보관소에 있다. 스미스는 그 황금판을 천사에게 되돌려 주었다고 한다. 황금판의 행방은 알 수 없었고, 이집트어 경전이 미국에서 발견되었다는 고고학적 증거도 없다. 그럼에도 예수그리스도 후기성도교회 사람들이 믿는 종교는 모르몬교라고 부른다.

미덕의 불운
Justine, ou les Malheurs de la Vertu

사드 후작Marquis de Sade

프랑스(1791년)

이 충격적인 소설은 악명 높은 프랑스 귀족 사드 후작(1740~1814)의 가장 유명한 작품이다. 이 작품은 사드가 바스티유 감옥에 수감되어 있을 무렵인 1784년에 중편소설로 쓴 것인데, 석방된 뒤에 장편소설로 다시 써서 익명으로 발표했다. 정숙한 여주인공이 선량함 때문에 깊이 상처 받는다는 설정에서 보듯이 선은 나쁘고 악이 좋다는 사드의 비도덕적 철학이 녹아 있다. 소설은 사드가 악명을 떨쳤던('사디즘'이라는 용어는 사드의 이름에서 유래했다) 악행, 착취, 성적 폭력 등으로 점철되어 있다. 1801년 나폴레옹 보나파르트(1769~1821)는 《미덕의 불운》과 후속작 《악덕의 번영Histoire de Juliette, ou les Prospérités du vice》이 외설스럽다는 이유로 사드에게 체포령을 내렸고 그는 여생 대부분을 감옥에서 보냈다.

여성의 권리 옹호
A Vindication of the Rights of Woman

매리 울스턴크래프트Mary Wollstonecraft

영국(1792년)

영국작가 매리 울스턴크래프트(1759~1797)가 쓴 이 획기적 저작은 여성에게 공교육을 실시하도록 정치 개혁의 필요성을 주장했다. 페미니즘 정치를 표방한 초기 저작 가운데 하나인 울스턴크래프트의 《여성의 권리 옹호》는 '페미니즘'이라는 용어가 실제로 사용되기도 전에 나온 작품이다. 울스턴크래프트의 견해는 여러 면에서 시대를 앞섰는데, 예를 들면 남녀공학을 주장한 점, 여성들이 돈을 벌어 자립하는 것이 중요하다는 사실을 인식하고 있었던 점 등이 그렇다. 논쟁을 불러일으킬 급진적 내용에도 불구하고 이 책은 출간 당시 반응이 좋아 첫해에 2판을 인쇄했다. 그러나 서른여섯 살의 젊은 나이에 사망한 뒤 그녀의 사생활(몇 차례 연애 사건이 있었고 사생아를 낳았지만 기혼녀 행세를 했다)이 알려지자 책의 인기도 시들해졌다. 이러한 울스턴크래프트의 평판 때문에 책 판매는 부진해졌고, 19세기 중반까지 재인쇄본이 나오지 않았다.

정신현상학
Phänomenologie des Gestes

헤겔G. W. F. Hegel

독일(1807년)

독일 철학자 게오르크 빌헬름 프리드리히 헤겔의 유명한 작품 《정신현상학》은 나폴레옹 보나파르트가 헤겔의 조국 프러시아를 침공한 직후 발표되었다. 주요작 가운데 가장 초기 작품인 《정신현상학》은 인류가 '변증법'에 따라서 발전하는 집단의식을 공유한다고 주장했다.

이러한 변증법에 따르면 처음 테제(정正)가 생겨나고 안티테제(반反)에 의해 반박되었다가, 합으로 화해한다. 이러한 패턴은 끊임없이 반복되며 축적되어 '절대 진리'에 도

공산당선언
The Communist Manifesto

프리드리히 엥겔스·카를 마르크스
Friedrich Engels·Karl Marx

영국(1848년)

처음에는 익명으로 출판된 23쪽짜리 이 소책자는 독일 철학자이자 사회활동가인 카를 마르크스와 프리드리히 엥겔스의 공동 저작이지만 사실상 마르크스가 주로 썼다. 두 사람은 사회주의가 자본주의를 대체할 것이라고 주장하면서 노동자 계급(프롤레타리아트)에게 자본가 계급(부르주아지)에 맞서 일어나도록 부추김으로써 전 유럽에 사

회적 변혁을 추동하고자 했다. 《공산당선언》은 역사상 가장 큰 영향을 미치며 널리 읽힌 정치적 소책자였고, 마르크스 철학의 토대가 되었다. 그 무렵 정치에 직접적 영향을 미치지는 않았지만, 선언 속에 들어 있는 사상은 20세기에도 지속되어 마르크스가 사망한 지 34년이 지난 1917년, 마르크스 이론을 근거로 한 세계 최초의 공산주의 혁명이 러시아에서 일어나 성공했다.

자유론 On Liberty

존 스튜어트 밀 John Stuart Mill

영국(1859년)

영국의 철학자이자 경제학자 존 스튜어트 밀(1806~1873)이 쓴 이 짧은 에세이는 정치적 자유주의에 대한 핵심 저작 가운데 하나다. 밀은 개인의 자유를 열렬히 신뢰했고, 《자유론》에서 사회의 구속에 맞서 개인주의를 옹호했다. 또한 다양성과 비획일화를 장려하며, 획일화에 반대하는 사람들이 도전해야 사회가 정체되지 않는다고 주장했다. 결정적으로, 언론의 자유를 주장하며, 개인의 표현이 국가 공권력으로부터 억압받지 않아야 한다고 강조했다. 밀의 작품을 비난하는 비평가가 없는 것은 아니었지만 《자유론》은 초판 발행 이후 꾸준히 읽혔다.

철부지의 해외여행기

The Innocents Abroad

마크 트웨인 Mark Twain

미국(1869년)

'신 천로역정The New Pilgrim's Progress'이라는 부제가 달린 이 작품은 여행지에서 보내는 편지로 시작했다가 시대를 초월해 읽히는 베스트셀러 여행서가 되었다. 《철부지의 해외여행기》는 마크 트웨인이라는 필명으로 잘 알려진 미국 작가 새뮤얼 클레멘스Samuel L. Clemens(1835~1910)가 유람선을 타고 유럽, 이집트, 성지를 여행한 여정을 기록한 것이다. 유머와 풍자가 넘치는 이 이야기로 트웨인은 여행기라는 장르를 재정립했는데, 독자들에게 안내서가 전하는 것만 하기보다는 자기만의 경험이 될 만한 것

을 찾으라고 권유했다. 《철부지의 해외여행기》는 오로지 사전 예약으로만 판매했지만 큰 인기를 얻어 첫해에만 7만 부가 팔렸고, 트웨인이 살아 있는 동안 베스트셀러 지위를 유지했다.

▶피노키오의 모험

Le Avventure di Pinocchio

카를로 콜로디 Carlo Collodi

이탈리아(1883년)

이탈리아 작가 카를로 콜로디(1826~1890)가 쓴 《피노키오의 모험》은 살아 움직이는 나무 꼭두각시가 주인공인 어린이 소설로, 가장 사랑받는 작품이자 시대를 초월한 대표작 가운데 하나가 되었다. 이 작품은 1881년에서 1882년까지 어린이 잡지에 연재되어 큰 성공을 거둔 뒤 삽화를 곁들여 소설로 출간하였다. 원작의 이야기는 도덕과 선악의 본성이라는 무거운 주제를 다루었고, 피노키오는 자신이 저지른 비행으로 목이 매달려 죽는 것으로 끝난다. 그러나 소설에서는 어린이 독자에 맞춰 결말을 행복하게 바꾸었다. 이 소설은 전 세계 240개 언어로 번역되었고 이탈리아의 국보로 평가 받고 있다. 피노키오라는 캐릭터는 월트 디즈니의 1940년 영화 속 인기 아이콘으로 불후의 명성을 얻었다.

차라투스트라는 이렇게 말했다

Also Sprach Zarathustra

프리드리히 니체 Friedrich Nietzsche

독일(1883~1892년)

《차라투스트라는 이렇게 말했다》는 20세기 사상에 큰 영향을 미친 독일의 철학자 프리드리히 니체(1844~1900)가 쓴 책이다. 철학 소설인 이 작품은 니체의 '영원회귀'(모든 것이 영원히 계속하여 되풀이되는 것)와 '초인'(자신을 완전히 극복하고 자기가 인정한 법에만 복종하는 사람) 개념을 활용하여 허구의 인물인 차라투스트라의 여행과 말을 기록한 책이다. 니체의 사상이 심오하게 성숙했음을 말해 주는 이 작품은 1883년에서 1885년까지 4권으로 나뉘어 저술되었다.

첫 세 권은 병마와 싸우면서도 열흘 만에 미친 듯이 썼다. 1883년부터 세 권 모두 낱권으로 펴냈다가 1887년이 되어서야 한 권으로 묶어 발간했다. 니체는 원래 3권을 마지막으로 계획하여 극적인 절정에 다다랐지만, 이어서 세 권을 더 쓰기로 결정했다. 그러나 결국에는 한 권밖에 완성하지 못했다. 1885년에 쓴 마지막 권은 발표하지 않고 있다가 1891년에 단독으로, 1892년에는 총 4권을 모두 합쳐 한 권으로 출간했다. 영어로는 1896년에 처음으로 번역되었다.

꿈의 해석

The Interpretation of Dreams

지그문트 프로이트 Sigmund Freud

오스트리아(1899년)

지그문트 프로이트(1856~1939)는 정신분석학이라는 새로운 과학 이론 분파를 세운 오스트리아의 정신과 의사였다. 프로이트가 무의식적 사고에 대한 이론과, 꿈이 인간 정신에 미치는 원초적 중요성을 처음으로 정립한 것은 이 책에서였다. 프로이트는 모든 꿈들이, 심지어 악몽조차도 욕구 실현의 한 형태라고 생각했으며, 자신의 꿈을 스스로 분석하는 것은 물론 임상실험을 시행함으로써 이 분야를 정식으로 연구한 최초의 과학자였다. 처음에는 판매가 많지 않았음에도 프로이트는 생전에 여덟 번의 개정판을 냈다. 또한 1901년에는 800쪽에 이르는 원전을 읽을 엄두가 나지 않는 독자들을 겨냥하여 《꿈에 대하여On Dreams》라는 축약본을 발표했다. 《꿈의 해석》은 의심할 여지없이 프로이트의 가장 중요하고도 영향력 있는 작품이다. 이 책은 정신 건강에 대한 과학적 연구가 발전하는 데 커다란 영향을 끼쳤고 현대의 모든 정신요법의 기초가 되었다는 평가를 받는다.

1883년도 초판에 화가 엔리코 마찬티Enrico Mazzanti가 그린 피노키오의 모습.

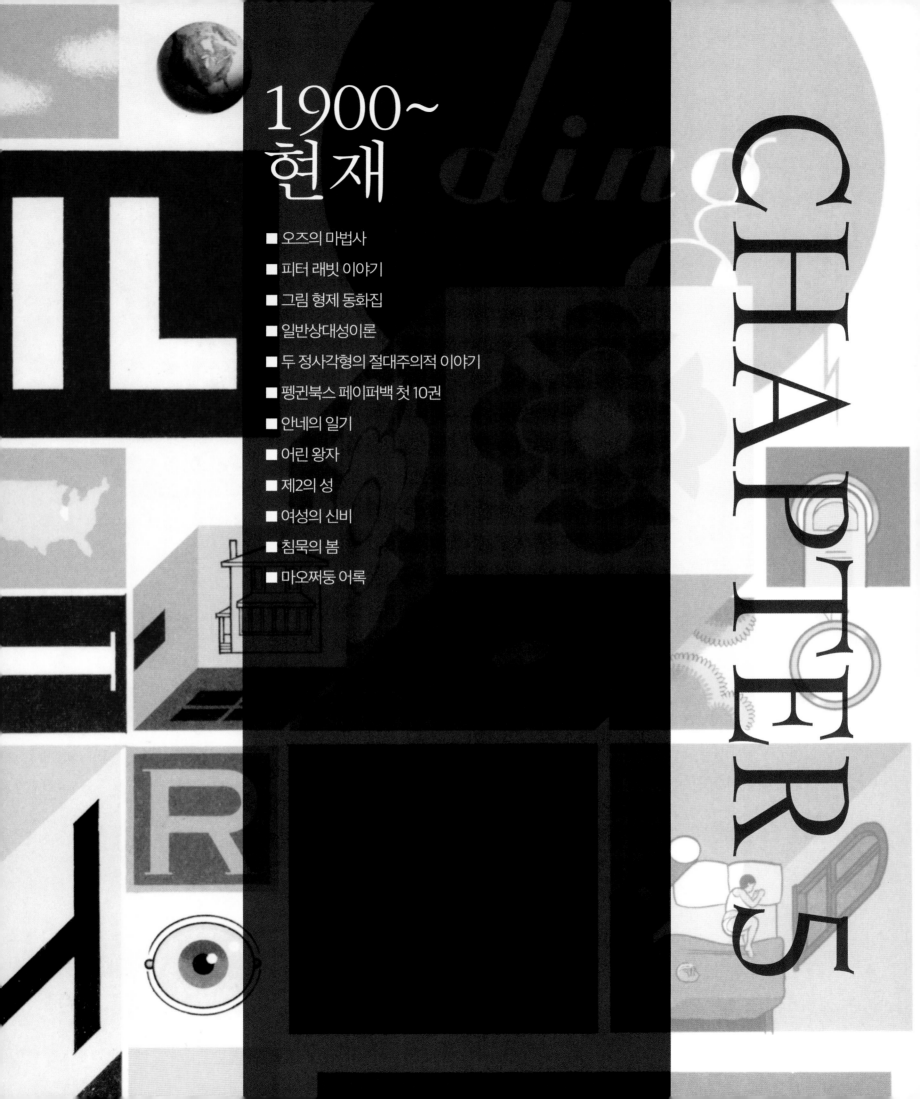

1900~ 현재

CHAPTER 5

오즈의 마법사
The Wonderful Wizard of Oz

1900년 ▪ 인쇄 ▪ 22cm x 16.5cm ▪ 259쪽 ▪ 미국

크기

라이먼 프랭크 바움Liman Frank Baum

회오리바람에 휩쓸려 마법의 나라 오즈로 날아가게 된 소녀 도로시가 주인공인 프랭크 바움의 이 작품은 미국 최초의 동화로 평가 받는다. 그 무렵 소설로는 이례적으로 화려한 삽화를 곁들였으며, 텍스트 속에 엮어 넣은 정교한 컬러 삽화뿐 아니라 컬러 도판 24점이 수록되었다. 바움은 이야기에 삽화가 필수적이라고 생각하여 삽화가인 윌리엄 월리스 덴슬로William Wallace Denslow(1856~1915)와 모든 저작권을 공유했다. 조지 힐 컴퍼니George M. Hill Company 출판사는 바움과 덴슬로가 전면 컬러 도판을 포함한 컬러 제작비를 대는 조건으로 모든 그림을 컬러로 인쇄하는 데 동의했다.

세 가지 구성 요소 즉 텍스트, 컬러 도판, 겉표지를 각각 제작하여 하나로 제본한 이 책은 1900년 9월 초판 1만 부가 발행되었다. 책은 발간되자마자 언론과 대중으로부터 모두 호평을 받았다. 한 달 뒤에 찍어 낸 재쇄 1만 5천 부 역시 성공적이었다. 발간 6개월 만에 9만 부가 팔렸으며, 2년 동안 베스트셀러 목록에 올랐다. 현재까지 전 세계에서 50개가 넘는 언어로 번역되었고, 1902년 브로드웨이 뮤지컬(바움과 덴슬로도 제작에 관여했다)과 세 편의 무성영화, 그리고 1939년 주디 갈런드Judy Garland가 도로시로 출연한 고전 영화 〈오즈의 마법사〉를 비롯하여 수많은 작품으로 각색되었다. 이 작품에 대한 수요가 끊이지 않았던 이유는 바움이 사망한 뒤 동화 작가인 루스 플럼리 톰프슨Ruth Plumy Thompson이 쓴 21편이나 되는 속편 덕분이었다.

세부 내용

◀ **덴슬로의 삽화** 속표지에는 덴슬로의 작품이라는 것을 단박에 알아볼 수 있는 깡통 나무꾼과 허수아비를 그린 삽화가 등장한다. 이 책이 성공을 거두었음에도 출판업자 조지 힐은 1902년에 파산하고 만다. 그다음 출판업자 밥스 메릴 Bobbs-Merrill은 삽화의 수를 점차 줄이고 원제도 'The Wonderful Wizard of Oz'에서 'The Wizard of Oz'로 바꿨다.

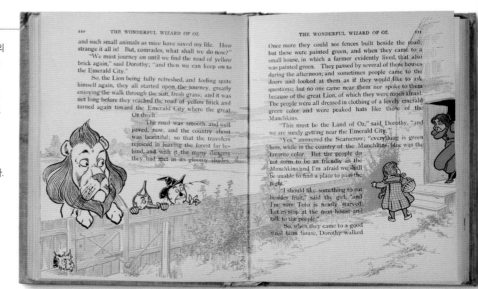

▶ **삽화 배경** 초판 가운데에는 텍스트 주위에 삽화를 배치하거나 전면 배경으로 삽화를 넣은 페이지가 많다.

L WIZARD OF OZ.

knew, and he walked close to
even bark in return.

the child asked of the Tin
ut of the forest?"

e answer, "for I have never
But my father went there once,
said it was a long journey
, although nearer to the city
y is beautiful. But I am not
oil-can, and nothing can hurt
ear upon your forehead the
iss, and that will protect you

rl, anxiously; "what will pro-

ourselves, if he is in danger,"

ame from the forest a terrible
a great Lion bounded into
f his paw he sent the Scare-
to the edge of the road, and
oodman with his sharp claws.
e could make no impression
oodman fell over in the road

he had an enemy to face, ran
d the great beast had opened

" You ought to be ashamed of yourself!"

" I am the Witch of the North."

◀ **컬러 규정** 초판이 참신하게 느껴지는
데는 컬러의 중요성이 한몫했다. 각 장은
텍스트와 연관된 컬러를 보여 주었다. 예를
들면, 〈2장 난쟁이들과의 회의〉에 실린
삽화들은 주로 파란색인데 이 색은
난쟁이들이 좋아하는 색이었다. 사용된 다른
컬러로는 초록색(〈11장 오즈의 에메랄드
도시〉), 붉은색, 노란색, 회색이 있다.

라이먼 프랭크 바움

1856~1919년

프랭크 바움은 여러 직업을 전전하다가 작가로 자리를 잡았다. 44세 되던 해에
발표한 《오즈의 마법사》는 어린이 문학계에서 유명한 작품이 되었다.

바움은 평생 연극에 열정적이었지만 곤궁했으므로 언론계로 전향했다. 1882년 모드 게이
지Maud Gage와 결혼하여 얻은 아들 넷에게 이야기를 지어내 들려주었다. 이 이야기들은
1897년에 출간된 처녀작 《산문으로 쓴 마더 구스Mother Goose in Prose》에 일부가 수
록되었다. 삽화가 덴슬로와는 난센스 시를 모은 어린이 책 《그의 책 파더 구스Father
Goose, His Book》에서 처음으로 작업했다. 《오즈의 마법사》 이후 두 사람의 협업 결과물
이 신통치 않자, 그들은 1902년 출판사와 결별했다. 바움은 후속작 13편을 비롯하여 어
린이 공상소설로 지속적인 성공을 거두었고, 죽기 전 9년 동안은 영화 작품을 각색했다.

피터 래빗 이야기 The Tale of Peter Rabbit

1901년(개인 판) 1902년(최초의 상업판) ■ 인쇄 ■ 15cm x 12cm ■ 98쪽 ■ 영국

크기

베아트릭스 포터 Beatrix Potter

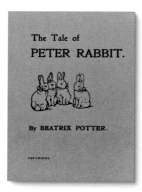

어린이 책 가운데 가장 유명한 베아트릭스 포터의 《피터 래빗 이야기》는 피터라는 이름의 장난꾸러기 토끼에 대한 멋진 이야기로, 저자의 매력적인 그림까지도 담겨 있다. 이 책은 4천만 부가 넘게 팔렸고, 주인공인 피터 래빗은 포터의 이야기 가운데 다섯 작품에도 등장한다.

초판(왼쪽 참조)은 저자가 자비로 출판했다. 1890년대에 포터는 전 가정교사인 애니 무어의 아이들에게 자신이 지은 많은 이야기를 보내 주었고, 무어는 출판업자를 물색해 책을 출판해 보라고 권유했다. 포터는 여러 이야기 가운데 피터 래빗 이야기를 골랐다. 이 이야기는 1893년 당시 아팠던 무어의 다섯 살짜리 아들 노엘에게 그림을 곁들여 보낸 편지에 나오는 것이었다. 포터는 편지에 이렇게 썼다. "사랑하는 노엘에게, 너에게 뭐라고 쓰면 좋을지 몰라 네 마리 작은 토끼들에 대한 이야기를 해 줄까 한단다. 플롭시, 몹시, 코튼테일, 피터라는 토끼들이 있었단다." 이야기는 이웃사람인 맥그레거 씨의 채소밭에 들어가 마구 휘젓고 다니는 토끼 피터 래빗의 장난을 들려주고 있다. 포터는 나중에 이 이야기를 확장하여 컬러 삽화 한 점을 그리고, 각 페이지에 들어갈 선화 41점을 그렸다. 포터는 어린이들 손에 딱 잡히는 작은 책으로 만들려 했지만 당시 출판업자들은 큰 판형만을 고집했다. 결국 포터는 과감하게 자비 출판을 결정하고, 1901년 12월에 250부를 제작하여 가족과 친구들에게 크리스마스

베아트릭스 포터

1866~1943년

영국 작가이자, 삽화가, 자연과학자인 베아트릭스 포터는 토끼 피터, 고슴도치 티기 윙클, 오리 제미마 같은 작은 동물들이 등장하는 어린이 책으로 이름을 날렸다.

런던의 부유한 가문에서 태어난 베아트릭스 포터는 가정교사에게서 교육을 받으며 가족들의 여름 휴양지가 있던 스코틀랜드와 레이크 디스트릭트에서 자연에 대한 사랑을 키워 나갔다. 빅토리아 시대의 일반적인 여성들과 달리 포터는 큐 왕립식물원에서 식물을 그림으로 기록하고 균류에 대한 논문도 썼다. 또한 여러 삽화를 그렸고, 《피터 래빗 이야기》로 큰 성공을 거두었다. 부모의 반대에도 편집자인 노먼 원 Norman Warn과 사랑에 빠졌으나 약혼 한 달 만에 노먼의 급작스러운 사망으로 큰 충격을 받았다. 인세와 유산으로 1905년 농장을 구입해 레이크 디스트릭트로 이주한 뒤 어린이들을 위한 이야기를 계속 써서 성공을 거두었다. 1913년에는 지방 변호사인 윌리엄 힐리스 William Heelis와 결혼했다. 1943년 사망할 무렵 포터는 16개의 농장과 4천 에이커 상당의 땅을 환경단체 내셔널 트러스트에 기증했다.

선물로 나누어 주었다. 그러자 인기가 너무 좋아서 두 달도 안 되어 200부를 더 인쇄했다. 결국 프레더릭 원 출판사 Frederic Warne and Co.에서 작은 판형을 재검토하여 이듬해에 전면 컬러 삽화를 넣어서 이 책을 발간했다. 결과는 대성공이어서 포터는 그 후로도 후속작 22편을 더 썼다.

▼ **애완동물 스케치** 《피터 래빗 이야기》를 쓰기 오래 전부터 베아트릭스 포터는 아끼던 애완 토끼 피터 파이퍼를 자주 스케치했다. 그녀가 그린 그림은 과학적으로도 정확할뿐더러 동물에 대한 타고난 사랑과 화가로서의 솜씨가 모두 드러난다. 이야기 속 토끼 캐릭터들은 이러한 연구에서 자연스럽게 발전한 것이다.

She also had a little field in
which she grew herbs and
rabbit tobacco. (Uncle
Dennis says that rabbit tobacco
is what we call lavender)
She hung it up to dry in
the Kitchen, in bunches, which
she sold for a penny a piece
to her rabbit neighbours in the
warren.

▲ **원전 필사본** 포터의 《피터 래빗 이야기》 원전 필사본에 나오는 교정이 완료된 이 페이지는, 단어와 그림이 잘 어우러지도록 하기 위해서 작가가 어떻게 창작했는지 그 과정을 들여다볼 수 있게 해 준다.

ONCE upon a time there were
four little Rabbits, and their
names were—
        Flopsy,
        Mopsy,
        Cotton-tail.
        and Peter.

학교를 안 다닌 것이
얼마나 감사한지.
학교에 다녔더라면
독창성은 사라졌을
것이다.

베아트릭스 포터.

▲ **초판** 베아트릭스 포터의 독창성은 자비 출판본의 시작 페이지에 있는 창의력 넘치는 조판에서 여실히 드러난다. 비용 때문에 삽화는 펜과 잉크로만 스케치했다. 그러나 컬러 속표지만은 예외여서 그 무렵 막 도입된 3도 인쇄기로 제작했다.

세부 내용

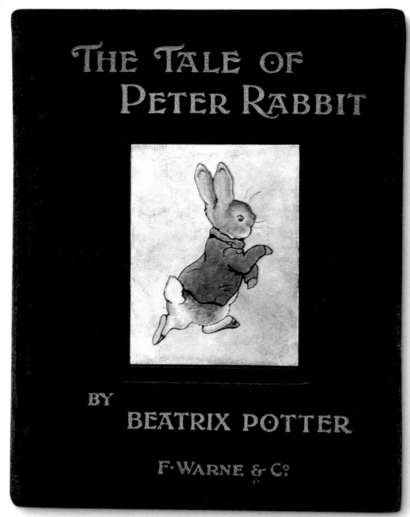

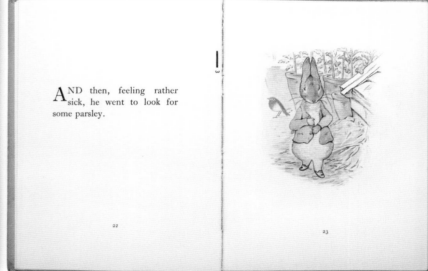

◀ 최초의 상업판   처음에는 포터의 제안을 거부했던 어린이 책 출판업자 프레더릭 원도 포터의 자비 출판본이 인기를 끌자 이 '토끼 책'의 상업적 출판에 동의했다. 출판사에서 컬러 삽화를 원했으므로, 포터는 겨우 몇 달 만에 모든 그림들을 수채화로 다시 그려야 했다. 1902년 10월 컬러 인쇄기로 찍은 8천 부가 출간되었는데, 이 중 2천 부는 호화로운 리넨 표지로 장정하고 나머지는 옆 그림에서 보듯이 종이 보드지로 장정했다.

▼ 고품질   포터의 수채화 삽화는 색이 연하고 섬세하다. 그 느낌을 정확히 표현하기 위해 프레더릭 원은 최신식 '헨첼 3도' 인쇄술을 사용했다.

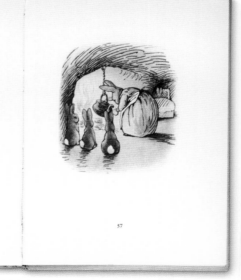

▲ 전면 이미지   어린이 독자들의 관심을 끌기 위해 포터는 펼침면마다 왼쪽에는 텍스트를, 오른쪽에는 전면 이미지를 넣어야 한다고 주장했다. 또한 상업용 판본은 어린이들의 안전을 위해 모서리를 둥글게 하라고 지시했다. 포터는 처음에는 컬러 인쇄를 주장한 출판사의 의견에 반대했지만 나중에는 동의했다.

▲ 교훈적 이야기   단순한 도덕적 이야기와 즐거운 삽화가 잘 어우러져서 포터는 여러 세대의 어린이들에게 인기를 끌었다. 《피터 래빗 이야기》는 부모님 뜻을 거스를 경우 겪게 될 위험성을 강조하고 있다. 엄마 말을 어기고 맥그레거 씨의 정원에 들어가 장난을 치다가 도망친 피터는 기진맥진해 돌아와 몸져눕는다. 이 작품은 에드워드 7세 시대에 영국인들의 읽고 쓰는 능력을 향상시키는 데 크게 기여했고, 전 연령대의 어린이들이 읽었다.

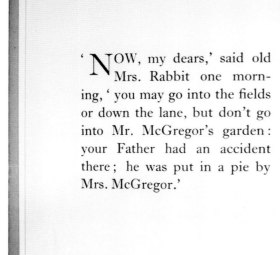

'NOW, my dears,' said old Mrs. Rabbit one morning, ' you may go into the fields or down the lane, but don't go into Mr. McGregor's garden : your Father had an accident there ; he was put in a pie by Mrs. McGregor.'

10

11

◀ **의인화한 동물들**   포터가 독자의 사랑을 받을 수 있었던 핵심은 토끼의 행동을 사람의 특성과 연결시킨 방식이었다. 토끼들은 파슬리와 양상추를 먹고 아프기도 하지만 또한 컵으로 차를 마시기도 한다. 사실과 환상이 뒤섞인 채, 작은 토끼들은 노련한 자연과학자 포터에 의해 해부학적으로 정확하게 묘사되었고, 두 발로 걸으며 옷을 걸친 모습으로 사람처럼 등장한다.

배경 지식

《피터 래빗 이야기》의 성공 이후 포터는 어린이를 위한 단편 이야기를 22편이나 더 썼다. 이 작품들은 모두 프레더릭 원 출판사에서 출간하여 여러 번 찍어 냄으로써 출판사와 저자 모두 상당한 이익과 인세를 얻었다. 그러나 출판사는 미국에서 저작권을 등록하지 못했고, 그래서 1903년 이후로 많은 해적판이 돌아 수입에 막대한 지장을 받았다. 사업적 감각이 있던 포터는 미국에서의 경험을 바탕으로 피터 래빗 토끼 인형을 디자인한 뒤 특허청에 등록을 요청했고, 문학 캐릭터로는 최초로 특허를 받았다. 캐릭터 제품의 판매 가능성을 확인하고는 차茶 세트, 어린이용 그릇, 슬리퍼를 비롯하여 동물 캐릭터를 토대로 한 아이디어 상품들의 사용을 허락했다. 1904년에는 피터 래빗 보드게임을 고안했고 1917년 프레더릭 원이 다시 디자인하여 판매하기 시작했다. 포터는 제품 디자인에 늘 깊이 관여했고 모든 상품이 책 속 캐릭터에 충실해야 한다는 점에서는 절대 양보하지 않았다. 월트 디즈니가 피터 래빗의 애니메이션 영화를 만들겠다고 제안했을 때에는 '확대하게 되면 … 모든 결점이 드러나게 될 것'이라고 생각하여 거절했다. 오늘날에는 캐릭터 제품들은 여전히 인기를 누리고 있으며, 포터의 캐릭터만 전문적으로 취급하는 대형 완구점도 많다.

▲ **베아트릭스 포터는** 《피터 래빗 이야기》가 커다란 성공을 거두자 《플롭시의 아기 토끼들 이야기 *The Tale of the Flopsy Bunnies*》를 비롯하여 피터 래빗이 등장하는 이야기를 다섯 편 더 썼는데, 옆 그림에 있는 주인공들은 피터가 만나는 다른 동물들이다.

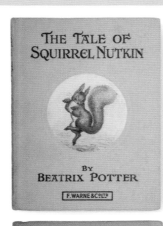
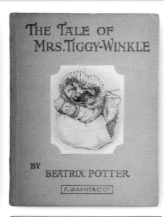

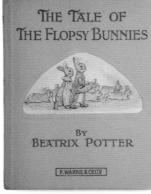
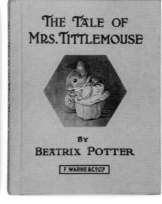

그림 형제 동화집
The Fairy Tales of the Brothers Grimm

1909년 ■ 인쇄 ■ 20cm x 26cm ■ 325쪽 ■ 영국

크기

야코프 그림과 빌헬름 그림 Jakob Grimm and Wilhelm Grimm

1909년 아서 랙햄 Arthur Rackham (1867~1939)의 뛰어난 삽화를 곁들여 출간한 《그림 형제 동화집》은 에드워드 7세 시대 시각예술의 보물이었다. 빅토리아 여왕 초기 시절에 불붙은 동화에 대한 대중의 관심은 19세기 말에 대중문화로 자리 잡았다. 산업화 및 도시 팽창에 따른 인구의 대량 유입이 초래한 사회의 대 격변기에 동화는 소박한 현실도피 수단이었다.

당시 출판 시장에는 동화의 이미지가 넘쳐나고 있었지만, 아서 랙햄이 그린 삽화만큼 이야기의 정신이나 대중의 상상력을 구현한 것은 없었다. 풍부한 표현력과 복잡 미묘함을 자랑하는 그의 흑백 선화 100점은 1900년 판에 처음으로 등장했고, 1909년에는 더욱 세밀하고 섬세한 새 컬러 도판 40점이 들어간 개정판이 나왔다.

펜과 먹으로 그린 랙햄의 작품은 신비롭고 으스스하며, 순수하고 매력적인 아름다움과 더불어 많은 이야기 뒤에 숨어 있는 잔인성과 사악함을 표현했다. 작품 속 이야기들은 에드거 루커스 Mrs. Edgar Lucas가 1812년에 야코프 그림과 빌헬름 그림이 편찬한 독일 원전 동화에서 번역했고, 책의 인기는 매우 높았다. 랙햄은 이후 에드워드 7세 시대에 가장 유명한 영국 화가가 되었다.

그림 형제

야코프 그림 Jakob Grimm (1785~1863년)
빌헬름 그림 Wilhelm Grimm (1786~1859년)

야코프 그림과 빌헬름 그림은 독일의 민속학자로서 이제는 그들의 이름과 동의어가 된 고전 동화 수백 편을 대중화하였다.

그들의 성姓 '그림 Grimm'은 지금은 유명 동화를 떠올리게 하지만, 야코프와 빌헬름 형제는 동화책 작가는 아니었다. 그들은 민간에 전승되어 오는 이야기에 대해 열정을 갖고, 수백 년 동안 유럽에 구전해 온 민간설화들을 학자이자 역사가로서 기록했다. 한 살 터울인 두 형제는 어렸을 때부터 붙어 다니다시피 했다. 성인이 되어서도 여전히 친하게 지내며 공부하고 공동의 연구 프로젝트를 수행했다. 법률을 공부한 뒤 두 사람은 함께 도서관에 근무하며 독일 언어, 문학, 문화의 기원을 기록하는 일에 매진했다.

형제는 수백 년 동안 구전으로 전해 오던 유럽의 민간설화들을 기록하고, 1812년 그 결과 물인 156편의 이야기를 《어린이와 가정을 위한 동화집 Kinder-und Hausmärchen》이라 는 제목으로 발표했다. 그 뒤 1815년에는 이야기를 추가하여 2판을 펴냈다. 원전 가운데 상당수는 성적이고 폭력적인 내용이 많았기에 어린이들이 읽기에 적합하도록 이야기를 고치고 순화했다. 또한 도덕적인 메시지와 그리스도교적 내용을 추가했으며 어떤 이야기 에는 좀 더 상세히 살을 붙이기도 했다. 최종본은 빌헬름이 죽기 2년 전인 1857년에 발간 되었다.

▲ 〈빨간 모자〉 〈빨간 모자〉 이야기는 그 유래가 10세기까지 거슬러 올라가지만 가장 잘 알려진 판본은 그림 형제의 〈빨간 모자〉 이야기다. 랙햄은 독자의 시선을 빨간 모자로 이끌고, 할머니로 분장한 늑대의 정체는 주위의 세부 묘사에 가려 잘 보이지 않게 해 긴장감을 더하고 있다.

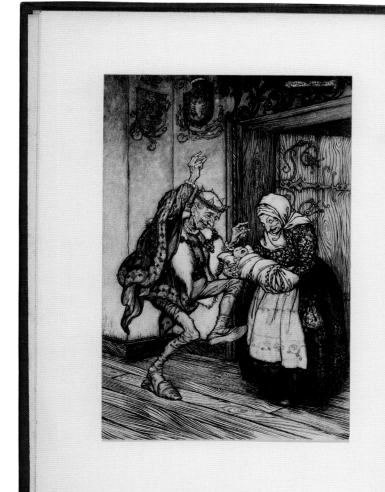

GRIMM'S FAIRY TALES

In the early morning, when she and Conrad went through the gateway, she said in passing—

'Alas! dear Falada, there thou hangest.'

And the Head answered—

'Alas! Queen's daughter, there thou gangest.
If thy mother knew thy fate,
Her heart would break with grief so great.'

Then they passed on out of the town, right into the fields, with the geese. When they reached the meadow, the Princess sat down on the grass and let down her hair. It shone like pure gold, and when little Conrad saw it, he was so delighted that he wanted to pluck some out ; but she said—

'Blow, blow, little breeze,
And Conrad's hat seize.
Let him join in the chase
While away it is whirled,
Till my tresses are curled
And I rest in my place.'

Then a strong wind sprang up, which blew away Conrad's hat right over the fields, and he had to run after it. When he came back, she had finished combing her hair, and it was all put up again ; so he could not get a single hair. This made him very sulky, and he would not say another word to her. And they tended the geese till evening, when they went home.

Next morning, when they passed under the gateway, the Princess said—

'Alas! dear Falada, there thou hangest.'

Falada answered :—

'Alas! Queen's daughter, there thou gangest.
If thy mother knew thy fate,
Her heart would break with grief so great.'

70

▲ **개정판** 1909년 판의 특징은 '간지로 삽입된' 컬러 삽화들이다. 책의 나머지 부분과는 별도로 그림을 다른 종이에 인쇄한 뒤 책을 제본하기 전에 붙여 넣었다. 그림에서 보듯이, 속표지 맞은편에는 〈잠자는 숲속의 공주Sleeping Beauty〉 관련 삽화가 실려 있는데, 딸이 태어나자 기쁨에 들떠 있는 왕의 모습이 보인다. 인물 위의 벽과 문에 보이는 꽈배기 장식은 공주가 잠들어 있는 동안 결국 성을 칭칭 얽어 맬 가시나무를 암시하고 있다.

◀ **대표 장면** 〈생명의 물The Water of Life〉을 비롯해 많은 이야기에는 옆 그림에서 보듯이 위험한 숲이 등장한다. 불길한 예감을 전달하기 위해 랙햄은 세밀하고 섬세한 선을 사용하여 숲이 어두워서 통과할 수 없을 듯이 보이게 그렸다. 배경에 등장하는 함정에 빠진 인물의 윤곽선은 나뭇가지로 오인될 수도 있다.

세부 내용

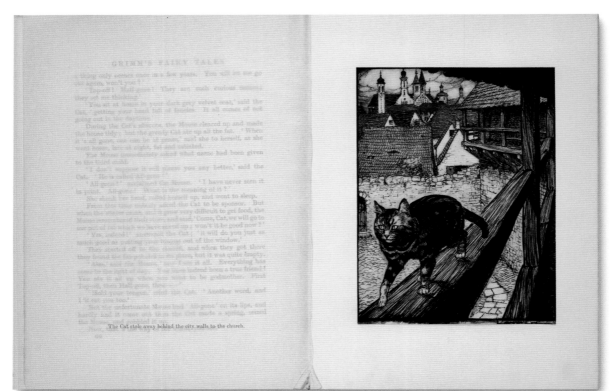

◀ 정체를 숨긴 등장인물들 많은 이야기가 '속임수'라는 주제를 중심으로 전개되는데, 등장인물들을 실제 모습과는 다르게 보이도록 하는 것이다. 랙햄 역시 이러한 점을 삽화에 반영하여, 등장인물의 외모를 실제 본성과는 모순되게 표현했다. 예를 들면 〈쥐와 고양이The Cat who Married the Mouse〉에 나오는 잘생긴 고양이는 악의가 없는 모습으로 그렸지만, 실제 이야기에서 하는 짓은 정반대다. 이 판에서는 컬러 도판을 살리려고 그림 설명은 왼쪽에 따로 넣었다.

▼ 빛과 그림자 〈거위치는 소녀The Goose Girl〉에 삽입된 아래의 그림에서 보듯이, 랙햄의 삽화는 선과 악이라는 상반된 힘을 암시하기 위해 빛과 그림자를 자주 활용했다. 이 이야기에서는 여왕이 홀로 키운 순진한 공주가, 얼마 뒤 다른 나라의 왕자와 결혼하기 위해 집을 나선다. 공주의 시중을 들기 위해 동행한 하녀는 공주를 협박하여 자신이 공주 행세를 하지만, 결국에는 벌을 받는다.

◀ **곧 닥칠 위험** 전통적인 동화의 중심에는 항상 성性과 폭력이 있다. 그림 형제는 처음에 펴냈던 이야기들을 어린이 독자가 읽기에 알맞게 고쳤다. 랙햄의 삽화 역시 동화의 공포 요소들을 완화했지만 흥미를 일으킬 만큼의 두려움은 남겨 두었다. 옆 그림에서 보듯이 〈헨젤과 그레텔 Hansel and Gretel〉은 이야기를 수정한 대표적인 사례다. 원래 이야기에서는 아이들을 숲으로 쫓아 낸 장본인이 생모였지만, 이후 판본에서는 그들을 죽이려고 음모를 꾸민 사람을 '계모'로 바꾸었다.

이 이야기들은 성경 다음으로 중요하다고 해도 지나치지 않다.

위스턴 휴 오든Wystan Hugh Auden. 《그림 형제 동화집》에 대한 논평.

관련 문헌

그림 형제의 동화에 앞서 1697년 프랑스에서 간행된 동화책은 샤를 페로Charles Perrault의 《지난 시절의 교훈적인 이야기: 마더 구스 이야기*Histoires ou contes du temps passé, avec des moralités: Contes de ma mère l"Oye*》이다. 이 책에는 〈잠자는 숲속의 공주〉, 〈빨간 모자〉, 〈신데렐라〉 등 지금도 제목만 대면 금방 알 만한 이야기 여덟 편이 실려 있다. 직업이 법률가였던 페로는 이야기를 창작하는 대신(이미 유럽의 민간 설화의 한 부분으로 잘 알려져 있던 것들이다) 매혹적으로 기록함으로써 문학으로 정립시켰다. 그는 원전에는 없는 복잡한 구조와 세부 내용을 추가하며 이야기에 살을 붙였다.

그림 형제의 초판과 마찬가지로, 페로의 책도 처음에는 어른 독자들을 겨냥하여 기획한 까닭에 폭력적인 주제와 성적인 내용이 담겨 있었지만 몇 년 뒤에는 어린이용으로 교정하고 윤색했다. 〈빨간 모자〉의 늑대는 성욕으로 가득 찬 포식자에서 단순히 굶주린 야수로 변신한 반면, 〈잠자는 숲속의 공주〉의 공주는 성性에 적극적인 두 아이의 엄마에서 처녀로 바뀌었다. 페로의 이 책은 수십 년 동안 인기를 누렸고, 1697년에서 1800년 사이에 파리, 암스테르담, 런던에서 여러 판이 발간되었다.

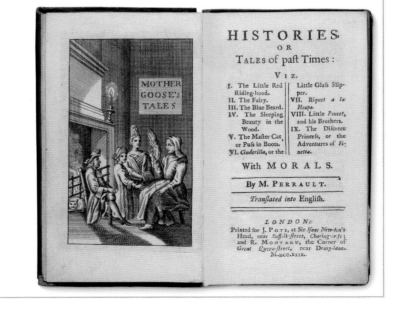

▶ **1729년 로버트 샘버Robert Samber가** 유려하게 번역한 영어판은 영국에서 동화가 대중화하는 데 일조했다.

일반상대성이론 General Theory of Relativity

1916년 ■ 인쇄 ■ 24.8cm x 16.5cm ■ 69쪽 ■ 독일

크기

알베르트 아인슈타인 Albert Einstein

1915년 11월 24일 독일 태생의 물리학자 알베르트 아인슈타인은 베를린에서 중력에 대한 혁명적인 수학적 물리학 논문을 발표했다. 10년 넘게 공들여 만든 그의 일반상대성이론은 과학계에 지각 변동을 일으켰다. 이 이론의 개념들은 물리학을 떠받치던 중요한 원칙들 중 하나, 즉 17세기 영국 과학자 아이작 뉴턴이 제시한 만유인력의 법칙을 대체했고, 물리학자들이 공간, 시간, 물질, 중력에 대해 가지고 있던 가장 기본적인 생각마저 재평가하게 만들었다.

뉴턴의 기념비적인 작품《자연철학의 수학적 원리》(142~143페이지 참조)는 두 물체 사이에 서로 잡아당기는 중력의 힘이 작용한다는 개념을 설명했다. 뉴턴은 나무에서 떨어지는 사과부터 태양의 주위를 도는 행성에 이르기까지 모든 것이 중력의 영향을 받는다고 판단했다.

그럼에도 뉴턴은 중력이 어디에서 오는지, 또는 중력을 좌우하는 물리학 법칙에 대해서는 설명하지 못했다. 아인슈타인은 이러한 이론적 어려움을 풀어야 할 난제로 생각하고 중력이 어떻게 작용하는지 그 수수께끼를 푸는 일에 착수했다.

알베르트 아인슈타인

1879~1955년

아인슈타인은 이론물리학자로서 특수상대성이론과 일반상대성이론을 발표해 20세기에 가장 영향력 있고 유명한 물리학자가 되었고, 1921년에는 노벨 물리학상을 수상했다.

독일 울름의 유대인 가정에서 태어난 아인슈타인은 어렸을 때부터 지적 호기심이 강하여 과학에 대한 기존의 개념들에 의문을 품었다. 학교를 졸업한 뒤에는 물리학과 수학 교사가 되기 위한 과정을 거쳤지만 교사 자리를 얻을 수 없어서 1902년부터 7년 동안 스위스 특허청의 관리로 일했다. 이 시기 동안 그는 빛의 속도를 계산하여 지금은 유명해진 방정식 $E=mc^2$이 골자인 특수상대성이론을 발표했다. 그 뒤 학계에서 빠르게 두각을 나타내어 유명 연구 기관에서 높은 직책을 맡았다. 1916년에 발표한 중력이 빛을 휘게 한다는 일반상대성이론이 옳다는 것이 1919년에 입증되어 아인슈타인은 전 세계적으로 유명한 인물이 되었다. 나치의 출현으로 신변에 위협을 느끼자 1932년 미국으로 이주하여 그곳에서 여생을 보냈다.

사무원이라는 직업을 유지하며 연구를 진행한 아인슈타인은 1905년 물리학의 방향을 바꿀 놀라운 논문 세 편을 발표했다. 그중 하나인 특수상대성이론은 두 물체가 상대적으로 서로 일정한 속도로 움직이고 있을 때에는 공간과 시간의 물리 법칙이 동일하다는 것을 보여 준다. 그러나 한 가지 걸리는 문제가 있었다. 중력은 가속도와 관련이 있기 때문에 이 이론으로는 맞지 않는다.

배경 지식

1912년 알베르트 아인슈타인은 일반상대성이론의 초안 원고를 펜으로 작성했다. 그 뒤 여러 번 계산을 지우고 고치기는 했어도 자필로 쓴 원고는, 눈부신 물리학자의 정신세계를 잠시나마 엿볼 수 있게 해 주는 역사적 자료가 되었으며 아인슈타인이 자신의 개념을 깨닫는 데 도움이 된 수학에 대한 열정이 되살아났음을 보여 준다. 이 원고를 쓰는 동안 아인슈타인은 동료 물리학자 아르놀트 좀머펠트Arnold Sommerfeld에게 다음과 같이 썼다. "수학에 다시 큰 관심이 생겼다네. 무식하게도 이제껏 수학의 어려운 부분들이 순전히 사치라고 생각했지 뭔가." 오늘날 이 원고는 이스라엘 예루살렘에 있는 히브리대학의 알베르트 아인슈타인 기록보관소에 보관되어 있다.

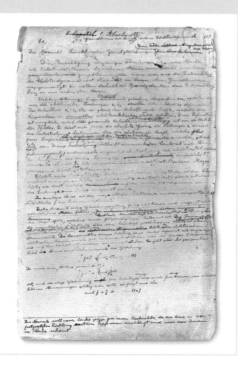

▶ **72페이지에 이르는 1912년의 자필 원고**는 여러 군데 고친 흔적이 보이는데, 아인슈타인의 사고 과정을 다른 어떤 원고보다도 분명하게 드러낸다.

그래서 아인슈타인은 시간과 공간에서의 가속도를 설명할 수 있는 좀 더 포괄적이고 논리적인 추론을 연구하느라 10년이라는 시간을 보낸다. 그 결과물이 바로 일반상대성이론이었는데, 이 이론은 거대한 물체는 중력처럼 느껴지는 시공간의 왜곡을 일으킨다고 가정했다. 그것은 또한 어떤 물체들이 서로 관련되어 가속이 붙는 이유를 설명했다.

아인슈타인의 말에 따르면, 중력은 뉴턴이 생각한 것처럼 물체를 끌어당기는 것이 아니라 밀어 내는 것이다. 그는 지구 주위에는 대기권으로 밀어 내는 휘어진 공간이 있어서 모든 물체들을 지구로 밀어 내는 것이라고 이론화했다.

일반상대성이론의 영향력은 지대했다. 이 이론으로 블랙홀, 빅뱅을 비롯한 새로운 우주론 개념들이 생겨났고, GPS와 스마트폰 같은 현대 기술의 토대가 형성되었다.

> 1분 동안 난로 위에 손을 올려 보라. 마치 1시간 같을 것이다.
> 특별한 소녀 곁에 한 시간 동안 앉아 있어 보라. 마치 1분 같을 것이다.
> 이것이 바로 상대성이다.

알베르트 아인슈타인. 상대성이론에 대해 설명하던 중.

— 46 —

von der Größe dS (im Sinne der euklidischen Geometrie) bedeuten. Man erkennt hierin den Ausdruck der Erhaltungssätze in üblicher Fassung. Die Größen t_σ^α bezeichnen wir als die „Energiekomponenten" des Gravitationsfeldes.

Ich will nun die Gleichungen (47) noch in einer dritten Form angeben, die einer lebendigen Erfassung unseres Gegenstandes besonders dienlich ist. Durch Multiplikation der Feldgleichungen (47) mit $g^{\nu\sigma}$ ergeben sich diese in der „gemischten" Form. Beachtet man, daß

$$g^{\nu\sigma}\frac{\partial \Gamma_{\mu\nu}^\alpha}{\partial x_\alpha} = \frac{\partial}{\partial x_\alpha}\left(g^{\nu\sigma}\Gamma_{\mu\nu}^\alpha\right) - \frac{\partial g^{\nu\sigma}}{\partial x_\alpha}\Gamma_{\mu\nu}^\alpha,$$

welche Größe wegen (34) gleich

$$\frac{\partial}{\partial x_\alpha}\left(g^{\nu\sigma}\Gamma_{\mu\nu}^\alpha\right) - g^{\nu\beta}\Gamma_{\alpha\beta}^\sigma\Gamma_{\mu\nu}^\alpha - g^{\sigma\beta}\Gamma_{\beta\alpha}^\nu\Gamma_{\mu\nu}^\alpha,$$

oder (nach geänderter Benennung der Summationsindizes) gleich

$$\frac{\partial}{\partial x_\alpha}\left(g^{\sigma\beta}\Gamma_{\mu\beta}^\alpha\right) - g^{mn}\Gamma_{m\beta}^\sigma\Gamma_{n\mu}^\beta - g^{\sigma\nu}\Gamma_{\mu\alpha}^\alpha\Gamma_{\nu\alpha}^\beta.$$

Das dritte Glied dieses Ausdrucks hebt sich weg gegen das aus dem zweiten Glied der Feldgleichungen (47) entstehende; an Stelle des zweiten Gliedes dieses Ausdruckes läßt sich nach Beziehung (50)

$$\varkappa\left(t_\mu^\sigma - \tfrac{1}{2}\delta_\mu^\sigma t\right)$$

setzen $(t = t_\alpha^\alpha)$. Man erhält also an Stelle der Gleichungen (47)

$$(51)\quad \begin{cases}\dfrac{\partial}{\partial x_\alpha}\left(g^{\sigma\beta}\Gamma_{\mu\beta}^\alpha\right) = -\varkappa\left(t_\mu^\sigma - \tfrac{1}{2}\delta_\mu^\sigma t\right)\\[6pt]\sqrt{-g} = 1.\end{cases}$$

§ 16. Allgemeine Fassung der Feldgleichungen der Gravitation.

Die im vorigen Paragraphen aufgestellten Feldgleichungen für materiefreie Räume sind mit der Feldgleichung

$$\Delta\varphi = 0$$

der Newtonschen Theorie zu vergleichen. Wir haben die Gleichungen aufzusuchen, welche der Poissonschen Gleichung

$$\Delta\varphi = 4\pi\varkappa\varrho$$

entspricht, wobei ϱ die Dichte der Materie bedeutet.

— 47 —

Die spezielle Relativitätstheorie hat zu dem Ergebnis geführt, daß die träge Masse nichts anderes ist als Energie, welche ihren vollständigen mathematischen Ausdruck in einem symmetrischen Tensor zweiten Ranges, dem Energietensor, findet. Wir werden daher auch in der allgemeinen Relativitätstheorie einen Energietensor der Materie T_σ^α einzuführen haben, der wie die Energiekomponenten t_σ^α [Gleichungen (49) und (50)] des Gravitationsfeldes gemischten Charakter haben wird, aber zu einem symmetrischen kovarianten Tensor gehören wird[1]).

Wie dieser Energietensor (entsprechend der Dichte ϱ in der Poissonschen Gleichung) in die Feldgleichungen der Gravitation einzuführen ist, lehrt das Gleichungssystem (51). Betrachtet man nämlich ein vollständiges System (z. B. das Sonnensystem), so wird die Gesamtmasse des Systems, also auch seine gesamte gravitierende Wirkung, von der Gesamtenergie des Systems, also von der ponderablen und Gravitationsenergie zusammen, abhängen. Dies wird sich dadurch ausdrücken lassen, daß man in (51) an Stelle der Energiekomponenten t_μ^σ des Gravitationsfeldes allein die Summen $t_\mu^\sigma + T_\mu^\sigma$ der Energiekomponenten von Materie und Gravitationsfeld einführt. Man erhält so statt (51) die Tensorgleichung

$$(52)\quad \begin{cases}\dfrac{\partial}{\partial x_\alpha}\left(g^{\sigma\beta}\Gamma_{\mu\beta}^\alpha\right) = -\varkappa\left[\left(t_\mu^\sigma + T_\mu^\sigma\right) - \tfrac{1}{2}\delta_\mu^\sigma(t + T)\right]\\[6pt]\sqrt{-g} = 1,\end{cases}$$

wobei $T = T_\mu^\mu$ gesetzt ist (Lauescher Skalar). Dies sind die gesuchten allgemeinen Feldgleichungen der Gravitation in gemischter Form. An Stelle von (47) ergibt sich daraus rückwärts das System

$$(53)\quad \begin{cases}\dfrac{\partial \Gamma_{\mu\nu}^\alpha}{\partial x_\alpha} + \Gamma_{\mu\beta}^\alpha\Gamma_{\nu\alpha}^\beta = -\varkappa\left(T_{\mu\nu} - \tfrac{1}{2}g_{\mu\nu}T\right),\\[6pt]\sqrt{-g} = 1.\end{cases}$$

Es muß zugegeben werden, daß diese Einführung des Energietensors der Materie durch das Relativitätspostulat allein nicht gerechtfertigt wird; deshalb haben wir sie im

---

1) $g_{\sigma\tau}T_\sigma^\alpha = T_{\sigma\tau}$ und $g^{\alpha\beta}T_\sigma^\alpha = T^{\alpha\beta}$ sollen symmetrische Tensoren sein.

▲ **기념비적인 업적** 아인슈타인은 일반상대성이론을 1915년 말 프러시아 과학아카데미의 연속 강의에서 처음 발표했다. 최종 논문은 과학 잡지 《물리학 연보 *Annalen der Phisik*》 1916년 3월호에 게재되었고, 일련의 수학 방정식들로 구성되었다. 무엇보다도 위 펼침면에 보이는 중력의 자기장 방정식은 공간과 시간이 시공간이라 불리는 한 연속체의 구성 요소라는 점과 중력은 뉴턴이 설명한 대로 힘이 아니라 시공간을 휘게 만드는 물체의 효과라는 점을 보여 준다.

두 정사각형의 절대주의적 이야기 Pro Dva Kvadrata

1922년 ■ 신문 용지 ■ 29cm x 22.5cm ■ 24쪽 ■ 러시아

크기

엘 리시츠키티 Lissitzky

《두 정사각형의 절대주의적 이야기》는 절대주의 화가가 만든 삽화 책의 걸작이다. 주요 도판 여섯 점은 완전한 단순미에 미술과 본문 디자인의 혁명을 표현하기도 하고, 사회 혁명을 호소하기도 하며, 단순한 어린이 동화를 담고 있기도 하다.

이 책의 저자이자 디자이너인 엘 리시츠키는, 1917년 혁명을 거쳐 블리디미르 레닌Vladimir Lenin (1870~1924)이 이끄는 최초의 공산주의 정부가 들어선 러시아의 정치적 격변기에 작품 활동을 했다. 억눌려 있던 거대한 창의적 에너지는 혁명으로 인해 분출되었다. 러시아의 보수적 미술학교에서 거부당했던 리시츠키는 1919년 비테프스크 예술학교의 건축학 교수가 되었다. 이곳에서 자연의 형상을 모방하려는 예술적 시도를 거부하는 대신, 강렬하고 독특한 기하학적 디자인을 선호하는, 급진적 화가 카시미르 말레비치의 절대주의Suprematism 이론을 접했다.

당시 혁명을 지지한 많은 러시아 화가는 혁명을 통해 이룰 수 있을 것이라 믿었던 사회 정의를 홍보하는 데 자신의 재능을 쏟아 부었다. 리시츠키는 공산당을 위한 선전 포스터를 그렸고, 공산당의 첫 당기를 디자인했다. 또한 프라운스PROUNS 프로젝트(새로운 예술 확립을 위한 프로젝트)를 시작했는데, 이 연작으로 건축가로서의 전문성을 살려 절대주의를 2차원 단계에서 3차원 단계로 전환시킬 수 있기를 기대했다. 빨강과 검정으로 활판

엘 리시츠키

1890~1941년

라자르(엘) 리시츠키는 절대주의 예술 운동의 주요 주창자로서 단순한 예술 형태의 순수성을 옹호하고 그러한 형태들을 소비에트의 혁명적 이상과 통합시켰다.

화가, 건축가, 타이포그래피 전문가, 그래픽디자이너인 엘 리시츠키는 러시아 시골에서 자랐지만 독일에서 건축을 공부했고, 그곳에서 발터 그로피우스Walter Gropius의 깔끔하고 정돈된 작품에 영향을 받았다. 제1차 세계대전 무렵 러시아로 돌아온 리시츠키는 굵직한 건축 설계 주문이 끊어지자 책 삽화로 방향을 틀었다. 1919년에는 고향인 비테프스크에서 건축학 교수가 되었고, 2년 뒤에는 소련 예술 사절단으로 베를린을 방문했다. 1925년 모스크바로 돌아오기 전까지 그곳의 새로운 아방가르드와 다다이즘을 접할 수 있었다. 1920년대 말에는 포토몽타주를 시도하며, 지속적으로 삽화를 그리고 책을 디자인했다. 결핵의 고통과 요제프 스탈린Joselph Stalin 치하의 질식할 듯한 정치 분위기 속에서, 후반기에는 전시 공간과 선전 포스터를 디자인하는 데 집중했다. 나치와의 투쟁을 격려하기 위해 마지막 포스터 작품 〈더 많은 탱크를 만들라Make More Tank〉를 완성했고, 그 직후인 1941년 모스크바에서 사망했다.

인쇄한 《두 정사각형의 절대주의적 이야기》는 이러한 노력의 일환이었다. 이 책은 언뜻 보면 어린이 이야기인 듯하지만, 사실은 검은 사각형(인습)을 극복하고 더 나은 세상을 건설하는 빨간 사각형(공산주의의 이상)의 모험을 그리고 있다. 분량은 얼마 안 되지만 대담한 본문 디자인은 삽화와 긴밀히 연관됨으로써 기존 책 디자인의 경계를 허물고 그림책의 새로운 기준을 제시했다.

세부 내용

◀ **헌사** 검정 배경에 눈에 띄는 흰색 디자인으로 리시츠키는 이 책을 "모든이들, 모든 어린이들에게" 바치고 있다. 크고 기울어진 키릴 대문자 'P'는 단어 '어린이'의 머리글자이다.

▶ **혼돈** 아래쪽에 있는 선명한 '검은' 과 '겁에 질린'이라는 글자 역시 기울어져 있다. 이러한 글자들은, 원근법이나 논리적 의식 없이 허공에 어지럽게 떠 있는 덩어리와 뾰족한 물건들의 혼란스러움과 대조를 이룬다.

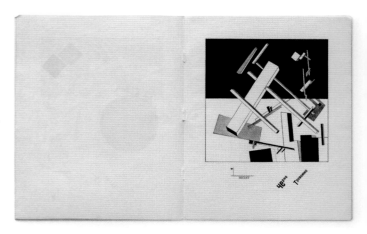

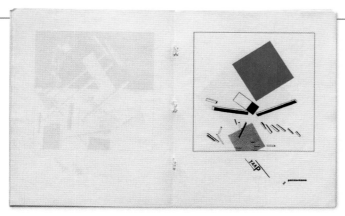

◀ **질서** 빨간 사각형의 모서리에 아래 물체가 부딪쳐 흩뜨려지기는 했지만, 형태와 크기별로 묶인 항목들의 질서감이 느껴진다. 이미지 아래에 '부딪쳐'라는 단어는 기울어진 형태로, '흩뜨려진'이라는 단어는 똑바로 자리 잡고 있다.

▼ **소개** 이 도판에서 리시츠키는 공산주의를 의미하는 빨강색 사각형이 인습을 나타내는 검은 사각형 아래에서 뾰족하게 솟아오르며 한쪽으로 밀쳐 내고 있는 것처럼 그렸다. 대담하고 극명한 그래픽과 그 아래의 단순한 산세리프체는 이 책의 전형적인 형태로서 불필요한 장식을 혐오하는 절대주의 운동의 전형이기도 하다.

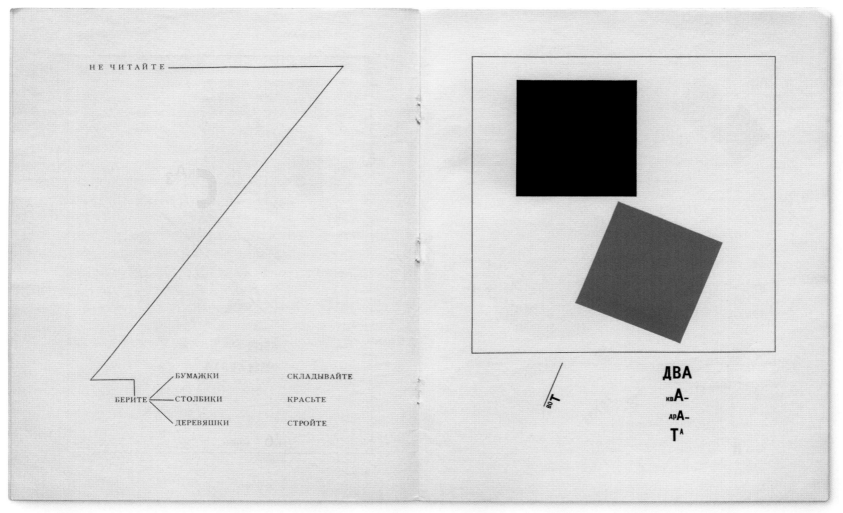

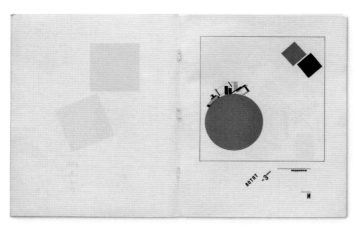

◀ **경주 중** 절대주의의 신조 중 하나는 작품을 극단적 추상으로 몰고 가면서도 예술로 인식하도록 하는 것이었다. 이 도판의 이미지는 추상적인 동시에 예술적이지만, 지구까지 가는 경주에서 소련의 빨간 원이 낡은 질서인 검은 원보다 앞서 있다는 정치적 메시지를 전달하고 있다.

우리에게
책이란,
표현이 최우선이고
문자는
부차적이다.

엘 리시츠키,《우리의 책 *Our Book*》. 1926년.

펭귄북스 페이퍼백 첫 10권
Penguin's first 10 paperback books

1935년 ▪ 인쇄 ▪ 18cm x 11cm ▪ 분량 다양 ▪ 영국

크기

다수의 저자Various Authors

1935년 7월 30일 펭귄북스 첫 열 권의 출판은 전 세계 출판의 흐름을 바꾸어 놓았다. 인기 도서 열 권 (이미 하드커버로 출판되었다)의 페이퍼백 판을 단돈 6펜스라는 가격에 판매한 것이다. 책값은 매우 저렴했지만 고품질이었으며, 게다가 표지도 대담하고 다채로웠으므로 발간 즉시 인기를 끌었다. 이 목록에는 어니스트 헤밍웨이 (1899~1961), 아가사 크리스티Agatha Christie(1890~1976), 콤프턴 매켄지Compton Mackenzie(1883~1972) 같은 유명 작가들의 작품도 포함되어 있었다.

이 시도가 실패할 것이라고 믿었던 다른 출판사들이 펭귄북스 기획자 앨런 레인Allen Lane에게 이 책들을 값싸게 이용할 수 있는 권리를 주었기 때문에 가능한 일이었다.

좀 더 중요한 성공 요인을 꼽자면, 단순하고 우아하며 산뜻한 표지를 들 수 있다. 펭귄북스의 성공은 모든 사람들에게 책을 보급한다는 훌륭한 출판 목적을 달성한 데 그치지 않았고, 출판계에서 디자인이 주도하는 브랜딩의 힘을 최초로, 그리고 지속적으로 보여 준 사례가 되었다.

시각적으로 뛰어난 표지 디자인을 처음 구상한 곳은 독일의 알바트로스 Albatross 출판사로, 1932년에 대담한 컬러, 단순한 활자, 저렴한 가격이

앨런 레인

1902~1970년

앨런 레인은 보들리 헤드Bodely Head를 그만두고 1936년 펭귄북스를 설립했다. 그가 선보인 저렴하고도 대담한 색상의 페이퍼백은 출판계에 혁명을 일으켰고 대량 판매 시장에 질 높은 문학작품을 선보였다.

1919년 레인은 삼촌인 존 레인John Lane이 설립한 런던의 출판사 보들리 헤드에 입사했다. 제임스 조이스의 《율리시즈Ulysses》의 출간 문제로 레인과 사이가 틀어진 이사진은 펭귄 시리즈 출시에 회의적이었다. 그러나 슈퍼마켓 체인점 울워스로부터 6만 3천 부를 주문 받자 그에 대한 비난이 가라앉았다. 1936년 1월에는 펭귄을 별도의 회사로 독립시켰다. 그 전에 레인은 엑서터역 구내서점에 들렀다가 읽을 만한 책이 없음을 깨닫고 자판기에서도 팔 수 있는 저렴하면서도 양질의 책을 구상했는데, 그때가 1934년이었다. 1936년 3월 무렵 펭귄의 페이퍼백은 1백만 권이 넘게 팔렸다. 1937년에 만든 교육문고 '펠리컨 예술사' 시리즈는 전후 출판계에서 대단한 성공작이 되었다. 어린이 문고인 퍼핀 시리즈는 1940년에 출시되었고, 이어 1945년에는 펭귄 클래식을 선보였다. 펭귄 페이퍼백이 영국의 문화생활 요소가 되면서, 에벌린 워Evelyn Waugh, 헉슬리Aldous Huxley, 포스터E. M. Forster, 우드하우스P. G. Wodehouse 같은 작가들도 펭귄북스를 통해 새로운 독자들을 만났다.

새로운 시장을 만들 것이라고 인식하고 있었다. 그러나 대량 판매 시장에서 성공하려면 품질이 관건이라는 것을 간파한 사람은 바로 레인이었다.

펭귄북스의 성공 사례는 양질의 문화를 대중에게 보급하는 문제와 관련해 불후의 교훈을 남겼다.

배경 지식

1935년, 보들리 헤드의 신참 직원인 스물한 살의 에드워드 영Edward Young은 레인으로부터 새로 출시하는 펭귄 시리즈의 새 로고와 표지를 디자인하라는 지시를 받았는데, 나중에 이렇게 회상했다. "저렴한 책을 원하는 사람들은 지적 수준이 낮기 때문에 속되고 선정적인 표지가 먹힌다는 생각은 이제 버려야 할 때가 되었다." 제2차 세계대전 이후 펭귄은 한 단계 더 높은 기준을 세웠다. 이후에 펭귄에서 발행된 책들은 대중 출판이라 하면 으레 떠오르는 '노란색 표지 염가판 통속소설'과 미국판 싸구려 소설들과는 명백히 대조를 이루었다.

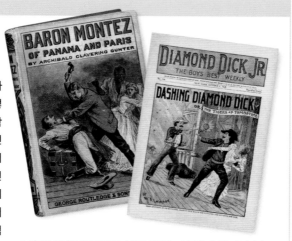

▲ **미국과 영국의 대량 판매용 소설은** 문학적 고상함을 내세우지 않았다. 노란색 표지 염가판 통속소설과 미국판 싸구려 소설들은 심심풀이 독서용이었으므로 대중이 즐겨 봤다.

▲ **깔끔한 디자인** 초기의 펭귄 책들은 거의 금욕적이었다. 상단과 하단의 두 컬러 띠와 책 제목, 저자 이름이 들어간 중앙의 흰 사각형이 전부였다.

> (레인은)《타임스》나 BBC처럼 세계적으로 영향력 있는
> 중요한 기관을 만들었다.

J. E. 모퍼고Morpurgo. 《펭귄 왕, 앨런 레인Allen Lane, King Penguin》(1979) 중에서.

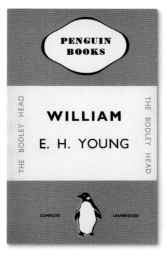

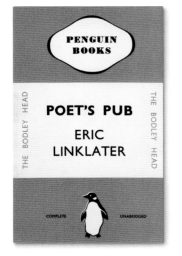

▲ **컬러 분류**　펭귄 책들은 표지 색으로 장르를 나누었는데, 이를 엄격히 고수해 왔다. 소설은 오렌지색, 범죄 소설은 초록색, 자서전은 청색으로 제작했다.

안네의 일기 The Diary of a Young Girl

1942~1944년 ■ 자필 원고 책, 공책, 탈착식 낱장 ■ 네덜란드

안네 프랑크 Anne Frank

1947년 오토 프랑크Otto Frank라는 유대인이 자신의 열세 살 난 딸의
일기를 출간했다. 일기를 쓴 안네는 2년 전 독일에 있는 베르겐벨젠의
강제수용소에서 발진티푸스로 사망한 뒤였다. 일기는 나치가 암스테르담을
점령했을 때 안네와 가족이 (다른 네 사람과 함께) 아버지의 사무실 위에 있는 비밀
별채에 숨어 지낸 2년 동안의 일을 기록하고 있다. 안네의 서술은 제2차
세계대전을 다룬 가장 가슴 아픈 책이 되어 널리 읽혔고, 안네는 홀로코스트의
희생자 중 가장 유명해졌다. 역사가들은 또한 이 작품이 유대인 박해를
총체적으로 보여 주는 본보기라고 평가했다.

안네 프랑크의 글은 탈착식 낱장 215장 외에 세 권 분량(자필 원고 책 한 권, 학교 공책 두 권)이다. 안네는
1942년 7월부터 숨어 지내면서 일기를 쓰기 시작했지만, 1944년 3월 후대를 위해 일기와 편지들을
간수해 두라는 라디오 공보를 들은 뒤 작품을 고치기로 마음먹었다. 그 뒤 출판을 염두에 두고 다른 지면에
일기를 다시 썼는데, 배경 설명을 덧붙이기도 하고 사람들의 관심이 덜할 구절들은 뺐다. 전쟁이 끝나면
'비밀 별채Het Achterhuis'라는 이름으로 출판할 계획이었지만 1944년 8월, 나치 병사들이 은신처에
들이닥치는 바람에 안네를 비롯한 가족과 은거자들은 베스터보르크 수용소로 강제 이송되었다. 안네의
일기는 아버지 사무실에서 일하던 두 직원이 발견하여 보관하다가, 전쟁이 끝난 뒤 강제 수용소에서
유일하게 살아 돌아온 아버지 오토 프랑크에게 되돌려 주었다. 그는 딸 안네를 기억하고자 일기를
출간했다.

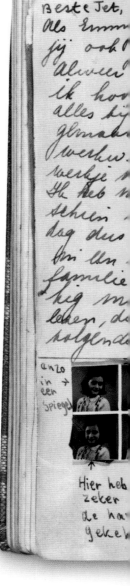

▶ **친애하는 키티에게** 일기 원문에서
안네는 상상 속 친구들에게 보내는 편지
형태로 자신의 생각을 썼다. 옆 그림의
일기 왼쪽에 쓴 편지는 '제트'와
'마리안'에게 쓴 것이다. 그러나 일기
원문을 고쳐 쓰는 단계에서 안네는
내용을 정돈하여 그들을 모두 '친애하는
키티에게'로 바꾸었다. 키티가 실존
인물이었는지 여부는 확실치 않다.

세부 내용

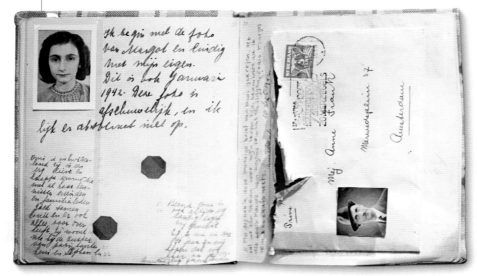

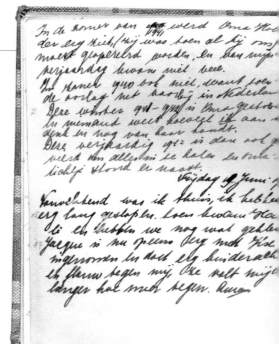

◀ **소녀의 지혜** 겨우 열세
살이었지만 안네는 매우 조숙했다.
은신처에서의 일상을 기록한 것
외에도, 유대인이 처한 역경과
가족에게 닥칠 수도 있는 운명을
생각하며 쓴 내용에는 깊은 사고와
성찰이 드러난다. 또한 작가가
되겠다는 포부를 밝히며
단편소설을 쓰기도 했다.

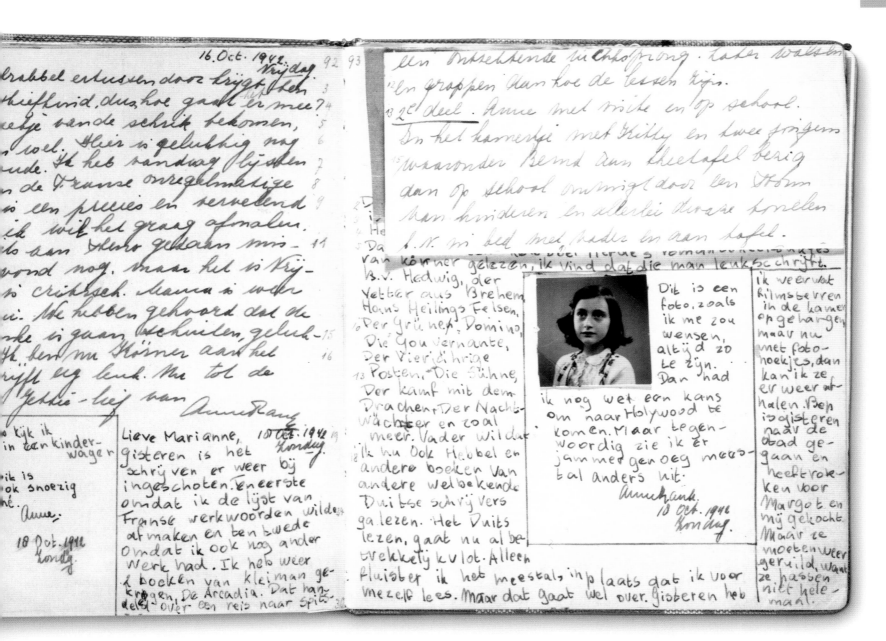

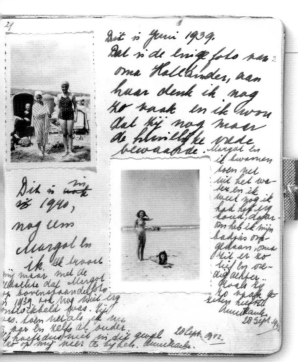

◄ 즐거웠던 날들의 회상

다락방에 갇혀 지내는 무료함을 달래기 위해 안네는 행복했던 시간들을 떠올리며 친구들 사진이나 가족과 보낸 휴가 사진을 일기에 붙였다. 1939~1940년 찍은 이 사진들을 보면 안네와 가족이 바닷가로 놀러 갔음을 알 수 있다. 안네는 이 사진이 할머니와 함께 찍은 유일한 사진이라고 적었다.

배경 지식

참화 속에서 건진 안네의 일기를 읽으며, 아버지 오토 프랑크는 자신이 몰랐던 딸의 일면을 알게 되었다. 안네의 깊고 성숙한 사고가 놀랍고 인상적이었던 그는 일기를 출판하고 싶어 했던 딸의 소망을 이루어 주기로 결심했다. 그리고 출판용 원고를 정리하던 중 누락된 부분이 있는 것을 알고는 일기 원문의 내용과 안네가 고쳐 썼던 내용을 하나로 엮어야 했다. 또한 어느 부분에서는 본인이 편집하기도 했는데, 이제 막 눈뜨기 시작한 성에 대한 언급과 엄마에 대한 투정 부분은 삭제했다

▶ **안네의 일기**는 1947년 6월 25일 《비밀 별채Het Achterhuis》라는 네덜란드어 원제로 출간되었고, 이후 60여 개 언어로 번역되었다.

어린 왕자Le Petit Prince

1943년 ■ 인쇄 ■ 23cm x 16cm ■ 93쪽 ■ 미국

크기

앙투안 생텍쥐페리|Antoine de Saint-Exupéry

어린이 책이면서 동시에 어른들의 마음까지 사로잡은 보기 드문 사례인《어린 왕자》는 발표된 지 70년이 넘었어도 여전히 세계적인 베스트셀러이다.

프랑스 출신 작가이자 비행사였던 생텍쥐페리가 쓴 이 작품은 1943년 영어와 프랑스어로 출간된 뒤, 250개가 넘는 언어로 번역되었고 전 세계에서 4억 명이 넘는 사람들이 읽었다. 이 작품은 우정과 공감을 찾아 다른 행성에서 지구로 온 외로운 왕자에 대한 이야기인데, 인간의 편협함을 경고하고 정신적 성장을 위한 탐구의 중요성을 가르쳐 주는 우화이기도 하다. 또한 전쟁으로 인한 소외와 혼란에 대한 우화로도 해석되어 왔다.

《어린 왕자》가 많은 사랑을 받은 데에는 작품 전체를 수놓고 있는 생텍쥐페리의 수채화 삽화가 큰 몫을 했다. 삽화들은 특별한 장면들을 재창조했고, 그림을 통해 작품 속 화자가 만나는 인물들을 시험하기도 하며 그들의 어린 시절을 파악하는 데 이용하기도 했다. 생텍쥐페리가 쓴 본래 육필 원고에는 초판에 실리지 않은 수채화가 몇 점 더 포함되어 있다. 유일하게 현존하는 온전한 육필 원고 초고는 맨해튼에 있는 모건 라이브러리 앤 뮤지엄

앙투안 생텍쥐페리

1900~1944년

앙투안 생텍쥐페리는 프랑스의 작가이자 비행사였다. 짧은 이야기 《어린 왕자》로 유명하지만 우편배달용 비행기 조종사와 프랑스 공군에서 복무한 경험을 바탕으로 쓴 몇 편의 소설이 있고, 그중에는 상을 받은 작품도 있다.

프랑스의 귀족 가문에서 태어난 앙투안 생텍쥐페리는 성에서 자라며 유복한 어린 시절을 보냈다. 덕분에 열두 살에 처음으로 비행기를 타 보는 특권을 누렸는데, 이때의 강렬한 체험이 평생 영향을 미쳤다. 1921년 4월에는 프랑스군에 징집되어 조종사 훈련을 받았다. 후에는 북아프리카에서 우편기 조종사로 일한 경험을 바탕으로 첫 작품 《남방 우편기 *Courrier Sud*》를 써 1929년에 출간했다. 제2차 세계대전이 일어나자 프랑스 공군에 입대하여 싸우다 프랑스가 함락되자 아내인 콘수엘로 고메스 카리요Consuelo Gómez Carillo와 1939년 미국으로 도피할 수밖에 없었다. 뉴욕에 정착한 뒤 《어린 왕자》를 발표했지만, 유럽에서 벌어진 전쟁이 마음에 걸려 1943년 다시 프랑스로 건너가 공군에 자원했다. 1944년 7월 프랑스 상공을 정찰하던 중 행방불명되었다.

Morgan Library & Museum에 보관되어 있다.

생텍쥐페리는 1944년 7월의 마지막 날 그르노블-안시 지역 정찰 임무를 띠고 이륙한 뒤 영원히 귀환하지 못했다.

세부 내용

▲ **별로 가득 찬 하늘** 속표지에 나타난 별의 이미지는 책이 끝날 때까지 반복한다. 화자인 비행사는 별에 의지해 항해하는 반면, 어린 왕자는 별에서 살고 있다. 별은 우주의 광활함뿐만 아니라, 조종사의 외로움을 상징한다.

▲ **어린이 시각** 생텍쥐페리는 삽화로 독자들의 관심을 단번에 끌었다. 어른들은 모자로 볼 뿐인 이 그림은 코끼리를 집어삼킨 거대한 보아 뱀을 나타낸다. 어른과 어린이가 세계를 다르게 보는 시각은 이 책에서 되풀이되는 주제이다.

어른들도 한때는 어린아이였어. … 하지만 그걸 기억하고 있는
어른은 거의 없지.

앙투안 생텍쥐페리, 《어린 왕자》 중에서.

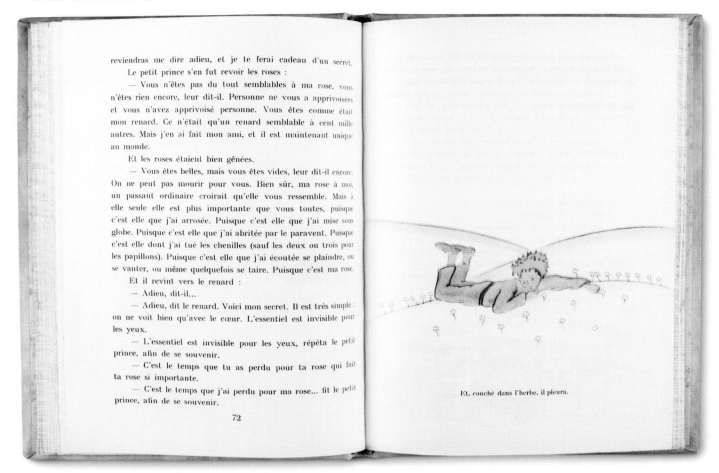

▲ **눈에 보이지 않는 중요한 것** 생텍쥐페리는 가장 중요하다고 여긴 한 문장에
굉장한 공을 들였다. "가장 중요한 것은 눈에 보이지 않아"라는 문장을 열다섯 번이나
고쳐 썼다. 책에는 인간 본성에 대한 이러한 성찰이 자주 등장하는데, 이 문장이
암시하는 바는 가장 중요한 것은 자신의 생각이라는 의미일 것이다.

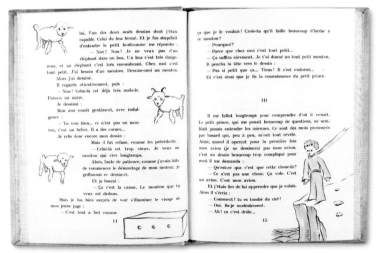

▲ **상자 속의 양** 화자인 비행사가 그린 흑백 그림은 어린 왕자와 관계를 맺는 데 도움이 된다.
여기서 어린 왕자는 양을 그려 달라고 비행사에게 요구하지만 그려 준 그림마다 마음에 들어
하지 않는다. 그러나 상자 그림은 그 속에 든 양을 자기 마음대로 상상할 수 있으므로 좋다고
한다.

배경 지식

제2차 세계대전 동안 조국 프랑스를 떠나 미
국에 살면서 《어린 왕자》를 썼으므로, 상실·
외로움·고향에 대한 향수라는 주제는 저자인
생텍쥐페리의 마음을 잘 드러냈다. 작품 속
화자인 조종사의 비행기가 사막에 불시착한
것 또한 저자의 실제 사건에서 영감을 받았
다. 1935년 비행기가 사하라 사막에 추락하
는 바람에 생텍쥐페리와 항해사는 나흘 동안
길을 잃고 헤매면서 사경을 넘나든 적이 있
었다. 《어린 왕자》는 1943년 4월에 출간되
었지만 처음에 프랑스에서는 구입할 수가 없
었다(생텍쥐페리가 프랑스를 탈출한 뒤 독일 점
령 하의 비시 정권이 그의 작품들을 판매 금지했
다). 1944년 프랑스가 해방되고 나서야 책이
발간되었으며, 20세기 프랑스의 가장 위대
한 책으로 지속적으로 선정되었다.

▲ **1929년에 찍힌** 이 사진에 보이는 생텍쥐페리는
조종사로서의 경험을 활용하여 여러 권의 책을
집필했다.

제2의 성 Le Deuxième Sexe

1949년 ■ 인쇄 ■ 20.5cm x 14cm ■ 978쪽 ■ 프랑스

크기

시몬 드 보부아르 Simone de Beauvoir

《제2의 성》은 페미니즘 운동의 초석을 다진 문헌 가운데 하나로 평가 받는다. 여성은 여성으로 태어나는 것이 아니라 그렇게 만들어지는 것이라고 주장하며 나아가 여성들이 태어날 때부터 벗어날 수 없는 고정된 틀에 맞추어 어떻게 길들여지는지 개관한다. 드 보부아르는 여성들이 사회가 이미 정해 놓은 행로에서 벗어나려면 세 가지가 필요하다고 주장했다. 우선 일을 해야 하고, 두 번째로 지적 능력을 계발하며, 세 번째로 경제적 자질을 갖추려고 애써야 한다는 것이다. 1949년에 프랑스에서 출간된 이 책은 축약한 영역본이 1953년에 미국에서 발표되고 나서야 전 세계적인 논쟁을 불러일으키며 큰 반향을 불러일으켰다.

시몬 드 보부아르

1908~1986년

파리에서 태어난 시몬 드 보부아르는 철학자이자 작가, 행동하는 사회주의자였다. 여권 운동에 끼친 영향과 페미니스트적 논고인 《제2의 성》으로 잘 알려져 있다.

열네 살 때 신의 존재를 부인한 드 보부아르는, 독신으로 철학자이자 교사로서의 삶에 투신하겠다고 결심했다. 파리 소르본대학에서 철학을 공부한 뒤 철학 교사가 되었다. 나중에 반려자이자 평생의 친구가 되는 동료 철학자 장 폴 사르트르 Jean-Paul Sartre와 함께 20세기 중반 프랑스의 실존주의 운동을 선도했다. 《레 망다랭 Les Mandarins》을 비롯하여 다양한 작품을 썼다. 《제2의 성》은 1960년대 페미니스트의 필독서가 되어, 베티 프리던과 저메인 그리어 Germaine Greer 같은 이들에게 영감을 주었다.

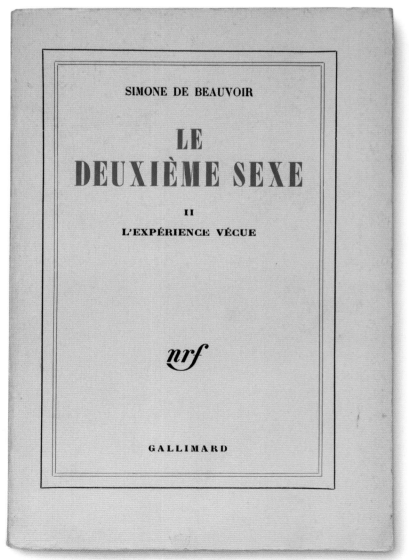

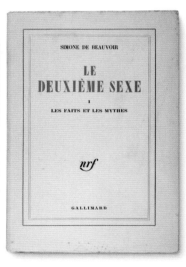

◀ 총 2부 2부로 구성된 《제2의 성》은 저자가 남성을 압제자로 표현하고, 여성을 제2의 성인 '타자'로 표현하여 여성의 역사를 썼다. 〈사실과 신화〉라는 제목이 붙은 1부는 여성이 남성에게 종속될 수밖에 없게 만든 사건들과 문화의 위력을 탐구한다.

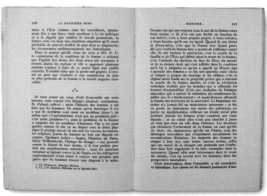

◀ 날조된 역사 1부의 〈역사〉편은 남성에 의한 여성 억압의 역사를 다루고 있다. 드 보부아르는 가치와 이념의 창조자로서 남성이 여성의 역사를 만들었는데도, 여성 대다수는 종속 상태에 반항하기보다는 순응했다고 결론짓는다.

◀ 인생 여정 드 보부아르는 "여성은 태어나는 게 아니라 만들어진다"라는 유명한 말을 했다. 2부 〈체험〉에서는 이런 과정이 어떻게 일어나는지 자세히 서술하려고 노력했다. 저자는 여성적 자질을 습득하는 법을 어떻게 배우는지 설명하기 위해, 태어나서 노년이 될 때까지 한 여성의 인생 여정을 개인적 시각에서 살폈다.

여성의 신비 The Feminine Mystique

1963년 ■ 인쇄 ■ 21cm x 15cm ■ 416쪽 ■ 미국

크기

베티 프리던 Betty Friedan

사회에서의 여성 역할에 대한 불만을 다룬 프리던의 책은 미국에서 반향을
불러일으켜, 종국적으로 남녀 간 힘의 균형에 문화적·정치적 변화를 몰고 왔다.
프리던은 1950년대 여성들이 완벽한 현모양처가 되어야 한다는 이상화된
여성성 이미지 때문에 고통 받고 있다고 주장했는데, 바로 이 이상화된
여성성을 '여성의 신비'라고 명명했다. 이러한 이미지를 벗어던진 여성들을
다룬 이 책은 새로운 페미니즘 운동에 크게 기여했고, 남녀 간 동일 임금을 위한
입법과 여성의 권리 옹호를 위한 다양한 여성 단체가 조직되는
성과를 낳았다.

베티 프리던

1921~2006년

20세기에 가장 영향력 있는 여성으로 인정받은 베티 프리던(결혼 전 본명은 베티
나오미 골드스타인Betty Naomi Goldstein)은 억압적인 전통적 역할에서
해방되어야 할 여성의 권리를 옹호했다.

페미니스트의 선구자 베티 프리던은 캘리포니아대학에서 심리학 석사 과정을 마쳤다.
1947년 뉴욕에서 기자로 일하다 칼 프리던Carl Friedan과 결혼하여 세 자녀를 두었다. 퇴
직 뒤 전업주부로, 아이를 키우며 직업을 찾기가 마땅하지 않음에 좌절하여 다른 여성들은
어떤지 조사하기 시작했다. 그 결과물인 《여성의 신비》는 여성들의 불만에 대해 경각심을
불러일으켰고, 1960년대에서 1980년대 후반까지 진행된 '제2차 페미니즘 운동'(억압에
맞선 '제1차 페미니즘 운동'은 1900년대 초반에 진행되었다)에 불을 붙인 것으로 평가 받는다.

▲ **대안적 삶** 마지막 장에서 프리던은 가정주부라는 전통적 역할과
의미 있는 일을 병행할 수 있는 여성의 대안적 삶의 방식을 제시했다.
어머니로서의 역할과 자신의 일을 성공적으로 해 나간 여성들의
사례를 제시했지만 두 가지를 병행하는 데 따르는 어려운 문제들도
인정했다.

◀ **여성들의 성찰** 제목 글자에 그림자를 넣어 대담하게 디자인한
표지는, 사회에서 강요하는 이상적인 여성의 모습 때문에 여성들이
좌절한다고 생각하는 프리던의 견해를 강조하여 보여 주고 있다.
사실상 여성들은 실현 불가능한 사회의 요구에 집착하고 있는 셈인데,
프리던은 이를 '이름 붙일 수 없는 문제'라고 불렀다.

침묵의 봄Silent Spring

1962년 ■ 인쇄 ■ 22cm x 15cm ■ 368쪽 ■ 미국

크기

레이첼 카슨Rachel Carson

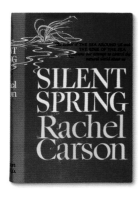

이제껏 나온 자연사 관련 서적 가운데 가장 강렬한 레이첼 카슨의《침묵의 봄》은 환경 운동에 불을 붙인 불꽃이었다. 책에서 자세히 다룬 농약 살충제, 특히 이제껏 개발된 가장 강력한 살충제인 디디티DDT에 노출되어 생기는 폐해는, 화학 물질의 오염으로 인한 위험성에 주목하도록 사람들의 경각심을 일깨웠다. 자연 분야 베스트셀러 작가였던 카슨은 1958년 한 친구로부터 케이프 코드 부근에서 디디티로 새들이 죽어가고 있다는 편지를 받고는 바로 살충제 사용 실태에 대해 조사하기 시작했다. 살충제는 제2차 세계대전 당시 말라리아를 일으키는 해충의 구제용으로 처음 도입되었지만, 1950년대에는 농작물에 광범위하게 쓰이고 있었다.

책을 집필하는 동안 많은 과학자들과 연락을 주고받은 카슨은 디디티 사용 반대를 시급한 사안으로 지적했다. 카슨은 디디티가 먹이사슬로 들어가 인간을 비롯한 동물의 지방 조직에 축적되었다가 유전자를 손상하고 암 같은 질병을 일으키는 과정을 밝혀냈다. 새들 역시 디디티 때문에 알껍데기가 얇아져 피해를 입었는데, 특히 미국의 상징인 흰머리독수리의 경우가 심했다.

레이첼 카슨

1907~1964년

레이첼 카슨은 해양 생물학자이자 자연사 작가로서 역사에 한 획을 그은 작품《침묵의 봄》을 써서 대중에게 살충제의 위험에 대한 경각심을 불러일으켰다.

펜실베이니아의 농가에서 태어난 카슨은 동물들에 대한 관심을 키웠다. 해양생물학자로 교육을 받은 뒤 미국 어업국에서 일했다. 1951년 해양생물에 대해 유려하게 쓴《우리를 둘러싼 바다The Sea Around Us》가 베스트셀러가 되면서 작가로서 명성을 다졌다. 1950년대 말에는 자연보호와 살충제 위험에 관심을 가져 연구한 뒤, 1962년《침묵의 봄》을 발표했다. 그로부터 2년 뒤 메릴랜드 자택에서 사망했다.

카슨이《침묵의 봄》으로 거둔 업적은 자신이 발견한 것을 일반 독자들도 쉽게 이해하고 주목하게 만든 점이다. 많은 대중에게 사태의 심각성과 폐해를 알려 사회적·정치적 변화로 이어지게 했고,《침묵의 봄》덕분에 미국에서는 디디티 사용이 금지되고 환경보호청이 설립되었다.

▶ **죽음의 강** 주요 장 가운데 하나인〈제9장 죽음의 강〉에서 카슨은 디디티가 강으로 흘러 들어갔을 때 연어에 미치는 영향을 설명하고 있다. 그 독성이 어떻게 먹이 사슬에 침투하여 최종 포식자인 인간에게까지 미치는지 자세히 서술했다.

세부 내용

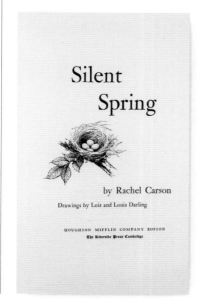

◀ **크고도 분명한** '침묵의 봄'이라는 제목은 봄에 우는 명금류鳴禽類 새들이 디디티로 인해 모두 죽었다는 가상의 상황을 묘사한 것에서 유래했다. 그것은 인간이 환경을 파괴한 것에 대한 일종의 은유가 되었다.

▶ **독특한 조합** 미국의 삽화가인 로이스와 루이스 달링Lois and Louis Darling 부부의 뛰어난 드로잉으로 책의 주장은 쉽게 전달됐고, 카슨의 강렬하고도 시적인 언어 또한 아름답게 완성되었다.

7. Needless Havoc

As MAN PROCEEDS toward his announced goal of the conquest of nature, he has written a depressing record of destruction, directed not only against the earth he inhabits but against the life that shares it with him. The history of the recent centuries has its black passages — the slaughter of the buffalo on the western plains, the massacre of the shorebirds by the market gunners, the near-extermination of the egrets for their plumage. Now, to these and others like them, we are adding a new chapter and a new kind of havoc — the direct killing of birds, mammals, fishes, and indeed practically every form of wildlife by chemical insecticides indiscriminately sprayed on the land.

Under the philosophy that now seems to guide our destinies, nothing must get in the way of the man with the spray gun. The incidental victims of his crusade against insects count as nothing; if robins, pheasants, raccoons, cats, or even livestock happen to inhabit the same bit of earth as the target insects and

9. Rivers of Death

FROM THE GREEN DEPTHS of the offshore Atlantic many paths lead back to the coast. They are paths followed by fish; although unseen and intangible, they are linked with the outflow of waters from the coastal rivers. For thousands upon thousands of years the salmon have known and followed these threads of fresh water that lead them back to the rivers, each returning to the tributary in which it spent the first months or years of life. So, in the summer and fall of 1953, the salmon of the river called Miramichi on the coast of New Brunswick moved in from their feeding grounds in the far Atlantic and ascended their native river. In the upper reaches of the Miramichi, in streams that

20세기에
자연을 바꾸는
막강한 힘을
가지고 있는 것은
오로지
인간뿐이다.

레이첼 카슨, 《침묵의 봄》.

배경 지식

《침묵의 봄》이 발표되자 화학약품 회사들은 변명에 급급했다. 그들은 디디티가 없다면 많은 사람들이 죽을 것이라고 주장했다. 그러나 케네디 대통령의 명령으로 정부 당국이 조사를 벌인 결과, 디디티 폐해에 대한 카슨의 주장이 옳은 것으로 입증되자 1972년에는 미국 내 농작물에 대한 디디티 살포가 금지되었다. 1984년에는 영국을 비롯한 다른 나라들도 같은 조치를 취했으며, 2001년 스톡홀름 회의에서는 농작물에 대한 디디티 살포 금지를 전 세계로 확대했다. 디디티 사용은 급속히 줄어들었고, 현재는 말라리아를 옮기는 모기를 구제할 경우로만 사용이 제한되었다.

▲ **질병을 일으키거나** 농작물을 공격하는 해충들을 박멸하기 위해 화학물질을 광범위하게 살포하는 일은 1950년대에 흔한 일이었다.

마오쩌둥 어록
毛主席語錄

1964년 ■ 인쇄 ■ 15cm x 10cm ■ 250쪽 ■ 중국

크기

마오쩌둥 毛澤東

역사상 가장 많이 팔린 책 부문에서 성경과 겨루고 있는《마오쩌둥 어록》은 전 중국 공산당 지도자 마오쩌둥의 명언과 경구를 모은 책이다. 52개 언어로 50억 부가 인쇄되어, 전 세계적으로 8~9억 부가 팔린 것으로 추산한다. 출판물로서의 지위와는 별개로, 이 책은 1960년대 중반에서 후반으로 이어지는 시기에 극좌사회주의 운동이 진행되는 동안, 중국 인민을 통합하는 중요한 정치 수단이었다.

총 8만 8천 단어에 이르는 이 어록은 마오쩌둥과 국방장관 린뱌오林彪가 홍위병들을 위한 사상 지침서로 구상한 것이다. 공산당 관리들은 이 책자가 여론을 바꾸는 데 도움이 된다는 것을 알아보고는 모든 인민에게 한 권씩 배부하기로 결정했고, 이러한 목적을 달성하기 위해 1966년 새로운 인쇄소를 건설했다. 그 뒤 이 책은 각종 학교에서 교재로 사용되었고, 산업현장에서도 공부했으며, 당에 대한 충성심을 보이려면 책에 나온 구절들을 암기하는 것이 필수였다. 해외에서도 많이 읽었는데 붉은색 책표지에 빗대어 '빨간 책' 이라고도 불렀다. 1960~1970년대에 미국에서 결성된 급진적 흑인결사

배경 지식

1966년 5월 마오쩌둥이 이끄는 베이징의 공산당 지배층은 부르주아 세력을 타파하고 친자본주의적 요소를 청산할 목적에서 대대적인 조치들을 시행했다. 문화혁명이라 일컬어진 이 운동은 10년 이상 지속되면서 홍위병이라 불린 학생 군사 조직에 의해 강화되어 모든 계층에 대해 가혹한 사회적·정치적 억압을 가했다.

▲ 모든 홍위병 대원에게는 '빨간 책'이 지급되었으며, 얼마 뒤에는 모든 인민이 한 권씩 들고 다녀야 했다.

'블랙 팬서Black Panther'와 1980년대에 활동한 페루의 대표적 공산반군 '빛나는 길Shining Path' 등과 같은 다양한 정치 세력이 또한 이 책에서 영감을 얻었다.

▲ **소형 책자** 군복 앞가슴 주머니에 꼭 맞는 크기의 책은 첫 출간 당시 병사용은 종이 표지로, 공용 목적으로는 내구성이 좋은 비닐 표지로 제작되었다.

▲ **붉은 별** 오각형의 붉은 별은 혁명적 공산주의의 유명한 상징이다. 마오쩌둥 집권기에 널리 사용되었는데, 위 사진에서는 책 표지 정중앙에 배치되어 사회주의적 세계관을 잘 보여 주고 있다.

▲ **역사와의 관련성** "인민이, 오로지 인민만이 세계 역사를 만드는 원동력이다"라고 마오는 책에서 천명했는데, 이 말은 공자의《논어》(50페이지 참조)를 모델로 한 것이다. 왼쪽 페이지에 마오쩌둥의 초상화를 넣고 오른쪽 페이지에 붓글씨를 넣음으로써 마오가 옛 중국의 위대한 철학 전통과 연관이 있는 것처럼 보이게 했다. 마오쩌둥의 경구들은 수십 년에 걸친 정치 이력에서 나온 것이므로 사회주의, 공산주의, 청년, 근검절약의 중요성 등 다양한 주제를 포괄한다.

혁명은 만찬회,
수필 쓰기,
그림 그리기,
자수 놓기가 아니다.
···
혁명은 반란이요,
하나의 계급이
다른 계급을
전복시키는
폭력 행위이다.

마오쩌둥.《마오쩌둥 어록》.

◀ **공산주의의 상징**　책의 빨간색 표지는 공산주의 중국의 상징이 되었다. 빨간색은 중국에서 행운을 상징할 뿐 아니라 혁명 투쟁 과정에서 노동자들이 흘린 피를 의미하며 공산주의를 상징하기도 한다. 또 중국의 다수를 차지하는 한족漢族과도 연관이 있다. 1911~1912년의 혁명이 일어나기 전까지 중국은 2백 년 동안 노란색으로 대표되는 소수민족인 만주족의 지배를 받았다. 그래서 빨간색 사용은 중국 대륙의 12억 한족에게는 강력한 의미가 있다. 1949년 마오쩌둥이 중국을 장악한 뒤 국기는 노란색에서 빨간색으로 바뀌었고, 그의 이미지를 중국의 구원자로 굳히기 위한 일환으로 〈동방홍東方紅〉이라는 노래를 보급했다.

四、两类不同性质的矛盾

在我们的面前有两类社会矛盾，这就是敌我之间的矛盾和人民内部的矛盾。这是性质完全不同的两类矛盾。

《关于正确处理人民内部矛盾的问题》
（一九五七年二月二十七日），人民出版社版第一页

为了正确地认识敌我之间和人民内部这两类不同的矛盾，应该首先弄清楚什么是人民，什么是敌人。在现阶段，在建设社会主义的时期，一切赞成、拥护和参加社会主义建设事业的阶级、阶层和社会集团，都属于人民的范围；一切反抗社会主义革命和敌视、破坏社会主义建设的社会势力和社会

▲ **개정판들**　이 책은 1965년 5월에 최종본이 나오기 전까지 몇 차례에 걸쳐 개정되었다. 위 사진에서 보듯이 1964년 원본에는 23개 주제에 대한 어록 200개를 30개 장으로 나누어 배치한 250페이지 분량이었다. 공산당 관리들과 인민해방군의 의견을 들은 뒤 20페이지를 추가해 33개 장, 427개 어록으로 늘어났다.

▲ **쉬운 텍스트**　정치, 문화, 사회에 대한 마오쩌둥의 훈령들을 핵심만 뽑아 낸 뒤 이해하기 쉽게 일상 언어를 사용하여 짧은 격언으로 바꾸었다.

▲ **표지의 별**　1969년 무렵에는 책표지에는 마오쩌둥의 초상화를, 책 안쪽에는 후계자였던 린뱌오와 함께 찍은 사진을 실었다. 마오쩌둥이 권력을 잡은 것은 1949년이었지만 1960년대 우상화 작업에 주된 역할을 한 사람은 린뱌오였다. 그는 1961년 "모든 정치 교육 수업은 마오 주석의 작품을 이념 지침서로 활용해야 한다"고 선언했다.

기타 목록: 1900~현재

결혼 후의 사랑
Married Love

마리 스톱스Marie Stopes

영국(1918년)

영국의 과학자이자 활동가인 마리 스톱스(1880~1958)가 부부를 위해 쓴 이 책은 산아제한을 처음 공개적으로 논의했고, 섹스 파트너로서 남성과 여성의 평등을 주창했다. 《결혼 후의 사랑》은 피임과 부부간의 성관계를 바라보는 현대의 견해에 일대 혁신을 일으켰다. 교회, 특히 로마가톨릭교회, 의료계, 언론계로부터 비난을 받았고 미국에서는 1931년까지 판매 금지를 당했다. 그럼에도 이 책은 발표 즉시 인기를 얻어 초판 2천 부가 2주 만에 소진되었다. 1919년에는 여섯 번째로 개정한 최신 확장판이 나왔다. 마리 스톱스는 젊은 여성들 사이에서 일약 돌풍을 일으켰고, 《결혼 후의 사랑》은 여성들의 피임 권리를 주장하는 캠페인의 토대가 되었다. 1921년 마리 스톱스는 영국에서 최초로 런던에 가족계획 병원을 열었다.

경제와 사회
Wirtschaft und Gesellschaft

막스 베버Max Weber

독일(1922년)

독일의 사회학자이자 철학자, 정치경제학자인 막스 베버(1864~1920)의 중요한 저작인 《경제와 사회》는 사회철학, 경제학, 정치학, 세계 종교, 사회학과 같은 여러 주제에 대한 베버의 이론과 견해를 정리하여 설명한 이론적·실증적 에세이집이다. 베버는 이 작품을 완성하기 전에 사망했으므로 그의 아내 마리안네 베버(페미니스트이자 작가)가 에세이들을 편집하여 출판할 준비를 했다. 이 작품은 1968년이 되어서야 영어로 번역되었지만, 지금은 사회학 책 가운데 가장 영향력 있는 저서로 인정받고 있다.

나의 투쟁Mein Kampf

아돌프 히틀러Adolf Hitler

독일(1권: 1925년, 2권: 1927년)

《나의 투쟁》은 나치의 독재자 아돌프 히틀러(1889~1945)가 1923년 뮌헨 봉기가 실패로 끝난 뒤 옥중에서 쓴 저작이다. 커다란 논란을 불러일으킨 선동적인 책으로 나치당의 신조가 집약되어 있다. 정치 선언인 동시에 자서전이며, 지배 종족인 아리안 족의 영광, 유대인과 공산주의자들에 대한 혐오는 물론 제1차 세계대전에서 독일 패배의 원흉인 프랑스에 대한 복수심과 새로운 독일에서 세력을 확립하려는 구상 등 히틀러의 급진적 이념을 개괄하고 있다. 빈약한 내용에 분량이 1,000페이지나 되었음에도 베스트셀러가 되어 1939년에는 520만 부가 팔렸고, 1945년 무렵에는 1천250만 부가 팔렸다. 제2차 세계대전이 끝나자 저작권을 이양 받은 바이에른 주정부는 출판을 금지시켰지만 이 작품의 저작권은 2016년 1월 1일자로 만료되어 누구나 출판할 수 있다.

▶ 채털리 부인의 연인

Lady Chatterley's Lover

데이비드 허버트 로렌스

David Herbert Lawrence

이탈리아(1928년)

20세기에 가장 논란을 일으킨 소설이며 로렌스(1885~1930)의 대표작으로 잘 알려진 작품 《채털리 부인의 연인》은 도덕적 금기와 성적 금기의 현대적 경계를 허문 획기적인 작품이었다. 상류 계급의 귀족 부인이 남편의 사냥터지기와 벌이는 연애에 대한 이야기인 이 소설은 이탈리아 피렌체에서 자비로 출간되었지만, 발표되자마자 노골적인 성적 내용과 심한 외설적 표현의 반복을 이유로 영국과 미국에서 판매 금지되었다. 1960년 펭귄북스에서 무삭제판을 발간했

이탈리아 출판사 티포그라피아 지우티나Tipografia Giutina에서 출간한 《채털리 부인의 연인》 초판.

다가 1959년에 발효된 음란저작물 금지법에 따라 기소 당했다. 이어진 재판에서 펭귄북스는 이 작품의 문학적 가치를 주장한 끝에 무죄 판결을 받았다. 책은 곧 베스트셀러가 되었고, 이후 영화, 드라마, 연극으로 각색되었다. 재판 과정이 공개되고 중대한 판결이 내려진 덕분에 자유로운 출판의 길이 열렸고, 출판계에서 성 혁명의 시발점이 되었다.

샌드 카운티의 사계
A Sand County Almanac

알도 레오폴드Aldo Leopold

미국(1949년)

미국 과학자이자 생태학자, 환경운동가인 알도 레오폴드(1887~1948)가 쓴 《샌드 카운티의 사계》는 레이첼 카슨의 《침묵의 봄》(238~239페이지 참조)과 더불어 20세기의 가장 중요한 환경 저작물이다. 레오폴드는 생물 다양성과 생태 환경을 옹호했으며, 야생동물 관리학의 창시자이다.

《샌드 카운티의 사계》는 생태계 보존을 요구하고, 인간과 땅 사이의 책임 있는 윤리적 관계를 주장하는 에세이집 형식의 책으로, 그의 글은 단순한 솔직함으로 유명하다. 그가 사망한 직후 아들인 루나가 이 책을 펴냈는데, 레오폴드의 가장 중요한 저서이다. 미국의 환경 운동을 발전시킨 기념비적인 저서이며, 학문으로서 생태학에 대한 관심을 광범위하게 불러일으켰다. 12개 언어로 번역되었다.

서양미술사The Story of Art

에른스트 곰브리치 Ernst H. Gombrich

영국(1950년)

고대부터 현대에 이르기까지 삽화를 곁들여 예술의 기원을 추적한 이 역사서는 오스트리아 출신 미술사가이자 학자인 에른스트 곰브리치(1909~2001)의 걸작이다. 처음 발표된 이후 이 작품은 세계에서 가장 많이 읽히는 미술서의 자리를 고수해 왔다. 27개 장으로 나누어 각 장마다 미술사의 특정 시기를 다룬 이 책은, 분명하고도 이해하기 쉬운 서술과 미술 작품을 복제한 컬러 도판 수백 점으로 유명하다. 책은 주기적으로 수정·보완되었고, 최소한 30여 개 언어로 번역되었다. 2007년에 16차 개정판이 나왔다.

미국 아들의 메모
Notes of a Native Son

제임스 볼드윈 James Baldwin

미국(1955년)

미국의 소설가이자, 극작가, 시인, 수필가인 제임스 볼드윈(1924~1987)이 《미국 아들의 메모》라는 제목으로 에세이 열 편을 써서 출간했을 당시 그는 20대였다. 글들은 이미 《하퍼스Harpers》같은 잡지에 게재된 것이었는데, 볼드윈은 이 작품들로 가장 통찰력 있고 뛰어난 흑인 작가로 이름을 알렸다. 자전적인 동시에 인권 운동 초기 단계에 있던 미국과 유럽의 풍토에 대한 정치적 논평이기도 한 이 작품은 흑인 자서전 장르의 고전이 되었다. 볼드윈은 백인들에 공감하려고 애쓰는 한편, 모든 흑인들에 대한 처우를 비난했다. 그 결과 이 작품은 호평과 격렬한 혹평을 동시에 받았다.

▶ 길 위에서On the Road

잭 케루악 Jack Kerouac

미국(1957년)

20세기의 가장 중요한 소설 가운데 하나로 인정받는 《길 위에서》는 미국 작가 잭 케루악(1922~1969)이 재즈·섹스·마약이라는 자극적인 요소를 배경으로 미국 횡단 여정에 나선 친구들을 묘사한 작품이다. 허구와 자전적 이야기가 뒤섞인 이 작품으로 케루악은 비트 문학 운동의 선구자가 되었고, 자유를 추구하는 이상주의적 청년들의 영혼을 사로잡았다. 케루악은 테이프로 이어 붙인 투사지를 타자기에 넣고 여백이나 단락 구분 없이 초고를 쓰기 시작했는데, 각성제와 카페인에 의지하여 단 3주 만에 소설을 완성했다. 그렇게 완성된 '두루마리'식 원고는 37미터에 달했다. 케루악은 1957년 작품이 출간될 때까지 여러 번 고쳐 썼다. 책은 발표되자마자 일약 선풍을 일으켰고 문학적으로도 문화적으로도 지대한 영향을 미쳤다. 이 작품은 비트 세대(세상의 관습을 거부하고 영적 진실을 추구하는 세대)의 바이블로 통하며 지속적인 연구의 대상이 되었다.

게릴라 전쟁
La Guerra de Guerrillas

에르네스토 '체' 게바라
Ernesto 'Che' Guevara

쿠바(1961년)

마르크스주의 혁명가 체 게바라(1928~1967)가 쓴 《게릴라 전쟁》은 라틴아메리카에 혁명 활동을 불어 넣기 위해 기획한 것이다. 쿠바 혁명에서 겪은 자신의 경험과 성공을 토대로 쓴 이 책은 게릴라전 전술 철학을 개관하며, 법적·정치적 전술이 먹히지 않는 전체주의 체제에 맞서기 위한 수단으로 게릴라전을 강조했다. 젊었을 때 목격한 라틴아메리카의 처참한 빈곤을 줄이기 위한 공산주의 건설 노력의 일환으로, 체 게바라는 전 세계 좌익 혁명을 위한 지침서를 쓴 것이다.

영국 노동계급의 형성
The Making of the English Working Class

에드워드 파머 톰프슨
Edward Palmer Thompson

영국(1963년)

장장 900쪽에 이르는 《영국 노동계급의 형성》에서 좌익 역사학자 에드워드 파머 톰프슨(1924~1993)은 영국 사회의 역사를 새롭게 바라보는 혁명적 시각을 제시했다. 톰프슨의 이 책은 산업혁명에 뒤이어 노동계급이 자라나고 있던 때 그 기원이 어디에서 시작되었는지를 살피고 있다. 특히 1780년에서 1832년에 이르는 형성기에 집중하고 있는데, 이는 노동계급에 대해 체계적으로 처음 조사한 것이었다. 톰프슨은 출처 자료를 광범위하게 수집했다. 그러나 노동계급이 거의 문맹이었던 탓에 공식적인 역사적 자료에는 이들의 자료가 포함되지 못했으므로 정통적인 것보다는 시가와 민요, 이야기, 심지어 스포츠 같은 대중문화에 포함되어 있는 자료에서 많은 정보를 얻었다. 그는 노동계급이 일상생활에서 겪는 체험을 재현하려고 애썼고, 그렇게 함으로써 익명의 대중으로만 간주되어 온 사람들을 대변했다. 《영국 노동계급의 형성》은 제2차 세계대전 이후에 나온 가장 중요한 역사서 가운데 하나이다.

불새Phoenix

데즈카 오사무手塚治

일본(1967~1988년)

화가, 만화가, 애니메이터, 영화 제작자인 데즈카 오사무(1928~1989)가 제작한 《불새》는 망가 시리즈로 구성되어 있다. 일본 출판계에서 중요한 자리를 차지하고 있는 망가는 19세기에 처음 개발된 스타일에 맞춘, 전 연령대를 대상으로 한 만화이다. 《불새》에는 윤회를 바탕으로 한 이야기 12편이 등장한다. 이 이야기들은 시대적 배경이 제각기 다르지만 모두 신화 속 불새의 등장과 연결되어 있다. 데즈카의 작품은 매우 시각적이며 실험적이었고, 주제는 사랑에서 공상 과학에 이르기까지 다양하다. 몇 차례 출판을 시도한 뒤 《불새》는 일본 잡지 《콤COM》에 연재되었다. 데즈카는 이 만화를 자신의 가장 중요한 작품으로 생각했지만 완결 짓지 못한 채 사망했다.

잭 케루악의 《길 위에서》 미국 초판 표지.

여성, 거세당하다 The Female Eunuch

저메인 그리어 Germaine Greer

호주 및 영국(1970년)

《여성, 거세당하다》의 출간으로 호주의 작가이자 페미니스트인 저메인 그리어(1939~)는 제2차 페미니즘 운동의 대표적 인물이 되었다. 시몬 드 보부아르(236페이지 참조)와 베티 프리던(237페이지 참조) 같은 작가들에 이어 그리어는, 남편이나 아버지의 확인 서명 없이는 대출을 받거나 심지어 자동차 한 대 살 수 없는 사회에서 여성의 역할에 대해 의문을 제기했다. 그리고 여성들이 억압을 받아들일 때 감정적으로, 성적으로, 지적으로 거세당한다고 주장했다. 봉에 걸려 있는 여성 상반신이 등장하는 상징적이면서도 충격적인 표지로 유명한 이 책은 전 세계적으로 열띤 논쟁을 불러일으켰고 여러 사람들로부터 호평과 비난을 동시에 받았다. 작품은 발표되자마자 즉각 베스트셀러에 올랐고, 1971년 초에는 재판까지 매진되었다.

제임스 러브록의 《가이아: 지구상의 생명을 보는 새로운 관점》 초판 표지.

다른 방식으로 보기 Ways of Seeing

존 버거 John Berger

영국(1972년)

영국의 작가이자 화가, 미술 비평가인 존 버거(1926~2017)는 이 작품을 BBC에서 방영하는 예술의 본질에 대한 30분짜리 동명의 프로그램 4부작을 진행하며 썼다. 《다른 방식으로 보기》는 단어와 이미지로 표현한 에세이 네 편과 이미지만으로 표현한 에세이 세 편으로 구성돼 있다. 집필 목적은 사람들이 예술을 감상하고 반응하는 방식을 바꾸는 데 있었다.

감시와 처벌 Surveiller et Punir

미셸 푸코 Michel Foucault

프랑스(1975년)

서유럽 감시 체계의 역사를 다룬 《감시와 처벌》은 프랑스의 역사학자이자 철학자인 미셸 푸코(1926~1984)의 저서다. 책에서 푸코는 성城의 지하 감옥, 가혹한 감옥, 18세기에 집중됐던 태형이나 몰수형으로부터 근대의 감금을 통한 '완화된' 형태의 교화 또는 교정으로 발전한 처벌 체계를 고찰했다. 그의 주장에 따르면 감시와 처벌을 지속적으로 개혁한 목적은 죄수의 복지 증진에 있었던 것이 아니라, 효율적인 통제가 가능하게 하는 것이었다.

오리엔탈리즘 Orientalism

에드워드 사이드 Edward Said

미국(1978년)

팔레스타인 출신 미국인 학자 에드워드 사이드(1935~2003)의 이 획기적인 저서는 20세기의 가장 영향력 있는 학술서로 꼽힌다. 사이드는 '오리엔탈리즘'(동양 또는 아시아, 북아프리카, 중동에 사는 사람들과 사회에 대한 서구의 연구)이라는 개념은 서구의 우월성과 식민지 정책을 지지하고 재확인하기 위해 동양의 거짓된 문화적 전형(특히 이슬람 세계에 대해)을 만들어낸 편협한 제국주의적 이념의 산물에 불과하다고 주장했다. 사이드를 유명하게 만든 작품 《오리엔탈리즘》은 학자들이 식민주의를 이해하는 방식을 재정의했다. 이 작품은 중동 연구 분야에서 문학 이론 및 문화 비평이 발전하는 데 지속적인 영향을 끼쳤고 식민주의 이후에 대한 연구의 토대가 되었다.

◀ 가이아 Gaia

제임스 러브록 James Lovelock

영국(1979년)

'지구상의 생명을 보는 새로운 관점 A new look at life on Earth'이라는 부제가 붙은 이 대중 과학서는 영국의 화학자 제임스 러브록(1919~)이 쓴 것인데, 일반 독자들에게 '가이아' 가설을 요약하여 설명하고 있다. 1972년 과학 잡지에 처음 실린 러브록의 이 이론은 지구상의 물리적 환경과 생명체가 동시에 작용해 하나의 시스템을 이루며, 생명체가 번식하는 데 이상적인 환경을 유지한다고 제시했다. 처음에는 회의적인 반응이 많았지만, 가이아 이론은 이제 확고한 과학 이론으로 인정받고 있다. 러브록은 자신의 가설을 근거로 여러 가지 예측을 하였고, 그중 많은 것들이 옳은 것으로 입증되었는데 지구 온난화도 그 한 예이다. 《가이아》가 쓰인 당시는 환경 운동이 막 시작될 무렵이었고, 러브록은 그 이후로도 가이아 가설을 토대로 문헌을 집필했다. 그중 하나인 《가이아의 복수: 지구의 반격 이유와 우리가 아직 인류를 구할 수 있는 방법 The Revenge of Gaia: Why the Earth is Fighting Back and How We Can Still Save Humanity》은 2007년에 출간되었다.

여론 조작 Manufacturing Consent

노엄 촘스키·에드워드 허먼 공저
Noam Chomsky·Edward S. Herman

미국(1988년)

이 책에서 미국의 이론언어학자인 노엄 촘스키(1928~)와 경제학자 에드워드 허먼(1925~2017)은 주류 언론을 맹렬히 공격했다. 저자들은 (기업 소유의) 주류 언론이 사주나 그들을 재정적으로 지원하는 광고주들의 이익과 정치적 편향을 위해 일한다고 주장하며 그 증거들을 살펴보았다. 촘스키가 '언론의 선전 모델'이라 부르며 언론에 대해 전례 없이 비판한 덕분에 서구에서 품고 있던 자유 언론에 대한 허상은 맥없이 무너져 내렸다.

시간의 역사 A Brief History of Time

스티븐 호킹 Stephen Hawking

영국(1988년)

영국의 물리학자 스티븐 호킹(1942~2018)의 기념비적인 작품 《시간의 역사: 빅뱅에서 블랙홀까지》는 과학을 잘 모르는 일반 독자를 겨냥한 책이다. 책 속에서 호킹은 쉬운 용어로 우주의 구조·기원·발전을 설명했고, 최종적인 운명을 예측했다. 그 과정에서 빅뱅 이론, 팽창하는 우주, 양자 이론, 일반상대성 이론뿐 아니라 블랙홀에 대한 자신의 급진적 이론을 포함해 시공간에 대한 가장 어려운 문제들을 다루었다. 호킹의 커다란 업적은 그토록 난해한 과학 주제를 일반 독자도 읽을 수 있도록 쉽게 풀어 썼다는 점이다. 이 책은 20년 동안 1천만 부 이상 팔렸고 40개 언어로 번역되었다. 2005년에는 축약본 《짧고 쉽게 쓴 시간의 역사 *A Briefer History of Time*》가 미국의 대중 과학 저술가 레너드 믈로디노프Leonard Mlodinow(1954~)와의 공저로 출간되었다.

해리포터와 마법사의 돌Harry Potter and the Philosopher's Stone

조앤 롤링Joan K. Rowling

영국(1997년)

출판계에 광풍을 몰고 온 해리포터 시리즈의 첫 작품인 이 책은 조앤 롤링(1965~)의 처녀작이다. 이 시리즈는 호그와트 마법학교에서 한 소년 마법사와 친구들이 소년에서 어른으로 성장해 가는 과정을 그리고 있다. 《해리포터와 마법사의 돌》에 이어 《해리포터와 비밀의 방 *The Chamber of Secrets*》(1998), 《해리포터와 아즈카반의 죄수 *The Prisoner of Azkaban*》(1999), 《해리포터와 불의 잔 *The Goblet of Fire*》(2000), 《해리포터와 불사조 기사단 *The Order of Phoenix*》(2003), 해리포터와 혼혈 왕자 *The Half-Blood Prince*》(2005)가 차례로 발표되었고, 특히 마지막 작품 《해리포터와 죽음의 성물 *The Deathly Hallows*》(2007)은 출간 24시간 만에 1천1백만 부가 팔려 역사상 최단 시간 최고 판매량이라는 기록을 세웠다. 어린이판과 성인판을 동시에 출간했고, 라틴어와 고대 그리스어를 비롯해 65개 언어로 번역되었다. 발간 즉시 책을 사려는 아이들의 무단결석을 방지하려고 출간일을 아이들 방학에 맞추는 해프닝이 벌어지기까지 했다.

▶ 빌딩 이야기|Building Stories

크리스 웨어Chris Ware

미국(2012년)

독특하게 만든 이 그래픽 '노블'은 미국 만화가 크리스 웨어(1967~)가 제작했다. 이 작품은 팸플릿 신문, 연재만화, 포스터를 포함하여 개별 인쇄물 14점으로 구성된 박스 세트로 선보였는데, 상자 속 인쇄물들은 시카고

크리스 웨어의 《빌딩 이야기》 박스 세트의 표지.

의 3층 아파트 건물에 사는 세 부류 주민들(주로 여성의 관점에서 본다)의 일상과 한 마리 꿀벌의 삶(유일한 남성 등장인물이다)을 생생하게 묘사하고 있다. 14개의 인쇄물은 어떤 순서로건, 또는 낱권으로 읽을 수도 있지만 한데 묶어서 보면 상실감과 고독감에 대한 풍부한 다층적 이야기를 만들어 낸다. 웨어는 이 실험적 장르를 선도하는 뛰어난 작가로 평가 받았고, 수많은 상을 석권했다.

마실 수 있는 책The Drinkable Book

워터이즈라이프와 테레사 단코비치 박사 합작Waterislife in Partnership with Dr Theresa Dankovich

미국

3D 프린터로 제작된 이 식수 위생에 대한 안내 책자는 미국의 과학자 테레사 단코비치 박사의 발명품으로 비영리단체인 워터이즈라이프의 협력으로 개발 중이다. 안내서인 동시에 정수 필터이기도 한 이 책은 수많은 사람들에게 깨끗한 물을 공급할 수 있을 것이다. 살균 은銀 나노입자가 코팅된 종이에 보건 및 위생 정보를 인쇄했다. 각 페이지는 뜯어서 필터로 사용할 수 있는데 한 페이지로 100리터의 물을 정화할 수 있어 책 한 권으로 한 사람이 4년 동안 쓸 물을 만들 수 있다.

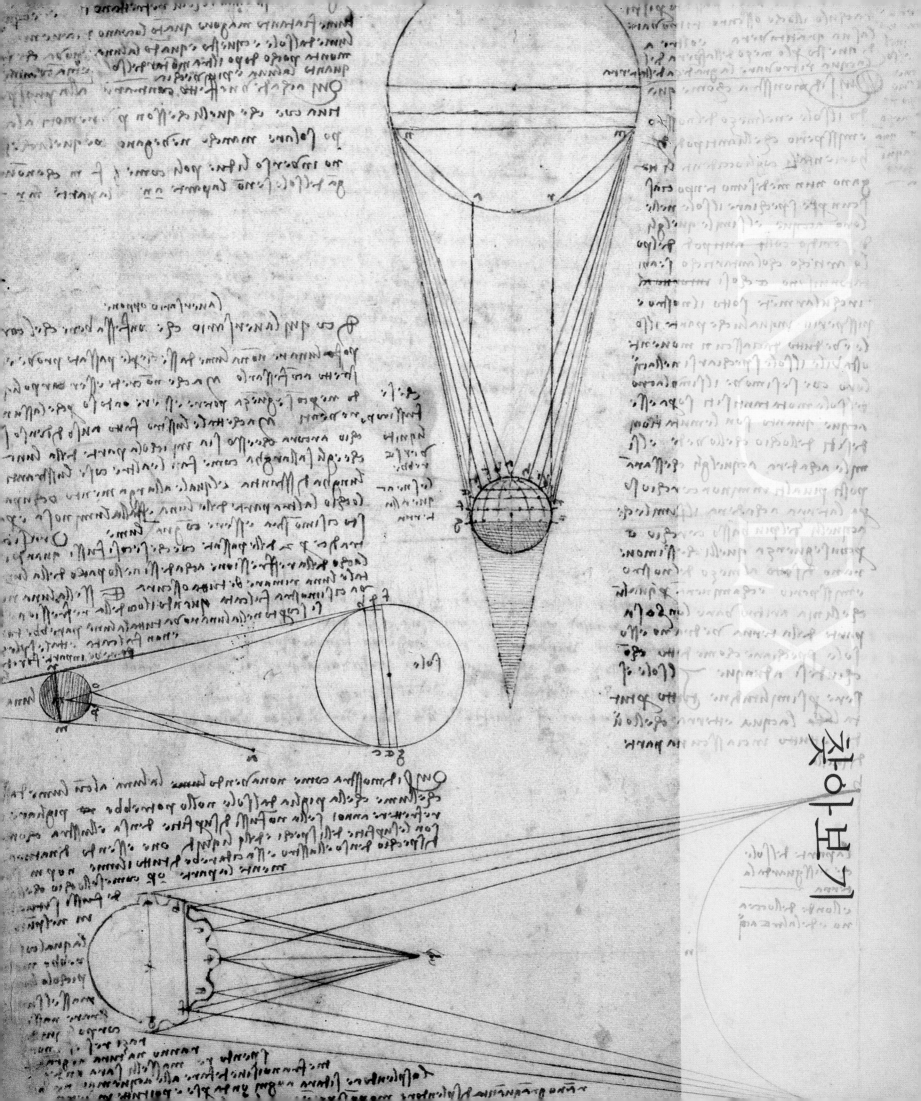

찾아보기

감사의 말

DK출판사는 이 책을 제작하는 데 도움을 주신 다음 분들께 감사드립니다.

소장품을 볼 수 있게 허락해 주신 워커 라이브러리The Walker Library의 설립자 제이 워커Jay Walker에게 감사드립니다.

사진 작업을 해 주신 코폴라 스튜디오의 앤절라 코폴라Angela Coppola, 편집을 도와주신 앨리 콜린스Ali Collins, 처니 던퍼드Chauney Dunford, 크레시다 터슨Cressida Tuson, 자나쉬리 싱가Janashree Singha, 수간다 아그라왈Sugandha Agrawal, 디자인에 도움을 주신 레이 브라이언트Ray Bryant와 로힛 바르드와Rohit Bhardwai, 추가 사진 작업과 제작 기술 지원을 해 주신 톰 모스Tom Morse, 수정 작업을 해 주신 스티브 크로지어Steve Crozier, 교정 작업을 진행해 준 조애나 미클럼Joanna Micklem, 찾아보기 작업을 담당해 주신 헬렌 피터즈Helen Peters, 사진 자료를 조사해 주신 롤런드 스미시스Roland Smithies at Luped, 사진 자료 조사를 도와주신 니쉬완 라술Nishwan Rasool, 편집 디자인 작업에 도움을 주신 셰드 무함마드 파르한Syed Mohammad Farhan, 아쇼크 쿠마르Ashok Kumar, 사진 싱Sachin Singh, 니라즈 바티아Neeraj Bhatia, 사티쉬 가우르Satish Gaur, 사진 굽타Sachin Gupta에게 감사드립니다.

이미지를 제공하는 데 도움을 주신 존 원녹John Warnock(rarebookroom.org)과 트리스트럼 샌디 초판본의 이미지를 제공해 주신 크리스 멀런 박사Dr Chris Mullen에게 특히 감사드립니다.

사진을 쓸 수 있게 흔쾌히 허락해 주신 다음 분들께도 감사하다는 인사를 드립니다.

(Key : a-위; b-아래/하단; c=중앙; f-맨끝; l-왼쪽; r-상단)